W0280979

Selbstgerächt

Wuppertal-Thriller

Dirk Osygus

FSC
www.fsc.org
MIX
Papier aus verantwortungsvollen Quellen
Paper from responsible sources
FSC® C105338

Impressum

1. Auflage 2023
Dirk Osygus
Wittelsbacherstraße 28, 42287 Wuppertal

Kontakt:
www.dirk-osygus.de
E-Mail: dirk_osygus@yahoo.de
Instagram: @dirk_osygus_krimiautor
Instagram: @buchcasting
Facebook: Dirk Osygus Krimiautor

Lektorat/Korrektorat: Axel Aldenhoven
www.axelschreibt.de

©Coverdesign und Umschlaggestaltung:
Florin Sayer-Gabor
www.100covers4you.de
Unter Verwendung von Grafiken von Adobe Stock
Blobbotronic, On-Photography

ISBN 978-3-7579-5437-6

Herstellung und Druck über tolino media GmbH & Co. KG, München.
Printed in Germany

Für Susanne, Nick und Celine.

Viel Spaß beim
lesen,

Kapitel 1

Freitag, 20. März

Nachmittags

Ist der bescheuert?«, schrie Irene Gerste und hob drohend die Faust. Mit der linken Hand lenkte sie den mambaschwarzen Audi A6 RS Avant in die Kurve und hämmerte mit der anderen auf die Hupe. »Der ist wohl nicht ganz dicht!« Ruckartig schaltete sie in den zweiten Gang zurück. »Den kauf' ich mir.« Der Biturbo hörte auf, sich zu langweilen und Irene trat das Gaspedal durch. Die sechshundert Pferdchen unter der Haube reagierten wie gewohnt und sie fühlte sich zwanzig Jahre jünger.

»Lass doch«, beschwichtigte Christel Bauer ihre Freundin und wurde durch die Beschleunigung in den Beifahrersitz gedrückt. »Irene! Schau dir mal an, was die blöden Hosenträgergurte mit meinen Brüsten machen. Wenn du unbedingt wie eine Irre fahren willst, lass mich das nächste Mal zu Hause.«

»Irene!«, schallte es von der Rückbank. »Du bist keine fünfzig mehr und wir sind hier nicht auf dem Nürburgring. Könntest du das pubertäre Verhalten bitte sein lassen?« Annemarie Schmidt krallte sich an den Haltegriff. »Ich habe noch ein paar Dinge vor im Leben!«

»Ach was. Habt euch nicht so! Ich will doch nur das Kennzeichen von dem Idioten sehen.« Angestachelt von der Herausforderung, drückte sie das Gaspedal weiter durch.

»Frank wird dir auch bei dem Raser nicht helfen können«, entgegnete Christel. »Das wird so enden, wie es immer endet.«

»Diesmal nicht. Was der da gemacht hat, war ein massiver Verstoß gegen die Straßenverkehrsordnung. Das solltest du als ehemalige Staatsanwältin doch noch wissen.«

»Ist mir schon klar. Aber ich weiß auch, wie diese Verfahren im Normalfall enden.«

»Mit einer Einstellung aus Mangel an Beweisen«, rief Annemarie, pensionierte Richterin am Wuppertaler Amtsgericht, von der Rückbank. »Schau lieber nach vorn, wenn du unbedingt rasen willst.«

»Was macht der Idiot denn jetzt?« Christel deutete den Hügel hinauf. Sie hatten Neviges verlassen und der Mercedes raste die kurvige Strecke zum Dönberg rauf, dem kleinen Stadtteil im Norden Wuppertals.

»Sieht der den Radfahrer nicht?« Annemarie schrie auf, bemüht, sich zwischen den Kopfstützen zu stabilisieren.

»Der will den rammen. Scheiße.« Wieder hämmerte Irene wild auf die Hupe.

Schockiert verfolgten sie, wie vor ihnen der blaue Mercedes einen Radfahrer von der Straße drängte.

»Was machen wir jet …? Anhalten oder den Typen verfolgen?«

»Verfolgen.« Irene beschleunigte den Audi weiter.

»Anhalten natürlich«, kam es bestimmend von der Rückbank. »Wie bist du denn heute drauf? Wir müssen dem doch helfen.«

»Mist. Den hätten wir garantiert gekriegt. Aber du hast ja recht.« Gefrustet trat sie die Bremse durch und spürte das ABS-Klackern im Fuß. »Hat eine von euch wenigstens das Kennzeichen erkennen können?«

Irene lenkte den Audi auf den breiten Gehweg links der Straße, forderte Höchstleistung von den Carbon-Keramik-Bremsen und presste die Körper in die Gurte. Kaum stand der Wagen, sprangen die drei Frauen so schnell heraus, wie es ihr Alter zuließ, und rannten auf den Radfahrer zu. Das Fahrrad lag ein paar Meter entfernt und war nur noch verbogener Stahlschrott mit einem kleinen Elektroanteil.

»Christel! Halt mal das Auto da an. Vielleicht kann der uns helfen.« Annemarie zeigte auf einen grünen Geländewagen, der ihnen entgegenkam und kramte ihr Handy aus dem Mantel. »Wisst ihr, wie die Straße hier heißt?«

Ein Landrover hielt vor dem Audi und der Fahrer kurbelte das Fenster herunter.

»Was ist passiert?«, fragte der Fahrer.

»Der Radfahrer da wurde angefahren und wir versuchen, ihm zu helfen. Können Sie ...«

»Klar.« Noch bevor Christel den Satz beenden konnte, sprang der Fahrer heraus, rannte über die Straße und kniete sich neben Irene. »Wie ist das passiert?«

»Ein Auto hat den Mann angefahren und ist abgehauen«, antwortete Irene. Sie bog Grashalme zur Seite und fragte Annemarie über die Schulter. »Hast du den Notruf schon gewählt?«

»Bin gerade dabei. Hallo? Polizei? Ich möchte einen Unfall melden.« Sie verharrte einen Moment. »Annemarie Schmidt.« Wieder eine Pause. »Ich habe keine Ahnung, wo ich hier bin. Augenblick mal.« Sie blickte zum Fahrer des Geländewagens, der neben Irene kniete und half, den Mann aus dem Unkraut zu befreien.

»Wissen Sie, wo wir hier sind?«

»Die Straße heißt Ibacher Mühle. Sie sollen durch Dönberg in Richtung Neviges fahren.«

»Danke!«, rief sie und wandte sich ab.

»Kommen Sie. Wir nehmen ihm erst mal den Rucksack ab. Sonst können wir ihn nicht umdrehen«, sagte der Mann und zog ein Schweizer Taschenmesser aus seiner Jacke. Mit zwei präzisen Schnitten durchtrennte er die Träger und warf den Rucksack ins Gras. »Fassen Sie mal mit an. Sie an den Armen und auf drei drehen wir ihn um.«

»Okay!« Irene fühlte sich durch die direkten Anweisungen etwas überfordert, wollte dies aber nicht zeigen.

»Drei!«

Wie angewiesen griff sie die Arme, rollte den Mann auf den Rücken und musste würgen. »Oh mein Gott!« Mehr brachte sie beim Anblick der blutigen Beine und des zerschundenen Gesichts nicht heraus.

Annemarie und Christel drehten sich wortlos um.

»Reißen Sie sich zusammen. Wenn wir jetzt nicht schnell sind, können Sie in Ruhe kotzen. Dann ist er nämlich tot.«

»Was soll ich machen?« Sie beobachtete, wie der Mann zwei Finger an die Halsschlagader legte. Zumindest nahm sie an, dass er so fühlen wollte, ob es noch einen Puls gab.

»Können Sie mich hören?« Sie fragte mehr aus Hilflosigkeit, Hoffnung hatte sie keine und schaute in eine blutige Masse, die sie nur dank der Augenhöhlen und der Nase als menschlich erkennen konnte.

»Können Sie einen Puls fühlen?«, fragte Christel, die hinter Irene stand.

»Nein.«

»Probieren Sie es doch noch mal an der Hand!«

Der Mann zog einen Arm des Verletzten zu sich und legte die Finger auf eine Stelle am Handgelenk.

»Nichts!«, rief er.

»Und was jetzt?«, fragte Irene mit einer Spur Hektik in der Stimme.

»Beatmung und Herzmassage.«

»Haben Sie das schon mal gemacht?«, wollte Annemarie wissen, die wieder bei ihnen stand, nachdem sie sich übergeben hatte.

»Wann kommt der Rettungswagen?«, warf Christel ein.

»Das ist jetzt unsere kleinste Sorge!«. Der Mann drehte sich zu ihr um. »Wir sollten schnell anfangen, ihm zu helfen. Sonst braucht er keinen Notarzt mehr.«

»Haben Sie so was schon mal gemacht?«, wiederholte Annemarie ihre Frage.

»Nur in der Theorie. Aber Sie können ja mal googeln.«

Das Messer glitt durch die Oberbekleidung des Radfahrers. Der Fremde führte die Klinge routiniert bis zum Halsausschnitt und legte eine mäßig behaarte Brust frei.

»Haben Sie was im Netz gefunden?«

»Ja. Dreißigmal Herzdruckmassage und danach zweimal beatmen.« Um eine neutrale Stimme bemüht, las Annemarie den Text von ihrem Handy ab.

»Dann mal los. Wo legt man die Hände hin?«

»Hier steht: Den Ballen auf dem unteren Drittel des Brustbeins platzieren und den Brustkorb fünf bis sechs Zentimeter tief eindrücken.«

»Seht euch mal die Beine an!«, stieß Christel hervor. »Da ist ja nur noch Blut.«

»Lenk ihn nicht ab«, fuhr Irene dazwischen. »Jetzt fangen Sie schon an!«

Zielstrebig setzte der Mann seine Handballen auf den Körper und tastete nach den Rippen. Dann drückte er auf den Brustkorb und zählte dabei laut mit: »Eins, einhundert, zwei, einhundert, drei, einhundert.« Kurz bevor er bei dreißig angekommen war, hob er den Kopf, schaute zu Irene und wies sie an. »Na los. Zweimal beatmen.«

»Was? Ich? Das ist nicht Ihr Ernst?«

»Sehen Sie hier sonst noch jemanden?«

»Oh mein Gott. Ich weiß gar nicht, wie ich das tun soll!«

»Als würden Sie ihn küssen. Los! Machen Sie schon!«

Sie beugte sich widerwillig über den Radfahrer, wischte mit dem Handrücken Blut und Speichel weg und versuchte sich an einer Atemspende. Dann hob sie angewidert den Kopf und spuckte aus.

»Das kann ich nicht! Das ist zu eklig!«

»Doch! Sie können das! Los! Noch mal!«

Die Befehle prasselten auf sie ein. Zum zweiten Mal beugte sie sich über den Kopf, atmete tief ein und presste Luft in die Nase des Verletzten. Als sie absetzte, begann der Mann mit der Herzmassage.

»... eins, siebenundzwanzig, eins, achtundzwanzig, eins, neunundzwanzig, eins, dreißig. Jetzt wieder beatmen.«

»Sie haben leicht reden«, keuchte sie, neigte sich erneut vor und pumpte zweimal Luft in die Lungen des Opfers. »Hört auf zu grinsen, sonst könnt ihr mich ablösen.«

»Wir haben gar nichts gemacht. Ehrlich«, stammelte Christel und Annemarie pflichtete ihr bei: »Du machst das super.«

In der Ferne erklang ein Martinshorn.

»Vielleicht haben wir ja Glück und die wollen zu uns.« Der Mann begann mit weiteren Pumpbewegungen.

»Stellen Sie sich da an die Straße und weisen Sie den Notarzt ein«, wies er Annemarie an.

Dann wandte er sich Irene zu. »Kommen Sie. Jetzt müssen Sie noch mal ran.« Er schaute ihr in die Augen. »Sie machen das toll. Wenn er überlebt, dann nur, weil Sie sich überwunden haben.«

Das Lächeln auf ihren Lippen erstarb, als sie zum nächsten Kontakt ansetzte.

»Du bist klasse, Irene!«, lobte Christel, während Annemarie auf der Straße stand und dem Notarztwagen Zeichen gab.

»Und sie stellen sich weiter unten auf die Straße und stoppen den Verkehr!«, wies der Mann Christel an und legte die Hände wieder auf den Körper.

»Was ist passiert?« Eine neue Stimme, abgeklärt, sachlich, nicht nervös und hektisch wie die Anwesenden. »Ich bin Doktor Müller, der Notarzt!«

Erleichtert blickte Irene auf.

»Er ist von einem Auto angefahren worden. Und dann ist der Fahrer abgehauen. Sollen wir weitermachen?«

»Ja. Einen Moment noch. Haben Sie Lebenszeichen ausmachen können?«

»Leider nicht«

»Wie lange machen Sie das schon?«

»Vielleicht so sechs bis sieben Minuten.«

»Gut. Dann übernehmen wir jetzt«, sagte der Notarzt. »Wir gehen wie folgt vor. Mein Kollege hier kümmert sich um die

Beatmung und wenn Sie mit Ihrem Zyklus fertig sind, löse ich Sie ab. Okay?«

»Absolut. Wir haben ja nur auf Sie gewartet«, erwiderte der Fahrer des Land Rovers und drückte zyklisch den Brustkorb zusammen. Neben ihn hatte sich ein Rettungssanitäter gekniet und eine Maske auf das Gesicht des Radfahrers gelegt, die mit einem Beatmungsbeutel verbunden war. Gleichmäßig pumpte er Sauerstoff in die Lungen. Ein weiterer Sanitäter übernahm die Druckmassage und der Notarzt begann, den Körper des Verletzten zu untersuchen.

Durch das Gras stakste ein Polizeibeamter auf sie zu.

»Wer von Ihnen kann mir etwas zum Unfallhergang sagen?«

»Ich«, meldete sich Christel.

»Und wer sind Sie?«

»Mein Name ist Christel Bauer und ich habe beobachtet, wie der Mann absichtlich von einem Auto angefahren worden ist.«

»Wieso absichtlich? Könnte es nicht auch ein Unfall gewesen sein?«

»Nein, und jetzt hören Sie mir mal zu. Uns hat ein Mercedes überholt und ist mit hoher Geschwindigkeit auf den Radfahrer zugefahren. Und dann hat er ihn von der Seite so gerammt, dass er da hingeflogen ist, wo er jetzt leider immer noch liegt.«

»Okay. Okay«, beschwichtigte der Polizist. »Haben Sie das Kennzeichen des Fahrzeugs?«

»Nein, dummerweise nicht. Wir haben es vorgezogen, dem Mann zu helfen«, rief Irene dazwischen.

Der Polizeibeamte schluckte, als sie sich erhob.

»Hallo, Frau Gerste. Schön, Sie zu sehen.« Ehrfürchtig legte er den Zeigefinger an die Schirmmütze und nickte. »Wie können wir Ihnen diesmal helfen?«

»Ein guter Anfang wäre, wenn Sie schon mal eine Fahndung nach dem Mercedes einleiten würden. Sonst finden wir den nie mehr. Dann sollten Sie die Kollegen von der Polizeiwache verständigen, damit die mit den Ermittlungen beginnen können.«

»Noch ist doch gar nicht sichergestellt, dass es nicht genauso …«

»Haben Sie meiner Freundin nicht zugehört?«, fuhr ihn Irene an. »Das war ein klarer Mordversuch. Und jetzt behandeln Sie diesen auch so. Oder muss ich erst meinen Sohn anrufen, damit Sie in die Gänge kommen?«

»Ich geh' ja schon«, antwortete er kleinlaut und machte sich auf den Weg zum Streifenwagen, der mit Warnblinkern und Blaulicht quer auf der Straße stand.

Der Fahrer des Land Rovers trat auf Irene zu.

»Dem haben Sie aber kräftig eingeschenkt. Grüßen Sie Ihren Sohn von mir, wenn Sie ihn treffen.«

»Und wer sind Sie?«

»Michael Friedensfurt. Er und ich hatten schon mal das Vergnügen.«

Kapitel 2

Samstag, 21. März

Abends

Das ist doch nicht dein Ernst!« Der Tisch wackelte, als Irenes Faust auf der Tischplatte landete. Die lapidare Aussage ihres Sohnes hatte sie extrem erregt und die Wut suchte ein Ventil. »Was meinst du damit?«

»Jetzt reg dich nicht unnötig auf.« Mit sanfter Stimme versuchte Gerste beruhigend auf seine Mutter einzuwirken, wusste aber sofort, dass es die falschen Worte waren. »Ich habe nur gesagt, dass …«

»Ich soll mich nicht unnötig aufregen, während ihr nichts, aber auch gar nichts tut, um den Mörder zu finden.«

»Na ja. Ein Mord war es ja nun nicht gerade. Der Mann lebt ja noch.« Die nächste unbedachte Äußerung.

»Hör bloß auf, mich für dumm zu verkaufen.«

»Das habe ich ja gar nicht vor.« Er war weiter um Gelassenheit bemüht.

»Und warum machst du es dann?«

»Ich habe nur gesagt, dass die Kollegen den Unfall nicht als Mordversuch einordnen. Sonst nichts.«

»Ich weiß, was ich gesehen habe. Das war ganz klar Absicht und das haben wir deinen Kollegen auch erzählt.«

»Und das ist der nächste Punkt, über den ich gerne mit dir reden würde. Bitte hör auf, immer damit zu drohen, dass du bei mir anrufen wirst. Das findet keiner lustig. Und ich am allerwenigsten.«

»Warum denn nicht. So spuren die wenigstens. Die brauchen nur ein bisschen Druck. Dann tun sie auch was.«

»Schluss jetzt!«, rief die gereizte Stimme von Alexandra Gerste aus der Küche. »Bevor ihr euch an die Gurgeln geht, könnt ihr mir lieber helfen.«

Die Gelegenheit, einer Fortsetzung des Wortgefechts mit seiner Mutter aus dem Weg zu gehen, nutzte er, sprang auf und strebte in die Küche. Irene blieb ihm auf den Fersen und die Treppe zum ersten Stock knarrte bedenklich.

»Hier bin ich, liebste Mama. Wie kann ich dir helfen?« Fröhlich gestimmt rauschte Nicole Gerste in die Küche und drängelte sich an ihrer Oma vorbei.

»Schön, dich zu sehen, Sonnenschein. Du kannst schon mal anfangen, den Tisch zu decken.«

»Mach' ich sehr gerne!«, rief sie, lächelte ihrem Vater schnippisch zu und schnappte sich die Teller, die er bereitgestellt hatte.

»Super. Du machst es dir mal wieder einfach. Stundenlang sieht man dich nicht und dann ziehst du die Lorbeeren ab.«

»Das ist eben die Kunst, die euch Beamten abgeht«, wies ihn seine Mutter zurecht und folgte ihrer Enkelin ins Wohnzimmer.

»Wenn ich nicht ein so ausgeglichener Typ wäre, ...«

»Bist du zum Glück für uns alle aber«, unterbrach ihn seine Frau. »Und jetzt hilf mir bitte mit dem Braten. Du wolltest den ja unbedingt haben. Also lass die Finger fliegen und schneide ihn in Scheiben.«

»Fang du auch noch an. Hey Nicole. Halte dich nicht stundenlang an ein paar Tellern fest.«

»Du schaffst wie immer gar nichts ohne mich! Wie wird es wohl aussehen, wenn ich mal ausziehe?«, erwiderte sie in süffisant witzigem Tonfall.

»Den Tag kann ich kaum erwarten«, äffte er seine Tochter nach. »Und unsere Stromrechnung wird mal wieder in bezahlbare Regionen sinken.«

»Och Papa. Du bist doch froh, dass du mich hast. Gibs zu.«

»Mal mehr und mal weniger. Gerade sind wir bei weniger.«

»Worum ging es denn bei eurer kleinen Diskussion?«, fragte Alexandra ihren Mann, als sie die Saussiere neben den Bratenteller stellte und sich an den Tisch setzte.

»Gut, dass endlich mal jemand fragt. Die Polizei will es ja offensichtlich nicht wissen.« Irene legte sich Kartoffeln auf den Teller.

»Was ist das eigentlich für Fleisch?«, unterbrach Nicole den Gedankengang ihrer Oma.

»Heute haben wir Wild auf der Karte. Das hier ist Wildschwein.« Er deutete auf den Teller links von sich. »Und hier haben wir Reh.«

»Seit wann essen wir Bambis?«, rief Nicole über den Tisch.

»Seitdem mich ein guter Bekannter gefragt hat, ob ich es einmal probieren möchte. Und deine Mutter hatte nichts dagegen.«

»Mama!«

»Versuch es doch mal. Ich fand es überraschend gut.«

»Nie im Leben werde ich Bambi essen. Da muss ich ja immer an die kleinen, süßen Augen denken. Ihr seid ja alle Mörder.«

»Jetzt halt mal die Luft an. Wenn du es nicht essen willst. Gut. Aber verdirb mir nicht die Freude«, raunte Gerste über den Tisch.

»Wie hast du es gemacht?«, versuchte Irene den Disput zu unterbrechen.

»Ich habe stundenlang gegoogelt und mich dann für Sous-vide entschieden. Erst ein paar Stunden im Wasserbad gegart und danach kurz scharf anbraten. Wie schmeckt es dir?« Alexandra nahm ein Stück vom Schweinebraten und erntete ein wohlwollendes Nicken ihrer Tochter.

»Sehr lecker. Butterweich.«

»Es schmeckt erstaunlich wenig nach Wild«, warf Gerste ein. »Da hätte ich mehr erwartet.«

»Stimmt. Von wem hast du das Fleisch?«, fragte Irene und blickte ihren Sohn an.

»Irgendwann mussten wir ja auf das Thema kommen. Von deinem neuen Bekannten Michael Friedensfurt.«

»Schau mal an. Das ist übrigens ein sehr netter Mann. Allerdings wirkte er relativ abgeklärt und routiniert auf mich, als ich ihn gestern kennengelernt habe.«

»Was war denn jetzt gestern?«, fragte Nicole und ignorierte die warnenden Blicke ihres Vaters.

»Ich war mit Annemarie und Christel zum Einkaufen in Essen. Auf der Rückfahrt sind wir dann gemütlich über die Dörfer gefahren, als uns ein Irrer überholt hat. Und dann hat er einen Radfahrer von der Straße gedrängt …«

»… was nicht erwiesen ist«, warf Gerste ein.

»Meinst du etwa, ich habe was an den Augen?«

»Dreh mir doch nicht laufend die Worte im Mund herum.«

»Wie auch immer. Wir haben angehalten und wollten helfen. Und da kam uns Herr Friedensfurt zu Hilfe. Zum Glück für uns wusste er in etwa, was zu tun ist und hat die Wiederbelebungsmaßnahmen durchgeführt. Stell dir vor, Nicole. Ich musste den Verletzten beatmen.«

»Echt? Ist ja krass«, sprühte es aus der Siebzehnjährigen heraus. »Wie war das denn?«

»Krass ist gar kein Ausdruck dafür. Das war eklig und ich habe mich fast übergeben.«

»Das glaube ich dir sofort.«

»Der war so blutig im Gesicht. Herr Friedensfurt hat mich mehr oder weniger genötigt, den armen Kerl zu beatmen.«

»Willst du ihn jetzt auch anzeigen?«, fragte Gerste ironisch.

»Mach du nur deine Witzchen. Du warst ja nicht dabei.«

»Essen nicht vergessen, Herrschaften. Sonst wird doch alles kalt.« Alexandra pikste ein Stück Wildschwein auf und legte es auf den Teller ihrer Tochter. »Das ist für dich und Widerrede ist zwecklos. Du bist noch nicht bei Germany's Next Topmodel.«

»Willst du denn da hin?«, fragte Irene.

»Nur über meine Leiche.« Lächelnd legte Gerste den Kopf schief und schnitt eine Grimasse in Richtung seiner Tochter. »Ich mach' mich doch nicht zum Gespött der Leute. So weit kommt's bestimmt nicht.«

»Noch drei Monate, Papa und dann mach' ich, was ich wihill.«

»Das ist meine Enkelin. Gibs ihm.« Frohlockend klatschten sich Oma und Nicole ab.

»Hat der Mann denn überlebt?«, fragte Alexandra.

»Ich hoffe es mal. Nachdem der Notarzt da war, haben die Profis dann übernommen. Hat 'ne ganze Zeit gedauert, bis sie ihn abtransportieren konnten. Morgen wollte ich ihn mal besuchen. Wenn dein lieber Vater mir sagt, wo sie ihn hingebracht haben.« Mit weit geöffneten Augen musterte sie ihren Sohn.

»Ja, ja. Gestern Abend hat er noch gelebt. Da du ja so dezent mit den Kollegen vor Ort gesprochen hast, hat mich der Revierleiter später angerufen. Und nein, ich weiß nicht, in welcher Klinik er ist.«

»Mehr weißt du nicht?« Irene schüttelte den Kopf. »Schwache Vorstellung!«

»Was soll ich denn wissen? Dir ist doch bekannt, dass ich nicht bei der Verkehrspolizei bin?«

»Witzbold. Und was passiert jetzt? Habt ihr endlich ein Ermittlungsverfahren eingeleitet?«

»Hörst du mir irgendwann auch mal zu? Es wird keine Ermittlungen von mir geben, weil es als Unfall mit Fahrerflucht eingestuft wurde. Das ist ein Verkehrsdelikt. Dafür bin ich nicht zuständig.«

»Von dir höre ich immer nur Ausreden. Wenn ich damals so gearbeitet hätte, wären die Gefängnisse voll.«

»Bravo Oma. Gib's ihm!«

»Ja, ja. Gebt's mir. Immer drauf. Ich kanns ja vertragen.« Er lachte, biss vergnügt in ein Stück Rehkeule, hob anerkennend die Augenbrauen und spülte das Fleisch mit einem Schluck Rotwein runter. »Also Mutter, was hast du denn jetzt vor? Wie ich dich kenne, gibst du ja eh keine Ruhe.«

»Ich fahre morgen ins Krankenhaus und besuche den Mann. Wie heißt er überhaupt? Weißt du das wenigstens?«

»Datenschutz, Mutter. Datenschutz. Schon mal was davon gehört? Der gilt auch für dich.«

»Krämerseele.«

»Hört euch das an. Ich bin alles andere als ’ne Krämerseele.«

Drei Frauen versuchten, ein Lachen zu unterdrücken.

»Und ihr wollt meine Familie sein? Pah!«

»Jetzt hab dich nicht so. Du wirst doch irgendwas wissen?«

»Das Einzige, was ich dir sagen kann, ist, dass er für die WZ arbeitet.«

»Er ist Reporter?«

»Und?«

»Na der wird wohl irgendjemanden zu nahe gekommen sein. Und schwups, haben sie ihn aus dem Weg geräumt.«

»Du guckst eindeutig zu viel in die Röhre. Das hier ist die Realität und wir in Wuppertal. Hier passieren solche Sachen nicht.«

»Warten wir das mal ab.« Munter schaufelte Irene drei weitere Kartoffeln auf ihren Teller und goss großzügig Soße darüber.

Kapitel 3

Sonntag, 22. März

8 Uhr

Drei Schritte noch und das Ziel wäre in Sicht. Drei Schritte noch und der Tag würde einen anderen Verlauf nehmen. Drei Schritte noch und er würde weiter ruhig schlafen.

Gleichwohl löste die Annäherung an einen Tatort jedes Mal besondere Gefühle in ihm aus. Zweifel oder Bedenken, nein, dafür war die Bezahlung zu gut. Auch kein Mitleid für mögliche Opfer. Die Phase hatte er längst hinter sich. Abgestreift wie Schlangenhaut. Vorfreude, ja. Die innere Erregung, wenn ein Plan funktionierte, in dem weit mehr als nur fünf Minuten steckten.

Ein paar Tage war er durch das frühlingshafte Wuppertal gefahren und hatte Ausschau gehalten nach dem, was sein Auftraggeber gesucht hatte.

›Finden sie eine öffentliche Einrichtung, die nicht zu zentral liegt, und dann erregen sie Aufsehen, aber nicht zu viel.‹

Das war die knappe Anweisung gewesen, die er bekommen hatte. Tolle Wurst. Was würde in dieser tristen Stadt denn für Wirbel sorgen? Die Schwebebahn war ihm spontan eingefallen. Diese Stahlschlange, die sich durch das Tal fraß, war mehr als gut geeignet, aber ›nicht zu viel‹ war die Vorgabe. Eine Aktion auf die Schwebebahn war definitiv ›zu viel‹. Und so strömten die Abgase des geklauten Autos weiter munter durch die Straßenschluchten, auf der Suche nach einem brauchbaren Ort.

In der Kolpingstraße hatte er diesen letztlich gefunden.

Das perfekte Ziel in Wuppertal: Die Stadtbibliothek. Unscheinbar lag sie hinter dem Finanzamt versteckt und so war er beim ersten Besuch beinahe dran vorbeigelaufen. Gut geeignet also für ›nicht zu viel Aufsehen‹.

An der Kreuzung Laurentiusstraße mit der Kolpingstraße verharrte er für einen Moment, schwenkte den schwarzen Jutebeutel lässig hin und her, verglich den Inhalt gedanklich mit der Schwere und schritt mit erhobenem Haupt auf das Gebäude zu.

Die Schläge des Uhrwerks der Laurentiuskirche übertönt von ein paar anderen Kirchen verkündeten die Uhrzeit. Acht Uhr. Sonntagmorgen. Keine Passanten in der Gasse. Bingo.

Er sog die kühle Luft tief in die Lungen, passierte die Glastür am Eingang der Bibliothek und erreichte die schwere, alte Holztür mit dem markanten Schriftzug darüber. Stadtbücherei stand da in plastischen schwarzen Lettern. Die Marmorfassade verlieh dem Gebäudeteil einen prächtigen Eindruck, den die beiden Skulpturen über der Tür verstärkten. Waren das Römer oder Griechen in ihren wallenden Togen? Warum man auf diesen monumentalen Eingang zugunsten des schmucklosen Glasanbaus verzichtet hatte, erschloss sich ihm nicht, war ihm aber auch schnuppe. Vor ein paar Tagen hatte er hier für bescheidene fünf Minuten verweilt, um die touristischen Bilder zu knipsen. Ideale Tarnung. Keine Menschenseele interessierte sich heutzutage für jemanden, der mit dem Handy Selfies machte. Die Überwachungskameras konzentrierten sich auf den Parkplatz des Finanzamts und sein Allerweltsgesicht fiel ohnehin niemandem auf. Er war es gewohnt, dass sein Auftreten ohne Nachhaltigkeit war. Bei seinen Fertigkeiten ein großer Vorteil.

Jetzt war es endlich so weit. Er wurde aktiv. Sein Herzschlag erhöhte sich um zwei Schläge, der Adrenalinspiegel stieg an und ein feiner Schweißfilm benetzte seine Stirn. Dezente innere Anspannung breitete sich in ihm aus und die Sinne schärften sich. In solchen Momenten hörte er wie ein Luchs, sah wie ein Adler und witterte wie ein Bluthund. Wie er das liebte.

Zügig langte er in den Beutel, zog den C4-Klotz heraus und legte ihn auf den Boden. Mit geübten Bewegungen riss er einen Streifen Panzerband ab und befestigte ihn am Sprengstoffpaket. Ein zweiter Klebestreifen folgte und die Bombe klebte fest an der imposanten Holztür, für deren Bewunderung er nun keinen Sinn mehr hatte.

Aus der Jackentasche zog er die Zündkapsel mit dem Sender und drückte sie in die graue Masse.

»Hey, was machen Sie denn da?«

Er registrierte die Stimme, beachtete sie nicht weiter und aktivierte die Bombe. Fertig.

»Was soll das?« Die Person kam näher.

Ein Fehler, sein Fehler, womöglich der Letzte.

In einer fließenden Bewegung glitt er von der Tür, schob die Jacke mit dem Ellbogen zurück, zog die Glock aus dem Holster, drehte sich in Richtung der Stimme, visierte und schoss dem Mann in den Oberschenkel. Das laute Husten des Geschossknalls wurde durch die Häuserschlucht nur zu einem gut vernehmbaren Ploppen verstärkt.

Töten wollte er den Störer nicht, obwohl er aufkommende Gefühle des Ärgers nicht verbergen konnte. Wieso hatte dieser Stümper sein Werk unterbrochen?

Er warf einen geringschätzigen Blick auf den älteren Mann, der stöhnend am Boden lag und die Hände auf die Wunde presste. Neben ihm kullerten Brötchen aus einer Tüte und die Seiten einer Tageszeitung flatterten auf dem Asphalt. Er würde es überleben. Aus dieser kurzen Entfernung würde das neun Millimetergeschoss den Oberschenkel, mit etwas Glück für das Opfer, glatt durchschlagen und keine bleibenden Schäden hinterlassen. Der Schock durch den Einschlag des Projektils würde größer sein als der Schmerz, den der Mann augenblicklich empfand – nahm er wenigstens an.

Was nicht zum Plan passte, war die Stelle, an der der Störer lag. Zu dicht an der Tür. Opfer waren zu diesem frühen Zeitpunkt zu vermeiden. Er steckte die Glock weg, stellte sich hinter den wimmernden Mann, griff missmutig zu und zog ihn die paar Meter bis zu den flachen Stufen, die in einen kleinen Park führten. Rücksicht auf die Schmerzen spendete er keine, als er den Verletzten die Treppe hinaufzog. Das reicht, entschied er und ließ den Mann auf die Pflastersteine fallen. Die ungeplante Kraftanstrengung hatte den Schweißfilm auf der Stirn verstärkt und seinen Atem beschleunigt. ›Wie konnte der in dem Alter noch so schwer sein? Was hatte der gewogen? Achtzig Kilo sicher.‹

Er griff unter die Jacke und richtete die Glock auf den Hinterkopf. Einen überflüssigen Gedanken verschwendete er daran, ob der Mann ihn wiedererkennen würde. Einen Weiteren auf die verrinnende Zeit und steckte die Waffe weg. Heute Morgen würde niemand sterben.

Rasch überquerte er die Kasinostraße und schloss sein Auto auf. Die Parkbuchten waren ideal für seinen Plan. Anfahrt, Handlung, Abfahrt. Wie aus dem Lehrbuch, das er nie schreiben würde. Auf das Ziehen eines Parktickets hatte er verzichtet.

So glitt er fünfundvierzig Sekunden nach der Schussabgabe auf den Fahrersitz, nahm den Sender vom Armaturenbrett und zog die Antenne mit den Zähnen heraus. Diese Theatralik liebte er, obwohl sie zusätzliche Zeit beanspruchte, aber das war ihm egal. Eine Portion Spaß gehörte zur Arbeit dazu.

Den kurzen Blick zum Opfer, das am Boden vor sich hin wimmerte, gönnte er sich, bevor er auf den blinkenden Knopf drückte. Eine grelle Explosion zerriss die Stille des Morgens. Lässig legte er den Rückwärtsgang ein. Als die Holztür mit der Zarge und den beiden Statuen auf dem Asphalt landete, senkte er den rechten Fuß, stieß rückwärts auf die Straße und wunderte sich über die Staubwolke, die sich in der Kolpingstraße ausbreitete. Etwas zu viel für seinen Geschmack. Eventuell hatte er die Bausubstanz des Gebäudes falsch eingeschätzt.

Im Rückspiegel sah er die ersten Menschen mit Helfersyndrom nahen, blinkte und bog in die Luisenstraße ein.

Kapitel 4

Sonntag, 22. März

Eine Stunde später

Ich habe mich schon gefragt, wer von euch es sein würde.« Gerste wechselte das Handy von der linken in die rechte Hand, hob die Kaffeetasse vom Tisch und genoss einen Schluck des kräftigen Espressos. Das würde sein letzter Genuss an diesem Morgen sein. Mit Inbrunst hatte er Bohnen mit der Handmühle gemahlen, die korrekte Menge Kaffeepulver abgewogen und in den Siebträger gestampft. Dann penibel darauf geachtet, dass nicht zu viel heißes Wasser das Ergebnis vernichtete und als Krönung einen Berg Zucker in das Kunstwerk gestreut.

Im Radio hatten sie von einer Explosion in Wuppertal gesprochen. Dabei war ein Mann angeschossen worden und da er heute Bereitschaft hatte, war ihm schnell klar gewesen, dass seine Mitarbeiter längst ausgeknobelt hatten, wer ihm an diesem Morgen den Tag verderben sollte.

»Es war knapp. Drei zu zwei habe ich gegen Marc verloren«, sagte Corinna Meier. Die Polizeioberkommissarin gehörte zu Gerstes Team in der Kriminalinspektion 11 der Wuppertaler Polizei. Mit ihren 30 Jahren war sie jung und hinreichend ausgeglichen, um seine machohaften Anwandlungen an sich abperlen zu lassen. Gleichzeitig war sie aber auch Frau genug, um seine Sprüche mit gepflegtem Kontra zu erwidern. Das schätzte Gerste an ihr. Gemeinsame Autofahrten waren selten langweilig.

»Welche Version habt ihr diesmal gespielt?«

»Papier, Schere, Stein.«

»Wie eintönig. Ohne Echse und Spock macht das doch gar keinen Spaß.«

»Hä?«

»War ja klar, dass du das nicht kennst. So heißt das Spiel für schlauere Mitmenschen in The Big Bang Theory. Aber das läuft vermutlich nicht auf Netflix, oder welche Serienproduzieranstalten in deinem zarten Alter genutzt werden.« Gerste zog seine Kollegin gerne mit der in seinen Augen profanen Freizeitgestaltung für jüngere Bevölkerungsschichten auf. »Übrigens, ich kann das Augenrollen sehen.«

»Wenn du das tatsächlich könntest, würdest du in Las Vegas reich werden und kein Beamtendasein im beschaulichen Wuppertal fristen. Und nur zu deiner Information: Ich habe wirklich mit den Augen gerollt.«

»Meine liebe Corinna«, begann er mit väterlichem Unterton. »Ich lese in dir wie in einem Buch.«

»Dann lies mir doch mal vor, was ich dir sagen wollte.«

»Geschenkt. Wie schlimm ist es?«

»Na ja. Teile der Vorderfront fehlen. Aber Einsturzgefahr besteht wohl nicht.«

»Wie geht es dem Mann?«

»Er wird es überleben. Ein glatter Durchschuss am Oberschenkel.«

»Okay. Sieht so aus, als kommt ihr ohne mich mal wieder nicht weiter. Stimmt's?«

»Das ist jetzt eine sehr eigenwillige Interpretation von dem, was ich gesagt habe. Aber wenn du es so sehen willst: Ja, großer Meister, wir brauchen dich hier.«

»Na, geht doch. War gar nicht so schwer, oder?«

»Bei dir weiß man ja nie, wie du morgens so drauf bist. Also bin ich erst einmal vorsichtig.«

»Ach, papperlapapp. Habe ich dir schon mal den Kopf abgerissen, nachdem du mich gestört hast?«

»Zum Glück nicht. Und ich fände es fabelhaft, wenn das auch so bleiben würde.«

»Dann mach so weiter wie bisher, sei angemessen demütig und dir wird nichts geschehen.«

»Ja, Meister. Bis gleich.«

Ausgesprochen behäbig erhob er sich und kippte den Kaffee in den Ausguss. Nicht die Aussicht, einen Attentäter jagen zu müssen, hatte ihm den Genuss an seiner flüssigen Meisterleistung verdorben, nein, die Temperatur stimmte mittlerweile nicht mehr. Optimaler Espresso hatte bei 93 Grad Celsius zu liegen und nicht drunter.

◆◆◆

Die Phalanx der Einsatzfahrzeuge registrierte er beim Einbiegen in die Kasinostraße. Polizeifahrzeuge, Rettungswagen, Feuerwehr und das THW blockierten mit einer an Stromverschwendung grenzenden Blaulichtorgie den Zugang zur Stadtbibliothek. Die Schlange zog sich bis hinunter zur Deutschen Bank an der Friedrich-Ebert-Straße und die Abgase der laufenden Motoren ließen die Feinstaubkonzentration in schwindelnde Höhen steigen. Nur würde das im Moment niemanden jucken.

›Die kommen ja ganz schön schnell voran‹, dachte er sich. Erst vor ein paar Monaten war die Bankfiliale Zentrum eines massiven Einbruchversuchs geworden, bei dem große Teile der Glasfront zerstört wurden. Die Glasscheiben waren mittlerweile ersetzt, zum Schutz weiterhin mit Klebefolie verdeckt und die Baustelle selbst war nur noch rudimentär als solche zu erkennen. ›Irgendwann muss doch bald der Prozess gegen Edgar Wüst stattfinden‹, sinnierte er weiter und bremste nur knapp vor dem Polizeibeamten, der den alten Passat des Hauptkommissars sofort erkannte und ihm einen Parkplatz anbot.

»Guten Morgen, Herr Gerste.« Zum Gruß legte der Beamte zwei Finger an die Schirmmütze.

»Den wünsche ich Ihnen auch. Und halten Sie die selbst erwählten Filmchendreher mal schön in Schach.« Er zeigte auf die, sich in Zweierreihen drängelnden Schaulustigen. Flatterband unterstützte die Versuche der Polizei, die Aufräumarbeiten nicht zum Medienspektakel werden zu lassen. »Wo muss ich hin?«

»Da vorne um die Ecke. Können Sie nicht verfehlen.«

»Besten Dank.«

Er folgte dem Geruch des Staubes und blickte auf eine unwirkliche Szenerie, die ihm aus Kriegsfilmen bekannt vorkam, nicht aber aus Wuppertal. Mitarbeiter des THW versuchten die Fassade der Stadtbibliothek mit einer Kombination aus Balken und Baustützen vor dem Einsturz zu bewahren. Beamte der Spurensicherung standen in ihren weißen Overalls wie Kerzen um den Schuttberg herum und Bedienstete der Stadtreinigung hatten Schaufel und Besen geschultert und taten das, was außer dem THW alle machten: Sie warteten auf die Freigabe des Tatorts.

In dem Gewühl konnte er einen seiner KTUler erkennen, der mit Händen und Füßen auf die THW-Leute einsprach.

»So passen Sie doch auf«, rief Sven Eisenberg den Arbeitern zu. »Sie versauen mir noch alle Spuren. Das darf nicht Ihr Ernst sein.«

»Jetzt regen Sie sich mal nicht so auf«, bekam er als Antwort von einem Mann zu hören, der ihn dabei nicht ansah, sondern seinen Trupp anwies. »Wenn wir das nicht richtig abstützen, begräbt die Wand sie. Und das lasse ich nicht zu.«

»Aber bitte nicht die Reste der Tür da berühren.«

»Ja, Ja. Wir passen schon auf.«

»Na, Sven. Schaffst du dir neue Freunde?«, fragte Gerste und schüttelte Eisenberg, dem Leiter der KTU, die Hand.

»Schön, dass du gekommen bist. Vielleicht reicht deine Autorität ja aus, um die Grobmotoriker davon abzuhalten, die letzten Sprengstoffspuren zu versauen.«

»Jetzt machen Sie aber mal halblang. Wir sind auch nicht zum Vergnügen hier«, ätzte der THW-Einsatzleiter.

»Und nun beruhigen wir uns alle wieder.« Mit besänftigenden Handbewegungen versuchte Gerste die Streithähne zu beschwichtigen. »Wo finde ich Corinna und Marc?«

»Marc habe ich zuletzt dahinten im Glaskasten gesehen.« Eisenberg deutete auf den unzerstörten Teil der Stadtbibliothek mit dem Haupteingang. »Corinna? Keine Ahnung.«

»Hast du eine brauchbare Idee, was hier passiert ist?«

»Nein und das ist mir im Moment auch noch egal. Ich muss aufpassen, dass diese Trampel hier nicht alles zerstören.«

»Fangen Sie jetzt schon wieder an?«, fragte der THW-Leiter mit genervter Stimme.

»Nein. Ich bin vollkommen tiefenentspannt, wenn ich sehe, wie ihre Grobmotoriker meinen Tatort behandeln.«

»Haben Sie hier was zu sagen?« Der THW-Leitende stemmte die Hände in die Hüfte und blickte Gerste fragend an.

»Sieht wohl so aus.«

»Dann legen Sie den Bluthund hier an die Kette, bis wir fertig sind.« Verächtlich deutete er auf Eisenberg.

»Ach, der beißt nicht. Der will nur spielen.« Lachend ging Gerste an dem beschädigten Gebäude entlang und entdeckte seine Kollegen Marc Schiffer und Corinna Meier, die hustend auf die Straße traten.

»Hallo, Frank. Schön, dass du hier bist.« Der Kommissar wischte sich Staub vom Gesicht und stampfte kräftig auf die Pflastersteine, um die Schuhe zu reinigen. Seine Kollegin schüttelte derweil die braune Mähne, bemüht Ordnung in die Frisur zu bringen.

»Ja. Guten Morgen. Was ist hier eigentlich genau passiert?«

»So richtig wissen wir das selber noch nicht.« Sie hustete zweimal und drehte sich weg, um auf die Straße zu spucken. »Das ist echt krass da drin. Vor lauter Staub kannst du nichts mehr erkennen.«

»Ist die Feuerwehr noch zugange?«, fragte Gerste.

»Jep. Und das wird auch ’ne ganze Zeit dauern«, antwortete Schiffer. »Der Teil hier hat nicht so viel abbekommen. Aber der

Hauptteil da hinten mit dem Treppenhaus hat massive Schäden. Das hast du ja schon gesehen.«

»Was ist mit dem Zeugen? Hat den jemand befragt?«

»Ja. Unser Kriminalwachen-Patrick hat ihn kurz befragen können, bevor er ins Krankenhaus gebracht wurde.« Sie klappte ihr iPad auf, pustete den Staub vom Cover auf und stöhnte: »Puh. Ich hasse den Dreck hier. Einfach eklig.«

»Nun mach es doch nicht so spannend«, sagte Gerste.

»Aaaalsooooo.« Ein Augenaufschlag komplettierte die theatralische Antwort. »Der Mann heißt Willi Heisig, zweiundsechzig Jahre alt. Er hat sich Brötchen unten beim Myska an der Aue gekauft. Das macht er wohl jeden Samstag so. Ist sein Ritual. Vorne am Kiosk hat er sich dann noch eine WZ geholt. Er wohnt weiter hinten in der Luisenstraße und wollte über den Laurentiusplatz zurückgehen.«

»Hat er auch etwas Produktives ausgesagt?« Ungeduldig drehte sich Gerste zu Eisenberg um. Das THW hatte seine Sicherungsarbeiten beendet und die weiß gekleideten KTUler schwärmten aus.

»Ha ha. Sei froh, dass er sich überhaupt erinnern konnte.«

»Dann komm doch mal zur Sache.«

»Er ist also durch die Straße hier gegangen und da ist ihm ein Mann aufgefallen, der etwas an die alte Tür geklebt hat. Als er ihn angesprochen hat, drehte sich der Typ um und hat sofort geschossen.«

»Wie? Einfach so? Ohne Warnung?«

»Ja. Er war auch überrascht. Keinen Ton hat der wohl gesagt. Hat geradewegs die Waffe gezogen und ihm ins Bein geschossen. Das war ihm richtig unheimlich. Er konnte es gar nicht anders beschreiben. Es war einfach unheimlich.«

»Und was war so bemerkenswert daran?« Gerste zuckte mit den Schultern.

»Na diese fließende Bewegung, wie der die Pistole gezogen hat. Als wenn das alles eine Einheit war. So geübt. Fast Roboter-mäßig.« Gestenreich schwang Corinna ihr iPad durch die Luft.

»Du willst aber jetzt nicht auf einen Profi hinaus, oder?«

»Wieso nicht? Könnte doch sein.«

»Ach was. Du sagst also, dass er ihm nur ins Bein geschossen hat? Warum hat er ihn nicht getötet? Weshalb hat er einen Zeugen am Leben gelassen?«

»Bin ich hier der Chef oder du? Wüsste ich das schon alles, wärst du ja überflüssig.«

»Nicht so kess, so früh am Morgen, wenn ich bitten darf.«

»Ist aber doch eine gute Frage«, warf Schiffer ein, der sich bei den verbalen Spielchen seiner Kollegen gerne zurückhielt. »Konnte er den Schützen beschreiben?«

»Blonde Haare. Nicht zu kurz und auch nicht zu lang. So Mitte dreißig. Sportlicher Typ. Bart. Hatte wohl eine Jeans und eine dunkle Jacke an.« Sie schaute von ihrem iPad hoch.

»Toll. Der typische Allerweltskerl beschließt, einen Sprengsatz zu basteln, und schießt einen Menschen an. In was für Zeiten leben wir eigentlich?« Schiffer schüttelte den Kopf.

»Libanon, Marc. Libanon«, sagte Gerste und erntete fragende Blicke. »War weit vor eurer Zeit. Gibt es noch andere Zeugen?«

»Gefunden haben wir bis jetzt niemanden. Patrick ist aber mit ein paar Kollegen auf der Suche.«

»Marc, schau mal, ob hier irgendwo Kameras hängen. Das Finanzamt wird doch bestimmt überwacht.«

»Und was machen wir?«, fragte Corinna.

»Wir zwei Schönen gehen nicht über Los und ziehen auch keine zweihundert Euro ein.«

»Soll heißen?«

»Du bist aber heute schwer von Begriff. Um es simpel zu formulieren: Wir fahren ins Büro.«

Kapitel 5

Samstag, 21. März

Später Vormittag

»Hallo, Herr Doktor Müller.« Mit einem Lächeln auf den Lippen marschierte Irene Gerste auf den Mann zu, der aus der Garage kam, in dem ein Notarztwagen auf den nächsten Einsatz wartete. Vor ein paar Jahren war das Gebäude der Freiwilligen Feuerwehr am Hahnerberg neu erstellt worden. Um die gesetzliche Vorgabe von acht Minuten bis zum Eintreffen an der Einsatzstelle sicherzustellen, waren mittlerweile zwei Rettungswagen und ein Fahrzeug für den Notarzt in der Wache stationiert. »Können Sie sich an mich erinnern?«

»Na klar. Es kommt selten vor, dass jemand Polizisten so zurechtweist. Wie geht es Ihnen?«

»Danke der Nachfrage. Ganz gut.«

»Das freut mich. Was kann ich denn für Sie tun? Sie werden ja nicht hierhergekommen sein, um einen kleinen Plausch zu halten.« Skeptisch verschränkte der Arzt die Arme vor der Brust.

»Wo Sie so direkt fragen. Wissen Sie, wie es dem Radfahrer geht, den Sie am Freitag oben am Dönberg gerettet haben?«

»Frau …«, begann er.

»Gerste.«

»Also. Frau Gerste. Vermute ich richtig, dass Sie mit dem Unfallopfer nicht verwandt sind?«

»Ist das so offensichtlich?«

»Klar. Denn sonst würden Sie wohl kaum zu mir kommen.«

»Okay, Sie haben mich erwischt.«

»Was wollen Sie also wirklich von mir?«

»Ich würde den Mann gerne besuchen und schauen, wie es ihm geht. Für mich war es das erste Mal, dass ich so in einen Unfall involviert wurde. Der war ja fast tot. Und dann haben Sie ihn ins Leben zurückgeholt. Das war alles so neu und faszinierend. Können Sie das verstehen?«

»Ja, das kann ich gut nachvollziehen und ich würde Ihnen auch gerne helfen. Aber ich weiß ehrlich nicht, wie es dem Mann geht. Wir haben ihn in der Notaufnahme abgeliefert und sind dann wieder gefahren.«

»Wissen Sie denn, wie er heißt?«

»Wie ist Ihre Meinung zum Datenschutz?«

»Auch nicht, wenn ich Sie ganz nett drum bitte?« Intensives Klimpern mit den Lidern unterstrich ihre Absicht.

»Sie geben wohl niemals auf, oder?«

»Das Wort gibt es in meinem Wortschatz nicht.« Das Klimpern hörte auf. Das Lächeln nicht.

»Aber von mir haben Sie den Namen nicht.«

»Natürlich nicht. Sie können sich da vollkommen auf mich verlassen. Also?«

»Lars Hartmann.«

»Dafür bin ich Ihnen sehr dankbar. Und in welches Krankenhaus haben Sie ihn gebracht?«

»Jetzt ist aber bald mal gut, oder nicht?«

»Ach was. Wir plaudern so nett miteinander. Da könnte Ihnen das doch einfach so rausrutschen.«

»Sie sind ja schlimmer als meine Mutter.« Doktor Müller seufzte und ließ die Schultern sinken. Sein Widerstand war gebrochen. »Also gut. Sie lassen mir ja eh keine Ruhe. Er ist ins Helios gekommen. Die hatten Aufnahme an dem Abend. Aber sagen Sie es nicht weiter.«

Grinsend zog Irene ihre Hand an einem imaginären Reißverschluss über den Mund.

»Darf ich Sie noch zu einem Kaffee einladen? Zwischen den Einsätzen ist es manchmal etwas fad hier.«

»Das Wort fad sollten Sie bei keiner Frau verwenden, bei der Sie landen wollen. Nur so als kleiner Tipp.« Sie lachte und ging auf die Tür zu. »Und da ich aus dem Dating-Alter schon eine Zeit raus bin, nehme ich Ihre Einladung gerne an.«

◆ ◆ ◆

»Hallo. Was kann ich für Sie tun?« Freundliche Augen der Krankenschwester blickten sie an, nachdem Irene an der Tür zur Intensivstation im Helios Klinikum Wuppertal geklingelt hatte.

»Ich würde gerne Lars Hartmann besuchen.« Mit ihrer direkten Art war sie während ihrer Zeit als Rechtsanwältin meistens gut gefahren. Dass sie nicht in einem Verwandtschaftsverhältnis zum Unfallopfer stand, musste sie der Frau ja nicht sofort auf die Nase binden. ›Sage den Leuten immer nur so viel, damit sie zufrieden sind.‹

»Und wer sind Sie?«

›Kann ja nicht immer klappen.‹

»Ich bin seine Oma.« Notlügen sah sie als unvermeidbare Alternative zur Wahrheit an, die ihrer Erfahrung nach ohnehin keiner hören wollte. Gib den Leuten, was sie erwarten, und denke nie für andere. Schafft weniger Probleme.

»Na dann kommen Sie mal mit. Aber erschrecken Sie sich nicht. Ihr Neffe hat einiges abbekommen bei seinem Unfall.« Die Krankenschwester drückte die Tür weiter auf.

»Ja, das habe ich schon gehört. Er tut mir ja so leid, wissen Sie. Der ist so ein lieber Junge. Wie geht es ihm denn?« Mit Heucheln hatte sie aus ihrer Zeit vor Gericht ausgiebige Erfahrungen.

Irene folgte der in blauen Leinen gekleideten Frau und war beeindruckt von der Ruhe auf der Krankenstation, die Professionalität ausstrahlte. In ihren Gedanken hatte sie sich ein hektisches

Getümmel mit immerwährender Geräuschkulisse vorgestellt. Ein Hilferuf von hier, piepende Signale von da. Nichts davon bemerkte sie. Im Prinzip ging sie durch einen Gang, den sie in vielen anderen Stationen schon oft gesehen hatte.

»So. Hier sind wir.« Vor einer Tür mit unzähligen Hinweisschildern und Verhaltensregeln kamen sie zum Stehen. »Warten Sie bitte hier. Ich werde nachsehen, ob Herr Hartmann wach ist.«

›Scheiße‹, dachte sie. Die Möglichkeit, dass er erwähnen würde, keine Oma mehr zu haben, hatte sie zwar in Erwägung gezogen, aber eine schlaue Antwort war ihr nicht eingefallen. ›Stopp‹, schalt sie sich. ›Nicht für andere denken.‹

»Sie haben Glück. Herr Hartmann ist wach«, sagte sie, als die Tür wieder aufging. »Warten Sie bitte hier. Ich hole Ihnen einen Kittel.«

»Vielen Dank.«

Ein Teil der Anspannung, die Lügen und Täuschung mit sich brachte, fiel von ihr ab und der sanfte Schweißfluss, der mit dem Drücken der Klingel eingesetzt hatte, endete abrupt. Neben der Milchglastür standen drei Stühle aus grauem Plastik. Trist und einfach zu reinigen. Zwei Schwestern kamen ihr entgegen und schlenderten scherzend den Gang hinunter. Bemerkenswerte Einstellung, dachte sie. Jeden Moment könnten Menschen hinter den Wänden sterben und die Frauen lachen hier. Vielleicht war es aber auch eine Möglichkeit, den Kontakt zum Tod abzustreifen.

»So. Ziehen Sie bitte den äußerst schicken Kittel an. Seien Sie froh, dass wir die feinen Häubchen nicht mehr vorschreiben, denn sonst könnten Sie direkt einen Termin bei Ihrem Friseur machen.«

»Wie schaffen Sie es, in so einer Umgebung witzig zu sein?«

»Och, das lernen Sie mit der Zeit. Mir hilft es, die Tränen der Angehörigen zu ertragen und wenn Sie mit einem Lächeln auf den Lippen in das Krankenzimmer gehen, habe ich alles erreicht.«

»Puh!« Irene holte tief Luft. »Ist es so bedrückend da drin?«

»Für viele ist es wirklich schlimm, ihre Lieben so zu sehen.«

»Wie hoch ist die Chance, hier lebend wieder rauszukommen?«

»Genaue Zahlen kenne ich keine, weil das doch stark vom Einzelfall abhängt. Gewiss ist der Tod allgegenwärtig. Sonst würden die Patienten ja nicht hier liegen. Aber die meisten verlassen uns lebend.«

»Da bin ich erleichtert«, sagte Irene und drehte sich um, damit die Krankenschwester den Kittel auf dem Rücken verknoten konnte.

»Dann wollen wir Ihren Enkel mal nicht länger warten lassen. Wenn wir drin sind, gehen Sie bitte zum Waschbecken und desinfizieren sich die Hände.« Sie drückte die Tür auf und Irene war der Ohnmacht nahe. Mit so einer Ansammlung von Kabeln, Schläuchen und Monitoren hatte sie nicht gerechnet. Das notorische Piepen der Überwachungssysteme stoppte ihren Vorwärtsdrang und zu gerne wäre sie rückwärts aus dem Raum gewichen. Sie fühlte sich überfordert und das war ein Gefühl, welches sie nicht gut kannte. Normalerweise gab sie Anweisungen, die befolgt wurden. Zumindest war dies in der Kanzlei so gewesen, deren Partnerin sie jahrelang war.

Jetzt starrte sie eine Figur an, dessen Gesicht von zahlreichen Mullbinden verdeckt war. Ein schrecklicher Anblick. Auf einmal war sie dankbar für die Gelegenheit, das Waschbecken benutzen zu können und sie dehnte die Desinfektion aus. Oh, mein Gott, dachte sie. Was mache ich hier nur? Dann zwang sie ein Lächeln in ihr Gesicht und dreht sich um.

»Hallo Herr Hartmann. Wie geht es uns denn heute?« Die Schwester prüfte beiläufig die Monitore und tippte etwas in die elektronische Krankenakte. »Ihre Oma ist da und möchte Sie besuchen.«

»Aha, schau mal an. Meine Oma besucht mich«, sagte der Mann im Bett. Die von Verbänden unbedeckten Flecken traten in einen Wettbewerb mit dem tristen Weiß der Wandlackierung.

Irene bemühte sich zuversichtlich zu nicken. Ihr armseliger Schwindel war kurz davor aufzufliegen. Das aufgesetzte Lächeln gefror und sie wünschte sich einen Mundschutz, der die peinlichen Gesichtszüge bedeckt hätte.

»Hallo.« Pause. »Oma.«

»Bitte bleiben Sie nur dreißig Minuten«. Die Krankenschwester zog die Tür hinter sich zu.

Irene starrte dem Mann in das bandagierte Gesicht und entdeckte zwei fragende Augen zwischen den Verbänden. Er lag mit schräg gestellten Rückteil auf dem Bett.

»Oma?« Eine freundliche und keineswegs ärgerliche Stimme fand den Weg an ihr Ohr und bot ihr eine Gelegenheit zur Erklärung.

»Na ja. Ich gebe zu, die Geschichte mit der Oma hält einer Überprüfung nicht stand.«

Lars Hartmann verschluckte sich, hustete und griff sich an die Brust. Der trockene Humor hatte eine etwas zu starke Reaktion hervorgerufen.

»Geht es Ihnen gut? Soll ich die Schwester holen?«

»Nein. Puuuh«, stöhnte er und wandelte seine Gestik in ein Lächeln. »Hier ist alles so neutral, da war ich an Humor nicht mehr gewöhnt.«

»Brauchen Sie einen Schluck Wasser?«

»Nein.« Pause. »Was ich gerne hätte, wäre eine Erklärung, warum Sie hier sind.« Erneute Unterbrechung. »Wie es aussieht, wollen Sie mich ja nicht umbringen.« Schnaufen. Das Sprechen strengte den Mann mehr an, als sie es bei den erwartungsvollen Augen geahnt hatte.

»Mein Name ist Irene Gerste. Und töten will nicht ich Sie, sondern der Autofahrer, der Sie angefahren hat.«

»Woher wissen Sie das?« Eine Spur von Misstrauen legte sich über die Neugier.

»Weil ich dabei war. Ich habe gesehen, wie Sie von der Straße gedrängt wurden.« Sie wartete einen Moment, um die Worte sacken zu lassen. »Und dann habe ich geholfen, Sie wiederzubeleben.«

»Ich … ich danke Ihnen.«

»Na, das war das Mindeste, was wir tun konnten. Ich hätte mir nur zu gerne den Kerl geschnappt. Der rechte Fuß zuckt immer noch, wenn ich daran denke. Aber dann haben wir es vorgezogen, Sie zu retten. Mein Auto hat es mir bis jetzt nicht verziehen, dass ich so hart in die Eisen gegangen bin.« Irene nahm einen Stuhl und zog ihn ans Bett. »Können Sie sich an irgendetwas erinnern?«

»Nur an das, was vor dem Unfall passiert ist«, antwortete Hartmann langsam. »Ich war in Neviges und auf dem Weg zurück nach Wuppertal.«

»Machen Sie das öfter? Ist das nicht ein bisschen mühsam, bei den ganzen Bergen?«

»Geht so. Ich habe kein Auto und liebe es, mit dem Rad zu fahren. Insofern ist es eine gewollte Anstrengung.«

»Und weswegen waren Sie da? Ich hoffe, das ist nicht zu indiskret.«

»Na. Vor meiner Lebensretterin werde ich doch keine Geheimnisse haben.« Ein zuversichtliches Lächeln breitete sich auf seinem Gesicht aus. »Ich bin Journalist und habe für einen Artikel recherchiert.«

»Das klingt ja geheimnisvoll. Über was schreiben Sie denn?«

»Das ist alles noch nicht offiziell. Aber wenn es das wird, ist es ein richtiger Knaller. Das können Sie mir glauben.«

»Jetzt haben Sie mich aber neugierig gemacht.«

»Ja, das kann man Ihnen ansehen. Ich kann nur bisher nichts beweisen. Das war ja der Grund, warum ich in Neviges war. Dort wollte ich mich mit einem Informanten treffen.«

»Wie in einem Spionageroman.«

»Das kommt schon mal vor. Es geht ja um eine große Sache.«

»Kommen Sie. Lassen Sie mich nicht dumm sterben. Geben Sie mir einen Tipp.«

»Sie sind ja echt hartnäckig.«

»Immer schon gewesen. Das hat der Anwaltsberuf so mit sich gebracht.«

»Sie waren Anwältin?«

»Ja. Fast vierzig Jahre lang.«

»Dann würde Ihnen meine Geschichte noch besser gefallen.«

»Und Sie sind ein Meister im Rätsel erzählen.« Irene lachte. »Bei welcher Zeitung arbeiten Sie denn?«

»Bei der WZ. Warum in die Ferne schweifen, wenn das Gute so nah ist.«

»Kommen Sie. Machen Sie es nicht so spannend. Um was geht es denn in Ihrer Story?«

»Um einen Spitzel in der Staatsanwaltschaft. Aber psssst.« Er legte einen Finger auf die Lippen.

»Nicht Ihr Ernst. Wie sind Sie …«

Die Tür ging auf: »Schluss für heute, ihr Lieben. Jetzt ist wieder Ruhe angesagt.« Die Krankenschwester kam herein und vermittelte nicht den Eindruck, überaus verhandlungsbereit zu sein.

»Na dann will ich mal gehen. Es war schön, dich zu sehen, Lars.« Irene drehte sich um und machte sich auf den Weg zur Tür.

»Hey! Eine Frage noch. Wissen Sie, wo mein Rucksack ist?«

»Sie?«, fragte die Krankenschwester?

»Ist eine lange Geschichte«, antwortete Irene und wandte sich an den Reporter: »Nein, aber ich habe eine Idee, wo er sein könnte.«

»Okay, ich verstehe zwar nicht, was Sie meinen, aber es wäre sehr wichtig für mich, den Rucksack zurückzubekommen.«

»Ich geb' mein Bestes, glauben Sie mir«, sagte sie und setzte ihr bestes Zahnpastalächeln auf. »Aber sagen Sie: Was haben Sie denn da für ein interessantes Armband?«

Hartmann blickte zur Seite und hob die linke Hand etwas an. »Das hier meinen Sie?«

Irene nickte.

»Das ist mein Glücksbringer. Irgendwie hat er geholfen, oder?«

»Sieht so aus. Und was steht da drauf?«

»Samurai Unterstrich 27. Und bevor Sie fragen: Das ist meine ID für den Budoclub in Düsseldorf.«

»Und wieso tragen Sie das am Arm?«

»Puh!«, stöhnte er. »Das erkläre ich Ihnen, wenn es mir wieder etwas besser geht.«

Irene verstand den Wink und erhob sich. »Ich wünsche Ihnen gute Besserung und jetzt mach' ich mich mal auf die Suche nach Ihrem Rucksack.«

Bevor ihm die Augen zufielen, schenkte er ihr noch einen angedeuteten militärischen Gruß und lehnte sich im Bett zurück.

Kapitel 6

Sonntag, 22. März

Gegen 13 Uhr

»Wer hat noch nicht?« Kriminalkommissar Schiffers Blick wanderte durch den Besprechungsraum des Kriminalkommissariats elf im Wuppertaler Polizeipräsidium. Frank Gerste hatte den jüngsten in seinem Team mit der großen Ehre betraut, den Kaffeevollautomaten zu bedienen. Profaner Filterkaffee war ihm weitestgehend egal. Für ihn zählte nur ein ausgewogenes Getränk aus perfekt temperiertem Wasser in Tateinheit mit aus liebevoll gerösteten Kaffeebohnen gemahlenem Pulver. Wenn dieses Ereignis ihm dann in einer vorgewärmten Tasse kredenzt wurde, verdiente es den Namen Espresso und der Erschaffer stieg in seinem Ansehen.

Schiffer stand mit dem Rücken an der Wand, als Gerste den Zuckerstreuer abstellte, den weißen Berg angeregt mit der schwarzen Flüssigkeit vermischte und die Tasse zum Mund führte. Minimal anerkennendes Nicken in Schiffers Richtung entlud die Spannung und der Tag konnte besser enden, als er begonnen hatte.

»Guten Tag, Herr Doktor Ritter«, begann er. »Wie schön, Sie hier zu sehen. Wen haben Sie uns denn da mitgebracht?«

»Da sind Sie mir mal wieder zuvorgekommen.« Grinsend zeigte der Staatsanwalt auf die junge Frau, die mit einer gewissen Anspannung, den Kugelschreiber in ihren Händen drehte. Kriminalhauptkommissar Gerste eilte in Wuppertaler Justizkreisen der Ruf eines Chauvinisten voraus, der sich mit frauenfeindlichen Sprüchen nicht eben zurückhielt, sondern das weibliche Geschlecht ausgesprochen gerne provozierte. Er konnte die Nervosität der Frau spüren, die jetzt in ihre Haare griff und die offen getragene braune Mähne auflockerte. Ihr Blick streifte scheu durch den Raum, immer wieder zwinkerte sie und mied langen Blickkontakt. Gut so, dachte er. Sie war eingeschüchtert.

»Das ist Laura Stern. Sie arbeitet bei uns drüben schon seit ein paar Jahren und ist eine sehr zuverlässige Kollegin.«

»Das ist ja wunderbar für Sie. Aber was hat das jetzt mit uns zu tun?«

»Die obere Heeresleitung möchte in dem brisanten Fall gerne eine direkte Verbindung zu den Ermittlungen haben. Frau Stern fungiert sozusagen als meine rechte Hand in Ihrer Truppe.«

»Ich habe mich wohl verhört«, protestierte Gerste und lehnte sich zurück. »Sie wollen uns ein Kindermädchen unterschieben?«

»Ist nicht auf meinem Mist gewachsen.« Ohne zu blinzeln, blickte Doktor Ritter seinem Kontrahenten direkt in die Augen. »Und wo ist überhaupt das Problem? Der Oberstaatsanwalt möchte das eben so. Und Sie wissen genauso gut wie ich, dass in so einem Fall jede Widerrede sinnlos ist.«

»Na dann sagen Sie Ihrem verehrten Herrn Oberstaatsanwalt mal, was ich davon halte, hier den Kindergärtner zu spielen.«

Peinlich berührt blickte Laura auf den vor ihr liegenden Block und fügte den fünf vorhandenen ein weiteres Haus vom Nikolaus hinzu.

»Herzlich willkommen«, sagte Corinna, bemüht, die Spannung im Raum zu lösen.

»Na super. Da fallen mir die eigenen Truppen in den Rücken. Für so eine Insubordination wärst du früher erschossen worden.«

»Nun hab dich nicht so. Ändern kannst du daran eh nichts mehr.«

»Aber ich gebe meine Bedenken zu Protokoll.«

»Zur Kenntnis genommen«, entgegnete Corinna fröhlich und deutete imaginäres Schreiben auf ihrem iPad an. »Können wir uns jetzt wieder mit dem Anschlag beschäftigen?«

»Das würde ich sehr begrüßen«, warf der Staatsanwalt ein und trank einen Schluck Kaffee aus dem Pappbecher. Kaffeetassen waren in der Abteilung nur dem Stammpersonal und ausgewählten Kräften zugestanden.

»Na gut. Nehmen wir das mal so hin.« Weiter sichtbar ungehalten musterte Gerste die junge Frau mit abschätzendem Blick, zuckte kurz mit den Mundwinkeln und quetschte ein »Willkommen« über die Lippen.

»Danke«, antwortete Laura leise.

»Jetzt lassen wir mal die Spielchen.« Doktor Ritter ergriff das Wort und sah auf die Uhr. »Ich habe gleich einen Termin, den ich nicht verschieben kann. Also, in Kürze: Wo stehen Sie?«

»So ziemlich am Anfang, würde ich sagen. Das Ganze ist doch erst ein paar Stunden her. Die KTU ist noch am Tatort und versucht, Spuren vom Sprengsatz zu sichern. Corinna und meine Wenigkeit fahren nachher ins Krankenhaus und versuchen, mit dem Zeugen zu sprechen. Und unser Kaffeekünstler hier wird sich mit dem Finanzamt in Verbindung setzen und schauen, ob es da Kameraaufnahmen gibt, die wir nutzen können. Das ist die Kurzfassung von dem, was wir vorhaben.«

»Haben Sie schon Hinweise auf den Täter?«, fragte Doktor Ritter.

»Corinna?« Man konnte Gerste einiges vorwerfen, aber delegieren gehörte zu seinen Stärken.

»Laut Zeugenaussage war es ein blonder Mann, der den Sprengsatz an der Tür befestigt hat. Mittelgroß mit Bart.«

»Das ist alles? Mehr haben wir nicht?«

»Bis jetzt nicht. Als der Zeuge ihn angesprochen hat, hat er sofort geschossen. Dann wurde das Opfer vom Schützen in Sicherheit gebracht. So wie es aussieht, wollte er verhindern, dass er durch die Sprengladung verletzt wird.« Sie blickte auf das iPad und fuhr fort. »Wir suchen noch nach anderen Kameras. Die Gegend ist ja gut überwacht.«

»Haben wir schon etwas von Sven?« Wollte Gerste wissen und starrte Schiffer an.

»Er hat eine Patronenhülse gefunden, nachdem sie die Trümmer weggeräumt haben. Kaliber neun Millimeter Luger. Vielleicht finden Sie Fingerabdrücke drauf. Sven sucht weiter nach dem Projektil, hat mir aber keine Hoffnungen gemacht. Die Gegend ist da recht weitläufig.« Schiffer blätterte eine Seite seines Blocks um.

»Gibt es schon Informationen zum Sprengsatz?«, fragte der Staatsanwalt.

»Nein. Auch zum Zünder kann er noch nichts sagen.«

»Wie um Himmelswillen kommt jemand auf die Idee, die Stadtbibliothek zu sprengen?« Nervös tigerte Doktor Ritter um die Tische herum.

»Wir sollten mal nachfragen, ob es Drohungen gegeben hat«, sagte Gerste und ignorierte den angespannten Mann.

»Ist notiert«, rief Corinna in die Runde.

Prüfend taxierte Doktor Ritter seine Armbanduhr. »Ich muss jetzt los. Halten Sie mich bitte auf dem Laufenden und ärgern Sie Frau Stern nicht allzu sehr.« Mit einer unerwarteten Geschwindigkeit verließ er den Besprechungsraum und eilte zur Tür des Großraumbüros.

»Und wir Schönen werfen mal einen Blick auf die Videos der Verkehrsüberwachung. Leg los, Corinna«, sagte Gerste.

Corinna Meier tippte auf ihrem iPad und beamte das Bild auf die weiße Wand. »Dann schauen wir mal, ob wir den Typen finden. Die Explosion war ja um kurz nach acht und den Angaben des Zeugen zufolge, ist der Schütze Richtung Kasinostraße gelaufen. Da sollten wir ihn ja sehen können.«

»Da!« Schiffer deutete auf einen Mann, der gemächlichen Schrittes über die Straße auf einen älteren VW Golf zuging.

»Der hat es aber nicht besonders eilig«, merkte Corinna an. »Sieht irgendwie lässig aus, was der da macht. Dabei hat er gerade einen Sprengsatz gelegt. Es ist acht Uhr drei.«

»Was macht er jetzt?« Mit gerunzelter Stirn schaute Gerste auf die bewegten Bilder.

»Keine Ahnung. Der sitzt nur in seinem Auto«, fügte Schiffer an. »Der hat echt die Ruhe weg.«

»Da kommen ein paar Teile angeflogen. Das muss die Explosion gewesen sein. Und jetzt fährt er los. Mal sehen, wo du hinwillst?«

»Du bist ja richtig in deinem Element, Corinna«, sagte Gerste.

»Absolut. Videotracking finde ich sehr spannend. Jetzt wird es schwerer. Er ist da in die Luisenstraße gefahren. Da haben wir keine Kameras. Aber eigentlich kann er ja nur auf die Neumarktstraße fahren. Hier vorne am Kasinokreisel müsste er dann wieder auftauchen.«

»Meinst du echt, der fährt zum Tatort zurück?«, meinte Schiffer skeptisch.

»Wenn er nicht durch die Fußgängerzone rüber zur Friedrichstraße will, muss er gleich wieder zu sehen sein.« Corinna wechselte die Kameraperspektive.

»Da kommt er!«, rief Gerste.

»Wo würdest du gleich herfahren, Marc?«

»Zur B7 runter. Von da hätte ich die meisten Möglichkeiten, abzuhauen. Wetten wir um ein Bier?«

»Gilt. Ich würde eher durchs Luisenviertel fahren. Keine Kameras.«

»Das Bier ist meins«, johlte Schiffer. »War mir klar.«

»Quatsch nicht rum. Du hast nur Glück gehabt.«

»Was macht der denn jetzt?«, warf Gerste ein. »Will der wirklich zum Robert-Daum-Platz?«

»Irgendwie scheint der sich seiner Sache sehr sicher zu sein. Fährt so locker durch die Stadt«, sagte Laura Stern leise und alle drehten sich zu ihr um.

»Gut beobachtet«, lobte Gerste. »Und was schließen Sie daraus?«

»Hmmm. Nichts.«

»Richtige Antwort. Noch wissen wir nämlich sehr wenig über den Mann. Nur, dass er sich relativ sicher ist, ungeschoren davonzukommen. Wo ist unser Freund jetzt?«

»Biegt am Robert-Daum-Platz in die Briller Straße. Der will bestimmt zur Autobahn hoch«, mutmaßte Schiffer.

»Meinst du echt? Dann muss er doch davon ausgehen, dass wir ihn die ganze Zeit auf Video haben«, sagte Corinna.

»Kannst du mir noch einen Espresso machen, Marc.«

»Klar Chef. Möchte sonst jemand etwas zu trinken?«

»Ich wäre dir für einen Latte dankbar.« Die Polizistin warf ihrem Kollegen ein freundliches Lächeln zu.

»Wie könnte ich dem Blick etwas abschlagen?«

»Was ist mit Ihnen, Frau Stern?«

»Sagen Sie doch bitte Laura. Ich komme mir sonst so alt vor.«

»Okay. Möchtest du einen Kaffee?«

»Ich hätte auch gerne einen Latte macchiato. Vielen Dank.«

»Kein Problem.«

»Passt auf«, rief Gerste und unterbrach den Small Talk barsch. »Jetzt ist er an der A46 angekommen. Und welch Wunder, der stellt sich da an die Ampel. Ich werde nicht schlau aus dem.«

»Jetzt geht es los. Hä? Was macht der denn da? Der dreht?«, wunderte sich Corinna.

»Ich weiß, was der vorhat«, wandte Gerste ein. »Der will zu Fuß über die Nordbahntrasse abhauen. Wetten?«

Der dunkelblaue Golf bog auf den Aldi-Parkplatz.

»Ruf mal bei Aldi an, ob die uns die Aufnahmen geben können«, wies Gerste Corinna an.

»Mach' ich gleich morgen früh. Heute werden wir da niemanden erreichen, großer Meister.«

»Weißt du, was ich an dir mag?«

»Meine schönen, braunen Augen?«

»Du hast braune Augen? Echt? Ist mir noch gar nicht aufgefallen.«

»Na super. Was ist es dann?«

»Du weißt, wie du deinen Chef angemessen anzureden hast. Und schick bitte eine Streife hoch zum Aldi. Die sollen nachsehen, ob der Golf noch auf dem Parkplatz steht.«

Kapitel 7

Sonntag, 22. März

Später am Nachmittag

Hallo Herr Heisig«, sagte Gerste und schloss die Tür hinter sich. Sie hatten die Krankenschwester gebeten, alleine mit dem älteren Mann sprechen zu dürfen. Bei Zeugenaussagen legte er Wert auf absolute Unvoreingenommenheit der Zeugen. Oft genug hatte er in der Vergangenheit miterleben müssen, wie Unbeteiligte Einfluss ausübten und die Aussagen, absichtlich oder unabsichtlich verfälschten. »Ich bin Kriminalhauptkommissar Frank Gerste und das ist meine Kollegin Corinna Meier. Wir würden Ihnen gerne ein paar Fragen bezüglich des Anschlags auf die Stadtbibliothek stellen.«

Der Mann im Bett machte einen überraschten Eindruck, zog sich das Laken bis zum Hals und wischte sich über die hohe Stirn. Nervosität war eine typische Reaktion auf den Kontakt zu Polizeibeamten. Mit zittriger Hand griff er die Fernbedienung und schaltete das TV-Gerät aus.

»Guten Tag. Ich habe Sie schon erwartet.« Hektisch wechselte sein Blick zwischen den Beamten hin und her. Deutlich konnten sie hören, dass er um eine feste Stimme bemüht war.

»Hallo«, sagte Corinna. »Wie geht es Ihnen denn überhaupt? Ich kann mir gar nicht vorstellen, wie schwer das für Sie sein muss.«

Heisig holte tief Luft, verharrte einen Moment und atmete hörbar aus.

»Danke. Es geht schon wieder.«

»Wirklich?«, hakte sie nach. »Wir können auch morgen wiederkommen, wenn das angenehmer für Sie ist.«

Gerste warf seiner Kollegin einen Blick zu, der maximales Unverständnis signalisierte. Er war von ihrem Mitgefühl eher selten angetan und zog es vor, den Druck bei Zeugenbefragungen aufrechtzuerhalten.

»Ist schon okay. Macht ja keinen Sinn, das vor mir herzuschieben.«

»Dauert auch nicht lange.« Die Polizistin ergriff wieder das Wort und deutete ihrem Chef damit unterschwellig an, dass sie die Befragung durchzuführen gedachte. Gerste seufzte und fügte sich in sein Schicksal, Minuten der Schwafelei ertragen zu müssen.

»Wie war das heute Morgen? Können Sie uns erklären, was passiert ist?«

»Na ja. Ich habe Brötchen bei Myska gekauft. Die schmecken uns am besten. Früher bin ich dafür extra bis zur Musikschule vorgelaufen, wissen Sie. Aber der neue Laden gefällt mir besser.« Er machte eine Pause und schaute aus dem Fenster.

Gerste fläzte sich auf einen Stuhl und verschränkte die Arme vor der Brust. Er war sich sicher, dass seine Kollegin die falsche Vorgehensweise anschlug, und wartete auf seine Chance.

»Und dann?«

»Ich habe am Kiosk bei der Deutschen Bank noch eine Bild am Sonntag gekauft und wollte dann zurückgehen.«

»Nehmen Sie immer den Weg an der Stadtbibliothek vorbei?«

»Nein. Das war purer Zufall. Ich war irgendwie in Gedanken und wollte dann zum Laurentiusplatz. Und auf einmal habe ich den Mann gesehen. Wie er da vor der Tür gekniet hat.«

»Von der Kreuzung bis zur Bibliothek sind es ja ein paar Meter. Hätten Sie den Mann nicht schon viel früher sehen können?«

»Doch, doch. Ich habe ihn ja auch schon früher gesehen. Aber da ist er ja nur die Straße entlang geschlendert. Ganz normal. Und da habe ich wieder in die Zeitung geschaut.«

»Ach daher kommt, dass Sie ihn erst so spät bemerkt haben.«

»Und dann ging alles so verdammt schnell.«

»Was meinen Sie?«

»Na, ich habe ihn gefragt, was er da machen würde. Irgendwie kam es mir komisch vor, dass er da vor der Tür gekniet und etwas angeklebt hat.«

»Und?«

»Erst hat er gar nicht reagiert.«

»Was meinen Sie damit?«

»Der hat einfach weitergemacht, als wenn ich gar nicht da wäre.«

»Was geschah danach?« Ein sachtes Nicken veranlasste Heisig, weiterzusprechen.

»Das weiß ich gar nicht mehr so richtig. Das ist alles so schnell passiert.«

»Lassen Sie sich ruhig Zeit.«

Gerste murrte leise vor sich hin, während Corinna den Mann durch ein freundliches Lächeln weiter ermutigte. Sie hatte sich einen anderen Stuhl genommen, saß neben dem Bett und drückte ihm die Hand.

»Er ist wie ein Raubtier aufgesprungen und dann war da auf einmal die Pistole.« Heisig atmete schneller. Auf der Stirn hatte sich ein Schweißfilm gebildet. »Seine Augen waren so kalt, so hart, so erbarmungslos.« Er legte eine Pause ein. »Und dann hat er geschossen. Völlig überraschend. Ich dachte, ich müsste sterben.«

»Was Sie ja nicht sind«, warf Gerste gelangweilt ein.

»Frank!«

»Ja. Ja und auf einmal lag ich da auf dem Boden und mein Bein tat so weh. Und … « Heisigs Stimme verstummte.

»Alles in Ordnung?«

»Und dann hat der mich gepackt und weggezogen. Einfach so. Hinten hin, zu dem kleinen Park.«

Corinna sagte nichts. Der Ausdruck ihrer Augen ermutigte Heisig, fortzufahren.

»Da hat er mich fallen gelassen. Ich lag einfach so auf dem Boden und mein Bein blutete stark. Ich glaube, er stand noch ein paar Sekunden da, aber ich hatte zu viel Angst, mich umzudrehen.«

»Das glaube ich Ihnen.«

»Wieder vergingen ein paar Momente und dann gab es diesen großen Knall. Der war so laut. So etwas hatte ich noch nie vorher gehört. Und der ganze Staub und die Steine. Alles flog durch die Luft. Ich hatte Todesangst.« Heisig atmete schnell, der Herzschlag brachte das Überwachungsgerät zum Piepen und die Zimmertür wurde aufgestoßen.

»Jetzt ist aber Schluss hier. Wollen Sie den Mann umbringen?«, rief die Krankenschwester und lief auf das Bett zu.

»Eine Frage noch«, sagte Corinna. »Dann gehen wir.«

»Herr Heisig?« Die Frau legte die Hand auf die Stirn des Mannes, nahm die Hand und suchte nach dem Puls. »Ist das okay für Sie?«

Er nickte und die Krankenschwester warf Corinna den Blick einer Mutter zu, die ihr angeschlagenes Kind verteidigen würde.

»Können Sie den Mann beschreiben?«

»Er war hell. Blond. Und er hatte einen Bart.« Seine Erregung stieg wieder an. »Die Augen werde ich nie vergessen. Kalt wie der Tod.«

»Das war es aber jetzt. Raus hier.«

»Danke Herr Heisig. Vielen, vielen Dank.« Corinna erhob sich. Ein letztes Mal drückte sie die Hand des Mannes und nickte ihm freundlich zu.

»Meinen Sie, er kommt zurück, um mich zu töten?«, fragte er ängstlich.

»Nein. Wenn er das gewollt hätte, wären sie längst kalt.« Freudlos erhob sich Gerste, marschierte zur Tür und zog sein vibrierendes Handy aus der Hosentasche.

»Ich höre.«

»Frank? Marc hier. Die Streife hat mich eben angerufen. Der Golf steht noch oben am Aldi. Mutterseelenallein.«

»Habe ich mir fast gedacht.«

»Wie gehen wir weiter vor?«

»Versau Sven mal den Sonntagabend«, grummelte Gerste, beendete das Gespräch und wandte sich an seine Kollegin. »Kommissar-Azubine Meier! Feierabend.«

Kapitel 8

Sonntag, 22. März

Kurz vor zehn Uhr abends

Der Mann mit den blonden Haaren ging zielstrebig auf das Pförtnerhäuschen zu, das schon bessere Tage gesehen hatte. Lieblos mit grauem Putz verkleidet, hatte es ein großmaschiges Gitter vor dem einzigen Fenster und die beamtentypische Sprechluke. Vom Dach rankte Efeu herunter. Unwichtig und längst vergessen waren die Worte, mit denen er das kleine Gebäude beschreiben würde.

Er hatte die Umgebung rund um das Krankenhaus über zwei Stunden observiert und sich die Abläufe eingeprägt. Zu wissen, was wann und wo passiert und in welchen Routinen die Menschen leben und arbeiten, gehörte zu seinem täglichen Brot. Unwissen führte zu Überraschungen und die reduzierte er am liebsten auf ein Minimum.

Der Pförtner würde in fünf Minuten die nächste Zigarette rauchen. Wie immer würde er dann das Büro verlassen, um auf dem Hof dahinter auf- und abzugehen. Er durfte sich nicht zu weit entfernen, damit die seltenen Telefonanrufe nicht ins Leere liefen. Routine eben. Routine konnte er sich, im Gegensatz zu dem älteren Mann mit dem weißen Haarkranz, nicht leisten.

Menschen zu überraschen, brachte ihm Vorteile und die galt es auszunutzen. Aus genau diesem Grund klopfte er jetzt energisch an die Scheibe des Häuschens und sah den Pförtner aufschrecken, der gemütlich in einen Märklin-Katalog vertieft war.

»Hallo? Können Sie mir vielleicht helfen? Ich suche die Intensivstation.« Er fuhr sich mit der Hand durch die Haare, nahm die

Fake-Brille ab und hielt sie gegen das Licht im schmalen Büro des Pförtners. Dann ging er zwei Schritte zurück, um nicht allzu aufdringlich zu wirken.

»Die haben schon zu.« Ohne aufzusehen, blätterte er eine Seite um.

»Oh, nein. Jetzt bin ich extra den ganzen Weg von London hierhergekommen und kann nicht mehr zu meinem Bruder?« Um Enttäuschung vorzuspielen, schüttelte er den Kopf und verschränkte die Hände hinter dem Hals. Dann ging er hibbelig ein paar Schritte, holte extra tief Luft und blies sie vernehmbar aus. »Und da kann man gar nichts machen?«, fragte er und störte den Pförtner erneut.

Der schaute mit mikroskopisch kleiner Aufwallung von Ärger auf und blickte auf die Uhr. Fünf vor zehn. Damit hatte der blonde Mann das nächste Zwischenziel des Plans erreicht – den Pförtner so dezent wie möglich unter Druck zu setzen, dass er seine Chancen auf die minutiös geplante Zigarettenpause schwinden sah.

»Ich kann ja oben mal anrufen. Vielleicht machen die eine Ausnahme für Sie. Die Schwester Marion kenne ich eigentlich ganz gut.«

»Wirklich? Damit würden Sie mir einen riesigen Gefallen tun. Vielen, vielen Dank«

»Wie heißt Ihr Bruder denn?«

»Lars Hartmann. Er hatte vor ein paar Tagen einen schweren Unfall.«

Der Pförtner sah auf seiner Telefonliste nach, griff zum Telefon und wählte eine Nummer.

»Hallo Marion. Karl hier. Dein Lieblingspförtner.« Er grinste über irgendetwas und lächelte den Mann vielsagend an, der vor seinem Büro stand.

»Sag mal. Ich habe hier jemanden stehen, dessen Bruder bei euch auf der Intensiv liegen soll. Jetzt ist er extra aus London angereist und fragt, ob er seinen Bruder heute noch sehen kann.« Wieder lauschte der Pförtner, nickte verständnisvoll und reckte den Daumen der freien Hand nach oben. »Alles klar und danke dir.«

»Haben Sie etwas herausfinden können?«

»Ach, wissen Sie, die Marion ist eine ganz Liebe und wir kommen sehr gut miteinander aus. Da tut sie mir schon mal den einen oder anderen Gefallen.« Selbstgefällig und zufrieden mit seiner Leistung stierte er durch die Glasscheibe. »Sie können Ihren Bruder jetzt noch besuchen.«

»Wirklich? Das ist ja wunderbar.« Plötzliche Gefühlsäußerungen und theatralische Darstellung von Freude waren ein Talent, das dem blonden Mann oft Türen öffnete. Innere Zufriedenheit breitete sich aus. Die Observation hatte sich wie immer gelohnt. Nichts Neues. »Wo muss ich denn hin?«

»Nun, gehen Sie mal hoch zum Haus fünf. Nach der Unterführung sehen Sie rechts ein Hochhaus. Das ist die Unfallambulanz. Da finden Sie Schwester Marion und die sagt Ihnen dann genau, wo Sie hinmüssen.«

»Ich weiß gar nicht, was ich sagen soll«, heuchelte der blonde Mann, verschränkte die Hände zum Dank vor der Brust und machte sich auf den Weg, den ersten Punkt des Plans abzuschließen.

◆ ◆ ◆

»Hallo. Sie sind bestimmt der Bruder von Lars Hartmann.« Die Krankenschwester zog die Tür zur Intensivstation ganz auf und lächelte ihn an.

»Äh, ja.« Gespielt zögerlich antwortete der Mann mit den blonden Haaren. Von der Herzlichkeit der Frau war er angetan. »Woher wissen Sie das?«

»Marion hat mich schon angerufen und Sie angekündigt. Kommen Sie doch mit. Ich bringe Sie zu Ihrem Bruder.« Mit einer schwungvollen Bewegung ihres Armes deutete die Krankenschwester an, ihr zu folgen.

»Das ist aber sehr freundlich von Ihnen, dass ich ihn heute noch sehen darf.« Heuchelei Stufe zwei hatte er für das Vorhaben ausgewählt.

»Wenn es uns möglich ist, helfen wir doch gerne. Und Ihr Bruder hatte nicht so viel Besuch. Ich vermute jedoch, dass er schon schläft.«

»Wie geht es ihm denn?«

»Zum Glück schon etwas besser. Es hat ihn mächtig erwischt.«

»Das habe ich gehört, oh Gott. Aber ich lebe in London und konnte nicht schneller kommen.«

»So, hier sind wir. Warten Sie bitte einen Moment, damit ich Ihnen die Schutzkleidung holen kann.«

Der Mann nickte und sah sich um. Helles, steriles Neonlicht hüllte den Flur der Intensivstation auch um die fortgeschrittene Stunde in kalte Neutralität. Zwei Ärzte kamen aus einem Zimmer und gingen diskutierend an ihm vorbei. Sein freundlicher Gruß wurde durch ein Nicken quittiert. In seinen Planungen hatte er mit deutlich mehr Hektik und Betriebsamkeit gerechnet, aber er beschwerte sich nicht über die Ruhe.

»So. Ziehen Sie bitte den Kittel über. Wenn Sie das Zimmer betreten haben, desinfizieren Sie sich bitte die Hände. Neben dem Waschbecken hängt ein Spender. Und dann können Sie auch schon rein.«

»Muss ich sonst irgendetwas beachten? Ich war noch nie auf einer Intensivstation.« Heuchelei Stufe drei: Sorg dafür, dass die Leute dich unterschätzen, und appelliere an die Hilfsbereitschaft.

»Eigentlich nicht. Als Marion angerufen hat, habe ich kurz nach ihm geschaut. Da hat er geschlafen. Seien Sie also nicht allzu enttäuscht, wenn er Sie nicht bemerkt.« Munter plauderte die Frau vor sich hin.

»Ich möchte ihn einfach nur sehen. Nach der langen Zeit in London.« Er schüttelte den Kopf und stieß einen tiefen Seufzer aus. »Wir haben uns ewig nicht mehr gesehen.«

»Ach Sie Armer. Kommen Sie mit.«

Er folgte der Frau in das Zimmer und war überrascht, wie technisch es darin zuging. Nicht die blinkenden Geräte und Monitore zur Überwachung der Körperfunktionen beeindruckten ihn, sondern die neutrale Sterilität. Die Person, die schlafend im Bett lag, fiel ihm zunächst gar nicht auf und war zum Nebendarsteller der Präsentation medizinischer Technik degradiert worden.

»Oh, mein Gott!« Er rang sich Mitgefühl ab und hielt sich die Hand vor den Mund.

»Keine Angst. Diese Reaktion ist vollkommen normal, wenn man das erste Mal hier ist.«

»Das habe ich mir wirklich ganz anders vorgestellt. Man sieht das ja oft im Fernsehen, aber real ist es viel schlimmer.«

»Setzen Sie sich erst einmal hin und nehmen Sie alles in sich auf. Dann geht es gleich besser«, sagte sie und deutete auf einen Stuhl neben dem Bett. »Ich lasse Sie jetzt mal alleine. Wenn etwas ist, drücken Sie einfach hier auf den Knopf. Okay?«

»Vielen Dank«, presste er gespielt heraus und tat so, als wenn ihn die Situation überfordern würde. »Hoffentlich behalten Sie recht.«

»Ach, das wird schon. Machen Sie sich nicht zu viele Sorgen«, sagte sie und verließ das Krankenzimmer.

Der blonde Mann gönnte sich einen Moment der Ruhe, setzte sich und kippelte mit dem Stuhl. Dann musterte er den schlafenden Reporter und erklärte: »Hallo, Herr Hartmann. So sieht man sich wieder.« Gespielt widerwillig stemmte er sich auf, schlenderte zum Fenster und prüfte, ob eine Möglichkeit bestand, von draußen in das Zimmer zu schauen. Dies war nicht der Fall und so ging er vor dem Bett auf und ab.

»Sie haben es mir nicht gerade einfach gemacht. Das muss ich Ihnen zugestehen.« Recht dozierend wischte er mit dem Finger durch die Luft. »Eigentlich bin ich davon ausgegangen, dass der kleine Rempler ausreichen würde, um Sie über die Klinge springen zu lassen.« Er knetete grüblerisch seine Unterlippe. »Nach wie vor ist es mir ein Rätsel, wie Sie das überlebt haben. Hat Ihnen jemand dabei geholfen?«

Kopfschüttelnd spazierte er durch das Zimmer und schaute prüfend auf die Monitore.

»Ach, Herr Hartmann. So weit hätte es gar nicht kommen müssen. Aber Sie sind ja auch etwas stur, nicht wahr? Man hat Sie doch versucht, zu überzeugen, dass Ihre kleine Story bei einigen Menschen nicht so gut ankommen würde. Warum haben Sie nicht einfach das Geld genommen?«

Dann griff er in die Manteltasche, kramte eine Plastikspritze heraus und legte sie auf den Nachttisch. Eine zweite, kleinere, platzierte er akkurat daneben.

»Leider sind Sie etwas sturer und auch widerstandsfähiger, als ich es erwartet habe.« Um eine Erklärung abzugeben, stützte er sich auf den Bettrahmen und sprach den Reporter direkt an. »Bitte verstehen Sie mich jetzt nicht falsch, denn das ist durchaus anerkennend und respektvoll gemeint. Aber Sie haben mir meinen schönen Plan verdorben und das macht mich ein klein wenig sauer auf Sie. Ach, papperlapapp. Ich bin nicht böse auf Sie, auch wenn ich reichlich Grund dazu hätte.«

Der Mann mit den blonden Haaren ging in Richtung Tür und lauschte. Nichts. Zufrieden schlenderte er zum Bett und wählte die große Spritze aus.

»Ich hoffe, Sie sehen es mir nach, dass ich Ihnen keinen exquisiten Whisky für Ihre letzte Party kredenze.« Sein Blick wanderte über die klare Flüssigkeit in der Einwegspritze. »Es wird leider nur ein ordentlicher Schuss Ethanol sein. Aber den haben Sie sich redlich verdient.«

Mit einem Grinsen auf den Lippen stach er die Nadel in den Tropf und drückte die Substanz hinein.

»Viel Spaß und danken Sie mir, dass Sie die Kopfschmerzen morgen früh nicht erleben müssen. Bei der Menge reinen Alkohols, die ich Ihnen gönne, wären die grausam.«

Zügig zog er die Nadel heraus und steckte die Spritze wieder in die Manteltasche.

»Und damit ich mein Versprechen bezüglich der Kopfschmerzen auch halten kann, gebe ich Ihnen jetzt noch etwas gegen eine eventuelle Übelkeit. Ich bin ja kein Unmensch.«

Der Inhalt der zweiten Spritze fand genauso zielsicher den Weg in die jetzt, stark alkoholhaltige Kochsalzlösung. Zufrieden zog er die Nadel wieder heraus und hielt sie vor sich in die Luft.

»Das soll das beste Mittel gegen Übelkeit sein, habe ich mir sagen lassen.«

Dann verschwand auch die kleinere Spritze in der Manteltasche und der Mann setzte sich wieder auf den Stuhl. Er zog eine pedantisch gefaltete Zeitung hervor und legte sie auf die Bettdecke seines Opfers.

»Nun wollen wir doch mal sehen, was es neben Ihrer natürlich, für bewegende Geschichten auf der Welt gibt.«

Zwanzig Minuten später erhob er sich und faltete die Zeitung akkurat zusammen. Grinsend zog er eine weitere Spritze hervor, trat ans Bett, ertastete die gewünschte Position am Brustkorb und drückte Hartmann einhundert Milliliter Insulin ins Herz.

»So, jetzt lass' ich Sie in Ruhe schlafen«, informierte er den Reporter. »Ach eins noch. Darf ich mir Ihr Handy ausleihen?« Respektvolle zwei Sekunden vergingen. »Danke. Das ist lieb von Ihnen. Meins habe ich irgendwie verlegt. Seien Sie versichert, dass Sie das Telefon so bald wie möglich zurückbekommen.«

Er nahm das Handy vom Nachttisch, verneigte sich stilvoll zum Abschied. Auf dem Gang traf er niemanden an und so verließ er zielstrebig die Intensivstation, mit der Sicherheit, dass der Reporter seine Karriere als investigativer Journalist beendet hatte.

Kapitel 9

Montag, 23. März

7:30 Uhr

Ah, es geht los.‹ Der blonde Mann schüttelte die linke Hand, um die Uhr ablesen zu können. Sein Handgelenk war aus irgendeinem unerfindlichen Grund nicht für die modernen Uhren mit überdimensioniert großen Gehäusen geeignet. Ein Druck auf die Hintergrundbeleuchtung ließ grüne LED-Ziffern aufleuchten. Sieben Uhr dreißig.

Jetzt begann endlich das, worauf er seit ein paar Stunden gewartet hatte - die Polizei rückte an. Blinkendes blaues Licht flackerte entlang der grauen Fassaden und sorgte für eine gespenstische Atmosphäre. Kein Martinshorn zerriss die Stille des anbrechenden Morgens, aber das hatte er auch nicht erwartet. Schon das Blaulicht hatte ihn überrascht, wobei er nicht undankbar erscheinen wollte. Er lag seit etwas mehr als drei Stunden auf dem Dach des Gebrauchtwagenhändlers, den er auf der anderen Seite der Wupper entdeckt hatte. Ein Tarnnetz verbarg seine Silhouette, die neben dem Holzstapel und Bauplanen ohnehin kaum zu bemerken war. Durch das Fernglas konnte er den Parkplatz vor dem Hotel in zweihundert Meter Entfernung gut überblicken. Isomatte, Pinkelflasche, drei Dosen Red Bull und ein paar Müsliriegel hatten die Wartezeit erträglich gestaltet. Die sich anbahnende Show vertrieb die Steifheit aus den Gelenken.

Sekunden später bogen zwei schwarze Vans von der B7 in den Geschäftshof ein und verschwanden unter dem Dach der Tankstelle.

Blaue Lichtspiele in den Fenstern des Subway-Restaurants verrieten seinen wachen Augen die Anwesenheit der Polizei.

Den modernen Transportern des SEKs folgte ein deutlich älterer VW Passat mit einem aufgesetzten Magnet-Blaulicht. Komischerweise aus der entgegengesetzten Richtung. Offenbar kamen die Sheriffs aus Wuppertal. Er setzte das Fernglas ab, als die Schwebebahn quietschend vorbei rumpelte und sein Blickfeld kreuzte.

»Was für ein außergewöhnliches Transportmittel«, dachte er und erfreute sich an der verkehrt herum fahrenden Straßenbahn, die sich in der Wupper spiegelte. »Würde man sich an das Quietschen gewöhnen, wenn man unmittelbar an der Strecke wohnte?«

Die Frage wurde in den Hintergrund gedrängt, als acht schwarz gekleidete, militärisch ausgerüstete Männer in einer Schützenreihe von der Tankstelle auf das Hotel zuliefen. Geordnete Formation, die Maschinenpistolen im Anschlag und ein Dummer, der den Rammbock schleppen musste. Ein müdes Lächeln formte sich auf seinen Lippen.

»Leider umsonst abgerackert. Nehmt es als Trainingseinheit.«

Das SEK war jetzt an der Eingangstür des Hotels angekommen und bezog Stellung. Eine junge Frau mit Schutzweste rannte hinter der Einsatztruppe her, ganz so als wenn sie keine Sekunde verpassen wollte. Ihr Kollege sah weitaus angestrengter und lustloser aus.

»Du bist doch nicht etwa von dem bisschen schon außer Atem? Na, da würde ich aber mal zu gerne mit deinem Vorgesetzten drüber plaudern. Ein klein wenig mehr körperliche Fitness hätte ich doch erwartet. Nimm dir mal ein Beispiel an der Kollegin.«

Auf ein Zeichen wurde die Tür zum Hotel aufgerissen und die Beamten stürmten hinein, gefolgt von der Frau und dem keuchenden Mann. Was für ein Bild. Traumhaft. Nur zu gut konnte er sich vorstellen, wie der Einsatz ablaufen würde. Vor seinem Zimmer, in dem er kaum mehr als zwei Minuten verbracht hatte, würden sie sich sammeln. Er glaubte nicht, dass sie den Türcode benutzen würden, weil ein leises Klicken die korrekte Eingabe bestätigte.

Das hatte ihn auch überrascht, als er es ausprobiert hatte. Da sie ihn sicher nicht vorwarnen wollten, würde der Kraftprotz mit der Ramme die Tür mit einem kräftigen Stoß aus den Angeln heben. Gäste mit leichtem Schlaf oder Frühaufsteher würden durch den Lärm auf den Gang eilen. Ein paar würden ihre Handys dabeihaben und sich schon am frühen Morgen über eine tolle Story für den Facebook oder Instagram-Account freuen. Wo war diese Welt hingekommen, wenn es das Lebensziel war, eine imaginäre Anzahl von Followern zu erhöhen. Egal, womit. Nun, heute würden sie etwas geboten bekommen. Das stand fest.

Ein Blick auf die Ziffernanzeige offenbarte drei vergangene Minuten seit dem Eintreffen der Polizei. Schnell und effizient waren sie ja, das musste er ihnen lassen. Waren sie auch mit Humor ausgestattet? Mal sehen. Kurz bewegte er seine Zehen. Ganz schön kalt hier Ende März. Aber was nimmt man nicht alles auf sich, für ein wenig Unterhaltung am frühen Montagmorgen.

Fünf, sechs Minuten noch und die ersten Polizisten würden wieder auf den Parkplatz treten. Manche würden den Helm abnehmen, die Sturmmaske entfernen und rauchen. Das war so sicher wie das Amen in der Kirche. Wenn die Anspannung abfällt, war das eine oft zu beobachtende Verhaltensweise. Die Maschinenpistolen würden locker über den Schultern hängen und die Männer würden scherzen oder die Fußballergebnisse vom Wochenende diskutieren. Alles, um das aufgestaute Adrenalin abfließen zu lassen.

»Ach schau mal an, da kommen sie ja schon«, freute er sich über die Präzision seiner Vorhersage. Wie prognostiziert, sammelte sich das Team und begann mit der Nikotinvernichtung. Er zählte sieben SEK-Männer und wunderte sich. Waren es vorhin nicht acht gewesen? Was war passiert? Den Typ mit der Ramme konnte er sehen. »Hmmm. Wer fehlte. Wahrscheinlich nur der Anführer. Vielleicht hatte er mehr Humor als der Rest der Truppe. Ach, da kommt er ja.«

Er verfolgte, wie das SEK zur Tankstelle trottete, Zigaretten in den einen, Helme in den anderen Händen.

»Jungs, ihr seid mir etwas zu entspannt. Was denn, wenn ich kein so liebenswerter Zeitgenosse wäre und euch ein wenig unter Beschuss nehmen würde?«

Er bedauerte, das er die Idee, dass SEK mit ein paar Schüssen zu beeindrucken, verworfen hatte. Auch den Gedanken an eine kleine Autobombe hatte er aufgeben müssen. Das war nicht sein Auftrag. Er wurde nicht für Spielchen mit den Polizisten bezahlt.

Mit reichlich Befriedigung nahm er zur Kenntnis, dass der ältere Beamte, der jetzt auf dem Parkplatz angekommen war, offensichtlich genervt, ja verärgert erschien. Scheinbar teilte er seine Auffassung von humoristischen Elementen nicht, schlurfte zur Tankstelle und verschwand im McDonalds.

»Kein Wunder, dass du nicht fitter bist«, sagte er sich und rollte sich vorsichtig von der Isomatte. Mit ein paar Handgriffen war die Matte mit dem Rest der Ausrüstung in einem kleinen Rucksack zusammengepackt. Ein letzter Blick auf die Szenerie jenseits der Wupper befriedigte und entschädigte ihn für Zeit, die er auch in einem warmen Bett hätte verbringen können. Behutsam robbte er zurück zur Stelle, die ihm ein unbemerktes Verschwinden vom Dach ermöglichen würde.

»Stufe eins erledigt. Stufe zwei läuft an.«

+

Kapitel 10

Montag, 23. März

SEK-Einsatz

Gerste zog die Walter aus dem Holster, spähte um die Mauer des Tankstellengebäudes an der B7 und verzog mürrisch die Lippen. Dann trottete er hinter Corinna her, die ihm schon ein paar Meter abgenommen hatte. Warum hatte es die Jugend immer so eilig, fragte er sich. Das SEK würde doch ohnehin erst einmal den Eingang zum Hotel sichern und bis dahin würde er auch auf allen vieren von der Tankstelle bis zum McDreams kriechen können.

KTU-Leiter Eisenberg hatte ihn vor einer Stunde angerufen und seine Entdeckung euphorisch mitgeteilt. Der Golf des Attentäters war in die Werkstätten der KTU gebracht worden und bei einer näheren Inaugenscheinnahme war ihnen ein Blatt Papier zwischen Beifahrersitz und Mittelkonsole aufgefallen, das sich als Hotelrechnung herausstellte. Eine fast zu perfekte Spur, aber es wäre sehr fahrlässig gewesen, den Versuch zu unterlassen, den Attentäter im eigenen Hotelzimmer zu verhaften.

›Hotel, Adresse, Zimmernummer und Türcode – alles auf einem Blatt Papier und nicht einmal besonders clever versteckt. Wer glaubt denn an so was‹, hatte er den Leiter der KTU gefragt. ›Die Umsetzung der Spuren in Ermittlungsansätze sei nicht seine Aufgabe‹, kam als Antwort. ›Dafür sei er als Ermittlungsleiter zuständig.‹

Die SEK-Beamten hatten die Tür des Hotels erreicht und sicherten die Umgebung. Der große Parkplatz war um diese Zeit noch recht leer, was sich schnell ändern würde, wenn die Geschäfte des Einkaufsparks öffnen würden.

Nach der erfreulichen Nachricht Eisenbergs zum möglichen Aufenthaltsort des Täters hatte Gerste die SEK-Einsatzleitung in Düsseldorf angerufen und ein Team zur Unterstützung bei der Festnahme gebeten. Dreißig Minuten später parkten die abgedunkelten Fahrzeuge unter dem Regendach der Tankstelle.

Was nun folgte, war hundertfach trainiert. Trotzdem faszinierte Gerste die Präzision und Schnelligkeit eines SEK-Teams immer wieder. Hintereinander aufgereiht warteten die Polizisten an der Tür, einer riss sie auf, zwei stürmten in die Vorhalle und sicherten die Treppe nach oben. Die restlichen, martialisch gekleideten Beamten erklommen die Stufen zum ersten Stock.

Corinna war schon im gläsernen Vorbau verschwunden, als Gerste an der Tür ankam. Mit Waffe im Anschlag rennen, gehörte nicht zu seinen Vorlieben. Das war was für die Jüngeren, dachte er und freute sich über den Enthusiasmus, den seine Kollegin bei solchen Einsätzen an den Tag legte. Schnaufend stieg er die Stufen hinauf und hätte den Zugriff fast verpasst.

Er sah noch, wie sich zwei Reihen im Gang gebildet hatten. Ein Mann stand vor der Tür, die Maschinenpistole auf dem Rücken und den Rammbock in den Händen.

Ein Anruf im Hotel hatte keine zusätzlichen Informationen gebracht. Die junge, vom Nachtdienst gezeichnete Frau an der Rezeption konnte nicht bestätigen, ob sich jemand im Zimmer befand. Nachdem Kunden die Rechnung mit Türcode ausgehändigt worden war, konnten diese die Räume jederzeit betreten oder verlassen, ohne immer am Empfang vorstellig werden zu müssen.

Stumm zählte der Polizist mit der Ramme einen Code herunter und die Anspannung seiner Kollegen stieg an. Das konnte Gerste an der Art und Weise erkennen, wie die Männer die Waffen hielten. Die Finger lagen jetzt am Abzug – schussbereit.

Der Rammbock schwang vor, die Tür flog auf und der Beamte sprang zurück an die Wand des Flurs. Von rechts stürmte ein SEK-Mann in den Raum, von links folgte der nächste. Laute »POLIZEI«-Rufe waren zu hören und die ersten Zimmertüren auf dem Gang öffneten sich. Neugierige Köpfe lugten in den Flur und Corinna scheuchte die unnötigen Zeugen zurück in die Zimmer.

»Sicher«, schallte es aus dem Raum.

»Sicher«, vernahm Gerste ein weiteres Kommando und die ersten Beamten verließen bereits das Zimmer. Die Waffen waren jetzt nicht mehr in Erwartung eines Zugriffs eng am Körper, sondern lässig in den Händen. Scherze waren zu hören, die Anspannung hatte sich gelöst. Der Rammbock wurde aufgehoben und das SEK zog sich zurück. Die Männer hatten den kleinen Raum mit Bad überprüft und wohl niemanden entdeckt. Der Job war getan und jetzt war es an der Zeit, das Adrenalin wieder herunterzufahren.

»Da haben Sie es aber mit einem Witzbold zu tun, Herr Gerste«, sagte der Einsatzleiter und kam auf ihn zu.

»Warum? Haben Sie was gefunden? Deutet etwas auf den Täter hin?«

»Ja und Nein.«

»Hä? Muss ich das jetzt verstehen?«

»Ich sag' ja, der Typ ist ein Witzbold. Am besten schauen Sie es selbst an.«

Weitere SEK-Beamte kamen aus dem Hotelzimmer und gingen in Richtung Treppe.

Gerste folgte seiner Kollegin, die sich am Leiter des SEK vorbeigedrückt hatte, in den kleinen Flur des Zimmers. Ein Doppelbett mit weißen Laken, zwei kompakte Nachttischschränke und ein schmaler Schreibtisch. Mehr war nicht zu sehen. Keine Koffer, keine Kleidung, kein irgendwas. Einfach nur ein unpersönliches Hotelzimmer.

»Will der uns verarschen?«, fragte Corinna und zeigte auf ein Blatt Papier, das mitten auf dem Bett lag.

Gerste zog sich Gummihandschuhe über und nahm die Nachricht an sich.

»Dicht daneben ist auch vorbei, Herr Gerste.« Mühsam unterdrückte er den Drang, den Fund zusammenzuknüllen und in den Papierkorb zu werfen.

»Verstehen Sie jetzt, was ich meinte?« Grinsend lehnte der SEK-Einsatzleiter an der Tür und zündete sich eine Zigarette an.

»Hier ist Rauchen verboten«, merkte Corinna an.

»Und? Was wollen Sie jetzt machen? Die Polizei rufen?«

»Komiker.«

»Wenn Sie uns nicht mehr brauchen, um den Spaßvogel zu schnappen, rücken wir ab. Ok?«

»Klar. Danke trotzdem.«

»Kein Ding. Besser Sie rufen uns einmal zu viel als einmal zu wenig. Schönen Tag noch«, sagte er und blies demonstrativ Ringe in das Hotelzimmer.

»ABRÜCKEN!« Stiefelgetrampel legte sich über die Stille des Flurs und vereinzelte Türen öffneten sich wieder. Gerste lehnte die Tür an. »Was soll der Blödsinn?«

»Ich habe keine Ahnung. Scheint so, als wenn es etwas Persönliches ist.«

»Was soll an einem Brandanschlag auf die Stadtbibliothek persönlich sein? Mich kann er nicht meinen. Ich habe nicht mal einen Bibliotheksausweis. Du etwa?«

»Wo denkst du hin? Ohne den Anschlag hätte ich nicht mal gewusst, wo die überhaupt ist. Asche auf mein Haupt.«

»Ja, aber kübelweise, um die Bildungslücke zu übertünchen.«

»Wovon sprichst du? Ich bin eben ein Kind der Netflixgeneration und dafür muss ich nicht wissen, wo man sich antiquierte Bücher ausleihen kann. Sollen wir Sven anrufen?«

»Mach das. Ich habe zwar keine große Hoffnung, aber man weiß ja nie, was der gute Junge in seinem Overall so findet. Ich geh' schon mal vor zur Rezeption.«

Corinna zog ihr Handy aus der Hintertasche ihrer Jeans und Gerste wunderte sich nicht zum ersten Mal, wie dieses Monstergerät in die kleine Tasche passte. Vor Jahren noch war es ein Drang der Industrie gewesen, Mobiltelefone möglichst kompakt zu gestalten. So komprimiert, dass er mit seinen dicken Fingern kaum die Tasten bedienen konnte. Wenn er nun seine Kollegin beobachtete, sah er einen flachen Computer im DIN-A6-Format, der kein Telefon mehr war und sicherlich erstaunt war, auf diese profane Art und Weise misshandelt zu werden.

»Können Sie den Besucher von Zimmer 23 beschreiben?«, fragte er die Rezeptionistin. Die Frau hatte mutig hinter ihrem Tresen ausgeharrt und die Polizeiaktion nicht unterbrochen. Wie die anderen Gäste war auch sie vom plötzlichen Eintreffen des SEKs überrascht worden und hatte nun Gesprächsstoff für viele Tage. Jetzt fuhr sie sich mit der Hand durch die langen braunen Haare und schüttelte den Kopf.

»Nein. Die Gäste können ja am Terminal einchecken und bezahlen. Wenn jemand keinen Kontakt möchte, ist das durchaus möglich.«

»Wie unpersönlich«, sagte Gerste. »Wie hat er bezahlt?«

»Mit einer Visa-Karte. Eine Kopie des Belegs habe ich Ihnen schon ausgedruckt.«

»Sehr weitsichtig. Vielen Dank.«

»Sven kommt gleich. Wir sollen noch so lange hierbleiben«, wollte Corinna wissen.

»Der spinnt wohl. Ich habe doch meine Zeit nicht gestohlen. Du kannst ja hier auf ihn warten, wenn du magst.«

Bevor Corinna antworten konnte, fragte die Rezeptionistin: »Und was ist mit der kaputten Tür? Ersetzen Sie uns die?«

»Äh, vielleicht.« Darüber hatte er sich in seinen vielen Dienstjahren immer wieder geärgert. Schäden durch Polizeieinsätze wurden meistens nur sehr zögerlich und mit einem Haufen Papierkram reguliert. »Am besten ist, Sie rufen mal im Polizeipräsidium an. Die Kollegen werden Ihnen dann hoffentlich helfen.«

»Na, das wird meinen Chef ja freuen.«

»Dann wird es Ihrem Chef ja so gehen wie mir.« Schmunzelnd drehte er sich zu seiner Kollegin um. »Ich muss mich auch immer über meine Mitarbeiter ärgern.«

Als Reaktion erntete er einen mitleidigen Blick aus einem zur Seite geneigten Kopf. Corinnas Zungenspitze streckte sich langsam und zurückhaltend zwei Zentimeter heraus und verschwand schnell wieder.

»Vorsicht!«

»Ich mag dich auch. Sven ist in einer halben Stunde hier.«

»Dann machen wir jetzt Folgendes. Du bleibst hier und passt auf die wichtigen Spuren auf und ich gehe zum McDonalds und gönne mir ein zweites Frühstück. Ist das okay für dich?«

»Absolut super. Aber ich füge mich der Weisheit des Alters.« Ein weiterer vielsagender Blick traf Gerste in den Rücken, der sich schon auf den Weg zur Treppe gemacht hatte. »Bring mir wenigstens einen Kaffee mit.«

Kapitel 11

Montag, 23. März

Besprechung nach dem Einsatz

Besser spät als nie!« Die Hände hinter dem Kopf verschränkt, kurz davor, die Füße hochzulegen, genoss Gerste die Blicke des KTU-Mitarbeiters, der sein iPad auf den Tisch pfefferte und die Kaffeemaschine ansteuerte.

»Hör bloß auf. Die Zeitverschwendung heute Morgen schafft es locker in die Top-Ten meiner überflüssigsten Versuche, Spuren zu finden.« Mit zittrigen Händen griff er sich eine Tasse vom geordneten Stapel und wählte einen doppelten Espresso. Die ungewöhnliche Erregung war neu für seine Kollegen.

»Was hat dich so erzürnt, edler Ritter?« Corinna versuchte nicht, ihren ironischen Unterton zu verbergen. »Lief es für dich nicht so wie gewünscht? Gab es etwa keine Spuren, die sich wie der Mount Everest vor dir aufgetürmt haben?«

»Nee. Absolut nicht. Was habt Ihr denn erwartet? Der Typ ist doch nicht dämlich. Das war mir schon nach der Bombe an der Bibliothek klar. Aber trotzdem habt ihr uns dieses blöde Hotelzimmer untersuchen lassen.«

Eine Mischung aus Röhren und Quietschen übertönte die Diskussion und Eisenbergs Stimmung näherte sich einem Vulkanausbruch.

»War ja wieder mal klar. Ihr sitzt hier und genießt die braune Brühe und wenn ich komme, ist der Wassertank leer. Danke. Echt super von euch.«

»Okay Sven, du hast deinen Unmut nun ausreichend kundgetan und ich sehe ein, dass du dich unterfordert gefühlt hast.« Gerste macht eine theatralische Pause. »Könntest du jetzt endlich Wasser nachfüllen, damit sich deine Unzufriedenheit nicht noch auf die völlig unschuldige Kaffeemaschine ausbreitet?«

»Ja, ja. Du mich auch«, flüsterte Eisenberg vor sich hin und verließ das Besprechungszimmer mit dem Plastiktank in der Hand.

»Hast du denn jetzt was Brauchbares finden können?« Gerste drehte seinen Stuhl zur Tür. Wasserrauschen übertönte die Sätze, die der KTU-Mitarbeiter durch das Großraumbüro schickte.

»Nein«, begann er erneut, als er den vollen Wassertank in den Besprechungsraum balancierte. Nachdem er montiert war, bestätigte er seine vorherige Auswahl. Ein süßlicher Geruch machte sich auf den Weg durch die Nasen der anwesenden Polizeibeamten.

»Geht es ein ganz klein wenig präziser?« Gerste war für viele Späße zu haben, seine Geduld war endlich.

»Dann für alle zum Mitschreiben. Es macht mir keinen Spaß, durch ein Hotelzimmer zu kriechen und nach Spuren zu suchen, nachdem eine Horde Rambos mit Kampfstiefeln aus dem Tatort einen Rummelplatz gemacht haben. Die Hinweise aus bestimmungsgemäß benutzten Mietunterkünften reichen locker aus, um uns tagelang zu beschäftigen. Dazu bedarf es keiner Verschärfung durch die Cowboytruppe.« Missmutig schaufelte er drei Teelöffel Zucker in den Espresso und wischte die Kristalle auf dem Unterschrank auf den Boden.

»Also offensichtlich keine verwertbaren Spuren aus dem Zimmer. Kannst du das aufnehmen?« Gerste zwinkerte Corinna zu, die im Team für die Erfassung des Ermittlungsstandes zuständig war. Sie klappte ihr iPad auf und fummelte den Stylus Pen aus der selbst für schlanke Frauenfinger schwer zugänglichen Halterung.

»Warum hat der Typ die ganze Show heute Morgen überhaupt abgezogen?«, fragte Schiffer, der neben Corinna saß.

»Und warum dieser komische Hinweis: Dicht daneben ist auch vorbei. Kann sich jemand darauf einen Reim machen?« Gerste schaute jeden seiner Mitarbeiter in die Augen.

»Nun, es gibt da einen alten Song von Karl Dall mit dem Titel. Aber eigentlich ist es nur ein Sprichwort«, antwortete Corinna.

»Und woher kennst du ein Lied von Karl Dall?« Schiffer legte die Stirn in Falten und blickte seine Kollegin fragend an.

»Die Kunst ist, nicht alles zu wissen, sondern zu wissen, wo man suchen muss.« Vielsagend bewegte sie ihre Finger auf der iPad-Plastiktastatur hin und her.

»Freiwillige vor, die sich den Song anhören wollen!«, sprühte es aus Gerste hinaus und er zwinkerte seiner Kollegin zu, deren bevorzugte Musikrichtung dem gesamten Team bekannt und mit dem Erwartbaren schwer in Einklang zu bringen war.

»Lass ma stecken«, konterte sie auch prompt.

»Marc? Hausaufgabe bis morgen. Textanalyse des Songs.« Beschwingt drehte sich Gerste mit dem Stuhl zur Seite, um das Grinsen in seinem Gesicht zu verbergen.

»Sonst noch was?«, fragte Schiffer.

»Zum Hotelzimmer von mir nicht«, stellte Eisenberg klar. »Zumindest sobald nicht.«

»Warum wird der Kerl persönlich, frage ich mich schon den ganzen Morgen.« Gerste lehnte sich zurück und verschränkte die Hände hinter dem Kopf. »Und wieso hat er uns überhaupt auf das Hotel aufmerksam gemacht? Dazu bestand doch gar keine Notwendigkeit. Will er andeuten, dass er in unserer Nähe war? Wenn ja, wann?«

»Ich glaube, der macht sich nur lustig über uns«, warf Schiffer ein. »Oder der hat die Spur im Auto mit Absicht gelegt und uns heute Morgen beobachtet, um sich zu amüsieren.«

»Lasst uns aufhören, wild zu spekulieren. Habt ihr in dem Wagen sonst noch was gefunden?«, fragte Gerste.

»Nur die übliche Batterie von Fingerabdrücken am Lenkrad und am Armaturenbrett. Dazu reichlich Dreck auf den Fußmatten.«

»Das hätte mich auch gewundert. Zusammenfassung. Wir haben zwei eindeutige Hinweise vom Täter und seine Beschreibung. Und was hat uns das bis jetzt gebracht?« Gerste machte eine Pause und starrte an die Decke.

»Nichts!«, vollendete Corinna die Denkpause. »Hat was von Beschäftigungstherapie.«

»Haben wir die Aufnahmen von der Kamera am Aldi oben?« Gerste sah Schiffer an.

»Ja. Die habe ich mir vorhin angeschaut, als ihr noch unterwegs wart. Man kann den Täter sehen, wie er das Auto parkt und dann in Richtung Nordbahntrasse geht. Da er aber augenscheinlich gewusst hat, wo sich die Kamera befindet, kann man sein Gesicht nicht erkennen.«

»Irgendwie scheint es ihm auch völlig egal zu sein, ob wir ihn sehen oder nicht.« Gerste stand auf und ging auf die Kaffeemaschine zu. »Der ist sich ziemlich sicher, dass wir ihn nicht identifizieren können. Warum?«

»Vielleicht kommt er aus dem Ausland«, warf Corinna ein.

»Behalten wir das mal im Hinterkopf. Wie geht es Herrn Heisig? Ist er noch im Krankenhaus?«

»Muss ich prüfen. Sollen wir ihn fragen, ob er sich zutraut, ein Phantombild zu erstellen?«

»Ja.« Nachdem er für und wider der verschiedenen Optionen abgewogen hatte, wählte er einen Espresso aus und lehnte sich gegen das Aktenboard, auf dem der Vollautomat stand. »Kommen wir mal zurück zur Stadtbibliothek. Hast du was über den Sprengstoff herausfinden können?«

Eisenberg hörte auf, mit dem Stuhl zu kippeln. Seine missmutige Stimmung war verraucht. Mit sonorer Stimme begann er: »Nachdem wir zusammen mit dem THW das Gebäude gesichert hatten, ist es uns gelungen, verschiedene Spuren zu sichern.«

»Nur zu. Offenbare dich«, ermutigte ihn Corinna, als sie sich erhob und zum Kaffeeautomaten ging.

»Wie könnt ihr meinen komplexen Ausführungen folgen, wenn ihr alle durch die Gegend lauft?«

»Ach, das geht schon. Und außerdem bekommen wir das doch auch noch mal in Schriftform, oder nicht?« Sie lächelte ihren Kollegen an.

»Also gut, dann die Kurzform. Wir haben eine Hülse gefunden. Kaliber 9 x 19. Nichts Außergewöhnliches. Gibt es wie Sand am Meer. Wir prüfen, ob wir anhand der Markierungen der Hülse eine Waffe ausfindig machen können. Aber das dauert.«

»Warum hat der Täter die Hülse nicht aufgehoben? Dass man dadurch die Waffe finden kann, lernt man doch schon aus den Krimis im Fernsehen«, fragte Gerste.

»Passt aber irgendwie zu seinem anderen Vorgehen. Der scheint sich keine Sorgen zu machen, dass wir ihn finden könnten. Ganz schön selbstsicher, wenn ihr mich fragt.« Corinna setzte sich wieder an den Tisch und wärmte ihre Finger an der Tasse.

»Fingerabdrücke haben wir an der Hülse keine gefunden. So dusselig sind meist eh nur Amateure. Und die schließe ich hier aus«, sagte Eisenberg.

»Warum?«, fragte Gerste.

»Weil der Typ Semtex eingesetzt hat. Wie ihr ja sicher alle wisst, ist das ein Plastiksprengstoff. Und da kommt man als Ottonormalbürger nicht mal eben dran.« Der KTU-Mann sprach sich warm.

»Wie kommt man überhaupt an Sprengstoff ran? Also, ich wüsste das nicht auf Anhieb.« Corinna öffnete ihre Handflächen und hielt sie den anderen fragend hin.

»Semtex wird in Tschechien hergestellt und dort ziemlich genau überwacht. Um es den Spürhunden einfacher zu machen, werden Zusätze beigemischt, die erschnüffelt werden können. Dadurch ist es relativ schwer, den Sprengstoff mit ins Flugzeug zu nehmen. Leider ist Semtex leicht anzuwenden und das macht es für viele Terrorgruppen sehr interessant. Man geht davon aus, dass die meisten Autobomben im Nahen Osten aus Semtex bestehen.«

»Schön. Ich weiß aber immer noch nicht, wie ich an das Zeug rankomme.« Corinna ließ nicht locker.

»Das ist ja zum Glück auch nicht so einfach. Dazu ist Semtex zu gefährlich«, dozierte Eisenberg weiter. »Aber es kommt manchmal zu Diebstählen. Anfang der Neunziger wurde eine Tonne aus Tschechien gestohlen und weil das Zeug so beliebt ist, verschwindet regelmäßig was in dunklen Kanälen. Das ist der Hit im Darknet, dem heutigen Schwarzmarkt.«

»Hilft uns das jetzt weiter?«, fragte Gerste.

»Na ja. Du kannst fast sicher davon ausgehen, dass der Täter keine Privatfehde mit der Stadtbibliothek hatte. Für Privatleute ist es so gut wie unmöglich, an Semtex heranzukommen. Und wenn es doch jemand geschafft haben sollte, warum es dann für so eine überflüssige Tat verschwenden?«

»Du glaubst also, wir haben es mit einem Profi zu tun? Aber das macht den Anschlag ja noch unsinniger.«

»Du hast mich nach meiner Meinung gefragt. Was kann ich dafür, wenn sie dir nicht gefällt?«

»Hast du noch was?«

»Ja. Wir haben Teile des Zünders gefunden.«

»Wie geht das? Wird da denn nicht alles durch die Explosion zerstört?«, fragte Corinna.

»Da bleibt mehr über, als du denkst, meine Liebe. Der Sprengsatz war mit einer Zündhülse ausgerüstet, die man im Internet kaufen kann. Leider haben die keine Nachverfolgung auf den Kapseln. Aber wir bekommen die Liste der Kunden aus den letzten zwei Jahren zugeschickt. Vielleicht finden wir da was drauf.«

»Wie kann ich mir das jetzt vorstellen?«, hakte Corinna nach.

»Ganz einfach. Du suchst dir einen Lieferanten von Feuerwerksartikeln im Netz. Den Zündkapseln ist es erst einmal egal, wofür sie verwendet werden. Dann steckst du die Zündhülse in den Sprengstoff. Meistens und so auch in unserem Fall werden elektronische Zündgeräte eingesetzt, um die Sprengung auszulösen. Diese

Geräte kann man genauso im Internet bestellen. Ist schon klasse, was man da alles bekommen kann.«

»Ist wirklich toll, dass man den bösen Buben so eine simple Möglichkeit zur Beschaffung bereitgestellt hat«, sagte Gerste. »Hast du noch was zu dem Auto?«

»Das war auch recht einfach. Der Golf ist vor drei Tagen in Osnabrück bei einem Autohändler gestohlen worden. Der Händler hat das am nächsten Morgen angezeigt, aber eine Spur konnte bisher nicht ermittelt werden.«

»Und was ist mit den Kennzeichen?«, wollte Schiffer wissen.

»Das war eine coole Aktion. Solche Schilder kannst du dir ja überall herstellen lassen. Das ist ja keine Heldentat. Einfach zur Zulassungsstelle oben auf Lichtscheid fahren und eine Viertelstunde warten. Problem dabei ist natürlich, dass dich der Verkäufer wiedererkennen könnte. Was ist also besser?«

»Du bestellst sie im Internet«, mischte sich Corinna ein.

»Du hast es erfasst. Schön anonym, genauso wie die Zündhülsen.«

»Das muss doch an irgendeine Adresse geliefert werden. Kann man das nicht nachvollziehen?«

»Kann man auch, hochverehrte Kollegin. Aber wer so vorgeht, hat sich sicher eine billige Wohnung mit falschen Papieren gemietet und dann endet die Nachverfolgung schneller als erwartet.«

»Fehlen immer noch die Aufkleber auf dem Nummernschild. Was war mit denen?« Schiffer schaute seinen Kollegen fragend an.

»Das hat er echt clever gemacht. Unser Mann hat die sich einfach kopiert. Wahrscheinlich hat er sich das Kennzeichen eines Autos hier im Tal geklaut. Ich würde so vorgehen: Aufkleber ausschneiden, auf den Kopierer legen, das Ergebnis dann einschweißen und auf das Kennzeichen kleben. Das fällt nur auf, wenn du es in der Hand hältst.«

Überraschend zügig sprang Gerste auf und schlug mit der flachen Hand auf den Tisch. »Wenn ich mal zusammenfassen darf, haben wir einen Profi, der uns mächtig verarschen will. Und da stehe ich mal so gar nicht drauf.« Der temporäre Wutausbruch war genauso schnell abgeebbt, wie er aufgekommen war und er setzte sich wieder. »Dem stecke ich seinen dummen Spruch in den Hintern, wenn er hier vor uns sitzt. Und jetzt auf, auf Kameraden. Corinna, kümmere dich bitte um das Phantombild und frag mal bei den Verkäufern von Nummernschildern nach, ob die unseren Mann erkennen. Vielleicht hilft uns der Zufall. Marc, du rufst bei den Hotels hier in der Umgebung an und fragst, ob sie einen Gast hatten, auf den die Beschreibung passt.«

»Wie groß soll ich den Rahmen ziehen?«

»Wuppertal, Solingen, Remscheid auf jeden Fall. Nimm noch Velbert und Mettmann dazu. Lass dir von Frau Stern helfen.« Gerste drehte den Kopf nach links und suchte den Blickkontakt zu der Vertreterin der Staatsanwaltschaft, die bisher stumm dagesessen hatte. »Ist das in Ordnung für Sie?«

»Klar. Ich helfe gerne mit.«

»Na dann mal los.« Jovial erhob sich Gerste und zwang dem Kaffeeautomaten seinen Wunsch auf. Nebenbei drehte er sich zu den Kollegen um und genoss, wie der nächste Espresso in die Tasse träufelte. Mit Inbrunst schaufelte er einen Zuckerberg auf den Kaffee und erfreute sich daran, die weißen Kristalle mit der schwarzen Flüssigkeit zu vermischen. Tief atmete er ein und nahm den angenehm würzigen Duft in sich auf. Als der süße Trank über seine Zunge floss, seufzte er und wünschte dem Attentäter die Hölle an den Hals.

Kapitel 12

Montag, 23. März

Nachmittags

»Hallo! Mein Name ist Irene Gerste und ich würde gerne Herrn Hartmann besuchen.« Frisch und munter bemühte sie sich um eine vertrauenerweckende Stimmlage, strich eine Haarsträhne aus dem Gesicht und setzte den ersten Schritt über die Türschwelle. Aber die Frau trat nicht zur Seite.

»Und wer waren Sie noch einmal?«

»Irene Gerste. Ich bin Lars Hartmanns Oma. Ich war gestern schon mal da und habe ihn besucht.«

»Ja, jetzt erinnere ich mich an Sie. Tut mir wirklich leid. Ich habe keine guten Nachrichten für Sie. Lars Hartmann ist bedauerlicherweise heute Nacht verstorben.«

Irenes Lächeln gefror zu einer Fratze aus Überraschung und Ungläubigkeit. Ein wenig verließ sie die Kraft und ihre Beine wurden weich. Schnell griff sie den breiten Türgriff, atmete einmal tief durch. Dann war die Unsicherheit vorbei und die kurzzeitig in ihr Gesicht getretene Blässe wich zurück. »Das ist nicht Ihr Ernst.«

»Leider doch. Wollen Sie nicht reinkommen? Hier drinnen lässt es sich besser reden.«

Die Krankenschwester bot ihr einen Stuhl an und setzte sich neben sie.

»Was ist passiert? Gestern ging es ihm doch schon wieder ganz gut. Ich kann das kaum glauben.«

»Da geht es Ihnen wie uns. Herr Hartmann hat sich eigentlich gut erholt. Aber offenbar waren die Verletzungen zu schwer. Es tut mir wirklich sehr leid für Sie, auch wenn er nicht ihr Enkel war.«

»Woher wissen Sie das?«

»Na ja. Ich mache den Job hier schon ein paar Tage und da bekommt man eine gewisse Menschenkenntnis. Und bei Ihnen beiden hat es nicht so richtig gepasst.«

»Und warum haben Sie mich dann trotzdem zu ihm gelassen?«

»Ach wissen Sie. Er tat mir so leid. Herr Hartmann hatte scheinbar nicht viel Familie. Zumindest hat sich überhaupt niemand für ihn interessiert. Und als Sie dann gekommen sind, wollte ich ihm die Abwechslung nicht nehmen.«

»Das ist aber sehr edel von Ihnen. Ich hätte doch auch unlautere Absichten haben können.«

»Im Ernst? Nein. So sehen Sie nun wirklich nicht aus.«

»Hat er denn keinen weiteren Besuch gehabt?«

»Doch. Gestern Abend hat ihn überraschend noch sein Bruder besucht.«

»Warum war das überraschend?«

»Es ist doch schon etwas komisch, dass die Verwandtschaft erst drei Tage später kommt. Aber er sagte, dass er aus London anreisen musste, nachdem er von dem Unfall erfahren hatte.«

»Wie lange war der Bruder hier?«

»Ach, das muss ganz kurz gewesen sein. Ich war ja nicht mehr hier. Aber Herr Hartmann hat schon geschlafen und sein Bruder ist nach zehn Minuten auch wieder gegangen.«

»Und woran ist er dann gestorben?«

»Die Todesursache ist wahrscheinlich Herzstillstand infolge von Kreislaufversagen.«

»Ist das ungewöhnlich?«

»Eigentlich nicht, wenn man sich seine Verletzungen anschaut. Im Prinzip war es erwartbar, auch wenn wir nicht mehr damit gerechnet hatten. Und er hat sich ja gut erholt. Aber Rückschläge sind eben nicht ausgeschlossen. Leider.«

»Was passiert jetzt?«

»Wir werden versuchen, seinen Bruder zu erreichen. Der wird dann die weiteren Schritte einleiten müssen.«

Irene lehnte sich zurück und versuchte, das Gehörte zu begreifen. Der Tod des Reporters hatte sie doch mehr mitgenommen als erwartet. Zwar hatte das Zittern der Hände aufgehört, aber sie spürte eine aufsteigende Übelkeit und in der Ferne meldeten sich die Kopfschmerzen an.

»Kann ich noch ein paar Minuten hier sitzen bleiben? Ich muss das erst mal verarbeiten.«

»Aber sicher. Soll ich Ihnen ein Glas Wasser bringen?«

»Danke. Das wäre wirklich sehr freundlich.«

◆ ◆ ◆

»Ihr werdet das nicht glauben«, rief Irene ihren beiden Freundinnen zu, als sie die Autotür aufgerissen hatte. Der Besuch im Helios-Klinikum war ein spontaner Einfall gewesen. Ihr eigentliches Ziel, die Thier-Galerien in Dortmund, rückten im Handumdrehen in den Hintergrund, als Irene kurz entschlossen, wie sie mitunter war, die Autobahn A46 in Barmen verlassen hatte und zum Klinikum gedüst war. Eins der ungelösten Probleme des Helios-Krankenhauses war der eklatante Parkplatzmangel. Dummerweise weigerte sich ihr Sohn vehement, ihre Knöllchen mit einer Spur Intervention aus dem Verkehr zu ziehen. Also waren Annemarie Schmidt und Christel Bauer im Audi sitzen geblieben. Drei Verwarnungen wegen Falschparkens hatte sie in den letzten vier Wochen an ihrer Windschutzscheibe gefunden und Besserung gelobt. Sie musste dringend noch einmal mit Frank darüber sprechen. Warum er sich so borniert anstellte, blieb ihr ein Rätsel.

»Was ist denn passiert?«, fragte Annemarie.

»Herr Hartmann ist tot.«

»Ist nicht dein Ernst!«, stieß Christel hervor und rutschte näher an die Vordersitze heran. »Wie geht das denn? Hast du nicht erwähnt, dass er sich ganz gut erholen würde?« Die ehemalige Staatsanwältin bewahrte meistens die Ruhe und analysierte Probleme, bevor sie sich zu unüberlegten Aussagen hinreißen ließ.

»Das war ja auch so. Soweit ich das beurteilen kann.«

»Und was haben die Ärzte gesagt?«, fragte Annemarie.

»Mist. Mit denen habe ich gar nicht gesprochen. Ich war viel zu perplex.«

»Und wer hat es dir dann gesagt?«, wollte Christel wissen.

»Die Krankenschwester, die mich gestern zu ihm gelassen hat. Mit ihr bin ich gut klargekommen, obwohl sie meine kleine Notlüge mit der Oma durchschaut hatte.«

»Na, die war ja auch äußerst trivial. Ist denn bekannt, woran er gestorben ist?«, fragte Annemarie.

»Sie meinte: Herzstillstand nach Kreislaufversagen.«

»Und ist das so weit hergeholt? Immerhin war er schwer verletzt und musste wiederbelebt werden«, merkte Christel an.

»Eigentlich nicht. Aber einfach so tot, nachdem er sich gestern so gut gefühlt hat? Ich weiß nicht.«

»Warum bist du so misstrauisch?«, fragte Annemarie. »Das erinnert mich ja bald an alte Zeiten.«

»Mir sind das zu viele Dinge, die da auf einmal passieren. Das bekomme ich nicht in eine logische Reihe.« Irene lehnte sich im Fahrersitz zurück und griff mit beiden Händen an die Kopfstütze. »Gestern hat er mir doch erzählt, dass er an einer Geschichte über die Staatsanwaltschaft dran ist … Oh nein, so ein Mist.«

»Muss ich das verstehen?«, wunderte sich Christel.

»Ich werde echt langsam alt. Ich wollte doch gestern noch den Rucksack suchen. Wie konnte ich das nur vergessen.« Sie schlug mit der Faust auf das Lenkrad.

»Du solltest dich bei Audi als Produkttesterin anstellen lassen«, sagte Christel und begann zu lachen. »So oft, wie du auf das Lenkrad haust. Von was für einem Rucksack sprichst du?«

»Wisst ihr nicht mehr? Als wir ihn oben am Dönberg gefunden haben, hatte er noch einen Rucksack auf. Den hat Herr Friedensfurt dann abgeschnitten, damit wir ihn auf den Rücken drehen konnten.«

»Jetzt mach dir mal keinen Vorwurf. Daran hätte ich mich auch nicht mehr erinnert«, begann Annemarie. »Und ich vergesse so gut wie nichts.«

»Gestern hat er mich danach gefragt und ich wollte eigentlich direkt hinfahren und suchen.«

»Und was hat dich daran gehindert?« Christel griff zum Gurt, nachdem Irene den Audi gestartet hatte.

»So eine dämliche Streife hat mich angehalten, weil ich angeblich aggressiv überholt haben soll.« Sie schüttelte den Kopf. »Die ham se doch nicht mehr alle. Und ich sag' euch, die endlose Diskussion mit denen war so nervig wie überflüssig, dass ich den Rucksack glatt vergessen habe.«

»Und das war von den Beamten bestimmt maßlos übertrieben, richtig?« Jetzt schnallte sich auch Annemarie an, weil sich andeutete, dass Irene gewillt war, ohne Zeitverlust zum Dönberg zu rasen.

»Klar. Die jungen Kerle kennen doch den allgemeinen Grundsatz des Autofahrens gar nicht mehr.«

»Der da wäre?« Christel ergriff den Türgriff in Erwartung eines fulminanten Anfahrerlebnisses.

»Fahre so schnell wie möglich von Punkt A nach Punkt B!«

◆ ◆ ◆

»Da liegt er!« Christel kniete sich vor den Weißdornbusch. Angewidert von den Spinnweben schob sie ihren Arm unter die Sträucher, drückte die Gräser platt und zog den blauen Rucksack hervor. Beim Aufstehen wischte sie sich die ungeliebten Spuren von der Bluse. »Ich hasse Spinnen!«

»Das wissen wir und fühlen mit dir«, sagte Irene und begann zu lachen.

»Aber wir danken dir dafür, dass du dich geopfert hast«, pflichtete ihr Annemarie bei. »Du bist meine Heldin.«

»Der ist aber ganz schön schwer.« Christel legte den Rucksack auf die Motorhaube des Audis und zog den Reißverschluss auf. Ihre Freundinnen umringten sie und konnten ihre Ungeduld kaum verbergen.

»Was ist drin?«, fragte Irene voller Entdeckerfreude.

»Ein Laptop.« Christel zog einen schwarzen Rechner heraus. »Meinst du, der funktioniert noch?«

»Warum nicht? Probieren wir es doch aus.« Annemarie drängte sich an Christel vorbei, klappte den Laptop auf und drückte auf einen Knopf, der mehr oder weniger eindeutig als Startknopf infrage kam. Ein Windows Startbildschirm erschien auf dem Monitor. Dann poppte ein Anmeldefenster auf.

»Wäre ja auch zu schön gewesen.« Sie klappte den Rechner zu. »Und was jetzt?«

»Jetzt wird es mal wieder Zeit, meinem Sohn auf die Nerven zu gehen. Kommt Mädels, das Präsidium ist nicht weit.« Irene war schon auf dem Weg zur Fahrertür, als Annemarie noch den Laptop in den Rucksack schob.

»Willst du nicht wenigstens vorher anrufen, ob er da ist? Die haben doch bestimmt reichlich zu tun nach dem Bombenanschlag gestern.« Christel zog die Beifahrertür zu und sank in den Recarositz.

»Damit er sich verleugnen lassen kann. Nee, ich kenne meinen Pappenheimer. Anschnallen!«, rief sie und startete den Audi. Nach einer Anstandssekunde legte sie die Hand auf den Tiptronic-Schalthebel, wählte D, trat das Gaspedal durch und zwang den Allradantrieb zur Höchstleistung. Das Kraftpaket auf vier Rädern schleuderte minimal auf dem erdigen Untergrund und übertrug dann gewohnt zuverlässig das Drehmoment auf den Straßenbelag. Lässig überholte sie einen Traktor, der vor ihnen auf der Straße bummelte und lächelte selbstverliebt. Nebenbei tätschelte sie das Lenkrad, ignorierte Hupen und Aufblenden des entgegenkommenden Fahrzeugs und scherte kurz vor dem Zusammenstoß ein. »Was hat der Idiot denn? Fährt so ein Möfken und macht einen auf dicke Hose. Dem sollte man den Führerschein abnehmen.« Bei einem lockeren Blick nach rechts bemerkte sie Farben der Angst im Gesicht ihrer Freundin und verzog die Augenbrauen.

◆ ◆ ◆

»Och Mutter! Nee!« Gerste starrte die drei Frauen an, die in den Besprechungsraum getreten waren, streckte die Arme zur Decke und klatschte die Handflächen zusammen.

»Ich freue mich auch, dich zu sehen«, stieß Irene hervor. »Und Ihnen allen wünsche ich auch einen schönen Tag.«

»Was willst du?«

»Hat dir das Herr Reichmann am Telefon nicht gesagt?«

»Doch! Hat er. Aber ich habe ihm auch mitgeteilt, dass ich keine Zeit für dich habe!«

»Ach. Das muss er vergessen haben, als ich ihm erklärt habe, dass ich dringende Informationen für den Herrn Hauptkommissar habe.« Sie lächelte ihren Sohn schelmisch an. »Zu einem Mordfall, die keinen Aufschub dulden.«

»Und dass ihr euch von früher kennt, hat sicher nicht gestört, oder?«

»Na ja. Es schadet ja nicht, gute alte Bekannte mal wieder zu treffen.«

Gerste seufzte, ergab sich in sein Schicksal und machte eine ausladende Handbewegung.

»Darf ich vorstellen: meine Mutter, Irene Gerste. In Wuppertaler Justizkreisen hinreichend bekannt als die Frau, die niemals aufgibt. Dann haben wir da noch Christel Bauer. Vielleicht ist sie euch noch ein Begriff als eine der schärfsten Staatsanwältinnen, die die Stadt je hatte. Und zu guter Letzt: Annemarie Schmidt. Ehemalige Richterin am Amtsgericht. Ihre Privatadresse wird auch heute noch geheim gehalten.«

Anerkennendes Nicken und freundliche Grüße hießen die Damen im Raum willkommen. Schiffer nahm auf der Stelle die Getränkewünsche auf, Corinna holte mit Laura Stern weitere Stühle heran und Gerste schüttelte ungläubig mit dem Kopf.

»Willst du uns dein Team nicht vorstellen?«

»Nur zu gerne, weil ich ja so gar nichts anderes zu tun habe. Dieser liebenswürdige Kaffeezubereiter ist Marc Schiffer.« Er zeigte mit großer Unlust auf den jungen Mann, der die Kaffeekreationen zubereitete. »Und die Stühle für euch buckeln meine geschätzte Kollegin Corinna Meier und unsere Aufpasserin von der Staatsanwaltschaft, Laura Stern, heran«

»Bitte setzen Sie sich doch«, sagte Corinna respektvoll und stellte weitere Stühle an den Tisch. Laura Stern platzierte den dritten Stuhl und zog sich dann wieder in den Hintergrund zurück.

»Sie sind von der Staatsanwaltschaft?«, fragte Christel direkt. »Mit wem arbeiten Sie denn da zusammen?«

»Doktor Ritter ist mein Vorgesetzter. Durch ihn bin ich als Beobachterin ins Team gerutscht. Der Sprengstoffanschlag hat für eine gewisse Nervosität bei uns gesorgt.« Die junge Frau drehte einen Kugelschreiber zwischen den Fingern und konnte eine Grundnervosität nicht verbergen.

»Ach ja, den kenne ich noch. Macht gerne einen auf hart, ist aber ganz sanft. Grüßen Sie ihn mal von mir, wenn Sie ihn sehen.«

»Können wir irgendwann auch mal auf den Grund eures Besuchs zurückkommen?«, mischte sich Gerste unwirsch ein. »Bevor das hier zum Kaffeeklatsch ausartet.« Dann blickte er in seine Tasse zur Hand und stellte missmutig fest, dass sie leer war.

»Erinnerst du dich an den Radfahrer, den sie letzten Freitag angefahren haben?« Ohne Umschweife zog Irene die Aufmerksamkeit an sich. »Der ist heute Nacht gestorben.«

»Wenn ich mich recht erinnere, wurde der doch noch am Unfallort wiederbelebt, oder? Warst du nicht sogar dabei? Was ist jetzt daran so ungewöhnlich?«

»Ich bin sicher, dass er ermordet wurde. Und das fällt ja wohl in dein Revier.«

»Und wieso denkst du an Mord? Kann er nicht einfach seinen Verletzungen erlegen sein?«

Keiner der anwesenden Personen brachte genug Mut auf, den verbalen Schlagabtausch zwischen Mutter und Sohn zu unterbrechen. Schiffer servierte den frisch aufgebrühten Kaffee, freute sich über leisen Dank und schlich auf seinen Platz. Corinna und Laura verfolgten das Geplänkel mit großem Interesse.

»Meiner Meinung nach besteht da ein offensichtlicher Zusammenhang zwischen dem Unfall und dem überraschenden Tod von Lars Hartmann.«

»Wer ist Lars Hartmann?«

»Stellst du dich jetzt absichtlich dumm?« Von der Ignoranz überwältigt, zog sie beide Augenbrauen hoch, fuhr aber sachlich fort. »Das ist der tote Radfahrer, mein Lieber. Und ganz nebenbei war er Reporter. Er hat an einem Artikel über eine undichte Stelle bei der Staatsanwaltschaft gearbeitet. War dicht davor, einen Skandal aufzudecken.«

»Und woher weißt du das denn schon wieder?«

»Das hat mir der Tote gestern erzählt.« Sie hielt einen Moment inne. »Und was ist denn das für ein komischer Zufall, dass er jetzt tot ist. Da wird jemand wohl mächtig Angst bekommen haben.«

»Ist das nicht etwas arg weit hergeholt? Könnte das nicht alles bloß ein unglücklicher Zufall sein?«

»Hätte, wenn und aber. Nein, das glaube ich nicht.« Sie trank einen Schluck Kaffee. »Ich möchte, dass du den Leichnam obduzieren lässt.«

»Was? Unmöglich.« Um seiner Aussage Nachdruck zu verleihen, sprang er auf und wischte die These mit der Hand weg.

»Das ist doch kompletter Unsinn.« Dann besann er sich und nahm wieder Platz. »Dafür gibt es doch überhaupt keine Verdachtsmomente. Was sagen Sie denn dazu, Frau Bauer? Hätten Sie früher aufgrund solcher Mutmaßungen eine Leichenschau veranlasst?«

»Na ja«, begann Christel mit Bedacht. »Ganz so von der Hand zu weisen sind die Hinweise nicht. Aber …«

»Christel!«, rief Irene mahnend.

»Was soll ich denn sagen? Im Prinzip hat er ja nicht ganz Unrecht.«

»Danke!«, kam es von Gerste. »Und was ist mit Ihnen, Frau Schmidt? Würden Sie so einen Antrag unterschreiben?«

»Puuuhhh!« Die ehemalige Richterin holte ganz tief Luft und suchte mit ihren Augen nach dem rettenden Anker. Nachdem sie einen Schluck Kaffee getrunken hatte, fing sie gedämpft an zu sprechen. »Das ist recht schwer zu beurteilen. Beide Seiten haben ausreichende Argumente, wobei Irenes Punkte nicht ganz so stichhaltig sind. Aber manchmal sollte man eben auch auf seinen Bauch hören. Ehrlich gesagt bin ich froh, dass ich die Entscheidung nicht treffen muss.«

»Sehr diplomatisch ausgedrückt. Alle Achtung«, sagte Gerste. »Man merkt, dass sie es sich nicht mit meiner Mutter verderben wollen.«

»Ich habe einen Vorschlag zu machen«, warf Irene ein und zog die Blicke auf sich.

»Ich höre.«

»Wenn wir dir stichhaltige Anhaltspunkte für einen Zusammenhang zwischen den Recherchen, dem Unfall und dem Tod von Lars Hartmann vorlegen, lässt du ihn dann obduzieren?«

»Und wo sollen diese Hinweise herkommen?«

»Christel, gib mir mal den Rucksack rüber.« Irene zog den Laptop heraus und legte ihn auf den Tisch. »Das ist der Laptop von Lars Hartmann und ich gehe jede Wette ein, dass sich darauf etwas befindet, was uns weiterhelfen kann.«

»Und wie ich dich kenne, hast du sicher schon nachgesehen, oder?«

»Klar. Was denkst du denn? Leider sind wir nicht weit gekommen. Er ist passwortgeschützt.«

»Das macht die Sache nicht einfacher. Aber ich kenne da jemanden, der sich mit so was auskennt.«

»So mag ich dich. Du bist eben doch mein Sohn.«

»Nicht so voreilig. Ich sage nur, dass ich jemanden kenne, der uns dabei helfen könnte, das Passwort zu knacken. Ob es klappt – keine Ahnung.«

»Na komm. Auf geht's.«

»Piano. Piano. Aber ich verspreche dir, dass ich den Laptop heute Abend abgebe.«

»Kenn' ich die Person?«

»Ich denke schon. Du hast mit ihm zusammen dem Radfahrer das Leben gerettet.«

Kapitel 13

Montag, 23. März

Abends

Jetzt stellen Sie sich mal nicht so an. Oder ziehen Sie es vor, erschossen zu werden?« Der blonde Mann runzelte die Stirn, setzte das Fernglas ab und drehte sich genervt zu den beiden Personen um, die geknebelt auf dem Bett lagen. »Einmal pro Stunde hatten wir ausgemacht. Und wenn ich so auf meine Uhr schaue, ist die Zeit noch nicht gekommen.«

»Hmm. Hmm.« Mit perlengroßen Schweißtropfen auf der Stirn wand sich die Frau. Ihre Augen schleuderten ihm Angst entgegen, aber sie wagte nicht, die Ducktape-Streifen auf ihrem Mund abzureißen. Neben ihr wimmerte ein kleines Mädchen, der tränennasse Haarsträhnen im Gesicht klebten.

»Was wollen Sie denn? Ich dachte, wir hätten eine Vereinbarung getroffen.« Freudlos schüttelte er den Kopf und zeigte der Frau die offenen Handflächen. Besser konnte er sein Unverständnis über die Missachtung des Abkommens, auch wenn es ein sehr einseitiges war, nicht darlegen. Er schlenderte die paar Schritte auf das Bett zu. »Vorschlag zur Güte. Ich nehme Ihnen den Klebestreifen ab. Schreien Sie, sind Sie schneller tot, als Sie den Namen Ihrer Tochter zum letzten Mal aussprechen können. Haben Sie das verstanden?«

Die Frau nickte prompt und hörte gar nicht mehr auf. Nur die anatomische Begrenzung ihrer Augenhöhlen verhinderten, dass die ohnehin schon riesigen grünen Augen noch größer werden konnten.

»Ich werte das mal als Einverständnis«, sagte er süffisant und lächelte die Frau an. »Und von jetzt an halten wir uns schön an die Spielregeln. OK?« Er zog die Glock aus dem Schulterholster und ordnete damit die losen Haarsträhnen auf dem Kopf der Mutter. Zu unpersönlich entschied er und wechselte vom Metall zu seiner Hand. Ihr blondes Haar glänzte und floss sanft durch seine Finger. Er würde sie später noch fragen müssen, welches Shampoo sie benutzte.

Sie zuckte zitternd mit den Augen, als er das Tape von ihrem Mund zog und mit dem Lauf der Pistole auf ihre Stirn zielte.

»Bitte«, krächzte sie. »Wasser.« Ihre Stimme versagte. Ein neuer Anlauf. »Für meine Tochter. Bitte.«

»Ach, kommen Sie. Das hätten Sie doch gleich sagen können. Ich bin doch kein Unmensch.« Dass die Frau ihm solch unritterliches Verhalten unterstellt hatte, kränkte ihn ein wenig und er nickte pikiert. »Kommen Sie. Lassen Sie uns runtergehen und schauen, was wir da finden. Was würden Sie denn gerne trinken?«

»Ein … Glas Wasser … wäre … gut«, stammelte die Frau und streichelte ihrer Tochter über den Kopf, die sich immer enger an sie schmiegte.

»Nur Wasser? Sie können sich aber auch eine Tasse Kaffee machen, wenn Sie wollen.« Er hielt inne und überlegte. Jetzt war der Moment gekommen, Größe zu zeigen. »Was halten Sie davon? Sie bereiten uns zwei Tassen Kaffee zu und bringen mit, was ihre Tochter gerne mag? Haben Sie Limonade da? Für Cola ist sie ja noch etwas klein, oder nicht?«

Die Frau starrte ihn mit aufgerissenen Augen an und wischte sich ein paar Resttränen weg.

»Na los. Geben Sie sich einen Ruck. Ich werde Ihre Tochter schon nicht auffressen, während Sie unten sind. Ich kann mich doch auf Sie verlassen, dass Sie keinen Unsinn machen, oder?«

Mechanisch nickt sie.

»Na dann auf. Husch, husch.« Er wedelte mit offenen Handflächen in Richtung Treppe. »Und verschütten Sie vor lauter Zittern nichts, wenn Sie wieder hochkommen.«

Mit kaum hörbarer Stimme redete die Frau auf ihre Tochter ein, die ihre Beschützerin nicht gehen lassen wollte. Ihr sanfter Tonfall beruhigte das Mädchen dann so weit und die Mutter erhob sich zaghaft. Immer noch konnte der Mann aus ihren Blicken auf mangelndes Vertrauen schließen, was ihn belustigte. Aus seinen Worten hätte sie entnehmen müssen, dass er der Tochter nichts antun würde, wenn sie sich im Rahmen der Vorgaben verhielt.

»Also, ich bin kein Mann der vielen Worte.« Theatralische Pausen liebte er. »Machen Sie Unsinn, stirbt Ihre Tochter einen unschönen Tod. Comprende?«

Die Frau wich einen Schritt zurück, nickte, tätschelte erneut den Kopf des Mädchens und verließ den Raum im Obergeschoss des Hauses.

Genug Zeit verplempert, dachte er sich und nahm seine Beobachtungsposition wieder ein. Das Grundstück von Michael Friedensfurt lag schräg gegenüber und so konnte er sich die Abläufe der Familie genau einprägen. Wie er es immer tat, wenn er in den Planungsmodus schaltete. Beobachten, feststellen, analysieren und dann reagieren.

Der Polizist war mit der älteren Frau schon vor zwei Stunden aus dem Haus gekommen. Ohne den Laptop. Warum hatten sie den zurückgelassen? War dieser Friedensfurt etwa ein Computergenie? Darüber hatte in dem Dossier nichts gestanden. Nicht weiter überraschend, denn wer sich auf andere verlässt, ist verlassen. Für einen präzisen Plan, und etwas Anderes kam für ihn nicht infrage, musste man Zeit investieren. Viel kostbare Zeit, aber aus Erfahrung wusste er zur Genüge, warum man ausgerechnet ihn mit diesen diffizilen Aufgaben betraute. Er machte keine Fehler. Das war bekannt.

◆ ◆ ◆

Es war dunkel geworden. Der blonde Mann öffnete die Gartentür und schlich hinter das Haus im Spessartweg 18, in dem die Familie Friedensfurt wohnte. Nach dem Ende der Observation hatte er noch ein kurzes, sehr intensives, aber leider recht einseitiges Gespräch mit seinen Geiseln geführt. Eigentlich war es ein Monolog gewesen, denn weder der Vater, den er mit vorgehaltener Waffe beim Betreten des Hauses abgefangen hatte, noch Mutter und Tochter leisteten den geringsten Widerstand.

Wie auch, wenn man gefesselt und geknebelt auf dem Boden des eigenen Wohnzimmers sitzt und mit einer Pistole als Argumentationshilfe mögliche Optionen für Fehlverhalten aufgezählt bekommt, deren Eintreten man sich nicht vorstellen möchte.

Von dieser Seite waren keine Probleme zu erwarten, denn er konnte sehr überzeugend drohen. Die übrigen Nachbarn hatte er im Laufe der Überwachung nur flüchtig gesehen und nicht als Gefahr eingestuft. Hier kümmerte man sich, wie heutzutage meist üblich, um den eigenen Kram und war damit mehr als ausgelastet.

Die Familie Friedensfurt hatte kurz nach 21 Uhr zusammen das Haus verlassen und sich folglich entgegenkommend verhalten. Jetzt stand er im Garten und evaluierte die Einstiegsmöglichkeiten. Im Vorbeigehen hatte er einen Blick auf die Haustür geworfen und ausgeschlossen, sie in überschaubarer Zeit zu öffnen. Selbst für einen geübten Türknacker wie ihn war das Sicherheitsschloss ein Hindernis, zumal der Eingang auch für äußerst desinteressierte Nachbarn gut einsehbar war. Die Option hatte er schnell abgehakt.

Blieb die Kellertür, die er aber nicht mal ansatzweise in Erwägung zog. Friedensfurt war Jäger und hatte Waffen im Keller, was ein einbruchshemmendes Schloss unabdinglich machte. Daran würde er sich nicht versuchen wollen, obwohl er spaßeshalber eine

Hand über seine Brusttasche gleiten ließ, um das Etui mit den Dietrichen zu spüren. Herausforderungen waren für ihn ein sportlicher Wettbewerb und er war stets geneigt, sie anzunehmen, als er ein auf Kipp stehendes Fenster entdeckte. Wie so oft wurden Einbrecher von Hauseigentümern zum Besuch eingeladen, lächelte er vor sich hin und verschaffte sich Zutritt zum Haus.

»War ja klar«, murrte er, als er auf den Toilettendeckel trat, der sich unter der Last bog. Warum sind immer nur die Toilettenfenster gekippt? Wieso nicht mal ein schönes, großes Fenster im Wohnzimmer? Nein, immer die kleinen, engen Luken in die kleinen, engen Gästetoiletten. Er war es so leid, aber was beschwerte er sich. Er war ja drin.

Aufmerksam schaute er sich um. Zu sehen war er von draußen nicht, aber hören würde man eine umgefallene Vase oder einen zerbrochenen Spiegel in der Stille der Nacht. Zügig verließ er den spartanisch möblierten Raum und lehnte sich gegen die Tür, die freundlicherweise kaum gequietscht hatte.

Durch den überschaubaren Flur schlich er in einen großzügigen Wohnraum. Die moderne Einrichtung erregte seine Aufmerksamkeit. Eine auch in schlechtem Licht bequem erscheinende Leder-Eckcouchkombination stand an der Wand, davor ein stylischer Tisch, auf dessen Glasplatte sich ein opulenter Engel mit nach oben gestreckten Armen dem Bewunderer präsentierte. Hin und weg war er jedoch von der über dem Tisch hängenden Lampe. Für eine genaue Beschreibung fehlten ihm Worte und Zeit, ein Erinnerungsfoto verbot sich. Die schönste Erinnerung ist immer noch die Erinnerung selbst, tröstete er sich. Sein Respekt vor der Dame des Hauses stieg in gleichem Maße, in dem sie vor dem Jäger sank. Auf dem exquisiten Tisch stand doch tatsächlich der Laptop. Wie einfach es ihm doch mal wieder gemacht worden war.

Kapitel 14

Dienstag, 24. März

Kurz vor neun

»Du siehst einen gebrochenen Mann vor Dir.« Grummelnd knallte Gerste die Autotür zu und warf sich in den Sitz. Ein tiefer Seufzer verdeutlichte Corinna die Gefühlslage ihres Kollegen, der sie vor einer halben Stunde angerufen und gebeten hatte, am Autozentrum Schutz am Uellendahl abgeholt zu werden.

»Was ist denn passiert?«, fragte sie, obwohl ihr der grobe Sachverhalt schon aus dem kurzen Gespräch bekannt war.

»Mein geliebtes Auto hat mir heute Morgen den Dienst versagt. Zum ersten Mal seit, hmmm, das weiß ich schon gar nicht mehr.« Er langte nach dem Sicherheitsgurt. »Kannst du dir das auch nur ansatzweise vorstellen?«

»Es soll ja hin und wieder vorkommen, dass ein Auto nicht anspringt. Was ist denn daran jetzt so bemerkenswert?«

»Das mag ja bei deiner Reisschüssel ein typisches Verhaltensmuster sein, aber bei meinem Highlight der deutschen Ingenieurskunst ist das eigentlich nicht vorgesehen. Es hieß früher doch immer, der Käfer läuft und läuft und läuft. Genauso ist es bei meinem Passat. Der läuft sogar noch viel länger und weiter. Für den ist das Wort Panne eine persönliche Beleidigung.« Der doppelte Ärger machte ihm zu schaffen und er tippte mit dem Zeigefinder auf seinen Oberschenkel. Nicht nur das Auto hatte ihm den Dienst versagt, auch die Peinlichkeit, sich von seiner Kollegin abholen zu lassen, war ihm ein Dorn im Auge.

»Du kannst auch laufen, wenn dir mein Auto nicht schön genug ist.« Ein süffisantes Lächeln unterstrich ihre Worte. »Also? Was war los?«

»Bin ich Automechaniker? Die Kiste ist einfach nicht angesprungen. Total untypisch. Hat sie noch nie gemacht. Selbst vom ADAC hat sie sich nicht überreden, lassen anzuspringen.«

»Und wie bist du hierhin gekommen?«

»Der Gelbe Engel hat mich abgeschleppt. Stell dir das mal vor. Das war die Krönung der Peinlichkeiten, kann ich dir sagen.« Vor Erregung schlug er mit der Hand auf seinen Oberschenkel. »Fünf Streifenwagen haben mich ganz freundlich gegrüßt. Die Deppen haben sich vor Lachen kaum halten können. Aber die habe ich mir gemerkt. Das kannst du mir glauben.«

»Das glaube ich ungesehen.«

»Warum bist du denn nicht mit dem Dienstwagen gekommen?«

»Ob du es glaubst oder nicht, der ist heute zur Inspektion.«

»Super, Mädel. Timing ist wohl nicht gerade deine Stärke, was? Daran müssen wir unbedingt arbeiten.«

Wütend krallte Corinna die Finger ins Lenkrad. »Hey Frank! Du kannst auch den Bus nehmen.«

Gerste ignorierte die Bemerkung und deutete mit einer ungeduldigen Handbewegung an, Corinna möge doch endlich den Platz der Schande verlassen.

»Wohin darf ich dich denn fahren?«, fragte sie mit geheuchelter Freundlichkeit und fädelte sich in den Verkehr Richtung Elberfelder City ein.

»Hoch zum Hahnerberg.«

»Ok. Nur zu gerne. Gibt's sonst noch was Interessantes?«

»Gestern Abend ist jemand bei den Friedensfurts eingebrochen und hat den Laptop geklaut. Reicht das fürs Erste?«

»Nicht dein Ernst«, rief sie erstaunt aus und produzierte einen Schlenker.

»Leider doch. Er hat mich allerdings erst heute Morgen angerufen, weil sie gestern Abend spät nach Mitternacht zurückgekommen sind und den Diebstahl nicht sofort bemerkt haben. Wir haben ja am frühen Abend noch zusammen dagesessen und versucht, den Rechner zu starten. War ja leider passwortgeschützt. Hey, kannst du nicht blinken, du Affe?« Gerste fuchtelte mit erhobener rechter Hand und drückte mit der linken auf die Hupe. Dann drohte er dem Fahrer des roten Ford Fiesta, der kurz entschlossen von der Busspur auf die Fahrbahn gewechselt war und Corinna zum Bremsen genötigt hatte, das Höllenfeuer an den Hals. »Der spinnt wohl. Hast du was zu schreiben?«

»Hey, lass mal deine Finger bei dir. Du kannst doch nicht einfach auf die Hupe hauen, wenn ich fahre.«

»Wieso nicht? Das war ein eindeutiges Fehlverhalten.«

»Aber nicht in meinem Auto. Du hast mich damit doch mehr behindert, als der Fiesta.«

»Papperlapapp!« Seine Erregung ebbte ab und er berichtete emotionslos weiter. »Als wir dann gegangen sind, stand der Rechner schön friedlich auf dem Wohnzimmertisch.«

»Wer ist wir?«

»Na wer wohl? Meine Mutter und ich. Sie wollte unbedingt mit. Und wenn sie sich etwas in den Kopf gesetzt hat, bringt selbst der liebe Gott sie nicht mehr davon ab.«

»Ich habe ja gar nicht gewusst, dass du so ein Muttersöhnchen bist.«

»Vorsicht, Kleines. Achte auf deine Worte auf, sonst lasse ich dich kielholen.« Mühsam rang er sich ein gequältes Lächeln ab. »Aber ehrlich. Gegen meine Mutter bin ich machtlos.«

»Das klingt mir nach einer sehr entspannten Kindheit.« Unvermittelt lacht Corinna. »Ich glaube, ich werde mal den einen oder anderen Rat zum Umgang mit dir von ihr holen müssen.«

»Dann sind wir geschiedenen Leute. Darauf kannst du dich verlassen. Und jetzt Schluss mit dem Ausflug in die Niederungen meiner Seelenqualen.«

»Ja, Meister. Wie sind denn die Einbrecher ins Haus gekommen? Wenn ich mich recht erinnere, gleicht das Haus Fort Knox.«

»Auch einen Safe sollte man nicht offen stehen lassen. Die Täter sind mit hoher Wahrscheinlichkeit durch ein gekipptes Fenster in der Gästetoilette eingestiegen.«

»Ich vermute eher, dass es nur einer war?«

»Wieso bist du dir da so sicher?«

»Das passt gut zu einer Meldung, die wir heute Morgen reinbekommen haben. Im Haus gegenüber wurde gestern eine Familie überfallen. Der Täter wollte, wie es schien, nur das Anwesen der Friedensfurts beobachten. Kurz vor Mitternacht ist er dann einfach gegangen und hat die Bewohner gefesselt zurückgelassen.«

»Und warum erfahre ich das erst jetzt?« Mit einer Reihe von Falten auf der Stirn betrachtete er seine Kollegin. »Gab es sonst noch etwas Bemerkenswertes, dass mich eventuell interessieren könnte?« Er legte den Kopf schief.

»Der Familie geht es übrigens gut. Nur für den Fall, dass es dich interessieren sollte.«

»Freut mich. Zurück zu meiner Frage. Warum erfahre ich das erst jetzt?«

»Dreimal darfst du raten.« Corinna schaute Gerste mit einem süffisanten Lächeln auf den Lippen an. »Warst du heute Morgen schon im Büro?« Vorwurfsvoll rollte sie mit den Augen. »Ach, vergiss es. War eine rhetorische Frage. Du hast ja eine kleine Sightseeingtour durchs Tal gemacht.«

»Schon mal was von Handys gehört?«

»Schon mal die Mailbox abgehört?«

»Oh nee! Ich hasse die Dinger. Das weißt du doch.«

»Das ist eine etwas eigenwillige Umschreibung, meinst du nicht? Du weigerst dich nur sie zu benutzen.«

Gerste wischte den Einwand mit der Hand weg. »Also, was ist denn jetzt da oben passiert?«

»Soweit wir wissen, wurden die Eigentümerin des Hauses und ihre kleine Tochter gestern am späten Nachmittag von einem Mann überfallen. Der hat an der Tür geklingelt und die Frau ruckzuck überwältigt, nachdem sie die Tür geöffnet hatte. Das ging alles so schnell, hat sie gesagt und war vollkommen überrascht.«

»Kann sie den Mann wenigstens beschreiben?«

»Ziemlich gut sogar, weil er sich keine Mühe gegeben hat, sein Gesicht zu verbergen.«

»Wie sah er denn nun aus? Komm schon.«

»Du bist heute aber ganz schön ungeduldig. Lief der Morgen bisher nicht so, wie du es wolltest?« Selten zeigte Gerste offene Flanken und so labte sich Corinna mit zunehmender Freude an seinem wunden Punkt. »Warum musste ich dich nochmal abholen?«

»Cooonnnnyyy! Es raheicht!« Die Warnung war deutlich. Die Kurzform ihres Namens verwendete er nur äußerst selten und wenn, dann war Vorsicht angesagt. Er schickte einen warnenden Blick hinüber und seine Augen ließen keine Zweifel aufkommen. Die Grenze war nahe.

»Jetzt hab dich doch nicht so. Ich mach' doch nur Spaß. Wenn mal so eine seltene Gelegenheit kommt, kann ich nicht anders.« Wie bei Frauen so üblich, klimperte sie mit den Augen. Dann wandte sie den Blick von der Straße ab, griff nach ihrem Handy und scrollte durch die Nachrichten, während sie im Stop-and-go-Verkehr auf der Gathe mitrollte. »Der Mann hatte kurze, blonde Haare und soll gut Deutsch mit südeuropäischem Akzent gesprochen haben.«

»Nur so nebenbei. Dir ist schon bekannt, warum man beim Fahren nicht mit dem Handy spielen soll?«

Für den Spruch erntete er eine Schnute, gefolgt von einem Augenzwinkern.

»Haben wir schon das Phantombild von dem Typen an der Bibliothek?«

»Jep. Ist auch vorhin gekommen.«

»Lass mich raten. Das hast du natürlich auch dabei.«

»Aber klar doch. Ich muss doch gut vorbereitet sein, wenn ich meinen Chef treffe.«

Corinna bremste. Die Fußgängerampel am Kipdorf war auf Rot gesprungen. Sofort nutzte sie die Chance, eine weitere Mail zu öffnen. Der leuchtende Bildschirm zeigte die surreale, in Pastellfarben dargestellte Kontur eines Kopfes mit blonden Haaren, schwarzen Brauen und ein am Kinn schmal zulaufendes Gesicht. Dem Mann würde er, ohne zu murren, seinen Passat anvertrauen, dachte Gerste und erschrak über sein Empfinden. So vertrauenerweckend war der erste Eindruck und so falsch dazu. Das war kein netter Onkel von nebenan, sondern ein brutaler Killer.

»Du bist also unser Mann.« Er nahm seiner Kollegin das Handy aus der Hand und starrte auf die Grafik. Es war immer wieder erstaunlich, wie realistisch die modernen Computerprogramme die Erstellung von Phantombildern verändert hatten. Kein Vergleich mehr zum manuellen Kartenlegen, wobei er die Kunst der Zeichner stets bewundert hatte. »Was willst du von uns? Warum machst du das alles?«

Die Ampel schaltete auf Grün und Corinna beschleunigte. »Wo geht's denn jetzt hin? Ins Büro oder hoch zum Küllenhahn?«

In seine Gedanken vertieft hob Gerste nur kurz die Hand und machte eine ungenaue Wischbewegung, die interpretationsfähig war, aber mehr von geradeaus als von links Abbiegen hatte. Folglich ordnete sie sich in der rechten Spur ein, erntete keinen Widerspruch und fuhr auf die B7.

»Wie ist der nur auf die Friedensfurts gekommen?«, sinnierte er vor sich her und schaute Corinna fragend an. Mit der Hand fuhr er sich über den Kopf und ließ das braune Haar durch die Finger gleiten. Dann rieb er sich das Kinn, wie es Bartträger gerne machen. »Und wieso war er so schnell vor Ort?«

»Einen Hellseher können wir sicher ausschließen«, antwortete Corinna und versuchte, ihrem Chef ein Lächeln abzuringen.

»Guter Versuch, aber unnötig. Rekapitulieren wir nochmal, was gestern passiert ist, nachdem meine Mutter mit dem Laptop ins Büro gekommen ist.«

»Na ja. Marc und ich waren da. Und Laura. Dazu deine Mutter und ihre beiden Freundinnen.«

»Dann wird uns das als begnadete Polizisten ja nicht vor eine unlösbare Herausforderung stellen.«

»Deine Mutter schließe ich als Spitzel mal aus. Was hätte sie davon? Und sie hat uns den Laptop ja erst gebracht. Nee. Das glaube ich nicht. Was ist mit ihren Freundinnen?«

»Ausgeschlossen. Die drei sind für mich über jeden Verdacht erhaben. Wo sollten die denn auch solche Kontakte herhaben?«

»Sind wir da vielleicht etwas betriebsblind geworden, Herr Hauptkommissar? Als Staatsanwältin, Richterin und Anwältin waren die doch jahrelang mitten im Geschehen. Ich gehe jede Wette ein, dass deine Mutter in Nullkommanichts Menschen aus dem Hut zaubern könnte, die wir normalerweise einsperren. Was wäre, wenn da eine kleine Erpressung oder so was laufen würde?«

»Aus sowas kannst auch nur du kommen. Lies hin und wieder mal ein gutes Buch, anstatt dir diese billigen Serien einzuziehen.«

Gerste wurde in den Sitz gedrückt, als Corinna die Spurtreue des Hyundai prüfte und gerade noch bei Gelb von der Südstraße in die Steinbeck einbog. Zwei ältere Damen schüttelten lautstark schimpfend mit dem Kopf und fuchtelten mit ihren Regenschirmen den quietschenden Reifen hinterher.

»So macht Autofahren Spaß!«, rief sie frohlockend und legte den linken Arm entspannt auf der Tür ab.

»Frag mal die beiden Omis da hinten, ob die das auch so sehen.« Lässig deutete er mit dem Daumen über die Schulter zurück in Richtung der Kreuzung. »Bei denen bist du jetzt das Tagesgespräch.«

»Die sollen sich mal nicht so haben.« Unbeeindruckt beschleunigte sie weiter und huschte bei der nächsten Ampel wieder knapp bei Dunkelgelb durch. »Wenn du nichts dagegen hast, lass' ich Marc mal einen kleinen Hintergrundcheck machen. Okay?«

»Hast du ein Date, von dem ich nichts weiß oder warum fährst du wie der Teufel?«

»Na klar. Ein Date um neun Uhr morgens. Auf welchem Stern lebst du denn? Es macht mir einfach nur Spaß, dich herumzukutschieren.« Um ihre Aussage zu untermauern, schaltete sie in den dritten Gang zurück, um die Kurven zum Klever Platz hinauf in Angriff zu nehmen.

»Wer's glaubt, wird selig. Und selig sind die geistig Armen.« Nachdenklich kratzte er sich am Kopf. »Hmmm. Um nochmal auf deine Idee, mit meiner Mutter zurückzukommen. Sei bloß vorsichtig dabei. Wenn die das herausbekommt, reißt sie mir den Arsch bis zu den Ohren auf.«

»Wow. Du hast ja mächtig viel Respekt vor ihr. Ich bin ganz baff. So kenne ich dich ja gar nicht.«

»Lassen wir es dabei. Okay?« Er ließ einen Moment verstreichen und fuhr sich mit den Fingern durch die Haare. »Macht das aber bitte wirklich ganz dezent.«

»Dezent ist Marcs zweiter Vorname.« Mit einem Lächeln auf den Lippen beschleunigte sie den Hyundai erneut. Weit vor ihnen war die Bushaltestelle an der Worringer Straße zu sehen. Dann kam die Ampelanlage und Corinna gab noch mehr Gas.

»Was ist denn jetzt schon wieder?«

Sie zeigte auf die Ampel, die in zweihundert Meter Entfernung auftauchte. »Die scheiß Ampel da vorne hasse ich wie die Pest. Die ist bei mir immer rot. Und wo sie gerade einmal grün ist, will ich die seltene Chance nutzen.«

»Du spinnst ja.«

»Lass mir doch meinen Spaß.« Sie erhöhte die Geschwindigkeit auf über neunzig. »Bleibt noch Laura übrig. Was wissen wir über sie?« Lässig versuchte sie auf, das eigentliche Thema zurückzukommen. »Außer, dass sie ein Spezi von unserem geliebten Staatsanwalt zu sein scheint.«

Der weiße Hyundai flog weiter den Berg hinauf. »Jawoll!« Liebevoll tätschelte Corinna das Lenkrad. Dann erstarrte sie übergangslos, knirschte mit den Zähnen und brüllte los. »Mist. Mist. Mist.«

»Geschieht dir recht«, frohlockte Gerste und stellte sich auf ein aggressives Bremsmanöver ein. Die Ampel an der Hahnerberg-Apotheke beendete die Rennfahrerambitionen seiner Kollegin und schaltete unnachgiebig auf Rot.

Corinna zog eine Schnute und stieg auf die Bremse. »War ja klar, dass die Stadt Wuppertal mich mal wieder in meinem Tatendrang stoppt.« Ein kurzer Hieb auf das Lenkrad und der Ärger war verraucht. »Sollten wir Doktor Ritter über unseren Verdacht informieren, bevor wir Laura überprüfen?«

»Schwere Frage. Aber ja, ich denke, wir sollten vorher mit ihm sprechen. Wenn wir wieder im Büro sind, rufe ich ihn kurz an. Was macht Laura eigentlich gerade?«

»Bevor ich losfahren musste, um … das überspringe ich jetzt mal, hat sie Marc geholfen, die Videos vom Finanzamt zu sichten. Damit ist sie noch eine Weile beschäftigt.«

Mit einem niederträchtigen Kopfschütteln ignorierte Corinna die Tempo 30 Zonen auf der Küllenhahner Straße, bremste dann aber für Gerste vollkommen überraschend für eine ältere Dame, um ihr die Überquerung zu ermöglichen.

»Was war das denn? Erst rast du wie von der Tarantel gestochen und dann lässt du die Oma rüber? Wie passt das denn zusammen?«

»Och, mir war grad so.« Achselzuckend fuhr sie in die ansteigende Rechtskurve der Rhönstraße und bog gesittet in den Odenwaldweg ein.

Gerste spähte aus dem Fenster und zeigte auf den Spielplatz. »Eigentlich ist das ja eine schöne Wohngegend hier. Man ist direkt am Wald. Die Kinder können in Ruhe spielen. Was will man mehr? Fragt sich nur, warum wir so oft hier oben sind?«

»Der Schein trügt eben hin und wieder.« Corinna bog in den Spessartweg ein und die Idylle war dahin. Blaue Lichtstreifen aus rotierenden Quellen gepaart mit orangem Blinklicht katapultierten die beiden Polizisten in die Realität. Zwei Streifenwagen blockierten die Gasse und machten aus den Anwohnern unfreiwillige

Zeugen der Ermittlungsarbeit. Der schwarze Bully der KTU parkte mitten in der Einfahrt und vervollständigte das bizarre Bild im beschaulichen Licht der aufgehenden Sonne.

»Auf in den Kampf, die Schwiegermutter naht …«, summte Gerste und stieg aus dem Auto. Misstrauisch beäugte er die umherlaufenden Beamten, wobei er freundlich gegrüßt wurde.

»Wollen wir uns aufteilen? Ich schaue mir das Haus der Familie an, die überfallen worden ist und du gehst zu den Friedensfurts?« Corinna wartete die Antwort nicht ab, schuf Tatsachen und machte sich auf.

»Wie Sie wünschen, Majestät«, erwiderte er und nickte dem nächsten Polizisten zu. Doch auch dieser Kollege machte keine Anstalten, einen Flachs über sein Auto zum Besten zu geben. Bevor er intensiver darüber nachdenken konnte, sah er Sven Eisenberg aus dem Haus kommen. Der Leiter der Wuppertaler KTU entdeckte Gerste und versuchte mühevoll, ein Lachen zu unterdrücken. Ohne Erfolg, denn es prustete aus ihm heraus.

»Besser spät als nie, was?«

Kapitel 15

Dienstag, 24. März

Später Vormittag

Wann ist Ihnen denn der Tod von Herrn Hartmann aufgefallen?«, fragte Gerste den Oberarzt. Nach einer kleinen Odyssee durch das weitläufige Klinikum hatten sie Doktor Klemmer in seinem Büro auf der Intensivstation gefunden. Sein bescheidener Ort zur Erzeugung immenser Papierberge war karg eingerichtet. Luxus stellten nicht die Möbel oder die pritschenähnliche Schlafgelegenheit dar, sondern die zwei lichtdurchfluteten Fenster. Neben einem weißen Schreibtisch, der in seiner Schlichtheit stark an diverse Do-it-yourself Modelle erinnerte, standen drei Regale, die den gleichen Charme versprühten.

Dr. Klemmer bot den beiden Polizisten Plastikstühle an, die nun den Besuchern auf der Station fehlten.

»Das wird so gegen zwei Uhr in der Früh gewesen sein. Wenn Sie es auf die Minute genau wissen wollen, muss ich in der Akte nachsehen.«

»Und was haben Sie danach gemacht?«

»Also. Nachdem die Geräte die Unstimmigkeiten angezeigt hatten, wurde der Alarm ausgelöst. Schwester Marion war als Erste vor Ort. Sie hatte Nachtdienst.«

»War Herr Hartmann da schon tot?« Ohne aufzuschauen, tippte Corinna weiter mit dem Pencil auf das iPad. Viele brauchbare Informationen hatten sie dem Arzt bis jetzt nicht entlocken können.

»Nein, aber er befand sich mittlerweile in einem sehr besorgniserregenden Zustand. Er hatte einen Herzstillstand und wir haben sofort mit der Reanimation begonnen.«

»Haben Sie eine Erklärung für den Herzstillstand?«

»Na ja. Der Patient wurde in einem äußerst kritischen Zustand eingeliefert. Er hat sich zwar überraschend gut erholt, aber Rückschläge kann man nie ausschließen.«

»War an diesem Abend etwas außergewöhnlich oder besonders auffällig?«

»Das habe ich Schwester Marion auch gefragt. Soweit ich weiß, hatte er am Abend vor seinem Tod kurz Besuch von seinem Bruder. Der war zum Zeitpunkt des Herzanfalls aber schon lange wieder weg.«

»Wann war der Besucher genau da?«, hakte Corinna nach.

»Laut Eintrag kam er um zweiundzwanzig Uhr. Um welche Uhrzeit er dann wieder gegangen ist, können wir nicht sagen, weil er sich nicht abgemeldet hat.«

»Jetzt bin ich etwas verwirrt. Kann man denn hier so einfach kommen und gehen? Fällt das niemandem auf?«

»Das ist hier ja kein Gefängnis, wissen Sie? Soweit ich es mitbekommen habe, ist der Bruder ja extra aus London angereist. Vielleicht haben die in England andere Gepflogenheiten.« Der Arzt gewann die verloren gegangene Selbstsicherheit zurück und sprach emotionslos weiter. »Insofern würde ich das jetzt nicht als ungewöhnlich ansehen. Viele Besucher sind auch durch die Station hier oder durch den Zustand ihrer Angehörigen so geschockt, dass sie nicht daran denken, sich beim Verlassen abzumelden.«

»Warum durfte der Bruder denn so spät noch zu Herrn Hartmann? Haben Sie hier keine festen Besuchszeiten?« Gerste hatte bisher seiner Kollegin die Befragung überlassen. Jetzt ergriff er das Wort.

»Eigentlich schon. Aber es gibt manchmal Ausnahmen. Wenn die Patienten zum Beispiel sehr schwer verletzt sind und ein Exitus möglich ist, lassen wir die Angehörigen auch mal zu ungewöhnlichen Zeiten zu ihnen. Wir haben da einen Ermessensspielraum. Und da der Bruder ja, wie gesagt, extra aus London angereist war, hat sich Schwester Marion wohl erweichen lassen. Das kommt vor.«

»Woran ist Herr Hartmann denn nun genau gestorben?«

»Das wird bei der Obduktion geklärt.«

»Wollen Sie mir tatsächlich verkaufen, dass hier ein Mensch stirbt und Sie überhaupt keine Ahnung haben, warum und woran?« Gerste sprang erregt auf und schüttelte mit dem Kopf.

»Das kommt nicht oft vor, aber es kommt vor. Glauben Sie mir. Das ist alles für mich genauso unbefriedigend wie für Sie.« Der Oberarzt rutschte auf seinem Stuhl hin und her und zeichnete geometrisch unbestimmte Figuren auf seine Schreibtischunterlage.

Corinna zog Gerste am Arm zurück auf den Stuhl. »Was hat denn der Bruder von Herrn Hartmann dazu gesagt?«

»Das weiß ich noch gar nicht«, gab der Arzt leise zu. »Bis jetzt haben wir ihn nicht erreichen können.«

Mit einem süffisanten Lächeln auf den Lippen erhob sich Gerste und der Oberarzt rollte seinen Stuhl weiter zurück. »Sie nehmen mich jetzt aber auf den Arm, oder?« Kopfschüttelnd drehte er sich um und verschränkte die Hände hinter dem Kopf. »Bei Ihnen ist ja Hopfen und Malz verloren. Geben Sie meiner Kollegin die Nummer und wir kümmern uns darum.«

»Das würde ich ja gerne machen, aber leider haben wir keine Kontaktdaten von ihm.«

»Ich glaub' wirklich langsam, ich bin in einem Irrenhaus gelandet.« Erneut stützte er sich auf den Tisch und stierte den Arzt an. Dann schlug er so massiv mit der Faust auf die Tischplatte, dass die Wasserflasche darauf wackelte. »Sie haben hier haufenweise Vorschriften, die zu beachten sind, aber eine simple Telefonnummer haben Sie nicht?« Er murmelte unverständliches Zeug, ging schulterzuckend zum Fenster und versuchte, sich auf dem Krankenhausgelände zu orientieren.

»Haben Sie denn wenigstens eine Beschreibung für uns?«, fragte Corinna und ließ dem Arzt keine Chance, seine Anspannung zu reduzieren. Wie ein Häufchen Elend saß Doktor Klemmer auf seinem Stuhl und hielt Ausschau nach Rettung jedweder Art, die aber nicht in Sicht war. Mutlos schälte er sich aus dem Sessel, warf den Kittel auf die Lehne, lockerte die marineblaue Krawatte und öffnete den obersten Knopf des weißen Hemdes. Nachdem er sich gestreckt hatte, sank er zurück auf den Stuhl.

»Das kann ich nicht. Ich habe ihn ja gar nicht gesehen. Aber Schwester Marion hat ihn als großen, blonden …«

»Blond?« Ruckartig drehte sich Gerste vom Fenster weg und stapfte auf den Arzt zu. »Haben Sie blond gesagt?«

»Äh. Ja«, antwortete Doktor Klemmer vorsichtig. »Was war denn jetzt schon wieder falsch?« Vereinzelte Schweißtropfen lösten sich von seinem Haaransatz.

»Nur so viel. Der blonde Mann war ganz sicher nicht sein Bruder.« Gerste nickte Corinna zu, die daraufhin dem Arzt das Phantombild des Attentäters zeigte.

Doktor Klemmer schaute auf das iPad und lehnte sich zurück. »Ich weiß nicht, ob das der Mann war, der sich als Bruder ausgegeben hat. Außer Schwester Marion hat ihn ja niemand gesehen.«

»Ist Schwester Marion denn heute da?«, fragte Corinna und legte das iPad auf den Tisch.

»Noch nicht. Sie hat doch Nachtdienst und kommt erst um halb zehn.«

»Irgendwie kommen wir nicht so richtig weiter. Können Sie denn mit Sicherheit sagen, wo sich die Leiche jetzt befindet?« Das flüchtige Keimen von Hoffnung erstarb nun vollends, die Sätze wurden kürzer und der Tonfall wieder eine Spur aggressiver.

»In der Pathologie nehme ich an. Die bereiten wahrscheinlich die Autopsie vor.«

»Dann rufen Sie mal sofort da an. Das sollen die mal schön sein lassen. Bis wir die Aussage von Schwester Marion haben, ist der

Leichnam sichergestellt. Ist das klar?« Die großen, ungläubigen Augen des Arztes interessierten ihn nicht mehr. »Kannst du bitte Marc anrufen? Er soll den Abtransport der Leiche organisieren.«

»Mach' ich.«

»Sie können doch nicht einfach eine Leiche mitnehmen!«, sprühte es aus dem Arzt hervor. »Das geht doch nicht.«

»Das lassen Sie mal getrost mein Problem sein.« Er ging auf die Tür zu. »Sorgen Sie bloß dafür, dass sie noch da ist, wenn wir sie holen kommen.«

Kapitel 16

Dienstag, 24. März

Früher Nachmittag

Hallo. Warten Sie einen Moment. Ich halte Ihnen die Tür auf!« Mit schnellen Schritten überquerte der blonde Mann die Luisenstraße und hielt auf die ältere Frau zu, die ihre Tragetaschen auf dem Bürgersteig abgestellt hatte. Mit einer Hand versuchte sie die Tür weiter aufzustoßen, während sie mit einem Fuß das Umfallen der Taschen verhinderte.

Seit zwei Stunden hatte er sich in den engen Gassen des Luisenviertels herumgedrückt und auf diese Chance gewartet. Jetzt war er in Gestalt der betagten Frau gekommen. Geduldig war er mehrmals an dem geschieferten Haus vorbeigelaufen und hatte auf einen Bewohner gehofft, mit dessen Hilfe er sich Zugang verschaffen konnte. In dem Gebäude gab es nur sechs Wohnungen, wenn er die Anzahl der Klingeln zugrunde legte und bisher gab es wenig Grund, daran zu zweifeln.

»Oh, das ist aber sehr freundlich von Ihnen.« Den ganzen Weg vom Supermarkt in der Friedrich-Ebert-Straße bis hierhin war er ihr gefolgt und hatte mitangesehen, wie Kraft und Ausdauer schwanden. Er schätzte sie auf über sechzig Jahre, wobei ihr Gesicht schöne, gleichmäßige und relativ straffe Züge zeigte. Durch die Anstrengung lehnte sie jetzt am Türrahmen und atmete schnell. Ein dünner Schweißfilm bildete sich am Ansatz der schneeweißen Haare, die sie ungewöhnlich lang trug. Die Zeit zum Handeln war da.

»Na, da haben Sie sich aber auch einiges zugemutet«, bemerkte er und stellte den Fuß in die Tür. »Darf ich Ihnen die Taschen hochtragen?«

»Lassen Sie mich erst einmal kurz durchschnaufen, junger Mann. Ich bin völlig fertig.« Aus der Manteltasche zog sie ein Stofftaschentuch und schnäuzte sich. Dann faltete sie das Tuch zusammen, wischte über die Stirn und schaute ihn aus wachen blauen Augen an. »Sie hat der liebe Gott geschickt.«

»Ganz so hoch würde ich das nun nicht hängen.« Er musste der Frau vermitteln, wie geschmeichelt er sich fühlte, denn dies würde sie schneller Vertrauen fassen lassen. Also verzog er die Mundwinkel, bis Grübchen erschienen und griff sich eine der Taschen. »Ach, die sind doch viel zu schwer für Sie. Umso mehr freue ich mich, dass ich Ihnen behilflich sein kann. Meine Oma hat auch lange alleine gewohnt und mir oft erzählt, welche Schwierigkeiten ihr das Tragen der Taschen immer gemacht hat.«

»Ihre Oma muss sehr stolz auf sie gewesen sein.«

Er lächelte und bemühte sich, entwaffende Röte auf seine Wangen zu projizieren. »Geht es Ihnen denn jetzt wieder besser?« Sein Fuß stieß die Tür weiter auf und er blickte in einen dunklen Hausflur. Als er den Lichtschalter betätigte, hauchte diffuses gelbliches Licht dem Treppenhaus ein wenig Heimeligkeit ein. »Das ist aber ganz schön düster hier. Passen Sie bloß auf, wo Sie hintreten.«

»Das habe ich dem Hausmeister schon hundertmal gesagt. Aber der ignoriert das einfach«, antwortete die Frau und griff nach dem Handlauf. »Ich wohne oben, im ersten Stock.«

»Seien Sie bitte vorsichtig.«

Die ältere Frau erklomm die Stufen, verschnaufte kurz, als sie oben angekommen war und öffnete die Wohnungstür. »Kommen Sie. Das ist mein Reich.«

◆ ◆ ◆

Dreißig Minuten später, mit einer Kaffeeerfahrung garniert und mit vielen interessanten Geschichten aus dem früher fröhlichen, heute einsameren Leben der Frau reicher, zog er die Wohnungstür hinter sich zu. Vernehmbar stieg er die Treppe hinab, öffnete die Haustür und klebte ein Stück Tape über die Falle des Schlosses. Dadurch würde die Tür nicht richtig schließen und er konnte sie später leicht wieder öffnen.

Er erwartete seine neue Freundin am Fenster und wollte diese Erwartungshaltung ungern enttäuschen. Bislang hatte er der Frau keinen Grund für Misstrauen gegeben und so sollte es auch bleiben. Wenn sie ihn also auf der Straße sehen wollte, würde er da natürlich erscheinen.

Ein kurzer Blick zum Fenster hinauf war drin und er winkte ihr auch freundlich zu. Dann war das Theater vorbei. Ohne sich erneut umzublicken, bog er in die nächste Straße. Sein Antlitz wechselte vom unbeschwerten Enkel in den konzentrierten Planer. Der Körper straffte sich, verzichtete auf die Attribute des Müßiggängers und der eiskalte, berechnende Blick kehrte in seine Augen zurück. Die ältere Frau hätte schnell die Straßenseite gewechselt, wäre sie ihm jetzt begegnet.

In seinem Gehirn gestaltete er den Plan aus, wog für und wider ab, kalkulierte Unwägbarkeiten ein und wäre fast über den Dackel gestolpert, der mit dem kleinen Mädchen im Schlepp seinen Weg kreuzte. Sofort quälte er sich ein Lächeln auf die Lippen, streichelte den Hund anerkennend, trat um die nächste Ecke und stand wieder in der Luisenstraße.

Die ältere Dame war nicht mehr am Fenster zu sehen. Gut. Vor der Haustür wartete niemand. Besser. Er drückte die Tür auf, zog das Stück Tape ab, klumpte es zusammen und steckte es in die Hosentasche. Dann lächelte er über den trostlosen Anblick, den der karge Flur erneut bot. Die Lampe strahlte noch genauso düster, doch jetzt erfreute es ihn, machte seine Arbeit leichter, ließ seine Absichten mit der Tristesse verschmelzen.

Lars Hartmann wohnte ein Stockwerk über der älteren Dame. Diesmal verzichtete er auf bemerkbare Laute und schlich die Treppe hoch. Die Wohnungstür des Reporters war mit einem Sicherheitsschloss ausgerüstet. Also blieb der Satz Dietriche in der Jacke und er zog den Dremel heraus. Der Sechser Bohrer drang ein wenig quietschender als erwartet in den Stahl, aber Sorgen bereitete ihm dies nicht. Bei seinen Beobachtungen des Hauses hatte er nur geringen Publikumsverkehr bemerkt. Scheinbar kümmerte man sich hier mehr um sich als um die Nachbarn. Ein Wesenszug, den er bereitwillig akzeptierte.

Ein kraftvoller Dreh mit dem Schlitzschraubendreher reduzierte die Widerstandsfähigkeit des Schließzylinders und die Tür stand offen vor ihm. Voilà.

Lars Hartmann war ein modern denkender Mensch gewesen, dachte er sich, als er die ersten Schritte durch die Wohnung gegangen war. Für einen Mann etwas viel Weiß, aber wem es gefällt. Er ließ einen Finger über die glänzende Oberfläche des Sideboards gleiten und pustete keinen Staub vom blauen Gummihandschuh. Sehr ordentlich, Herr Hartmann. Sehr ordentlich. Anerkennend nickend schlenderte er in die Küche. Auch hier herrschte penible Ordnung. Kein dreckiges Geschirr in der Spüle, kaum braune Flüssigkeit in der Auffangschale unter der opulenten italienischen Kaffeemaschine. Die verchromten Flächen glänzten und im Siebträger verschimmelte kein Kaffeesatz. Zufrieden pfiff er eine kurze Melodie. Machen sie das selbst, oder haben sie etwa eine Putzfrau?

Er verzichtete darauf, sich in die Funktion der Siebträgermaschine einzuarbeiten und schloss den Duft der Kaffeebohnen wieder in der Dose ein. Zu schade, aber heute lagen die Prioritäten woanders. Ein Blick in den Kühlschrank erstaunte ihn. So großzügig und teuer die Wohnung eingerichtet war, so ungern schien der Reporter zu kochen. Gähnende Leere gepaart mit drei Flaschen Dom Pérignion und zwei Büchsen Belugakaviar fingen seine Blicke ein. Er nahm eine Flasche heraus, drehte das Etikett und nickte zustimmend. Gute Wahl, der 2010er-Jahrgang war akzeptabel, wobei der Kaviar nicht seinen Segen bekam. Osietra-Kaviar poppte angenehmer im Mund. Okay. Auch das war natürlich Ansichtssache.

Mit innerem Bedauern ging er an der Bang&Olufsen Stereoanlage vorbei, konnte sich dann aber zurückhalten und ließ nur die Glastüren mit der Hand aufgehen. Das hatte er schon immer mal machen wollen. Ein Grinsen breitete sich auf seinem Gesicht aus. Auf und zu, wie von Geisterhand gesteuert.

Ein kurzer Gang durchs Schlafzimmer offenbarte ein pompöses Boxspringbett. Kritisch beäugte er seine Silhouette in der Spiegelfront des Kleiderschranks, kniff sich in den verachtenswerten Hüftspeck und reservierte einen imaginären Termin im nächsten Fat-Burn-Kurs. Den würde er zwar nie einhalten, aber die Absicht zählte.

Das Objekt der Begierde, den Grund für den ungefragten Besuch fand er im letzten Zimmer. Ein großer Glasschreibtisch, auf dem ein 27 Zoll iMac thronte. Was anderes hatte er nach dem Rundgang durch die Wohnung auch nicht erwartet.

Für den Abtransport war der Computer zu groß und das richtige Werkzeug zum Ausbau der Festplatte fehlte. Aus dem Fenster werfen schied aus naheliegenden Gründen aus, also blieb ihm nur eine verabscheuenswerte Lösung über. Gewalt. Wie schade, so eine Ikone des Designs zu malträtieren. Ihm blutete das Herz. Da er sich diesbezüglich jedoch für einen Hypochonder hielt, schritt er zur Tat, hebelte mit einem Küchenmesser die Glasscheibe herunter und entfernte mit kurzem Prozess den Monitor aus dem Gehäuse. Flugs zog er die Festplatte ab und steckte sie ein. Die Reste des Computers versteckte er mittelgründlich hinter einem Stapel Pullover im Kleiderschrank des Schlafzimmers, was einer oberflächlichen Durchsuchung standhalten sollte.

Lars Hartmann schien ein Computerfreak gewesen zu sein. Aber im Normalfall kommt selbst der beste Journalist selten ohne handschriftliche Aufzeichnungen aus. So war es auch hier. Die

Wände waren mit Ablaufdiagrammen und Skizzen beschmiert, Fotos klebten dort und waren durch Pfeile verbunden, die Story optisch aufgearbeitet. Das ließ sich nicht mal eben entfernen. Also riss er die Bilder von den Wänden, durchsuchte die Aktenordner, entnahm eindeutige Seiten mit Hinweisen und suchte nach weiteren Speichermedien. Jeder, der so intensiv an einer Story arbeitete, würde Datensicherungen anfertigen. Nur wo waren die?

Er blickte auf die Uhr und beschloss, die Durchsuchung zu beenden. Der Zufall führte ihn zurück in die Küche, wo er sich abermals verbot, einem Espresso zu frönen. Vor dem Kühlschrank blieb er stehen und wog den Kopf hin und her. Konnte es schaden, den Belugakaviar zu probieren? Mit einem Glas Champagner? Engelchen und Teufelchen fochten den Kampf aus. Teufelchen gewann. Sabrieren konnte er die Flasche mangels Säbel nicht, aber man musste es ja auch nicht übertreiben, maßregelte er sich für den aufgekommenen Anflug von Dekadenz.

Der gut gekühlte Schaumwein floss prickelnd seinen Hals hinunter und spülte die schwarzen Körner mit. Besser, als er erwartet hatte, aber dennoch nicht komplett überzeugt, warf er die halbvolle Dose in den Müll und stellte die Champagnerflasche in die Spüle. Die Sektflöte wanderte zusammen mit dem Teelöffel in die Jackentasche. Zu einfach musste er es der Spurensicherung ja auch nicht machen.

Jemand würde sich freuen, die Wohnung zu übernehmen. Abstandszahlungen waren nicht zu leisten, denn Herr Hartmann hatte sich ja entschlossen, die Welt zu verlassen. Mit zufriedenem Grinsen im Gesicht zog er die Tür hinter sich zu und verteilte die sichtbaren Bohrspäne mit der Schuhspitze. Nachdem er sich ein letztes Mal über die unzureichende Beleuchtung des Treppenhauses geärgert hatte, trat er auf die Straße hinaus, setzte die Sonnenbrille auf und begann die Luisenstraße entlangzuschlendern.

Kapitel 17

Dienstag, 24. März

Im Anschluß

Die Leichtigkeit und die Freiheit des Geistes faszinierte Irene regelmäßig, wenn sie durch das Luisenviertel streifte. Naturgemäß hinkte ein Vergleich mit dem Montparnasse in Paris, aber für sie war es der Inbegriff des Lebens in Wuppertal, der Stadt, die bei Sonne wunderschön und bei Regen wunderhässlich war. Sie bummelte durch die Luisenstraße und blieb vor einer Boutique stehen, deren Kleider sie oft beeindruckten. Ihr Handy klingelte und lenkte sie von dem blau-weiß karierten Rock ab, den sie gerne tragen würde. Das Bild Ihres Sohnes poppte auf.

»Hallo Frank. Wie geht es Dir?« Selbstkritisch betrachtete sie ihre Silhouette im Schaufenster.

»Wo bist du?«

»Warum willst du das wissen?« Bedächtig drehte sie sich zur Seite und prüfte im Schaufensterglas den Rock auf Schmeichelpotential. »Sag, mal: Weißt du eigentlich, was Small Talk ist?« Eine weitere Drehung folgte. Wie ein Model stellte sie ein Knie aus und verzog die Lippen. Nein, der würde es nicht werden. »Und danke der Nachfrage. Mir geht es auch gut.«

»Mutter! Für so einen Mist habe ich jetzt keine Zeit. Was machst du gerade?«, blaffte er.

»Geht das auch eine Spur freundlicher? Was ist denn mit dir los?« Skeptisch betrachtete sie weiter den Rock und erwog, ihn anzuprobieren.

»Wir haben Grund zu der Annahme, dass der Sprengstoffanschlag auf die Stadtbibliothek und der Tod deines Reporters zusammenhängen.«

»Na schau mal einer an. Da bin ich ja doch nicht so blöde, was?«

»Das hat ja keiner gesagt. Du verdrehst mir mal wieder die Worte im Mund. Wie auch immer. Der Mann, der sich als Bruder von Lars Hartmann ausgab, und der Attentäter sind ein und dieselbe Person.«

»Woher weißt du das denn auf einmal?«

»Weil wir hin und wieder auch mal arbeiten? Was glaubst du denn?«

»Ja klar, die Polizei und Arbeit. Das hat schon früher nicht zusammengepasst.« Das sich unschön entwickelnde Gespräch hatte ihr die Freude am Bummeln verdorben. Sie wand sich ab und flanierte weiter in Richtung City.

»Mutter!«, hörte sie ihren Sohn genervt sagen. »Das ist jetzt nicht der richtige Zeitpunkt für Grundsatzdiskussionen. Lass dich in den Stadtrat wählen und dann kannst du versuchen, Einfluss zu nehmen. Aber bis dahin hör mir jetzt bitte zu. Einmal nur. Bitte.«

»Ja. Ja. Was habt ihr denn herausgefunden?« Sie nahm das Handy vom Ohr, schaute auf das Display und schnitt eine Grimasse.

»Für den Fall, dass du mal wieder vorhast, unsere Arbeit zu machen, halte dich von einem großen Mann mit kurzen blonden Haaren und italienischen Gesichtszügen fern.«

Sie hatte ihr Ziel in der Luisenstraße erreicht und stand jetzt vor dem Haus, in dem Lars Hartmann gewohnt hatte. Warum sie hierhergekommen war, wusste sie selbst nicht so genau. Vielleicht hatte sie Glück und traf den Hausmeister oder einen Nachbarn, den sie überzeugen konnte, über den toten Reporter zu reden. Eventuell ließ man sie auch in die Wohnung. Ein Versuch war es auf jeden Fall wert.

Als sie die Straße überqueren wollte, trat ein Mann aus dem Haus, setzte eine Sonnenbrille auf und schlenderte davon.

»Mutter!«, schallte es aus dem Telefon. »Bis du noch da?«

»Wie hast du gesagt, sieht der Verdächtige aus?« Irene blickte mit großen Augen und offenem Mund hinter dem Mann her.

»Blond? Warum?«

»Weil gerade ein blonder Italiener aus dem Haus von Lars Hartmann gekommen ist.«

»Mach keine Witze mit mir.«

»Bei so was mache ich keine Witze, glaub mir.«

»Scheiße. Wo bist du genau?«

»Warte mal. Hmm. Luisenstraße 92.«

»Dann warte da. Ich schicke sofort einen Streifenwagen vorbei.«

»Was soll das denn. Bis dahin ist der doch längst weg.«

»Mutter! Du gehst auf gar keinen Fall hinter dem Mann her. Hörst du? Das ist viel zu gefährlich.«

»Ja klar«, antwortete sie desinteressiert und setzte sich in Bewegung. Der blonde Mann war zwanzig Meter vor ihr.

»Warum glaube ich dir nicht? Wo geht er hin?«

»In Richtung City. Jetzt ist er an der Kasinostraße.«

»Corinna? Schick sofort alle verfügbaren Kräfte in das Luisenviertel. Sie sollen alle Straßen vom Neumarkt bis zum Finanzamt abriegeln.« Irene drehte das Handy vom Ohr weg. Der Befehlston ihres Sohnes war gefühlt bis auf die andere Straßenseite zu hören. »Hat er dich schon bemerkt?«

»Ich denke nicht. Warum auch? Ich bin doch nur eine ältere Frau, die telefoniert.«

»Siehst du ihn noch?«

»Dumme Frage. Na klar.«

»Ich glaub' das einfach nicht. Du weißt doch sicher, dass du dich in größter Gefahr befindest, oder?«

»Nein, wieso? Was soll denn bitte schön daran gefährlich sein. Hier laufen doch so viele Menschen rum. Was soll er da wohl machen? Mich umbringen?«

»Mutter, ich beschwöre dich. Bleib bitte stehen und hör auf, dem Mann nachzulaufen. Das ist ein Killer.«

»Papperlapapp. Der ist rund zwanzig Meter vor mir und ich gehe ganz gemütlich hinterher. Besonders eilig hat er es auf jeden Fall nicht.«

»Warum?«

»Weil er im Moment an einem Comicladen stehen geblieben ist.«

»Wo seid ihr genau?«

»Habe ich doch gerade gesagt. Der schaut sich da Comics an oder so. Jetzt geht er über die Straße. Da ist ein Nähgeschäft.«

»Und du bist immer noch sicher, dass er dich nicht entdeckt hat?«

»Ja. Bin ich. Bisher hat er nicht mal in meine Richtung geschaut.«

»Bleib doch bitte stehen und warte auf die Polizei. Das ist viel zu gefährlich, was du da machst.«

»Das ist eine einmalige Chance und jetzt hör auf, zu jammern.«

»Wo ist er?«

»Am alten Kino. Warte mal. Er bleibt stehen. Schaut sich um. Jetzt geht er in die Unterführung runter.«

»Da gehst du aber auf keinen Fall hinterher. Hörst du? Die Kollegen sind unterwegs. Lass die das machen.«

»Ja. Ja«, entgegnete sie, genervt von der andauernden Beschallung. Irene stand vor der Treppe, die in die Dunkelheit führte. Diese Passage, eher ein beklemmender Betontunnel, gehörte zu den düsteren Gegenden von Wuppertal und hatte ihr, schon als kleines Mädchen Unwohlsein beschert. Bis vor einigen Jahren gab es, wenn man die Stufen hinabgegangen war, ein Pornokino nebst Erotikgeschäft. Was sich heute dort befand – sie wusste es nicht und bedauerte dieses Unwissen auch nicht.

Sie setzte ihren Fuß auf die erste Stufe, vereinte den Rest ihres Mutes, der gerade deutlich abnahm und stieg in die Dunkelheit hinab. Je tiefer sie kam, desto mehr Sonnenlicht schien vom anderen Ende des Tunnels herein. Nur den Mann entdeckte sie nicht. Wo war er hin? Er konnte nur ein paar Sekunden, vielleicht eine halbe Minute Vorsprung haben. Komisch, ging es ihr durch den Kopf.

»Was kann ich für Sie tun?«

Irene erschrak, zog die Schultern zusammen und eine Gänsehaut breitete sich über den ganzen Körper aus. Ihr Fuß rutschte von der Stufe ab und sie begann zu taumeln.

»Vorsicht«, sagte die kraftvolle Stimme und eine Hand ergriff aus der Dunkelheit ihren Arm. »Bitte nicht stürzen.«

Noch immer war sie etwas weich in den Beinen, versuchte aber sich von dem Mann zu entfernen. Das gelang nicht, weil eine eiserne Faust ihren Oberarm umschlungen hielt. Sie drehte den Kopf, erblickte die blonden Haare und presste die Luft aus ihren Lungen.

»Wer sind Sie und was wollen Sie von mir?«

Der Mann lachte. »Es sollte wohl eher heißen, was ich für Sie tun kann. Immerhin sind Sie mir ja schon eine Weile nachgegangen.«

Irene schluckte. Der Mann hatte sie also doch bemerkt. Wie war das möglich gewesen?

»Machen Sie sich nichts draus. Ich habe Sie schon in dem Moment gesehen, als ich aus der Tür gekommen bin.«

Offensichtlich amüsiert, blickte er in Augen voller Fragezeichen, in denen Angst aufzog.

»Sie fragen sich, woher ich Sie kenne?«

Kopfnicken.

»Ich habe Sie gestern Abend aus dem Haus von Michael Friedensfurt kommen sehen. Jetzt sind Sie überrascht, was?«

Kopfnicken.

»Sie fragen sich, ob ich Ihnen etwas tun werde?«

Kopfnicken.

Der blonde Mann lachte. »Machen Sie sich keine Sorgen. Heute hat meine Mutter Geburtstag und da werde ich kein Leben nehmen. Hört sich jetzt vielleicht ein klein wenig pathetisch an, aber hin und wieder habe ich einen Anfall von Melancholie.«

Noch immer brachte Irene kein Wort über die Lippen. Sie trat von einem Bein auf das andere und wischte die schweißnassen Hände an der Hose ab. Mittlerweile hämmerte ihr Puls mit 180 Schlägen und sie konzentrierte sich drauf, nicht zusammenzuklappen. Stoßweise kam der Atem aus den Lungen zurück. Angst in diesem Ausmaß hatte sie zuletzt vor zwanzig Jahren verspürt, als ein Drogendealer sie nach einer misslungenen Verteidigung zu Hause aufgesucht hatte und sein Honorar zurückforderte.

»Also, weil Sie mir mit ihren anfängerhaften Beschattungsversuchen so viel Freude bereitet haben und ich heute niemanden umbringen möchte, gebe ich Ihnen einen guten Rat.« Eine kurze Pause folgte. »Hören Sie jetzt gut zu.«

Kopfnicken.

»Heute haben Sie Glück gehabt. Fordern Sie dieses nicht noch einmal heraus. Comprende?«

Kopfnicken.

»Und jetzt sagen Sie Ihrem Sohn, wo Sie sind. Er hört ja eh die ganze Zeit mit, oder?«

Kein Kopfnicken, sondern Überraschung zeigten die Züge auf ihrem Gesicht. Sie hatte das Handy in ihrer Hand in den letzten Minuten komplett vergessen. Jetzt hob sie es an ihr Ohr und fragte: »Bist du noch dran?«

»Ja. Ist er weg?«

Kopfnicken.

Kapitel 18

Dienstag, 24. März

Danach

Das war mal wieder typisch für seine Mutter, dachte Gerste und eilte auf den Rettungswagen zu, der vor dem Ausgang des Erotiktunnels stand. Keine fünfzehn Minuten waren vergangen, dass sie konsterniert, sprachlos und einem Zusammenbruch nahe gewesen war. Am Telefon hatte er kaum zu ihr durchdringen können und jetzt kommandierte sie bereits den Sanitäter herum, der sie von einem Beruhigungsmittel überzeugen wollte.

»Was soll ich denn mit dem Zeug, junger Mann? Wollen Sie mich etwa ruhig stellen?«, blaffte sie und versuchte, den Oberkörper aufzurichten.

»Äh … Nein. Äh … ich … ich wollte Ihnen nur …« Dem Sanitäter stieg die Röte ins Gesicht und seine Hände begannen zu zittern. »Der Notarzt … hat … vorgeschlagen …« Hilfesuchend drehte er den Kopf in Richtung der offnen Türen am Heck des Rettungswagens und entdeckte Gerste. Dabei glitt ihm die Medikamentenpackung aus den Händen. Ungeschickt fuchtelte er mit den Armen durch die Luft, in der Hoffnung sie aufzufangen. Es gelang ihm nicht und die Packung rutschte unter die Liege. Deutlich sichtbar rann dem jungen Mann der Schweiß an den Schläfen hinab.

»Na super. Wie wollen Sie denn jemandem helfen, der wirklich in Not ist?« Irene machte eine abweisende Handbewegung in Richtung des Sanitäters, versuchte die Füße auf den Boden zu stellen und blaffte den Mann an. »Jetzt treten Sie mal zur Seite, damit ich aufstehen kann. Hopp, hopp.«

»Na Mutter, bist du wieder in deinem Element?« Gerste hatte sich an die Türöffnung gelehnt, die Arme vor der Brust verschränkt und das Schauspiel amüsiert verfolgt. »Lass bitte den Jungen in Frieden. Der will dir doch nur helfen.«

»Ach was. Die wollen mich nur aus dem Verkehr ziehen, aber da haben sie sich die Falsche ausgesucht. Noch habe ich alle Latten am Zaun.« Flugs sprang sie von der Bahre und richtete sich auf. »Wie sieht es aus? Habt ihr den Kerl erwischt?«

»Noch nicht. Aber mich interessiert mehr, wie es dir geht?«

»Na, ja. Wie es einem eben so geht, wenn man den Tod herausgefordert hat. Wo sucht ihr? Wie viele Beamte habt ihr im Einsatz?«

»Mutter!«, mahnte Gerste deutlich lauter als geplant. »Das ist unser Job, nicht deiner. Und glaub mir, wir wissen, was wir tun.«

»Na ja. Ganz so sicher bin ich mir da nicht.« Sie zwängte sich an dem Sanitäter vorbei und kletterte aus dem Rettungswagen. »Na los, komm schon. Wir suchen mit!«

Gerste rührte sich nicht. »Welchen Teil von ›das ist unser Job‹ hast du überhört?«

»Ach, jetzt stell dich nicht so an. Wenn wir uns beeilen, können wir ihn bestimmt noch erwischen. So weit kann er ja noch nicht sein.«

»Hattest du etwa so einen unprofessionellen Eindruck von ihm? Was ich so mitbekommen habe, klang eher nach einem überaus abgezockten Profi. Wenn der nicht will, dass wir ihn finden, werden wir das auch nicht. Was meinst du?«

Irene presste die Lippen aufeinander, wackelte mit dem Kopf, nickte und erwiderte nichts.

»Was hattest du denn für einen Eindruck von ihm? Warum hat er dich laufen lassen?«, fragte Gerste weiter.

»Ich glaube, er hat in mir keine Gefahr gesehen.« Beleidigt blickte sie an sich hinunter. »Was hätte ich ihm auch tun sollen?«

»Mal abgesehen davon, dass du dich vollkommen unnötig in Gefahr begeben hast. Was hast du dir nur dabei gedacht? Ich habe mir wirklich Sorgen gemacht und es hat ja auch nicht viel gefehlt, dann hätten wir dich da mit den Füßen voran, hier rausgetragen. Tu mir das bitte nicht nochmal an. Versprochen?« Mit der Anzahl der Worte, die seinen Mund verließen, erhob sich seine Stimme und endete nahe dem Kreischen. »Das war so …« Gedanken und Gefühle purzelten in seinem Kopf auf der Suche nach den richtigen Worten durcheinander. Er wollte seine Mutter tadeln, maßregeln und beschimpfen zugleich. Dampf ablassen. Nichts davon gelang. »… töricht vor dir.«

»Töricht? Im Ernst? Jetzt hast du so lange nach den richtigen Worten gesucht und etwas Besseres ist dabei nicht herausgekommen?« Sie zog die Augenbrauen hoch und begann zu lachen. »Frank, Frank, Frank. Was ist nur aus deinen Eiern geworden?«

Der Sanitäter hustete und vermied zu lachen.

»Pass bloß auf da oben, Bürschchen.« Flink drehte sich zu dem Mann um und zeigte ihm einen zwei Zentimeter breiten Abstand zwischen Daumen und Zeigefinger. »Deine Eier sind so klein, dass du sie als Kette um den Hals tragen könntest.«

◆ ◆ ◆

»Hallo? Frau Kruse? Können Sie uns bitte die Tür öffnen. Hier ist die Polizei.« Gerste sprach in die Gegensprechanlage. Er hatte einen der zahllosen Streifenwagen, die bei der Suche nach dem Attentäter eingesetzt worden waren, im Handstreich annektiert und sich mit seiner Mutter zum Haus von Lars Hartmann fahren lassen. Ausnahmsweise, und für ihn völlig überraschend, war seine Mutter auf der kurzen Fahrt extrem wortkarg gewesen. Nach dem Grund für dieses ungewöhnliche Verhalten hatte er nicht gefragt, sondern die Stille genossen. Manchmal war für ein gutes Gefühl nur wenig nötig.

»Polizei?«, hallte es aus dem Lautsprecher. Sekunden verstrichen und Gerste zählte mit den Fingern bis zehn. Die Stimme war die einer älteren Frau und er wartete auf eine Reaktion, bevor er sie mit weiteren Fragen beunruhigte.

»Ja. Aber machen Sie sich keine Sorgen. Es ist nichts passiert. Wir möchten nur kurz mit Ihnen sprechen.«

Der Türöffner surrte. Gerste drückte die Tür auf und suchte im schlecht beleuchteten Flur nach dem Lichtschalter.

»Ganz schön bedrückend hier«, sagte Irene. Ihr Blick schweifte durch die Düsternis. »Frau Kruse?«

»Ja, hier oben. Erster Stock. Warten Sie, ich mache das Licht an.«

»Danke. Ist das hier immer so dunkel?«

»Leider ja. Aber man gewöhnt sich mit der Zeit dran. Kommen Sie rauf.«

Forsch setzte Irene einen Fuß auf die Treppe und erntete Knarzen, das sich verstärkte, als sie die Stufe voll betrat. Ihr Blick schwenkte zu ihrem Sohn hinüber, der ihr ein mutmachendes Lächeln schenkte und sie mit anschiebenden Handbewegungen zum Bergsteigen animierte.

»Puh! Das ist ja ganz schön anstrengend«, stöhnte Irene der Frau in ihrem Alter zu, die sie freundlich lächelnd vor ihrer Wohnungstür erwartete.

»Ja. Nicht wahr? Ich bin auch jedes Mal fix und fertig, wenn ich oben angekommen bin. Und Sie sind von der Polizei?«

»Nein. Ich bin von der Polizei.« Gerste hob die Hand und stellte sich neben seine Mutter. »Hauptkommissar Frank Gerste. Ich grüße Sie.«

»Jetzt bin ich verwirrt.« Frau Kruse sah zu Irene. »Und wer sind Sie?«

»Ich bin seine Mutter.«

»Ach nein. Und Sie arbeiten zusammen? Das ist ja schön. Kommen Sie, ich habe Kuchen gebacken. Den müssen Sie unbedingt probieren.«

»Äh, Frau Kruse? Was ich noch fragen wollte …« Weiter musste er nicht sprechen. Die beiden Frauen waren bereits in der Wohnung verschwunden. Genervt kratzte er sich am Kopf und schloss die Tür hinter sich.

◆ ◆ ◆

»Und danke nochmal für Ihre Gastfreundlichkeit. Das war wirklich sehr freundlich von Ihnen«, sagte Gerste, machte paar Schritte zur Wohnungstür des Reporters und wollte die Tür aufsperren. Bei Kaffee und Kuchen war die Rede auf Lars Hartmann gekommen und die Nachricht von seinem Tod hatte den Aufenthalt bei Frau Kruse deutlich verlängert. Da sie bisher weder vom Unfall noch vom Krankenhausaufenthalt erfahren hatte, reagierte sie entsprechend konsterniert. Ein weiteres Stück Kuchen, den Frau Kruse am Morgen gebacken hatte, fand den Weg auf die Teller. Der Hinweis auf den Ersatzschlüssel für Hartmanns Wohnung war ihm wie ein Rettungsring erschienen, den er bereitwillig ergriffen hatte.

Als er den Schlüssel ins Schloss stecken wollte, bemerkte er, dass sie die Einladung zur fröhlichen Runde bei der Nachbarin hätten vermeiden können. Die Tür war nur angelehnt. Behutsam drückte er die Tür auf, drehte den Kopf zu seiner Mutter um, und legte den Finger auf den Mund.

»Alles in Ordnung?«, fragte Frau Kruse und trat hinter sie.

»Ja, …, ja«, beschwichtigte Gerste gedehnt und wollte gerade über die Türschwelle treten, als sich seine Mutter wie üblich an ihm vorbeidrängte. So abrupt in seinem Tatendrang gestoppt, schaute er konsterniert zur Decke und wandet sich dann höflich an die Nachbarin. »Bitte haben Sie Verständnis dafür, dass wir die Wohnung alleine betreten müssen. Das ist leider Vorschrift.« Dann lächelte er der älteren Frau zu und schloss die Tür hinter sich.

»Puh! Ich dachte schon, wir kommen da nie mehr raus.« Gerste stand im Wohnzimmer und betrachtete die teure Einrichtung.

»So viel Kuchen habe ich lange nicht mehr gegessen. Ich kann kaum noch Papp sagen. Was war denn da eben an der Tür?«

»Jemand hat den Zylinder aufgebohrt. Deswegen konnte ich den Schlüssel nicht ins Schloss stecken. Wir sind also nicht die Ersten, die sich hier umsehen.«

»Tja, so nett war Frau Kruses Besucher dann wohl doch nicht.«

»Ich rufe Sven an. Der soll sich hier mal umsehen.«

»Jetzt sei doch nicht so ein Spielverderber. Wenn wir schon mal hier sind, können wir uns auch selbst ein Bild machen.«

»Du bist nochmal mein Untergang. Der Begriff ›Vorschrift‹ ist dir bekannt, ja?«

»Spießer! Schau mal hier. Der Typ ist ja ganz schön dekadent.« Sie schnüffelte an der Flasche, nahm einen Schluck und verharrte.

»Was machst du denn da?«, regte er sich auf, als er registrierte, dass seine Mutter gänzlich ungeniert aus der Flasche trank. »Hör auf. Du kannst doch nicht einfach die Spuren vernichten.«

»Quatsch doch nicht rum. Die Flasche stand ja schon in der Spüle. Und wann bekommt man mal die Gelegenheit, einen echten Dom Pérignion zu probieren?«

»Du bist noch mein Tod.« Mit einer Hand winkte er ab, verfolgte aber, wie seine Mutter einen Schwapp in die Spüle goss.

»Schau mal genau hin. Das Zeug perlt ja noch. Der Typ hat hier Champagner getrunken, als er die Wohnung durchsucht hat.« Sie nahm einen weiteren Schluck. »Ganz schön abgezockt.«

»Na sag, schon. Wie schmeckt die edle Brause denn nun?«

Irene wartete ein paar Sekunden mit der Antwort, trank noch einen Schluck und wischte sich mit dem Handrücken den Mund ab. »Er ist mir ein wenig zu warm.« Ein Lächeln machte sich auf ihren Lippen breit.

»Das ist alles, was du zu einer dreihundert Euro teuren Flasche sagen kannst?«

»Ja. Einen signifikanten Unterschied zu meiner üblichen Champagnermarke kann ich jedenfalls nicht feststellen.«

»Ist klar. Und jetzt stell sie wieder dahin, wo sie war.« Er warf ihr ein Küchentuch zu. »Abwischen, aber bitte gründlich. Wie soll ich Sven sonst deine Fingerabdrücke erklären?«

Unbeeindruckt drehte sie den Wasserhahn auf und spülte die Reste des Champagners weg. Dann wischte sie die Flasche ab und warf ihrem Sohn einen fragenden Blick, gepaart mit massivem Augenaufschlag zu.

»Welche meinst du?«

Gerste suchte nach Worten, fand keine, die seinen Ärger angemessen beschrieben hätten, und lief kopfschüttelnd ins angrenzende Zimmer.

»Unser lieber Herr Hartmann hatte einen teuren Geschmack.« Anerkennend strich er mit dem Finger über die Glasscheibe der Stereoanlage und nickte, als er den Namen Bang&Olufsen las. »Verdient man als Reporter so gut?«

»Keine Ahnung«, rief Irene aus der Küche. »Guck mal hier.« Sie lehnte an der Türzarge und hielt ihm eine Dose Kaviar hin.

»Wo hast du die denn wieder gefunden? Wir wollten nur mal kurz schauen und nicht die ganze Bude auf den Kopf stellen.«

»Die lag im Müll und ist noch frisch.«

»Den Hinweis mit den Fingerabdrücken hast du verstanden, ja?«

»Ich pass' schon auf. Seit wann bist du denn so kleinkariert?«

»Ich bin nicht kleinkariert, sondern jeansig.«

»Na schau mal an. Mein Sohn hat den Humor entdeckt. Ich bin beeindruckt.«

»Mutter, du nervst.« Er zog sein Handy aus der Tasche und wählte einen Kontakt aus. »Sven? Kannst du bitte in die Luisenstraße 92 kommen? Da wohnt ein Lars Hartmann. Wer das ist, erkläre ich dir später. Die Wohnung ist wahrscheinlich von unserem Attentäter durchsucht worden und wenn einer noch was finden kann, dann du? Ich warte hier auf dich.«

»Frank? Das glaubst du nicht, wenn du es nicht selbst siehst. Komm mal ins Arbeitszimmer.«

In Windeseile hielt er die Hand über das Handy und wünschte seiner Mutter allerlei an den Hals, was nicht in Erfüllung gehen sollte.

»War das da eben deine Mutter?«, vernahm er aus dem Hörer.

»Nein, nur die Nachbarin. Ich habe mich auch so erschreckt, als sie fast genauso klang.« Missmutig knirschte er mit den Zähnen. »Wann kannst du hier sein?«

»Wo ist das denn genau?«

»Na, im Luisenviertel.«

»Och nee. Da kann man doch so schlecht parken. Kannst du mich nicht zur Abwechslung mal öfter zu solchen Tatorten schicken, wie der bei dem Hotel? Platz ohne Ende und keine Zuschauermengen.«

»Du bist aber ganz schön anspruchsvoll geworden.«

»Gib mir ne' halbe Stunde, okay?«

»Alles klar. Ich warte vor dem Haus auf euch.«

Ohne Gruß drückte Gerste das Gespräch weg.

»Du bringst mich noch in Teufels Küche«, schleuderte er seiner Mutter grimmig entgegen. »Und kannst du bitte aufhören, deine Spuren in der ganzen Wohnung zu verteilen?«

Mürrisch folgte er dem Wink seiner Mutter, ins Schlafzimmer zu kommen.

»Was ist denn?«

»Was fehlt hier?«, fragte Irene und hielt ein Kabel in der Hand.

»Der Computer.«

»Jetzt weißt du, warum unser Freund hier war.«

Gerste fuhr sich mit der Hand durch die Haare. »Das kann doch unmöglich alles miteinander zusammenhängen.«

Kapitel 19

Dienstag, 24. März

Abends

Sag schon. Wie hat der edle Champus denn jetzt geschmeckt?«, fragte die ehemalige Richterin Annemarie Schmidt. Nach der etwas eigenwilligen Wohnungsdurchsuchung unter Missachtung aller Verfahrensregelungen mit integrierter Verkostung hatte sie ihre Freundinnen zu sich eingeladen.

Irene schüttelte missbilligend den Kopf. »Ach, der war leider viel zu warm. Die Flasche stand ja ungekühlt in der Spüle.«

»Ein Frevel für den edlen Tropfen«, sagte Christel Bauer und trank einen Schluck Kaffee. Anerkennend verzog sie die Mundwinkel und nickte zustimmend. »Oh, sehr lecker. Wo hast du denn die Bohnen her?«

»Was wollt ihr jetzt probieren? Kaffee oder Champagner?« Breitbeinig stand Irene vor dem Tisch und stemmte die Hände in die Hüfte.

»Ich verstehe die Frage nicht?«, merkte Christel an.

»Meine Schriftsätze waren früher anspruchsvoller, oder?«

»Seit wann hast du Champagner?«, hakte Annemarie nach.

»Nicht einfach Champagner. Dom Pérignion!«

»Du hast doch nicht etwa …«

Irene grinste und setzte sich an den Tisch. Ein Stück Erdbeerkuchen fand den Weg auf ihren Teller, gefolgt von einem großzügigen Löffel Sahne. »Was hätten die Luschen von der SpuSi wohl damit gemacht? Hä? Bei denen würden die Flaschen bis zum Sankt-Nimmerleins-Tag versauern.«

»Und was hat Frank dazu gesagt?«, fragte Christel. »Wie ich den kenne, ist er ausgetickt.«

»Nichts hat er gemacht. Wie immer. Der hat doch nur noch Mäuseeier im Säckchen.« Annemarie spuckte Kaffee auf ihren Kuchen und verschluckte sich vor Lachen. »Ist doch wahr. Hält sich für den großen Polizeizampano.« Sie erhob sich und reichte ihrer Freundin ein Küchentuch. »Und wenn es mal drauf ankommt, holt er die Vorschriften raus. Als wenn mich die beeindrucken würden.« Ein verschmitztes Grinsen unterstrich ihre Aussage. »Ich habe die Flaschen einfach aus dem Kühlschrank genommen und ihm gesagt, wo er sich seine Regeln hinstecken kann.«

»Du bist so krass?« Annemarie nahm sich ein neues Stück Kuchen vom Dessertteller. »Ich kann mir Franks Gesicht richtig vorstellen.«

»Ach, der beruhigt sich auch wieder. Wer möchte probieren?«

»Willst du jetzt mal so eben eine Flasche aufmachen?, fragte Christel.

»Na klar. Der war schon so viele Jahre eingesperrt. Und ich habe ihn doch nicht bezahlt. Lasst uns mal so richtig dekadent sein.« Sie wedelte mit den Fingern. »Dom Pérignion am Abend zu Erdbeerkuchen. Was gibt es Schöneres?«

Mit ein paar Schritten war sie am Kühlschrank und zog eine dunkelgrüne Flasche mit goldenem Etikett aus der Kühlung. An der kalten Außenhaut bildeten sich erste Perlen und Irene schielte wissend auf die Schrift.

»1996er. Brillanter Jahrgang.«

»Wo hast du das denn her?«, fragte Christel skeptisch.

»Ich kenne mich eben mit Champagner aus«, witzelte Irene und schaute aus zusammengekniffenen Augen zu den Freundinnen. »Und dann hat mir Google sein Wissen offenbart. Für die Pulle hier kann man locker über vierhundert Euro hinlegen.«

Flott ergriff Annemarie die vor ihr darbende Sektflöte. »Dann mal rein mit der Brause.«

»So gefällst du mir.« Viel langsamer als nötig, drehte Irene an der Agraffe und fühlte ein Prickeln in ihrem Körper aufsteigen. Gänsehaut verzierte ihre Unterarme, als sie den Korken lockerte. Ein dezentes Plopp ertönte und eilig goss sie die sprudelnde Flüssigkeit in Annemaries Flöte.

»Was feiern wir denn überhaupt?« Christel drehte ihr Glas andächtig mit zwei Fingern und schnippte mit dem Zeigefinger gegen den Rand. Mit einem anerkennenden Augenaufschlag quittierte sie das helle Ping.

»Den Beginn meines sechsten Lebens.« Irene erhob ihr Glas und streckte den Arm aus.

»Wie kommst du darauf?«, wollte Annemarie wissen.

»Und wieso ausgerechnet das Sechste?« Christel wartete zögernd, bis sie ihr Glas erhob.

»Ich habe vorhin so richtig viel Glück gehabt, als ich dem Killer hinterhergegangen bin. Er hat mich nur am Leben gelassen, weil seine Mutter heute Geburtstag hat.«

»Ach, hör auf!«, zweifelte Christel. »Das hat er dir einfach so gesagt?«

»Ja. Ich stand da und habe mir vor Angst fast ins Höschen gemacht. Normalerweise bin ich ja nicht auf den Mund gefallen, aber da habe ich nichts mehr rausgebracht. Das war so gruselig.«

»Darauf müssen wir in der Tat anstoßen.« Annemarie ließ ein Klirren ertönen und trank einen Schluck. Dann leckte sie mit der Zunge über die Lippen. »Hmmmm. Der Champagner schmeckt so gut, da läufts mir eiskalt den Rücken runter.« Deutlich sichtbar rieb sie sich über den Unterarm. »Schaut her. Ich habe tatsächlich eine Gänsehaut bekommen.«

»Auf dein Wohl, liebe Irene. Warum bist du denn schon bei Nummer sechs angekommen?« Auch Christel nahm einen Schluck und verteilte die Flüssigkeit im Gaumen.

Mit einem breiten Grinsen schluckte sie den Genuss runter.

»Drei Leben gehen für meine ambitionierte Fahrweise drauf. Und bei zwei anderen hatte ich eine etwas zu große Klappe gewissen Subjekten gegenüber, die mich für dumm verkaufen wollten.« Einen Moment verharrte sie und fuhr sich mit den Fingern durch die Haare. »Auf Ihr Wohl, Herr Hartmann. Warum auch immer sie sterben mussten, ich finde es heraus.«

»Mächtige Worte, aber wo willst du anfangen zu suchen?«, fragte Annemarie und ihre Augen traten vor. »Hmm. Ich glaube, an den Geschmack könnte ich mich gewöhnen.« Äußerst angenehm überrascht, lehnte sie sich im Stuhl zurück und schwenkte das Glas in ihren Händen. »Das mit dem Laptop war ja ein Kalter. Hat denn die Polizei in der Wohnung noch was gefunden?«

»Das kann ich Frank erst morgen fragen, wenn er sich wieder beruhigt hat. Die Sache mit dem Champus hat ihn doch etwas arg mitgenommen.« Sie lachte und trank einen weiteren Schluck. »Schmeckt gekühlt auf jeden Fall besser als die warme Plörre vorhin.«

»Dann lass uns mal überlegen. In der Wohnung wird nichts mehr sein. Die ist jetzt oft genug durchsucht worden.« Wie immer war Christel die besonnene Analytikerin in dem Triumvirat. »Wir haben also einen Journalisten mit einem Laptop. Dafür braucht er eine externe Datensicherung. Sonst ist das doch viel zu riskant. Die tragbaren Dinger halten ja nicht ewig. Das würde niemand riskieren, der davon lebt.«

»In der Wohnung haben wir noch Kabel entdeckt. Der dazugehörige PC war aber weg.«

»Dann hat unser Freund jetzt vermutlich beides. Fehlt nur das Handy. Hat das schon jemand gesehen? Am Unfallort haben wir doch nur den Rucksack gefunden.« Annemarie zog eine Schnute und schaute auf das leere Glas in ihren Händen. »Nehm' ich noch eins oder nicht?«

»Wovor hast du Angst?«, fragte Christel.

»Vor den Kopfschmerzen, die mich morgen früh erwarten. Ich bin nicht mehr zwanzig.«

»Du mutierst ja langsam zur Spaßbremse, meine Liebe!«, johlte Irene und füllte das Glas großzügig auf. »Na, los. Weg damit.«

»Jawoll! Hau weg, den Mist!«, sprühte es aus Christel heraus. »Früher warst du doch auch nicht so zimperlich.«

»Wo hast du überhaupt den Rucksack gelassen?«, wollte Annemarie wissen.

»Der liegt unten im Auto.«

»Hast du nochmal nachgeschaut, ob da außer dem Laptop noch mehr drin war?«

»Nee. Ich habe den Laptop rausgezogen und dann sind wir doch direkt zur Frank gefahren, als das blöde Ding ein Kennwort haben wollte. Solltest du eigentlich noch wissen oder bist du schon so senil?«

»Ich lach' später darüber, okay?« Annemarie stand auf.

»Wo willst du hin?«

»Na, in die Garage. Nachsehen, ob wir aus lauter Enthusiasmus etwas übersehen haben.«

◆ ◆ ◆

Dreimal piepen und die Kofferraumklappe stand offen. Der Rucksack lag achtlos hineingeworfen zwischen einer Kiste Mineralwasser, einem Regenschirm und lehmigen Gummistiefeln. Irene zog ihn heraus und klopfte Dreckklumpen ab.

»Wo warst du denn?«, fragte Christel und deutete auf die Stiefel.

»Ach, die liegen schon seit ein paar Wochen da drin. Ich war auf einer Baustelle und habe mir einen Neubau angesehen. Eine Freundin von Frank hat dort eine Wohnung gekauft und vermutet Baumängel. Sie wollte einen juristischen Rat haben.«

»Und damit kommt sie zu dir?«, sprühte es aus Annemarie heraus. »Zu einer ehemaligen Strafrechtlerin?«

»Genau das habe ich Frank auch geantwortet, aber was willste machen.« Irene zuckte mit den Schultern. Mit den Händen tastete sie den Rucksack ab.

»Was hast du jetzt erwartet? Dass da die große Überraschung drin ist? Das wäre uns doch beim letzten Mal schon aufgefallen. Gib mal her.« Rasch zog Annemarie den Rucksack zu sich herüber und den Reißverschluss zum Hauptfach auf. »Meistens haben die Dinger doch ein Schlüsselfach oder so.«

»Woher willst du denn so was wissen? Hast du überhaupt so ein, wie nennt man die heute? Daypack?«

»Ich habe Enkel, meine Liebe. Das reicht aus. Die haben so oft ihren Kram gesucht, bis ich ihnen einen vernünftigen Rucksack gekauft habe.«

»Hört, hört. Unsere Wanderexpertin spricht.« Christel schlug Annemarie anerkennend auf die Schultern. »Und? Was macht die Suche? Schon was gefunden?« Sie lehnte sich gegen den Audi.

»Und ob!« Auf ihrer Hand lag ein silberner USB-Stick.

◆ ◆ ◆

»Kannst du überhaupt noch mit den neumodischen Dingern umgehen?« Christel stand hinter Irene, die ihr Surface auf den Tisch gestellt hatte. Nach dem kurzen Startvorgang erschien die Anmeldemaske und sie schaute in die Kamera. »Was machst du jetzt?«

»Ich identifiziere mich. Das geht über die eingebaute Kamera da. Die prüft, ob ich die bin, die ich vorzugeben bin.«

»Und was passiert, wenn du mal nicht wie aus dem Ei gepellt aussiehst?«

»Dann gibt es immer noch das Passwort.«

»Oje. Damit habe ich ein Riesenproblem. Heutzutage wollen die alle so lange und kryptische Passwörter haben. Wer kann sich die denn noch merken? Ich jedenfalls nicht.«

»Ha, ha, ha.« Annemarie lachte laut. »Das kenne ich. Ich habe jetzt einen Passwort-Manager auf dem Handy. Ist das nicht krude? Eine App, die mit einem weiteren Passwort gesichert ist, um sich komplizierte Passwörter zu merken. Richtig helfen tut es aber auch nicht, denn ich vertippe mich meist, weil ich die kleinen Buchstaben gar nicht mehr erkennen kann.«

»Und dann?«, fragte Irene, vor der sich jetzt die Windowswelt öffnete. »Voilà! Sesam hat sich geöffnet. Wo ist der Stick?«

»Du kannst es wohl gar nicht erwarten, was?«

»Bei so was kribbelt es mir immer in den Fingern. Euch nicht?« Ungeduldig fummelte Irene an dem USB-Stick, steckte ihn den Laptop und klickte auf den einzigen Ordner, der angezeigt wurde. Weiter kam sie nicht. Eine Passwortabfrage poppte auf.

»Da sind wir ja nicht weit gekommen.« Annemarie trank einen Schluck. »Hei. Der schmeckt immer noch gut. Wie teuer war die Flasche nochmal?«

»Vierhundert Tacken«, antwortete Irene so beiläufig, als wenn sie alleine in dem Zimmer sitzen würde. Sie starrte konzentriert auf den Bildschirm und fing so unvermittelt an zu lachen, dass Christel ein paar Schritte zurückwich. Dann tippte sie eine Buchstabenkombination ein und der Ordner öffnete sich.

»Was hast du denn gemacht? Kannst du auf einmal hellsehen?« Aufgeregt trank Annemarie das Glas leer. »Komm, raus mit der Sprache. Woher hast du das Kennwort gewusst?«

Wieder antwortete Irene einsilbig. »Später.« Sie klickte auf den Ordner Projekte und dann auf aktuelle Projekte. Ein weiterer Unterordner erschien, der einen ihnen nicht unbekannten Namen trug.

»Schau mal einer an. Jetzt müssen wir nur noch mehr über die Lady herausfinden!«, sagte sie, griff nach ihrer Sektflöte, lehnte sich grinsend im Stuhl zurück.

Kapitel 20

Mittwoch, 25. März

Morgens

Der blonde Mann zog die Schultern zusammen. Mit sanften Drehbewegungen lockerte er seine Halsmuskulatur. Seit sieben Stunden lag er jetzt auf der Isomatte und verzichtete weiterhin auf überflüssige Bewegungen. Selbst für einen erfahrenen Profi war das Überwindung und Anstrengung zugleich. Das Ignorieren der Schmerzen und der Verzicht auf erleichternde Positionsveränderungen waren ihm beim Militär antrainiert worden. Schön war dennoch etwas anders.

Bei solchen Einsätzen balancierte er immer zwischen der Notwendigkeit des Trinkens und dem unschönen Nebeneffekt der Entsorgung. Selbst überaus intensives und hartes Training gepaart mit eisenharten Willen besiegten die Kopfschmerzen der Dehydration nur selten. Sie kamen mit erschreckender Regelmäßigkeit, wenn er zu wenig trank, was herauszuschleifen auch den unerbittlichen Scharfschützenausbildern beim Deuxième REP nicht gelungen war. Ja, an die Zeit bei den Fallschirmjägern der Fremdenlegion dachte er gerne zurück. Kameradschaft wurde damals hochgehalten, speziell bei den fordernden Aufenthalten im Dschungel von Französisch-Guyana.

Also trank und entsorgte er. Um die erwartbaren Reaktionen in seinem Kopf kümmerte sich eine Familienpackung Paracetamol und für den Rest lag eine Weithalsflasche in Reichweite. Teuer, aber mit größerem Öffnungsdurchmesser als Orangensaftflaschen.

›Bewegungsarmut schützt vor Entdeckung‹. Noch so ein Leitspruch seiner Ausbilder. Da das menschliche Auge abrupte Bewegungen leicht wahrnimmt, galt es, dies nicht zu unterstützen. Reflexionen durch die aufgehende Sonne befürchtete er nicht. Dazu musste diese erst einmal hinter den Häusern des Zooviertels hervorkommen.

In vielen Stunden hatte er die Gewohnheiten des Pfarrers studiert. Der arbeitete gerne bis in den Abend hinein, oft alleine. Wie gemacht für sein Vorhaben. Kurz nach zwanzig Uhr hatte er an die schwere Holztür der Sonnborner Hauptkirche geklopft. Die Frage, ob er zu dieser fortgeschrittenen Tageszeit noch den Kirchturm besteigen dürfe, hatte dem Pfarrer zunächst ein Lächeln ins Gesicht gezaubert, was das energische Nein danach unattraktiv erschienen ließ. Er war in den Vorraum des Kirchenschiffes getreten und auf den Kirchenmann eingeredet, aber dieser wurde zusehends unentspannter. Wie auch immer, als er die Glock zog und sie als Argumentationshilfe einsetzte, änderte sich der Grundton der Unterhaltung. Der Pfarrer war auf einmal zugänglicher seinen Argumenten gegenüber und zeigte ihm bereitwillig den Aufgang zum Turm. So eine Pistole mit Schalldämpfer macht, richtig eingesetzt, eben mächtig Eindruck.

Auch war der Kirchenmann durchaus empfänglich für den Vorschlag, die Nacht an den Altar gefesselt zu verbringen. Überraschenderweise stimmte er schnell zu. Ob das eventuell an den Alternativen gelegen haben könnte, die ihm aufgezeigt wurden? Möglich war das. Zu Hause wurde der Pfarrer nicht vermisst. Er lebte alleine. Eine nützliche Information, sorgfältig geprüft.

Der blonde Mann lächelte. Eigentlich hielt er sich für einen humorvollen Zeitgenossen. Ihm fehlte nur das Publikum. Dummerweise erfreuten sich seine Zuhörer selten an ihrer Altersversorgung. Jetzt lag er hinter einer Haenel RS9, drückte den Schaft in die Schulter und verfolgte das Treiben am Schwebebahnhof Zoo/ Stadion durch das Zielfernrohr. Um diese Uhrzeit fuhr die

Schwebebahn, Wuppertals kuriose Stütze des öffentlichen Personennahverkehrs im Fünf-Minutentakt. Der hängende Bus quietschte seit drei Stunden munter vor sich hin, wenn er aus Sonnborn kommend über die Wupper einschwebte. Das war zu Beginn ein imposantes Schauspiel gewesen, wurde aber schnell normal. Mittlerweile hatte er jeden Zug mehrmals gesehen, die Fahrer den Wagennummern zugeordnet und über den Grund für die babyblaue Lackierung sinniert.

Die Schwebebahn kam jetzt aus dem Bayerwerk und fuhr in den Bahnhof am Zoo ein. Menschen stiegen aus und verteilten sich auf die Umgebung. Aus dem Zooviertel strömten die Leute herunter und nutzen die Bahn, um zur Arbeit oder wohin auch immer zu fahren. Alle fünf Minuten das gleiche Spiel und das in beide Richtungen.

Die Masse der Menschen interessiert ihn nicht. Er wartete auf eine spezielle Person und die würde in sieben Minuten erscheinen. Wie jeden Tag, immer um die gleiche Zeit. Sorgfältig überprüft. Eine erwartbare Tatsache.

Um der Bewegungsarmut entgegenzuwirken, hatte er zwei Beobachtungspositionen eingerichtet. Den fünfundvierzig Meter hohen Steinturm der Kirche hatte er genau aus diesem Grund ausgewählt. Oben gab es eine Aussichtsplattform mit einer Balustrade, die laut Google neogotisch war. Ihn erfreute nicht der Architekturstil, sondern die feinen Steinbögen, die sich gut als Schießscharte eigneten. Er hatte zwei Isomatten ausgebreitet und rollte von Zeit zu Zeit hin und her. Auf Position eins lag er jetzt und beobachtete das Zielgebiet. Vor dreißig Minuten hatte er das Fernglas abgesetzt, einen Schluck getrunken und die finale Stellung hinter dem Scharfschützengewehr eingenommen. Der neue Schaft passte gut in seine Schulter, die Wangenauflage hatte er etwas nachgearbeitet. Zum ersten Mal benutzte er heute ein Zielfernrohr mit Laserentfernungsmesser. Normalerweise stand er nicht auf solch neumodischen Schnickschnack, aber diese Kombination mochte er. Während der

Nachtstunden hatte ihn der Entfernungsmesser neben antrainierter Disziplin und einem Liter Red Bull wach gehalten. Das Spielzeug lieferte ihm die präzise Distanz zum Ziel, während Reste des flüssigen Wachmachers in der Weithalsflasche vor sich hin schwappten. Jetzt konnte er den Windmesser nicht mehr hochhalten, zu auffällig, aber die Flaggen am Stadion hingen schlaff herunter. Sein Thermometer zeigte acht Grad an und er freute sich über die Windstopper-Fleecejacke, die er eingepackt hatte. Die ersten Stunden waren schnell vorübergegangen. Gegen vier Uhr zog die Kälte dann unbarmherzig in seine Knochen und jetzt kam ihm das mentale Training zugute. Ignorieren und auf das Ziel fokussiert sein war das Eine, die Decke über seinem Körper das Andere.

Das Zielfernrohr stand auf zwanzigfache Vergrößerung gestellt und so konnte er in den Gesichtern der Menschen lesen. Wie die Frau, die sich Tränen aus den Augen wischte. Sollte er sie von ihrem Leid erlösen? Möglich war das, aber er nahm an, dass sie es vorzog, ihre Probleme weniger spektakulär zu lösen. Auch gut. Ein Mann kramte in seinen Taschen nach einem Feuerzeug, fand es nicht und bat jemanden um Feuer. Zwei junge Frauen mit knallroten Lippen plapperten intensiv miteinander. Er folgte ihnen, bis sie in der Station verschwanden.

Ein Schwenk zurück, da war er. Heute wieder mit dem lässigen Kurzmantel über dem Anzug. Seine Zielperson gehörte zu den besser gekleideten Passanten. Die braunen Haare waren ordentlich gescheitelt, weißes Hemd mit Krawatte und einem Plastikaktenkoffer in der Hand. Ein biederer Beamter, geschieden, mit Kopfhörern. Die passten nicht so richtig zu dem Erscheinungsbild, aber darüber wollte der blonde Mann nicht richten. Diese Überlegungen zu führen waren nicht seine Aufgabe, Befehle ausführen schon.

Er fokussierte nach, laserte das Ziel erneut an und las die Anzeige von zweihunderteinundzwanzig Metern ab. Ohne den Blick vom Zielfernrohr zu nehmen, fingerte eine Patrone aus der Box, führte sie ins Patronenlager ein, schob den Verschluss nach vorne und legte den Kammerstengel um. Es erfreute ihn immer wieder aufs Neue, wie sanft und lautlos das Laden des Gewehrs möglich war. Er hatte es bereits hundertmal getan, aber er liebte solch profane Kleinigkeiten. So manchen Fuchs hatte er beobachtet, der auf das leiseste metallische Klicken reagierte und absprang. Wenn man es also vermeiden konnte, umso besser.

Das Ziel stoppte, zog ein Handy hervor und fing an zu sprechen. Na, das würde eine Überraschung für den Gesprächspartner werden. Die letzte Zielübung startete. Genüsslich platzierte er das Mildot-Absehen auf der Brust des Sprechenden, schloss die Augen, wartete eine Sekunde, öffnete sie und stellte befriedigt fest, dass das Fadenkreuz da lag, wo er anvisiert hatte. Ein Kopfschuss wäre auf diese Entfernung eine erstrebenswerte Option gewesen, aber er war nicht hier, um zu glänzen oder um sich etwas zu beweisen. Er sollte töten. Mehr interessierte seine Auftraggeber nicht.

Sanft drückte er das Gewicht des Gewehrs in das Zweibein und legte den Zeigefinger an den Abzug. Stunden über Stunden hatte er mit der Ermittlung des perfekten Abzugswiderstandes zugebracht. Kleinigkeiten eben, aber auf die kam es an, dachte er und betätigte den Abzug gleichmäßig und so neutral, wie es jahrelanges Training ermöglichte.

Seine Schulter nahm den Rückstoß auf und durch das Zielfernrohr sah er das Geschoss, zwei zehntel Sekunden später, in den Körper seines Opfers einschlagen. Der Mann wurde mit Wucht umgerissen, fiel tot zu Boden und zeichnete nicht. Ein Lächeln huschte über seine Lippen. Neunhundert Meter pro Sekunde verwandelten das knapp fünfzehn Gramm schwere Stück Tombak in einen tödlichen Gruß, sobald es im Oberkörper einschlug. Das hatte er mehr als einmal am lebendigen Objekt verifiziert.

Der Job war erledigt. Da ihn die panisch umherlaufenden Menschen nicht im Geringsten interessierten, rutschte er auf der Isomatte nach hinten, zog das Gewehr behutsam aus der Schießscharte und klappte das Zweibein ein. Der Schuss eines 338 Lapua Magnum

Geschosses war laut und es gab immer jemanden, dem zufällig das Mündungsfeuer auffiel. Er musste nicht hetzen, aber eine gewisse Eile wäre nicht verkehrt. Sein Blick fiel auf die Weithalsflasche. Sollte er der Spurensicherung eine Freude machen? Nein, heute nicht. Auf dem Weg hinunter bewunderte er noch einmal die technischen Feinheiten der Turmuhr.

Gerne wäre er länger geblieben und hätte noch mit dem Pfarrer diskutiert. Doch der saß neben dem Altar und starrte ihn an. Mit hoher Wahrscheinlichkeit hatte er den Schuss gehört und war unsicher, was nun mit ihm passieren würde.

»Wie war die Nacht?«

Anstelle einer Antwort starrte ihn der entkräftete Mann mit riesigen, angsterfüllten Augen an.

»Machen Sie sich keine Sorgen. Wenn ich Sie hätte töten wollen, wäre Ihnen die unbequeme Nacht so dicht bei Ihrem Herrn erspart geblieben.«

Den Witz quittierte der Kirchenmann mit einem gequälten Lächeln, welches mehr Verachtung zeigte, als Sinn für feinen Humor.

»Kommissar Gerste wird bald hier sein. Grüßen Sie ihn bitte von mir und übermitteln Sie ihm mein Bedauern, dass ich nicht auf ihn gewartet habe. Machen Sie das für mich?«

Der ängstliche Blick des Pfarrers wandelte sich. Er zog die Augenbrauen hoch und nickte.

»Ich werde die Tür angelehnt lassen. Bin ja kein Unmensch. So lange halten Sie es doch noch aus, oder?« Handlungslose Sekunden vergingen. »Na, jetzt nicken Sie schon.«

Das eingeschüchterte Opfer senkte erneut den Kopf.

»Sehen Sie. Ist ja gar nicht so schwer. Sie haben hier übrigens eine richtig schöne Kirche.« Lässig drehte sich der blonde Mann um und strebte auf den Ausgang zu. »Ein kleiner Hinweis noch. Die Turmuhr geht etwas vor. Lassen Sie die beizeiten mal reparieren.«

Kapitel 21

Mittwoch, 25. März

30 Minuten später

Zucker rutschte vom Löffel in die zierliche Porzellantasse, die einer dampfend schwarzen Flüssigkeit Heimat bot. Es war die zweite Ladung des kristallinen Süßstoffes, den der Espresso über sich ergehen lassen musste. Gerste liebte den Geruch frisch gerösteter Kaffeebohnen. Stundenlang konnte er im schmalen Geschäft der Wuppertaler Rösterei Kivamo stehen und diesen Duft in sich aufnehmen. Wunderbar. Aber er würde nie begreifen, welch schändlicher Vorgang die aromatischen Bohnen in diese bittere, triste schwarze Flüssigkeit verwandelte. Für ihn war der beste Kaffee der, der nicht nach Kaffee schmeckte. Ganz einfach. Zu selten erfüllte sich dieser Wunsch und so optimierte er den Espresso mit Bergen von Zucker.

»Frank! Hey, das ist genug!« Corinnas Stimme drang zu ihm durch, bohrte sich in seinen Kopf. Er fuhr zusammen. Seine Gedanken waren abgeglitten und vermengten sich mit dem Zucker auf dem Tisch, den seine zitternde Hand verschüttet hatte.

»Ach was«, erwiderte er. »Du weißt doch, dass ich die Brühe pur nicht runter bekomme.«

»Wo warst du denn gerade? So in Gedanken versunken, sieht man dich ja ganz selten.«

Gerste schüttelte den Kopf und umspielte sein Kinn mit den Fingern. »Irgendwie kapiere ich das alles nicht. Da läuft dieser Typ hier, mir nichts, dir nichts durch unsere schöne Stadt und macht, was er will. Ein Bombenattentat hier, ein kleiner Scherz im Hotel da. Dann tötet er mal eben einen Mann im Krankenhaus. Ganz so, als wäre es Normalste der Welt. Und was tun wir?«

Niemand unterbrach ihn. Corinna lehnte sich im Stuhl zurück und zog das Haargummi um ihren Pferdeschwanz fest. Schiffer hantierte weiter am Kaffeevollautomaten, um die Getränkewünsche seiner Kollegen zu befriedigen und schwenkte das Edelstahlkännchen länger als nötig um die Dampfdüse herum.

»Hallo zusammen!«, rief Eisenberg munter und klopfte mit dem Zeigefinger an die Zarge der Tür. »Entschuldigt bitte die Verspätung. Ich musste noch ein paar Wettschulden begleichen.« Sein Blick kreiste durch das Besprechungszimmer. »Was ist denn hier los? Ist jemand gestorben?«

»Zum Glück nicht«, sprühte es aus Corinna heraus. »Frank überlegt nur gerade, wie er uns an seinen tiefgründigen Gedankengängen teilhaben lassen kann.«

»Ooookaaay. Bitte großer Meister. Sprich zu uns. Ich bin ganz Ohr.«

Gerste schaute auf und funkelte den KTU-Beamten an. »Och nee. Jetzt hast du mir meinen Auftritt vermasselt. Gerade wollte ich dem guten alten Hamlet Konkurrenz machen und zu einem Monolog der Spitzenklasse ansetzen, den man noch in hundert Jahren zitiert hätte. Und jetzt? Aus und vorbei. Die Inspiration ist weg. Womit habe ich nur eine derart ignorante Truppe wie euch verdient?«

In den Pupillen der Anwesenden bildeten sich Fragezeichen. Betreten griffen die, denen schon ein Heißgetränk kredenzt worden war, zu und drückten sich um eine Regung.

»Ha! Jetzt habe ich euch aber drangekriegt, was?« Gerste lachte los und klatschte jovial mit den Handflächen auf den Tisch. »Ihr müsstet mal eure Gesichter sehen. Hallo Sven. Setz dich endlich, damit wir anfangen können.«

»Ja, Meister.«

»Dann leg mal los. Was hat die Durchsuchung der Wohnung von Herrn Hartmann ergeben?«

»Also. Vorweggesagt, die Wohnung war eine optische Augenweide. Wenn man als Reporter so gut verdient, dann sattel ich um. Was da alles an technischem Schnickschnack war, hätte ich auch gerne.«

Gerste verschränkte die Finger miteinander und drehte Däumchen.

»Ja, ja. Ist ja gut. Ich komme schon zur Sache. Der Schließzylinder an der Wohnungstür wurde klassisch aufgebohrt. Wir haben die Metallspäne auf dem Boden im Hausflur gefunden. Wenn man sich damit auskennt, ist das keine allzu große Sache. Ein guter Akkuschrauber mit scharfem Bohrer und schon ist das Schloss Geschichte. Ist einfacher und schneller als mit deinem Satz Dietriche.« Eisenberg zwinkerte Gerste zu und lächelte. Im letzten Jahr hatte er seinem Chef gezeigt, wie man ein Türschloss mithilfe von Dietrichen öffnen konnte. Der Hauptkommissar war kein guter Schüler gewesen.

»Schön, dass du es erwähnst.«

»Dazu kommt, dass in dem Haus zu der Zeit kaum Personen anwesend waren. Frau Kunze von gegenüber hat er ja richtig eingewickelt. Die stellte also kein Risiko für ihn dar.«

»Habt ihr euch die Wohnung von Frau Kunze auch angesehen?«, fragte Corinna.

»Oh ja. Und das hat uns eine schlappe Extrastunde gekostet. Nachdem wir an der Tür geklingelt hatten, ist die alte Dame fast in Ohnmacht gefallen. Sie hat uns in den weißen Overalls wohl für Marsmenschen gehalten. Als dann geklärt war, dass wir die Guten sind, wurden wir direkt zu Kaffee und Kuchen eingeladen. Wie hätten wir da Nein sagen können. Und mal ehrlich, der Erdbeerkuchen war schon eine Wucht.«

»Sveehenn!«, mahnte Gerste.

»Also gut. Kurzform. In der Wohnung haben wir keine relevanten Hinweise gefunden. Frau Kunze war ja regelrecht geschockt, als wir ihr erzählt haben, dass ihr freundlicher Gast in die Nachbarwohnung eingebrochen ist. Da mussten wir sie nochmal beruhigen und noch einen Kaffee trinken.«

Corinna nickte mitfühlend.

»Wie auch immer der Typ es geschafft hat, aber weder an Tassen noch an Tellern oder am Besteck war auch nur der kleinste Fingerabdruck zu finden. Eins ist sicher, doof ist er nicht.«

»Was ist mit dem restlichen Treppenhaus?«, fragte Schiffer und stellte Eisenberg einen Latte macciato hin.

»Danke dir. Da haben wir nur die Treppe abgesucht. Ohne Ergebnis.«

»Und in der Wohnung des Reporters?«, hakte Schiffer weiter nach.

»Meinst du, weil du mir jetzt einen schönen Kaffee gemacht hast, kannst du mich eifrig löchern?«

»Genau das war der Hintergedanke bei der Sache.«

»Frank und seine Mutter haben uns die Arbeit ja nicht unbedingt vereinfacht. Aber auch so war da nicht viel zu holen. Das Glas in der Spüle war abgewaschen und an der Kaviardose war nichts. Den fehlenden Computer haben wir übrigens im Kleiderschrank gefunden«, sagte er zu Gerste und trank einen Schluck.

»Ach. Wo war denn der da?«

»Steckte in einem Stapel Pullover. Ich gestehe dir mal zu, dass man den nicht auf den ersten Blick hätte sehen müssen. Aber dafür hast du ja uns. Denk das nächste Mal dran, wenn wir über das Budget für meine Abteilung reden.«

»Du bist ja so selbstlos, mein Lieber.«

»Wie wahr. Wie wahr.« Vehement klopfte er sich auf die Brust und strahlte. »Zurück zum Computer. Dem wurde bei lebendigem Gehäuse die Festplatte entrissen. Mit grobem Werkzeug. Hoffentlich findet ihr den Kerl. Den schönen Mac so zu demolieren. Eine Schande ist das.«

»Jetzt krieg dich mal wieder ein. Ist doch nur ein PC«, warf Corinna ein.

»Nur ein PC? Was bist du für eine Ignorantin. Ach, warum red' ich überhaupt mit euch«, antwortete Eisenberg und zog eine Schnute.

»Weil wir dich dafür bezahlen?«, brummte Gerste ungehalten.

»Stimmt. Diese Kleinigkeit bemühe ich mich, immer wieder zu ignorieren.« Er lachte. »Es gibt noch ein komisches Detail, auf das ich mir keinen Reim machen kann.«

»Und?«, fragte Gerste.

»Wir haben auf der Spüle in der Küche Reste von einem Schaumwein gefunden. Sekt oder Champus. Wie auch immer die da hingekommen sind. Von Herrn Hartmann können die nicht stammen, weil der ja seit Tagen nicht mehr in der Wohnung gewesen ist. Und von dir und deiner Mutter waren die hoffentlich ebenfalls nicht. Bleibt nur die Möglichkeit, dass unser Freund etwas getrunken hat, während der da zugange war. Wieso, weshalb, warum, darauf habe ich keine Erklärung. Das war es mehr oder weniger, was ich beitragen kann.«

»Danke Sven. Habt Ihr etwas bei der Befragung der Nachbarn herausfinden können?«. Gerste sah Schiffer an.

»Nein. Außer Frau Kunze war ja keiner zu der Zeit im Haus. Dann haben wir noch in der Nachbarschaft und in den umliegenden Geschäften herumgefragt, ob jemand einen blonden Mann bemerkt hat.«

»Lass mich raten«, unterbrach ihn Corinna. »Keiner hat etwas mitbekommen.«

»Falsch. Im Haus gegenüber ist ein Friseurgeschäft. Dem Besitzer ist tatsächlich aufgefallen, wie Frau Kunze einen blonden Mann mit hineingenommen hat. Die ganze Sache hat jetzt aber keinen ungewöhnlichen Eindruck auf ihn gemacht. Er war sich recht sicher, dass er den Mann schon davor auf der Straße gesehen hatte. Von den blonden Haaren war er als Friseur sehr angetan.«

»Inwiefern?«, hakte Corinna nach.

»Die waren so gleichmäßig und leuchtend blond. So etwas würde ihm eben auffallen.«

»Dann hat unser Freund also gezielt auf eine Möglichkeit gewartet, mehr oder weniger unauffällig ins Haus zu kommen. Und das ist ihm ja auch gelungen. Das bringt mich wieder zu meiner Ausgangsfrage zurück. Wieso macht der das alles und warum ist der so cool?« Gerste stand auf und lief um den Tisch herum.

»Das ist eine richtig gute Frage. Wenn wir die Antwort darauf finden, haben wir den Fall gelöst.« Auch Corinna erhob sich und ging aus dem Besprechungsraum hinüber zu ihrem Schreibtisch.

»Bring direkt fünf Euro für das Phrasenschwein mit«, rief ihr Schiffer hinterher.

»Ich habe hier noch ein paar Informationen zum Kennzeichen für den Golf, den der Typ verwendet hat.« Corinna wedelte mit einem Blatt Papier und blieb in der Tür stehen. »Er hat sich die falschen Nummernschilder tatsächlich oben an der Zulassungsstelle auf Lichtscheid machen lassen. Ist zwar schon ein paar Wochen her, aber die Zeugin konnte sich direkt erinnern, als sie das Phantombild gesehen hat.«

»Warum?«, fragte Gerste.

»Weil er sie gefragt hat, welche Buchstaben er nehmen soll. Sie haben sich dann auf ihre Initialen geeinigt. Das war schon eher ungewöhnlich. Dadurch konnte sie sich natürlich gut an den Mann erinnern.«

»Ich glaub' es nicht. Der will uns verarschen. Langsam bekomme ich den Eindruck, dass der absichtlich so viele Spuren legt, damit wir beschäftigt sind. Nur warum?« Gerste schüttelte den Kopf. »Hattet ihr schon Zeit, im Krankenhaus vorbeizufahren?« Er schaute Eisenberg an.

»Ja, ja. Ich habe jemanden vorbeigeschickt. Aber erwarte nicht zu viel. Es gibt auf der Intensivstation recht häufige Reinigungsintervalle. Da verwertbare Spuren zu finden, wäre schon ein großer Zufall. Dafür haben die eine recht umfassende Kameraüberwachung. Darauf haben wir unseren Mann schnell entdeckt, da er sich ja nicht versteckt.«

»Und? War was Hilfreiches dabei?«

»Nein. Wir haben gesehen, wie er sich auf dem Gelände bewegt hat. Mehr leider nicht. Er ist jetzt nicht mit einer Kalaschnikow durch das Krankenhaus gelaufen. Auf der Intensivstation hat er sogar ein paar mal freundlich in die Linsen geschaut.«

»Was war mit den Kameras im Krankenzimmer?«, fragte Corinna.

»Die hat er verdreht, nachdem er das Zimmer betreten hat. Ist aber erst aufgefallen, als wir danach gefragt haben. War denen schon mächtig peinlich.«

»Also stehen wir nach wie vor am Anfang«, resümierte sie.

»Sieht so aus.«

»Kommt jetzt. Fangen wir nochmal vor vorn an.« Gerste klopfte mit seinem Bleistift auf den Tisch. »Es sieht ja offensichtlich so aus, als wenn der Fall des Reporters mit dem Anschlag auf die Bücherei zusammenhängt. Nur warum?«

»Vielleicht findet Laura ja bei der WZ heraus, an welcher Story Hartmann gearbeitet hat. Ich habe sie heute Morgen dahin geschickt.« Schiffer sah seine Kollegen an. »Danach kann sie ja zur Bibliothek fahren und überprüfen, ob Hartmann in letzter Zeit etwas ausgeliehen hat.«

»Und deswegen wollte jemand die direkt in die Luft jagen? Zumal es ja nur ein relativ kleiner Anschlag war. Das ist mir zu einfach.« Gerste wog den Kopf unschlüssig hin und her. »Und wegen einer Story direkt jemanden umbringen lassen? Ich weiß nicht.«

»Zumal unser blonder Freund ja irgendeine Art Profi ist. Wozu benötigt man einen Killer? Und wer ist man? Der Killer kommt ja nicht aus eigenem Antrieb drauf, einen Anschlag zu verüben und den Reporter zu töten. Da steckt doch jemand dahinter.« Corinna machte sich eine Notiz in ihr iPad. »Den müssen wir finden.«

»Und wie?«, fragte Schiffer. »Sollen wir einfach abwarten, bis der Killer wieder in Aktion tritt?«

Gerste raunte: »Das war hoffentlich nur eine rhetorische Frage.«

Corinnas Handy klingelte. Sie lauschte, zog die Augenbrauen hoch und holte tief Luft. »Gut. Wir kommen.«

»Was war das?«, fragte Gerste.

Corinna atmete hörbar aus und fuhr sich mit der Hand durch den Pony. »Das war der Patrick von der Kriminalwache. Am Schwebebahnhof Zoo ist ein Mann erschossen worden. Ein Zeuge ist sich sicher, dass der Schuss vom Kirchturm der Hauptkirche kam. Für Patrick klingt das nach einem weiteren Attentat. Sie sichern jetzt den Tatort ab und warten auf uns.«

»Was ist eigentlich in unserer schönen Stadt los?«, brüllte Gerste, sprang auf und schlug mit der Faust auf den Tisch. Eine Spur lauter als gewollte, raunte er: »Sag ihm, er soll ein SEK anfordern und die Kirche weiträumig absperren lassen.«

Kapitel 22

Mittwoch, 25. März

Nochmal 30 Minuten später

Das flackernde Blaulicht verwandelte den Bogen der Sonnborner Eisenbahnbrücke in eine Lasershow, auf die jeder Club neidisch gewesen wäre. Auch Gerste war beeindruckt. Die Darbietung des Polizeilasershowvereins erinnerte ihn an seine Tanzeinlagen im Bochumer Tarm-Center, zu Zeiten, in denen viele seiner Kollegen noch mit dem Dreirad um den Weihnachtsbaum fuhren. Scheiße war das lange her.

In kurzer Zeit hatte die Schutzpolizei das Areal um die Schwebebahnstation Zoo/Stadion mit Personal geflutet und den Anwohnern der Sonnborner Straße ein unerwartetes Live-Erlebnis erster Klasse geliefert. Die frühmorgendliche Blechlawine des Berufsverkehrs staute sich bis zur Esso-Tankstelle an der Varresbecker Straße zurück. Die engagierte Fahrweise seiner Kollegin, unter massiver Beihilfe von Martinshorn, Blaulicht und verbaler Deutlichkeit hatten die letzten zweihundert Meter nicht zur Qual werden lassen. Immer wieder schaute er bewundernd zu Corinna hinüber und unterstützte ihre zuweilen rüde Art, den Weg zu bahnen. Lobend erwähnen würde er dies natürlich nicht, denn die junge Kollegin neigte manchmal zur Überheblichkeit. Dienstausweis und Waffe gepaart mit dem noch vorhandenen Rest an polizeilicher Autorität erforderten bisweilen das Ausnutzen von Privilegien. Heute Morgen war das in Ordnung, weil zweckmäßig eingesetzt. Sollte doch eine Beschwerde auf seinem Tisch landen, würde Ablage P übernehmen.

»Was wollen die hier veranstalten? Ein Volksfest?« Knurrend kurbelte er die Scheibe runter und füllte seine Lungen mit einem tiefen Atemzug. So wollte er die Atmosphäre in sich aufnehmen. Der Versuch endete abrupt und er verzog angeekelt das Gesicht. Schnell drehte er die Scheibe wieder hoch. Die Wupper verfügte zwar Messungen zufolge nach düsteren Jahren erneut über Trinkwasserqualität. Doch leider vergalt sie den Anrainern öfter als notwendig die frische Luft.

Der Gestank konnte doch unmöglich von der Kläranlage in Buchenhofen kommen, dachte er, als Corinna den weißen Hyundai vor zwei Polizeiwagen abbremste.

»Guten Morgen. Können Sie uns bitte durchlassen?«, fragte sie einen Beamten, der Fußgängern das Betreten des abgesperrten Areals verwehrte. Sie hielt ihren Dienstausweis aus dem Auto und folgte den Anweisungen.

»Wenn das auf der anderen Seite genauso aussieht, sind wir von einem Verkehrschaos nicht weit entfernt.« Gerste deutete auf den Strom der Pendler, die über das Zooviertel umgeleitet wurden oder einfach wendeten. Die Verkehrsmeldungen von Radio Wuppertal würden sich in den nächsten Stunden überschlagen. Ein Mordanschlag vor einer Schwebebahnhaltestelle und das resultierende Verkehrschaos würden Spekulationen reichlich Nährboden geben. Und er war mittendrin. Na, das würde einer dieser Tage werden, deretwegen er seinen Beruf nicht ergriffen hatte.

Corinna drehte sich zu Gerste um und rollte mit den Augen. Der Kommissar rutschte auf seinem Sitz hin und her, zog die Schultern abwechselnd hoch und dehnte seine Halsmuskulatur. Dann wechselte er vom Hohlkreuz in den Katzenbuckel und zurück.

»Was ist los?«, fragte Schiffer von der Rückbank, die er sich mit Laura Stern teilte.

»Ach, irgendwie habe ich mich wohl auf dem Campingstuhl hier verspannt.«

»Äh, wo war dein Auto nochmal?«, warf Corinna genervt ein. »Ach ja. Der steht ja noch in der Werkstatt. Ist der nicht kurz davor verschrottet zu werden?«, plapperte sie, ohne Luft zu holen. »Jetzt stell dich mal nicht so an. Hast du dir schon überlegt, wie wir vorgehen?«

Gerste warf ihr einen seiner verachtenden Blicke zu. Zumindest bemühte er sich darum. Richtig gelingen wollte ihm die Missbilligung aber nicht. Dazu war die verbale Herausforderung zu profan. Also überging er die Anspielung und sagte zu Schiffer: »Such doch schon mal nach Patrick. Dann könnt ihr zusammen auf Sven warten. Der kommt sicher gleich und wird sich wieder aufspielen, weil sein Tatort über Gebühr kontaminiert wurde. Und nimm Laura mit. Ist vielleicht ganz interessant für sie.«

»Und was machen wir, großer Meister?«, fragte Corinna.

»Meine Liebe, du bewirbst dich heute aber massiv für den nächsten Frondienst. Willst du mal wieder ein paar Wochen Falschparker aufschreiben?«

»Och, Frank. Diese Drohung hat schon so einen ganz langen Bart. Auf so was reagiere ich doch gar nicht mehr. Also, welche tiefsinnigen Aufgaben hast du dir denn für uns ausgedacht?«

Gerste lächelte. Dieses kleine Biest kannte in mittlerweile besser, als ihm lieb war. Was war nur aus der schönen alten Zeit geworden, als die Jugend noch Respekt hatte? Manchmal wünschte er sich die Prügelstrafe zurück. »Was hältst du davon, wenn wir ein bisschen Testosteron schnuppern gehen? Das SEK müsste doch schon da sein.«

»Au ja. Mit den harten Jungs spielen. Das kann den Tag gerade noch retten. Vielleicht darf ich ja diesmal die MP mitnehmen.«

»Das war zwar nicht meine Hauptintention für den Vorschlag, aber möglicherweise lege ich ja ein gutes Wort für dich ein.«

»Manchmal kannst du ja richtig nett sein.«

»Sagt meine Frau auch hin und wieder. Ich werde eben meistens verkannt.« Sie stiegen aus und folgten Schiffer und Laura.

Der Bereich war bis zur nächsten Kreuzung an der Sonnborner Straße abgesperrt. Am Durchgang des Schwebebahnhofs blieben sie stehen.

»Komm, wir werfen auch einen kurzen Blick auf das Opfer.« Corinna beschleunigte ihre Schritte und schuf Fakten.

Der Tote war nicht schwer zu finden. Um die begehrten Opfervideos zu verhindern, war ein Sichtschutz aufgestellt worden, um den reichlich Polizisten umherwuselten. Der Notarzt hatte den Tod des Mannes festgestellt und die Leiche abgedeckt. Mehr konnte er nicht für den Toten tun und war schon unterwegs zum nächsten Einsatzort.

Corinna kniete nieder und zog das Laken herunter. Der Mann lag auf dem Rücken, das Hemd war aufgerissen worden, sein Brustkorb auf Höhe der linken Brustwarze, mit einem deplatziert wirkenden Loch verziert.

»Hey, den kenne ich«, rief Corinna aus, erhob sich und schaute Gerste an. Der legte die Stirn in Falten und sendete Blicke des Unwissens zurück. »Ach komm. Das ist der Pressereferent des Oberbürgermeisters. Der war doch erst von einem halben Jahr bei uns und hat versucht, eine Welle zu machen. Ach, Mann. Wie war noch der Name? Ich glaube, ich werde auch alt.«

»Das ist oder besser war Peter Clauberg«, sagte eine ruhige Stimme hinter ihr. Corinna drehte sich um und schaute in Lauras Sterns unscheinbares Gesicht. Mit ihren Augen formte sie eine Frage. »Woher ich das weiß?« Corinna ließ ein Nicken folgen. Gerste und Schiffer standen stumm im Halbkreis um die Leiche herum und schauten gebannt zu der Mitarbeiterin der Staatsanwaltschaft. »Er war mein Freund.«

»Was steht ihr denn da alle um meine Leiche herum?«, rief Eisenberg und bahnte sich einen Weg durch die Gruppe. »Hoffentlich ist der wirklich tot, denn sonst stirbt er sicher bald an den ganzen Viren, die ihr alle auf ihn niederregnen lasst. Hab' ich euch …«

»Sven, mach mal halblang.« Gerste warf dem KTU-Mann einen warnenden Blick zu und signalisierte mit kaum sichtbarem Kopfbewegungen, dass etwas nicht stimmte. Eisenberg verstummte.

»Das ist ja schrecklich!« Corinna ging auf Laura zu und umarmte sie.

»Hab' ich was verpasst?«, fragte Eisenberg.

»Der Tote war der Freund von Laura«, sagte Schiffer und legte seine Hand auf Lauras Schulter.

»Ach du Scheiße. Was ist denn in dieser verdammten Stadt los?« Eisenberg stellte seinen Koffer ab und ging zu den beiden Frauen. »Das tut mir ehrlich leid. Aber ich verspreche dir: Ich werde jede noch so kleine Spur suchen und finden. Wir kriegen den.«

»Laura. Mir fehlen die richtigen Worte. Es tut mir unendlich leid.« Sanft tippte Gerste Corinna auf die Schulter, damit diese ihre Umarmung löste. Dann trat er einen Schritt vor und drückte die junge Frau an sich. Tränen konnte er in ihrem Gesicht nicht sehen, aber er wusste aus Erfahrung: Sie würden kommen.

»So leid mir das Ganze auch tut, ihr müsst jetzt etwas Platz machen. Das ist unerfreulicherweise immer noch ein Tatort. Und die Spuren werden nicht besser, wenn ich sie erst in einer Stunde aufnehme. Also tut mir einen Gefallen und geht ein paar Schritte weg.«

»Mein lieber Sven. Taktgefühl gehört offensichtlich nicht zu deinen Stärken, was?« Mit funkelnden Augen strafte Corinna ihren Kollegen und schoss Giftpfeile ab. »Unsere Kollegin hat gerade ihren Freund verloren und du denkst an die Spurensuche? Was läuft denn bei dir falsch?«

»Den Unsinn verbuche ich jetzt mal unter ›Sie weiß nicht, was sie sagt.‹ Zum Glück ist mir ja bekannt, wie du sonst bist.«

»Leute, bekommt euch mal wieder ein«, rief Gerste und beendete die Diskussion, bevor Worte ausgesprochen wurden, die man nicht aussprechen wollte und sollte. »So unschön die Lage auch ist, wir befinden uns hier mitten in einer Mordermittlung. Also schalten wir jetzt mal wieder den Verstand ein und fangen an zu arbeiten.

Das ist das Einzige, was wir für sie in der Situation tun können. Corinna? Bringst du bitte Laura von hier weg. Marc? Befrag du mit Patrick die Zeugen. Irgendjemand wird ja wohl etwas gesehen haben.« Zum Eigenschutz schaltete er in den Ermittlermodus.

»Danke«, sagte Eisenberg und zwängte sich in seinen weißen Overall.

»Hey, Patrick, guten Morgen.« Gerste schüttelte dem Beamten die Hand. »Sag mal. Hast du vorhin nicht erwähnt, dass du einen Zeugen hast, der einen Schuss gesehen haben will? Ist der noch da?«

»Ja, der steht da hinten. Sein Name ist Konrad Schmidt.«

»Ach du Scheiße. Das klingt ja nach einem Beamten erster Klasse.«

»Und was sind wir?«

»Wir sind hoffentlich noch nicht so verstaubt.«

Auf den Stufen, die den Platz vor der Schwebebahnhaltestelle vom Stadion trennten, saß ein älterer Mann in einem beigen Trenchcoat und beobachtete die Szenerie. Als er die beiden Polizisten auf sich zukommen sah, erhob er sich und trat auf sie zu.

»Guten Morgen, Herr Schmidt. Ich bin Hauptkommissar Frank Gerste und leite hier die Ermittlungen.« Die ausgestreckte Hand wurde ergriffen und kräftig gedrückt. »Mein Kollege erwähnte, dass Sie glauben, einen Schuss gehört zu haben. Können …«

»Glauben können Sie meinetwegen in der Kirche, Herr Hauptkommissar. Ich weiß, was ich gesehen habe.«

»Na, das ist ja mal ein erfreulicher Umstand. Und was haben Sie denn jetzt bemerkt?«

»Ich habe das Mündungsfeuer wahrgenommen.«

»Woher wissen Sie, dass es Mündungsfeuer war?« Etwas belustigt blickte Gerste zu Hahn. Ganz glauben konnte er das Gehörte nicht. Leider war er, neben anderen Unzulänglichkeiten, nicht sehr begabt darin, Misstrauen zu verbergen.

»Sie glauben mir wohl nicht?«

»Äh, …«

»Hören Sie, junger Mann. Ich war früher mal ein paar Jahre in der Legion. Glauben Sie mir, ich erkenne ein Mündungsfeuer, wenn ich eins sehe. Abgesehen davon war der Schuss nicht gedämpft. Könnte eine 308 oder so etwas gewesen sein. Vielleicht auch größer.«

Gerste erwiderte nichts.

»Gut. Sieht so aus, als wenn ich Ihre Aufmerksamkeit habe.«

Jetzt nickte Gerste. Er wusste, dass es nicht gut war, ihn zum jetzigen Zeitpunkt zu unterbrechen. Herr Schmidt wollte reden und er würde reden. Sollte er.

»Also. Der Mann, der da hinten auf dem Boden liegt, ist neben mir her gelaufen. Den sehe ich fast jeden Morgen.«

Nun hob Gerste die Augenbrauen dezent an. Der Mann verstand das Signal.

»Plötzlich brach ein Schuss. Kein Zweifel. Aber es kam nicht aus einem Sturmgewehr, die klingen anders. Das war ein Repetierer. Vermutlich ein Scharfschützengewehr. Und bevor Sie jetzt wieder fragen. Ich habe selbst unzählige Male mit solchen Gewehren geschossen.«

Neugierig geworden, zog Gerste die Braue höher.

»Aber das ist eine andere Geschichte und Sie sehen so aus, als wenn Sie es eilig haben.«

Jetzt nickte Gerste zur Abwechslung mal wieder.

»Rein zufällig habe ich zu dem Kirchturm da oben geschaut. Na ja, ganz zufällig war das nicht. Eigentlich werfe ich jeden Morgen einen Blick drauf, weil ich mich immer frage, ob man dort hoch kann.«

Gerste verzog den Mund zu einer leichten Schnute.

Schmidt lächelte. »Na, Sie sind aber ungeduldig. Ich schaue also zu dem Turm und wundere mich schon, was da zwischen den Zinnen so hervorragt und da bricht der Schuss. Einfach so. Der Mann neben mir bricht zusammen und die Menge fängt an zu schreien.«

»Und was haben Sie gemacht?«

»Ach schau mal an. Sie können ja doch sprechen. Na, ich habe einen Blick in die leeren Augen geworfen und wusste sofort, dass er tot ist. Und dann habe ich mein Handy herausgezogen und die Polizei angerufen. Sonst war nichts mehr zu tun.«

Gerste nickte anerkennend. »Tja, Herr Schmidt. So gerne ich auch weiter mit Ihnen plaudern würde – leider muss ich jetzt gehen. Herr Hahn hat Ihre Aussage ja schon aufgenommen. Vielen Dank für Ihre Unterstützung.«

»Gern geschehen. Das war mal eine schöne Abwechslung. Viel passiert hier im Tal ja nicht mehr. Schade nur für den jungen Kerl.«

Indem er sich mit der Hand über den Kopf fuhr, beendete Gerste das Gespräch und lief zurück zur Leiche.

»Wie sieht's aus?«, fragte er Eisenberg.

»Was soll ich dir groß sagen? Das Projektil hat das Herz getroffen. Er hat keine Chance gehabt. War sofort tot. Spuren werden wir hier kaum finden, da ja nicht von hier geschossen wurde. Weißt du schon, wo der Schuss hergekommen ist?«

»Ja, und da gehe ich jetzt hin. Wo ist Corinna?«

Kapitel 23

Mittwoch, 25. März

Etwas später

Danke, dass du auf mich gewartet hast«, presste Corinna heraus und verschränkte die Arme hinter dem Kopf. Sie atmete dreimal tief ein und aus und wischte sich den Schweiß von der Stirn. Nach Gerstes Anruf wollte sie die dreihundert Meter von der Schwebebahnhaltestelle bis zu den Einsatzfahrzeugen im Umkreis der Kirche eigentlich sprinten, verlegte sich dann aber auf schnelles Joggen. Jetzt stand sie neben Gerste und dem Einsatzleiter des SEK hinter einer schwarzen Mercedeslimousine. Um die Hauptkirche in Sonnborn waren Zweierteams der Sondereinsatzkräfte in Stellung gegangen und warteten auf den Einsatzbefehl.

»Na, ich dachte mir schon, dass du dir das nicht entgehen lassen möchtest. Was hast du mit Laura gemacht?«

»Eine Streife fährt sie nach Hause. Die Arme tut mir so leid. So eine Erfahrung wünsche ich meinem ärgsten Feind nicht. Aber gut. Wie ist die Lage hier?«

Der SEK-Einsatzleiter stand neben ihr und scannte die Umgebung mit dem Fernglas ab.

»Schön, dass auch Sie es geschafft haben, Frau Meier.« Seine Stimme troff vor Sarkasmus. »Haben Sie etwas dagegen, wenn wir jetzt beginnen?«

»Bitte entschuldigen Sie. Klar. Fangen Sie an.«

»Verbindlichsten Dank.«

»Eine Frage noch? Kann ich eine MP von Ihnen haben?«

Mehr als ein abfälliges Lächeln war ihm die Frage nicht wert. Dann griff er zum Fernglas herunter und schaute Corinna mitleidig an.

»Klar doch. Was können wir denn sonst noch für Sie tun? Wie wäre es mit einem Sturmgewehr? Oder vielleicht eine kleine Panzerfaust?« Zügig verdüsterte sich sein Gesichtsausdruck. »Sagen Sie mal. Sind Sie eigentlich noch ganz bei Trost? Seien Sie froh, dass wir auf Sie gewartet haben.«

Corinna wurde rot.

»Gut. Damit wäre das Thema dann durch. Und jetzt wäre ich Ihnen dankbar, wenn Sie mich endlich meinen Job machen lassen würden.«

Aus dem rot wurde dunkelrot.

„Gehen Sie hoch zu Team eins. Wenn Sie unbedingt dabei sein wollen, folgen Sie denen. Aber halten Sie sich zurück. Alles klar?“

„Danke“, erwiderte Gerste. Er kannte den SEK-Einsatzleiter schon lange und wusste, wie er tickte. Die kleine Show mit Corinna war übertrieben, aber notwendig gewesen. Sie war eine ausgezeichnete Polizistin, die ausuferndes Lob aber noch nicht richtig einordnete. Die eine oder andere Zurechtweisung schadete nicht.

Beide schnappten sich die Schutzwesten und liefen die Stufen zur Haupttüre der Kirche hinauf.

»Adlerhorst an alle! Vorrücken!«

Fünf Zweiergruppen in schwarzen Uniformen erhoben sich und schlichen auf die verschiedenen Eingänge der Kirche zu. Vier Beamte stellten sich an den Seiten des Hauptportals auf. Zwei standen direkt vor der mächtigen Holztür. Eine andere Gruppe bezog Stellung neben dem Seiteneingang, bereit, die Nebentür zu stürmen. Der Rest durchquerte das Tor zum Garten und sicherte die Treppe am Sonnborner Ufer und den Turm.

»Adlerhorst an alle! Zugriff! Los, Los, los!«

Ein letzter Schlag unter das Magazin, ein Blick zum Partner, ein Nicken und der erste Polizist sprang auf. Ruckartig zog er die Tür auf, die mit einem langgezogenen Quietschen eine deutliche Warnung von sich gab.

»Jetzt weiß zumindest jeder, dass wir kommen«, flüsterte Gerste Corinna zu.

SEK-Mann eins stürmte in die Kirche und scannte den Vorraum hinter der Tür mit der Maschinenpistole. Wände, Türen und Decken waren in Sekundenbruchteilen von ihm als ungefährlich eingestuft worden. Sein Kollege folgte mit einem Meter Abstand, verharrte vor der Schwingtür zum Altarraum und wartete auf die Freigabe durch seinen Partner.

Corinna hielt ihre Pistole schussbereit vor sich und war schon auf dem Weg in die Kirche, als Gerste seine alten Knochen antrieb. Seine Hüfte quittierte den mutigen Versuch, die Abnutzung zu ignorieren, mit einem ekligen Stich in die Nervenbahn. Er verzog das Gesicht, stockte einen Moment und startete einen zweiten Anlauf, sich aufzurichten.

»Puh! Es wird doch langsam Zeit, mal über eine neue Hüfte nachzudenken«, sendete er ein Signal der Versöhnung an sein Gehirn und machte einen beherzten Schritt in den Vorraum. Die Blicke der Kollegen brannten auf ihm, was er mit einem lässigen Achselzucken quittierte.

»Alles klar! Auf geht's.« Er reckte den linken Daumen optimistisch dem Himmel entgegen.

Die beiden SEK-Männer hoben die Waffen, spähten durch die Leuchtpunktvisiere und traten die Schwingtür auf. Wie geplant rannten sie zu den Kirchenbänken und gingen dahinter in Stellung. Corinna eilte auf die linke Seite des Altarraums, Gerste sicherte die Rechte.

An der Decke schnitten die roten Lichtpunkte der Visiere den Staub der Jahrhunderte in Stücke. Gerste wagte vor lauter Faszination nicht zu atmen. Hektisch fuchtelte er mit der Pistole durch seinen Sicherungsbereich. Neidisch verfolgte er, wie Corinna ihren Bereich mit dem Elan der Jugend prüfte und mehr als nur professionellen

Spaß dabei hatte, Teile eines SEK-Einsatzes zu sein. Ihm hatte dieses Cowboyspielen und Türeneintreten nie über Gebühr fasziniert, aber seine Partnerin genoss den Adrenalinkick.

Die SEK-Männer erhoben sich und schlichen mit den Waffen im Anschlag die beiden Gänge entlang zum Altar. Wild zuckten die roten Lichtstrahlen an den düsteren Wänden. Durch die bleiverglasten Fenster drangen erste Sonnenstrahlen und spielten mit den aufgewirbelten Staubkörnern. Gerste hielt inne und bewunderte die mystische Atmosphäre, die sich langsam in der Kirche ausbreitete.

»Wenn jetzt noch jemand das Ave-Maria singt, bin ich bereit zu sterben«, sagte er andächtig und erntete einen wütenden Blick seiner Kollegin, die genervt die Augen verdrehte und energisch mit dem Kopf schüttelte. Funkdisziplin und geräuschreduziertes Pirschen waren bekannte taktische Einsatzmittel und als engagierte Kämpferin folgte sie den Vorgaben. Gerste hatte für derlei Schnickschnack wenig übrig und verzog seine Mundwinkel zu einem unehrlichen Lächeln. Dafür würde er später noch einen Spruch kassieren. Das war so sicher wie das Amen in der Kirche.

Die Faust des sich vortastenden Beamten zuckte in die Höhe und signalisierte das infanteristische Signal für Halt. Dann wies er seinen Kollegen mit zwei schnellen Armbewegungen lautlos an, die rechte Flanke zu sichern. Danach deutete er Corinna an, den linken Flügel zu überprüfen. Die Polizisten gingen in Stellung und suchten nach Zielen. Gerste wurde durch Winken aufgefordert, zum Altar zu kommen.

Für die ersten Meter benötigte er zwanzig Sekunden, setzte sanft einen Fuß vor den anderen, schwenkte Blick und Waffe konzentriert durch den erhellten Staub und erblickte den Grund für die erhöhte Aufmerksamkeit.

»Mann vorne am Altar!«, meldete er leise und schlich voran. Die zwei SEK-Beamten zogen weiter vor. Corinna sicherte den rückwärtigen Bereich. Gerste richtete seine Pistole auf die Person, die neben dem Altar lag und näherte sich mit Respekt. Flankiert wurde er von den SEK-Beamten, die aus verschiedenen Richtungen zu ihm stießen.

»Achtung! Polizei!«, rief der Truppführer und zielte mit dem roten Leuchtpunkt auf die Brust des Mannes. In die reglose Person kam Bewegung und sie hob den Kopf.

»Bitte nicht schießen! Ich bin unbewaffnet!«, röchelte der schwarz gekleidete Mann und versuchte, sich von den entgegenkommenden Polizisten wegzurollen. Es gelang ihm nicht. Eine Handschelle hinderte ihn.

Binnen Sekunden waren die beiden SEK-Männer am Altar, tasteten die Kleidung nach Waffen ab und entspannten sich. Zu ihren Füßen lag ein Mann um die vierzig, der einen erschöpften Eindruck vermittelte.

»Wer sind Sie?«, fragte Gerste.

»Ich bin der Pfarrer der Kirche hier«, antwortete eine leise, energielose Stimme, die einen Schluck Wasser nicht ablehnen würde.

»Sind Sie alleine?«, mischte sich der SEK-Truppführer barsch ein.

»Ich hoffe es.«

»Adler eins an Adlerhorst.

»Adlerhorst hört.«

»Wir haben den Hauptraum gesichert. Hier ist alles ruhig. Allerdings haben wir den Pfarrer gefunden. Ist an den Altar gefesselt. Er lebt, braucht aber Hilfe. Schickt die Sanitäter rein.«

»Okay. Die sind schon unterwegs. Haben Sie sonst noch jemanden entdeckt?«

»Nein. Wir dringen jetzt zum Turm vor. Adler eins Ende.«

»Verstanden. Adlerhorst Ende.«

»Kommen Sie hier alleine zurecht?«, fragte der Polizist Gerste.

»Klar doch. Ist ja nicht so, als wenn uns gerade die Hunnen die Bude einrennen, oder?« Er steckte seine Pistole ins Holster und kniete sich neben den Pfarrer. »Gib mir mal die Schlüssel für die Handschellen.«

Corinna hielt ihm die Schlüssel hin und verfolgte wehmütig, wie die SEK-Männer die Tür zum Turmaufgang öffneten. »Wie lange liegen Sie schon hier?«, fragte sie abwesend.

Der Pfarrer stieß erleichtert einen Schwall Luft aus. »Zu lange.« Er rieb sich das Handgelenk und lehnte sich an den Altar. »So nah wie letzte Nacht war ich meinem Herrn schon lange nicht mehr.«

»Was ist denn passiert?«, fragte Gerste und trat einen Schritt zur Seite, damit die heraneilenden Sanitäter freien Zugang hatten.

Hörbar atmete der Pfarrer ein und hustete beim Ausstoßen der Luft. Dann stieß er hervor: »Das muss gestern Abend kurz nach acht gewesen sein. Ich wollte gerade die Bibel wegschließen, als ich ein Klopfen an der Tür hörte.«

»Ich dachte, Kirchen wären immer offen«, warf Corinna ein.

»Ja, das war einmal. Nach sieben schließe ich aber ab. Meistens bin ich ja alleine hier und verliere sonst den Überblick.« Er schnaufte kurz durch. »Auf jeden Fall stand da ein Mann vor der Tür, der noch auf den Turm wollte.«

»Ha«, unterbrach Gerste und wog mit dem Kopf hin und her. »Ich wusste gar nicht, dass man den noch besteigen kann.«

»Doch, doch. Das kann man schon. Besonders am Tag der offenen Tür ist das auch sehr beliebt.«

»Und was war gestern?«, hakte Corinna nach.

»Ich habe nein gesagt. Da hatte er plötzlich eine Pistole in der Hand und mich in die Kirche gedrängt.«

»Ist die Aussicht da oben denn so umwerfend?«

»Frank!«, rief Corinna und bemühte sich, ein Grinsen zu verkneifen. »Das war nicht lustig.«

»Ach, lassen Sie ihn nur. Ein wenig Humor schadet nach der Nacht nicht.«

»Wie ist es weitergegangen?«, fragte sie weiter.

»Relativ unspektakulär. Nachdem ich ihm den Aufgang zum Turm aufsperren musste, hat er mich an den Altar gefesselt.«

»Haben Sie versucht, um Hilfe zu rufen?«

»Nein. Natürlich nicht. Der hat sehr überzeugende Argumente präsentiert, die mich davon abgehalten haben. Dazu lebe ich zu gerne.«

»Das klingt für mich so, als wenn das alles nicht so richtig bedrohlich für Sie war. Oder täuscht das?« Gerste kratzte sich am Hinterkopf.

»Ja und nein. Er hat mir ganz deutlich gesagt, was passieren würde, wenn ich die Regeln verletze. Um Hilfe rufen, stand somit nicht zur Debatte.«

»Und jetzt haben Sie die ganze Nacht hier neben dem Altar gelegen? Was haben Sie denn die ganze Zeit getan?«

»Na ja. Die ersten paar Stunden stand ich noch mächtig unter Strom. Dauernd habe ich gedacht, jetzt kommt er runter und bringt mich um. Aber es passierte nichts. Zum Glück. Irgendwann bin ich dann wohl eingeschlafen.«

»Der Mann war die ganze Zeit da oben?«

»Ich würde sagen: ja. Die Tür da hätte er nicht öffnen können, ohne dass ich wachgeworden wäre. Das Quietschen hört man bis nach Elberfeld.« Er versuchte, über seinen Witz zu lachen. Es gelang ihm nicht. Zu trocken war der Hals.

»Das reicht jetzt! Der Mann braucht jetzt Ruhe!« Zwei Sanitäter drängten sich zwischen den beiden Polizisten durch und knieten sich neben den Pfarrer.

»Einen Moment noch«, sagte Gerste und zog sein Handy aus der Tasche. »War das der Mann?«

»Ja. Die blonden Haare und den eisigen Blick werde ich mein Leben lang nicht vergessen. Das war echt gruselig.«

»Gute Besserung. Wir melden uns in ein paar Tagen nochmal bei Ihnen«, sagte Corinna und trat ein paar Schritte zurück.

Die Sanitäter zogen eine Sauerstoffmaske hervor und versuchten, diese dem Pfarrer auf Mund und Nase zu drücken. »Halt! Warten Sie!«, rief er und wischte die Maske zur Seite. »Sind Sie Kommissar Gerste?«

»Ja. Warum?«

»Das hätte ich ja fast vergessen.« Der Pfarrer nahm sich einen Moment und sog deutlich hörbar Luft ein. »Ich soll Sie von dem blonden Mann grüßen und sein Bedauern darüber ausdrücken, dass er nicht auf Sie warten konnte.«

»Das hat er genauso gesagt?«

»Nicht genau mit den Worten, aber ja: Ich soll Sie schön grüßen.«

»Na vielen Dank. Fragt sich nur, womit ich diese Güte verdient habe. Ich kenne den Mann überhaupt nicht.« Gerste strich sich mit der Hand über das Kinn. Bartstoppeln fand er so früh noch keine, aber er mochte diese Geste als Zeichen der intellektuellen Präsenz.

Ein wahrscheinlich bis Elberfeld hörbares Quietschen kündigte die Rückkehr der beiden SEK-Beamten an, die den Turm inspiziert hatten. Die Anspannung war von ihnen abgefallen und die Maschinenpistolen hingen locker über den Schultern.

»Ich vermute mal, dass sie oben niemand mehr angetroffen haben, oder?«

»Da vermuten Sie richtig. Aber man hat eine sehr schöne Aussicht auf ihren Tatort. Gehen Sie doch mal hoch. Sie werden es nicht bereuen.«

»Doch, das werde ich bereuen. Wenn ich da oben die Spuren vernichte, hängt mich der liebe Sven an die Rahnock. Noch dazu habe ich keine Lust auf einen neuen Vortrag über die Vernichtung von Spuren am Tatort durch die Polizei.«

»So schlimm?«, fragte der SEK-Truppführer nach.

»Soll ich ihm Ihren Namen sagen?«

»Nee. Lassen Sie das mal schön sein. Wir sind dann weg. Viel Spaß noch.«

»Was ist mit dir, Corinna. Willst du eine Runde auf den Turm?«

»Du spinnst wohl. Ich bin doch nicht lebensmüde.«

Kapitel 24

Mittwoch, 25. März

Früher Nachmittag

»Mist. Irgendwie müssen wir doch was über die Kleine rausbekommen können«, sagte Irene und klatschte mit der flachen Hand so hart auf den Tisch, dass die drei Kaffeetassen wackelten. Christel und Annemarie waren vor einer Stunde eingetroffen, um die Recherchen vom vorigen Abend fortzusetzen.

Der Fund des USB-Sticks und die Entschlüsselung hatten sie euphorisiert. Das eine oder andere Glas Sekt zu viel hatte den Abend kürzer werden lassen als geplant. Schnell hatte sie erkannt, dass die Suche nach Informationen über Laura Stern komplexer werden würde.

»Kein Grund, den leckeren Kaffee zu verschütten«, grummelte Annemarie. »Sag mal, wo hast du den denn her. Der schmeckt klasse.«

»Och, das ist eine kleine Kaffeerösterei am Uellendahl. Kivamo heißt die.« Irene lehnte sich zurück und rührte mit dem Löffel in ihrer Tasse. »Da bin ich schon gefühlte hundertmal vorbeigefahren und wollte so oft anhalten. Ihr kennt das ja. Mal war kein Parkplatz frei und dann kam Hektik dazu.«

»Und wieso jetzt auf einmal?«, fragte Christel.

»Auf einer meiner endlosen Touren durch den Akzenta stand ich auf einmal davor. Da habe ich mich an den Namen Kivamo erinnert. Die haben da ja so viele Kaffeesorten und irgendwie bin ich den Kapselkaffee leid.«

»Du und kein Nespresso? Das passt ja so gar nicht zusammen. Ich dachte schon, irgendwann bekommst du noch den Kapselverdienstorden mit Alukreuz von denen.« Christel lachte und zeigte auf die Kapselmaschine auf dem Küchenschrank.

»Du hast ja recht. Aber vor ein paar Wochen war ich mit Nicole in der Stadt und wir sind auf das Thema Kaffee gekommen. Die hat mir einen endlosen Vortrag über Kapselmüll gehalten. Danach hatte ich jedes Mal ein schlechtes Gewissen, wenn ich neue bestellt habe.«

»Tja, so sind sie, die Enkelkinder. Wollen immer nur das Beste für einen«, sagte Annemarie. »Aber das mit dem kleinen Herdkocher da ist nicht dein Ernst, oder doch?«

»Du wirst es nicht glauben, aber das macht mir richtig Spaß. Das ist schon fast so was wie ein kleines Ritual. Und als ich dann letzte Woche mal wieder bei Kivamo vorbeigefahren bin, habe ich angehalten. Das war eine super Erfahrung. Ich also rein in den Laden und es hat boom gemacht. Die waren gerade am Rösten und ich kann euch sagen, der Duft war mega.«

»Du klingst schon wie deine Enkelin. Boom, mega. Irene, wo soll das noch hinführen?«, fragte Christel und schüttelte mit einem Grinsen auf den Lippen den Kopf.

»Eins kann ich dir verraten. Wenn ich mit Nicole unterwegs bin, kann ich oft nur nicken. Verstehen tue ich manchmal kein Wort. Aber sie ist so euphorisch, wenn sie von ihren Plänen erzählt. Und wenn nicken hilft, nicke ich eben.«

»Und was ich ganz krass finde ist, dass die Reden und Tippen gleichzeitig hinbekommen. Meine Enkelin sieht mich meistens gar nicht an und plaudert wie ein Wasserfall. Manchmal bin ich da echt überfordert, kann ich euch sagen.« Annemarie holte tief Luft.

»So, genug gejammert. Wie finden wir jetzt mehr über die kleine Stern heraus.« Irene fuhr sich mit den Fingern durch die Haare. »Mit dem bisschen Verdacht hier, brauchen wir Frank gar nicht kommen.«

»Also, was haben wir?« Annemarie erhob sich und ging zum Fenster. Sie verfolgte mit ihren Augen eine Frau, die einen Kinderwagen auf dem Gehweg schob. Dann drehte sie sich zu den beiden anderen um. »Wir haben den Reporter, der, wie es aussieht, eine Story über den Prozessauftakt im Fall Edgar Wüst schreiben wollte. Wie er in seinem elektronischen Bullet-Journal schreibt, ist er bei den Recherchen dazu auf ein Foto gestoßen, auf dem Wüst zusammen mit seinem Bruder Max und Laura Stern zu sehen ist. Scheint wohl der Abiball der beiden zu sein.«

»Aber deswegen bringt man doch niemanden um«, wunderte sich Irene. »War da nicht noch ein Hinweis auf jemanden in Neviges, den er befragen wollte?« Sie klappte den Laptop auf und schaltete ihn ein. Christel und Annemarie traten hinter sie.

»Ich bin immer wieder baff, wie schnell die modernen Dinger starten. Bei meinem kann ich gemütlich auf die Toilette gehen, bis der mal bereit ist.« Christel lächelte.

»Der hat ja auch noch Windows 2000. Komm schon, die sind heute gar nicht mehr so teuer«, warf Annemarie ein. »Ich habe mal danach gegoogelt, bevor ich zum MediaMarkt gegangen bin. Für fünfhundert Euro bekommst du schon was Nettes.«

»Und wie war es beim MediaMarkt? Hat dir die Recherche was gebracht?«, fragte Irene.

»Nein. Das war so peinlich, zwischen den ganzen Jugendlichen zu stehen. Da bin ich schnell wieder gegangen.«

»Super. Ich habe mir den hier im Internet bestellt. War ganz einfach.«

»Und wie hast du den bezahlt? Bei solchen Summen bin ich immer vorsichtig«, warf Christel ein.

»Mit PayPal. Eigentlich hast du ja recht. Aber irgendwann muss man es einfach mal machen. So, jetzt lass mal sehen. Ich öffne nochmal das Bullet-Journal.«

»Ich schreibe mir so Dinge ja lieber auf. Da bin ich eine Spur altmodisch. Jedes Mal den Laptop einschalten, um etwas nachzusehen. Na, ich weiß nicht.« Christel deutete auf einen Eintrag. »Da. Seht ihr. Er wollte einen Nico Töpfer besuchen. Wer ist das? Steht das auch da?«

»Der hat das Foto gemacht. Steht da unten am Rand.«

»Schau mal da. Der hatte einen Termin letzte Woche Freitag. Das war doch der Tag, an dem der Reporter angefahren wurde, oder nicht?« Annemarie ging um den Tisch herum und schaute ihre Freundinnen an. »Das schreit förmlich nach einem Ausflug nach Neviges, oder?«

Christel zog ihr Handy aus der Hosentasche und wählte die Nummer, die unter dem Namen im Bullet-Journal stand.

◆ ◆ ◆

»Hallo Herr Töpfer. Ich bin Irene Gerste. Vielen Dank, dass Sie so kurzfristig Zeit für uns haben.« Sie streckte die Hand aus und ging auf den Mann zu, der auf den Flur hinausgetreten war. Das Haus hatten sie leicht gefunden, auch ohne Navi. Ein kurzer Blick auf Google Maps und der Audi hatte brav gemacht, wofür er gekauft worden war. ›Bring mich mit höchstmöglicher Geschwindigkeit von Punkt A nach B.‹ Christel hatte sich aus Sorge über ihren Magen bereiterklärt, zu fahren, was Irene aber nicht ernsthaft in Erwägung gezogen hatte. Sie liebte die Symbiose aus Beschleunigung, Komfort und Kraft ihres Autos mehr als sie die Bedenken ihrer Freundinnen berücksichtigen wollte.

»Kein Problem«, antwortete Nico Töpfer und ergriff die Hand mit einem Lächeln im Gesicht. »Kommen Sie rein.« Genauso freundlich begrüßte er Christel und Annemarie und ging zurück in die Wohnung im ersten Stock.

»Und wer bist du?«, fragte Irene den braunen Dackel, der entspannt auf dem Sofa lag und nicht mehr als ein zuckendes Augenlid für die Frauen erübrigte.

»Das ist Hella. Sie ist aber schon alt und kann sich für Neues nicht mehr so richtig erwärmen.«

»Oh, was bist du süß«, sagte Christel, setzte sich neben den Hund und streichelte das glänzende Fell.

»Nehmen Sie doch bitte Platz. Darf ich Ihnen etwas anbieten?«

»Zu einem Kaffee sage ich nicht nein«, antwortete Annemarie und Irene nickte.

Töpfer verschwand in der angrenzenden Küche und hantierte hörbar herum. »Was Sie am Telefon erwähnt haben, hat mich wirklich überrascht.« Er kam zurück und stellte Milchkännchen und Zuckerstreuer auf den Tisch. »Ich habe das Gespräch mit Herrn Hartmann gar nicht als so dramatisch eingestuft. Und Sie sind sicher, dass er wegen seiner Recherchen getötet wurde?«

»So sieht es im Moment aus. Nachdem er hier bei Ihnen war, wurde er auf dem Rückweg angefahren. Klar könnte das auch zufällig passiert sein«, räumte Christel ein. »Aber, dass Herr Hartmann dann plötzlich zwei Tage darauf im Krankenhaus stirbt, ist doch recht seltsam.«

»Zumal ich ihn ja kurz vor seinem Tod noch besucht habe. Da war er quietschfidel und munter. So sieht keiner aus, der ein paar Stunden später an Herzversagen stirbt.« Irene hielt Töpfer die Tasse entgegen.

»Was sagt denn die Polizei dazu?«, fragte er.

»Das ist eine der unschönen Begleiterscheinungen in dem Fall«, warf Annemarie ein und musste auf einen Lachanfall hin husten. »Bitte entschuldigen Sie.« Sie lächelte Irene an und trank einen Schluck Kaffee.

»Worauf Frau Schmidt anspielt ist, dass mein Sohn bei der Kriminalpolizei in Wuppertal arbeitet und für solche Fälle zuständig ist.«

»Das klingt doch gut, oder nicht?«

»In diesem Fall leider nicht. Mitunter ist er etwas anstregend.« Sie rollte mit den Augen und blickte Irene an. »Haben Sie von dem Bombenattentat auf unsere Stadtbibliothek gehört?«, fragte Annemarie.

»Klar. Das lief ja im Radio hoch und runter.«

»Dummerweise stand er meinen Argumenten nicht so aufgeschlossen gegenüber, wie ich es mir gewünscht hätte. Soll heißen: Am Anfang hat er es für kompletten Unsinn gehalten.«

»Hört sich so an, als wenn er jetzt überzeugter wäre.«

»Das war aber auch ein weiter Weg. Das können Sie mir glauben.«

»Und wie kann ich Ihnen jetzt helfen?«

»Sie könnten uns erzählen, was Herr Hartmann von Ihnen wissen wollte«, sagte Christel.

»Das ist eher unspektakulär.« Töpfer setzte sich in einen Sessel und schlug die Beine übereinander. »Herr Hartmann hat mich vor rund zwei Wochen angerufen und mir erzählt, dass er bei einer Recherche auf ein altes Foto von mir gestoßen ist. Er fragte mich, ob ich ihm etwas Background dazu geben könnte.«

»Und? Konnten Sie?«, warf Annemarie ein.

»Kaum. Das habe ich ihm auch am Telefon gesagt.« Beiläufig verschränkte er die Hände hinter dem Kopf. »Das ist doch schon so lange her. Aber er wollte unbedingt vorbeikommen.«

»Was wollte er denn genau wissen?«, hakte Annemarie nach.

»Das war ganz komisch. Er hat sich sehr dafür interessiert, wie die Umstände damals waren.«

»Von wann ist das Bild denn?«

Töpfer rutschte auf dem Sessel nach vorne und schlug eine Mappe auf, die auf dem Tisch lag. »Hier sehen Sie.« Etwas ungelenk zog er eine Fotografie mit einem Zeitungsartikel heraus und reichte beides an Irene weiter. »Ich habe das Foto damals auf einer Abiturfeier gemacht, bei der ich als Fotograf engagiert war.«

Aufmerksam betrachtete sie das Foto. Dann las sie den Zeitungsausschnitt und atmete hörbar aus. »Ich weiß jetzt, warum sich Herr Hartmann so für das Foto interessiert hat.«

»Und teilst du deine Erkenntnis auch mit den Unwissenden?«, fragte Christel.

Vergnügt legte Irene den Artikel auf den Tisch und deutete auf die Bildunterschrift. In dünnen Buchstaben stand dort: Wuppertaler Unterweltboss feiert das Abitur seines Bruders Max und dessen Freundin Laura. Intensiv schaute sie in die kalten

Augen von Edgar Wüst, die auch durch sein breites Lachen keine Spur von Wärme erkennen ließen.

»Aha. Das ist also der Zusammenhang, den Herr Hartmann herausgefunden hat. Laura Stern war die Freundin von Edgar Wüsts totem Bruder«, resümierte Christel.

»Ist ja auch kein Fehler, einen Kontakt bei der Staatsanwaltschaft zu haben, wenn man so tief im Sumpf steckt, wie unser lokaler Unterweltboss.« Irene lehnte sich im Sessel zurück.

»Gut. Hartmann hat also einen alten Zusammenhang hergestellt. Aber wieso sollte man ihn deswegen ermorden?«, warf Töpfer ein.

»Beginnt nicht in den nächsten Tagen der Prozess gegen Wüst?« Annemarie leerte ihre Tasse. »Da wollte wohl jemand eine alte Quelle schützen.«

Kapitel 25

Mittwoch, 25. März

Nachmittags

»Komm, Sven, erhelle uns. Hast du auf dem Turm was Verwertbares gefunden?« In einer provozierenden Lässigkeit trat Corinna durch die Tür des Besprechungsraums und flitschte das iPad über den Tisch. Wohlwollend interagierende Kräfte verhinderten einen Zusammenprall mit einer Kaffeetasse.

»Irgendwann geht das mal schief«, rief ihr Eisenberg zu und legte kopfschüttelnd den Schnellhefter wieder auf den Tisch, den er prophylaktisch angehoben hatte. »Soll ich dir die physikalischen Zusammenhänge der Reibungskräfte mal erklären?«

»Ach was. Dir mangelt es nur an Vertrauen in meine Fähigkeiten.«

»Vertrauen ist gut, Kontrolle …«

»… ist nicht immer besser. Du bist so ein richtiger Bedenkenträger. Muss wohl mit deinem Job in Verbindung stehen. Wer den ganzen Tag über …«

»Vorsicht, holde Maid. Die Brücke, die du gerade sprengen willst, brauchst du vielleicht noch.« Eisenberg verzog die Augenwinkel zu einem Lächeln.

»Habt ihr euer kleines Scharmützel jetzt beendet?« Gerste betrat den Besprechungsraum, schlenderte zum Kaffeevollautomaten, wählte einen Espresso und stellte die Tasse unter den Ausguss. »Denn dann würde ich mich der Frage unserer lieben Corinna gerne anschließen.«

»Hört, hört. Was hat die liebe Corinna denn gemacht, um so gelobt zu werden?«, fragte Schiffer, tätschelte seiner Kollegin die Schulter und ging zu seinem Platz.

»Die liebe Corinna kann euch gleich mal was ganz Unliebes zeigen, wenn ihr so weitermacht.«

»Au ja. Darauf warte ich schon seit Jahren!«, rief Schiffer und zuckte spielerisch vor dem messerscharfen Blick zusammen, den sie in seine Richtung warf.

»Leg los, Sven«, brummte Gerste und beendete die Neckereien.

»Also, der Tote heißt Peter Clauberg. Zum Glück, hm, ich weiß gar nicht, wie ich das ausdrücken soll, ohne respektlos zu klingen.« Eisenberg hielt einen Moment inne. »Na, ja. Laura hat uns ja schnell mitgeteilt, um wen es sich handelt. Weiß übrigens jemand, wie es ihr geht?«

»Ich wollte sie schon längst mal anrufen, weiß aber noch nicht so richtig, ob das eine gute Idee ist.« Corinna schaute fragend in die Runde. »Ich glaube, ich lasse ihr noch ein paar Stunden.«

»Laut Laura fuhr Clauberg jeden Morgen um die gleiche Zeit mit der Schwebebahn nach Barmen. Er war ja der Pressereferent unseres Oberbürgermeisters und hatte ein Büro im Rathaus.« Der KTU-Mann warf einen Blick auf seine Notizen.

Währenddessen schaufelte Gerste Zucker in seinen Espresso und rührte die Kristalle mit Inbrunst unter. »Wenn ihn also tatsächlich jemand gezielt töten wollte, hätte er es problemlos herausfinden können.«

»So würde ich das sehen. Ja.«

»Ist das nicht ein recht komplizierter Schuss? Immerhin war das Opfer ja nicht alleine auf dem Platz. Wir haben bestimmt mit zwanzig Zeugen gesprochen.«

»Wenn ich mal die Meinung des ehemaligen Fremdenlegionärs zugrunde legen darf: Das war für einen geübten Schützen keine große Herausforderung. Es war windstill und normal warm. Das würde er auch heute jederzeit ohne Probleme hinbekommen«, erklärte Eisenberg.

»Oookaaaay. Hat der da nicht etwas übertrieben?«, fragte Corinna.

»Glaube ich nicht. Ich habe sicher noch über eine Stunde mit ihm geplaudert. Der wusste, wovon er redet. Er war früher als Scharfschütze in verschiedensten Einsätzen in Afrika und am Golf unterwegs. Ihm zu lauschen, war sehr spannend.« Der KTU-Mann kratzte sich am Hinterkopf. »Ich fasse mal zusammen. Wir haben einen Toten, der mit hoher Wahrscheinlichkeit vom Kirchturm aus erschossen wurde. Welches Kaliber verwendet wurde, kann ich nicht eindeutig bestimmen. Wir haben zwar ein Projektil gefunden, das aber durch den Aufprall auf den Asphalt stark verformt ist. Das Gewicht liegt bei ungefähr fünfzehn Gramm.« Geräuschvoll blätterte Eisenberg in seinen Unterlagen und zog ein Blatt hervor. »Das deutet in Richtung .338 Lapua Magnum.« Ein weiterer Moment der Stille folgte. »Und das korrespondiert mit der Einschätzung unseres Fremdenlegionärs. Er ist sich recht sicher, dass es sich um ein Geschoss dieses Kalibers gehandelt haben muss.«

»Wie kommt er denn da drauf?«

»Für ihn war der Geschossknall so eindeutig, dass er keine Zweifel hat. Und wenn er von da hätte schießen müssen, wäre das Kaliber erste Wahl gewesen.«

»Anhand des Geschossknalls kann er das Kaliber erkennen?«

»Du kennst mich ja. Ich war auch skeptisch. Aber scheinbar hat er so viele Schüsse abgegeben, dass er absolut sicher ist.«

»Und warum hätte er es genauso gemacht?«, hakte Gerste nach.

Erneut blätterte Eisenberg in den Unterlagen. »Für die Distanz von etwa zweihundert Metern braucht es schon ein anspruchsvolleres Kaliber, meinte er. Die .338 ist dazu recht verbreitet. Man könnte die Munition in jedem Laden kaufen. Das reduziert für uns die Möglichkeiten, etwas zurückzuverfolgen. Wenn man also effektiv arbeiten möchte und wenig Spuren zurücklassen will, wäre das genau seine Wahl gewesen.«

»Na gut. Sonst noch was?«, fragte Gerste weiter.

»Das Opfer war sofort tot. Treffer im Brustkorb, herznah – keine Überlebenschance. Todesursache dürfte akutes Herzversagen sein. Details dazu wird euch Frau Doktor Keller nach der Obduktion sagen können.«

»Hast du Spuren in der Kirche gefunden?«, fragte Schiffer.

»Mehr oder weniger. Also unten war nichts zu finden. Nach Aussage des Pfarrers haben wir aber auch nicht mit besonderer Akribie gesucht. Der Täter hat sich da ja kaum aufgehalten. Oben auf dem Turm haben wir dann Spuren eines Zweibeins entdeckt.«

»Wie kann ich mir das vorstellen?«, wollte Corinna wissen.

»Aus dieser Entfernung schießt du ja nicht im Stehen. Du stellst das Gewehr auf den Boden und legst dich dahinter. Hast du doch bestimmt schon mal in einem Kriegsfilm gesehen. Die Waffe hat dann vorne ein Zweibein und das drückt sich in den Untergrund. Wir haben jetzt keine riesigen Abdrücke gefunden oder so, aber man konnte erahnen, wo das Gewehr gestanden hat.«

»Ich bin immer wieder von dir beeindruckt. In meinem übernächsten Leben will ich auch zur KTU«, sagte sie und erntete Blicke des Unverständnisses von den Kollegen. »Hä? Wieso denn nicht?«

»In deinem übernächsten Leben?«, hakte Schiffer nach.

»Jepp. Im nächsten Leben steht ja erst einmal die Gerichtsmedizin an. Das habe ich mit Doktor Keller schon geklärt. Tut mir leid, Sven. Die KTU muss also noch etwas auf mich warten.«

»Du bist immer willkommen, Süße.« Er pustete Corinna eine Kusshand zu. »Dann haben wir noch Veränderungen auf dem Boden bemerkt. Da hat der Schütze eine Matte hingelegt. Im Staub konnte man erkennen, dass er sich oft hin und her bewegt hat. Ihm war wohl ein wenig fad.«

»Kein Wunder. Immerhin lag er ja die ganze Nacht da oben. Da würde ich meine Position sehr oft wechseln wollen«, sagte Schiffer. »Habt ihr die Hülse gefunden?«

»Nein. Habe ich auch nicht erwartet. Zumal das, und da beziehe ich mich wieder auf unseren Fremdenlegionär, eine Repetierwaffe gewesen sein wird. Die werfen die Hülsen ja nicht automatisch aus. Nee, sonst war es da oben clean.«

Missmutiger als üblich erhob sich Gerste und taperte um den Tisch herum. »Wenn ich also mal zusammenfasse, dann haben wir nichts. Richtig?«

»Das klingt so negativ«, sagte Corinna.

»Der Typ geht mir langsam gewaltig auf die Nerven.«

»Sollten Sie mich damit meinen, werden Sie sich wundern, wie sehr ich ihnen noch auf die Nerven gehen werde«, antwortete Staatsanwalt Doktor Ritter und verschränkte die Arme vor der Brust. Er lehnte an der Tür und funkelte die Polizisten an. »Sie wollen gar nicht wissen, wie weit mir der Oberbürgermeister eben den Arsch aufgerissen hat, während sie hier offenbar lieber plaudern und Kaffeetrinken, als zu ermitteln.«

Sechs Augenpaare folgten dem Blick des Staatsanwalts und fokussierten sich auf Gerste, der sich aber erst einmal auf seinem Stuhl niederließ. Um Zeit zu schinden, lehnte er sich gemütlich zurück.

»Was halten Sie davon, wenn Herr Schiffer Ihnen erst einmal eine schöne Tasse Kaffee zubereitet?« Er schaute Doktor Ritter mit einem Schalk in den Augen an.

»Haben Sie mich irgendwie falsch verstanden, oder habe ich mich missverständlich ausgedrückt?« Doktor Ritter trat in den Raum und sprach leise und scharf.

Trotzdem nickte Gerste Schiffer zu. Der erhob sich, schlich zur Kaffeemaschine, griff einen Plastikbecher und wählte Latte macchiato aus, das bevorzugte Getränk des Staatsanwalts.

Doktor Ritter grinste. »Gerste, Gerste. Sie haben echt Eier.« Dann atmete er lauter aus, als es notwendig gewesen wäre und umrundete den Tisch. Auf den erst besten freien Stuhl ließ er sich nieder. »Gut. Trinken wir also erst einmal einen Kaffee zusammen.«

Gerste nickte anerkennend. Er schätzte es, wenn erregte Personen sich besannen. Schiffer servierte den Kaffee und der Staatsanwalt gab Zucker dazu, den er andächtig umrührte.

»So«, begann Gerste und breitete die Arme aus. »Glauben Sie mir, ich habe mich eben selbst über den Irren aufgeregt, der sich hier auszutoben meint. Irgendwie will der uns allesamt für dumm verkaufen.« Kurz hielt er inne. »Ich habe aber den ganzen Zusammenhang noch nicht verstanden. Und das ist es, worüber ich mich noch mehr aufrege.«

»Dann sind wir ja schon zwei.«

»Ich verstehe den Oberbürgermeister ja, aber solange wir nicht wissen, was der Kerl eigentlich will, wird es sehr schwer, ihm beizukommen.«

»Aber irgendwas werden Sie doch bisher rausbekommen haben? Mit leeren Händen kann ich nicht wieder über die Wupper gehen.«

»Da sind ja noch Reste von Humor vorhanden.«

»Sie machen mir Spaß. Aber der Kaffee ist wie immer ein Genuss.« Er hob die Tasse anerkennend in Schiffers Richtung und nahm einen weiteren Schluck. »Wenn Sie nichts dagegen haben, bleibe ich jetzt einfach 'ne Runde hier sitzen und lausche Ihren Ausführungen.«

»Sehr gerne. Und wir denken angestrengt darüber nach, was der ominöse blonde Mann gegen unsere schöne Stadt hat.«

»Das würde mich auch interessieren«, sagte Corinna und war damit die Erste, die sich wieder aus der Deckung traute. »Komisch finde ich die Hinweise auf dich, Frank. Im Hotel hat er einen Zettel hinterlassen und heute Morgen eine persönliche Nachricht. Warum macht er das?«

»Was meinen Sie mit persönlicher Nachricht?«, fragte Doktor Ritter.

»Na ja. Der Killer hat den Pfarrer gebeten, Frank sein Bedauern auszurichten, dass er nicht länger bleiben konnte, um ihn zu begrüßen.«

»Sie nehmen mich auf den Arm, oder?«

»Leider nicht«, schaltete sich Gerste ein. »Und glauben Sie mir, seit Tagen zermartere ich mir den Kopf, was der mir sagen will. Nur finde ich keinen Bezug.«

»Sie meinen, das Attentat und der Tote heute Morgen hängen zusammen?«

»Klar, das ist doch offensichtlich. Vergessen wir mal den toten Reporter nicht. Das macht drei Fälle in wenigen Tagen und ich bin irgendwie darin verwickelt.«

»Was ist mit dem Reporter? Wollten Sie den nicht obduzieren lassen?«

»Doch und das möglichst schnell. Was halten Sie davon, wenn Sie Frau Doktor Keller anrufen und ihr die Dringlichkeit des Falls vermitteln?«

Doktor Ritter betrachtete Gerste mit süffisantem Lächeln. »Jetzt wollen Sie mich schon wieder auf den Arm nehmen. Sie wissen doch so gut wie ich, dass die gute Frau dann genau das Gegenteil machen würde.«

»Ist das so?« Gerste setzte eine Unschuldsmiene auf und Corinna versuchte vergeblich, ein Lachen zu unterdrücken.

»Sie sind mir ein Komiker. Aber gut, ich werde mich opfern und den Stein den Berg hochrollen.«

»Sie sind mein Held«, lobte Corinna und ging aus dem Raum.

Kapitel 26

Donnerstag, 26. März

Früher Vormittag

Na, schau mal an, wer mich da so zeitig überrascht«, sprühte es aus Doktor Keller heraus und sie drehte sich mit Schwung auf ihrem Stuhl herum. »Die unerschrockenen Kommissare aus dem Regental. Wie schön.«

Ohne viel Federlesens strebte Gerste auf die Rechtsmedizinerin zu und ergriff die ausgestreckte Hand. »Ich grüße Sie. Wie schaffen Sie es nur, bei so guter Laune zu sein, wenn Sie so oft, tief in die Abgründe der Menschheit blicken müssen?«

»Herr Gerste, ich bin beeindruckt. So ein anspruchsvolles Wortspiel von Ihnen zu hören, gleicht ja einem Ritterschlag.«

»Freut mich, dass es Ihnen gefallen hat. Ich habe auch den ganzen Weg dran gefeilt.«

»Hallo, Frau Keller«, warf Corinna in den Raum und schenkte der Rechtsmedizinerin ein Lächeln. »Endlich sind wir hier. Sie glauben ja nicht, wie nervig es auf der Fahrt war, seinen geistigen Ergüssen folgen zu müssen.«

»Och, Sie Arme. Kommen Sie, dafür mache ich Ihnen jetzt einen besonders leckeren Kaffee.« Doktor Keller stand auf und ging zur Fensterfront. Sie entnahm den Wasserbehälter der Nespresso-Maschine und füllte ihn am Waschbecken. »Was möchten Sie denn?«

»Etwas Intensives bitte. Mit reichlich Milch.«

»Nee, ich weiß was Besseres. Sie bekommen einen meiner persönlichen Favoriten. Caramel Crème Brûlée. Ein Traum, der in kleine Alukapseln gepresst wurde. Glauben Sie mir.«

»Das klingt ja mega. Danke schön.«

»Und ich werde für das literarische Highlight des Tages nicht belohnt?« Gerste legte die Stirn in Falten. »Wo bin ich hier nur gelandet. Undank ist des Mannes Lohn.«

»Aber, aber, Herr Gerste. Natürlich habe ich Sie nicht vergessen.« Gemütlich platzierte sie den Wassertank und startete die Maschine. Dann befüllte sie den Milchaufschäumer. »Sie bekommen das Abbild aus der Brut des Verbrechens.«

Kleine Fragezeichen stiegen über ihm auf. »Was auch immer Sie vorhaben – eigentlich reicht mir ein simpler Espresso.«

Sanft schüttelte die Rechtsmedizinerin den Kopf und lächelte Corinna an. »Jetzt bin ich aber enttäuscht von Ihnen, Herr Gerste. Erst schlagen Sie mit dem vermeintlichen Spruch des Tages hier auf und dann mangelt es Ihnen doch so offensichtlich an Fantasie?«

Gerste verzog die Mundwinkel und starrte Hilfe suchend zu seiner Kollegin.

»Vergiss es. Von mir bekommst du keine Unterstützung!«

»Okay, ich gebe mich geschlagen. Ohne einen Wachmacher ist mein Hirn noch nicht auf Betriebstemperatur. Was hat es also mit der Brutstätte des Verbrechens auf sich?«

Die Rechtsmedizinerin nahm eine dunkelblaue Kapsel aus der Schüssel und hielt sie Gerste vor die Nase. »Hier. Extra für Sie gekauft. Edition ‚Inspirazione Palermo Kazaar'. Steht auf der Liste der meistgesuchten Espressi ganz oben.« Sie grinste in ein verdutztes Gesicht, das sie mit weit geöffneten Augen anstarrte.

»Ooookaaayyy.« Zu mehr konnte er seine Stimmbänder nicht überreden.

»Wieso beschleicht mich das Gefühl, Sie sind heute Morgen nicht so der Charmebolzen wie sonst?« Sie zwinkerte Corinna zu und drückte auf die Starttaste der Nespresso-Maschine. »Aber gut, kommen wir zum eigentlichen Grund unseres Treffens.«

»Das käme mir sehr entgegen«, murmelte Gerste kaum vernehmlich. Dann nahm er die Espressotasse und formte ein stummes Danke mit den Lippen.

»Was hat es mit dem Toten auf sich? Ich war schon etwas verwundert, dass mich Ihr Doktor Ritter persönlich angerufen hat und versuchte, Einfluss in die Waagschale zu werfen. Das ist ja sonst eher unüblich.«

»Im Moment stehen wir ein wenig unter Strom, wissen Sie«, fing Corinna an. »Es gibt da ein paar offensichtlich zusammenhängende Fälle, bei denen wir uns nur schwer einen Reim drauf machen können, wer uns da an die Karre fahren will.« Sie trank einen Schluck. »Noch komischer wird die Sache dadurch, dass Frank vom Täter persönlich involviert wird.«

»Echt jetzt? Was macht er denn?«

»Der Sack schreibt munter Nachrichten und ist so freundlich, mir nach einem Mord schöne Grüße ausrichten zu lassen.«

»Ha, nun haben Sie doch noch Freunde gefunden. Wie erfreulich für Sie.« Beide Frauen lachten.

»Haben die Damen etwas dagegen einzuwenden, wenn wir uns dem unliebsamen Grund des Besuchs hier zuwenden könnten?«, sagte er in süffisantem Tonfall und warf einen demonstrativen Blick auf seine Uhr.

»Gemach, gemach, Herr Gerste. Kaum haben wir mal eine Nuance Spaß auf Ihre Kosten, zicken Sie rum. Nie im Leben sind Sie schon heiß auf die wenig erbaulichen Gerüche in meinem Obduktionssaal.«

»Na schau mal einer an, Hellseherin sind Sie auch noch. Bei jedem Besuch lerne ich etwas Neues über Sie. Was ist? Können wir jetzt?«

»Wenn Sie unbedingt wollen. An mir soll's nicht liegen. Auf geht's. Sie wissen ja, wo es langgeht.«

»Leider nur zu gut, aber ich wollte ja nicht zur Verkehrspolizei. Dann mal los. Auf in den Kampf, Torero! Stolz in der Brust, siegesbewusst!«, schmetterte er durch das Büro und strebte auf die Tür zu.

»Frank!«, rief Corinna und zog ihren Chef an der Jacke. »Schalt' mal einen Gang runter.«

»Ach, was weißt du denn, holde Maid? Ich vertreibe nur die Geister der Unterwelt.«

Unverblümt schüttelte Doktor Keller den Kopf. »Das Einzige, was Sie vertreiben, ist die gute Laune, die mich bis jetzt getragen hat. Lassen Sie es also besser dabei.«

Gerste drehte die Handflächen nach außen, um Ungläubigkeit zu demonstrieren. »Warum bin ich nur mit so viel Ignoranz gestraft?«

Der Trupp verließ das Büro und fuhr mit dem Aufzug eine Etage tiefer. Ein von gleißender Neutralität erhellter Gang empfing sie und DIN-konforme Schilder wiesen den Weg zu den Sektionssälen.

»Hallo Tina.« Doktor Keller richtete den Gruß an eine mittelgroße, brünette Frau, die mit Plastikschürze und Einweghandschuhen verziert versuchte, einen männlichen Leichnam auf den Rücken zu drehen. »Das sind hier die Kommissare Gerste und Meier, die sich auf den beschwerlichen Weg aus dem Tal des Regens gemacht haben, um Licht in unser bescheidenes Institut zu bringen.« Ein schelmisches Grinsen huschte über ihre Lippen, als sie sich zu Gerste umdrehte. »Frau Dietrichs unterstützt uns hier schon zwei Monate. Und da ihre Leichen ja nicht täglich vom Himmel purzeln, haben Sie sie wahrscheinlich noch nicht kennengelernt.«

»Manchmal frage ich mich, was ich dazu gesagt hätte, wenn meine Tochter Spaß dran finden würde, Menschen zu zerlegen.« Er fuhr sich mit der Hand über das Kinn. »Was bringt eine attraktive Frau wie Sie zu diesem Beruf?«

»Das ist die einfachste Möglichkeit, meinen unbändigen Blutdurst zu stillen«, kam als Antwort und das darauffolgende Gelächter beendete die am Horizont aufsteigende Peinlichkeit.

Corinna nickte der Sektionsassistentin zu und machte eine abfällige Handbewegung in Richtung ihre Chefs.

Doktor Keller griff zum Diktiergerät. »Donnerstag, 26. März. Es ist jetzt acht Uhr fünfundvierzig. Obduktion von Lars Hartmann, männlich, zweiunddreißig. Die Obduktion wird durchgeführt von Doktor Keller. Als zweiter Obduzent ist Doktor Gruber anwesend und heute fungiert Frau Dietrichs als Sektionsassistentin. Des Weiteren sind anwesend: Hauptkommissar Gerste und Oberkommissarin Meier von der Kriminalpolizei Wuppertal. Der Tote wurde gestern vom Helios-Klinikum in Wuppertal überstellt. Leitende Ermittlungsstelle in diesem Fall ist die Staatsanwaltschaft Wuppertal.«

Sie ging um den Edelstahltisch herum, auf dem der nackte Leichnam lag. Ein jede Pore offenbarendes LED-Licht entzog dem Toten letzte Reste von Privatsphäre. Unter einer Fensterreihe standen weitere Tische. Auf einem lag die Kleidung des Opfers. Mit einem Bleistift hob sie das dünne Krankenhaushemdchen an, begutachtete es und ließ es wieder fallen.

»Nun. Die Untersuchung der Kleidung ergab keine Hinweise auf ein mögliches Tötungsdelikt.«

Ein Finger glitt am silbernen Stahl entlang, als sie um den Leichnam herum ging. »Der Verstorbene ist ein männlicher Weißer, laut den Unterlagen aus Wuppertal einen Meter sechsundachtzig groß und 83 Kilogramm schwer. Der gesamte Körper ist von Hämatomen übersät.« Sie stoppte das Aufnahmegerät. »Was hat man denn mit dem armen Kerl gemacht? Der sieht ja aus wie ein Punchingball.«

»Bedauerlicherweise hatte Herr Hartmann eine Kollision mit einem Auto«, merkte Corinna an. »Und als Radfahrer hat er unerfreulicherweise den Kürzeren gezogen.«

»Aber einen ganz Kurzen.« Für Millisekunden sichtbar gehobene Mundwinkel sanken in Nanosekunden wieder herab. Mit offiziellem Ton beschrieb sie weiter den Körper. »Der Brustbereich sieht so aus, als wenn der Mann reanimiert wurde.« Durch ein Vergrößerungsglas betrachtete sie die Wundmarken. »Unter den frischen Hämatomen kann man ältere sehen, die von einer früheren Reanimation stammen könnten. Was meinst du, Tina?«

»Da bin ich bei dir. Die dürften schon vier bis fünf Tage alt sein«. Sie nahm ein Lineal und legte es auf die Brust des Toten. Dann begann sie, die blutunterlaufenen Stellen zu fotografieren.

»An Armen und Beinen sind zahlreiche Abschürfungen zu sehen. Ohne der inneren Leichenschau vorzugreifen, gehe ich von mindestens sieben Knochenbrüchen aus. Beidseitig Schien- und Wadenbein. Becken, rechter Oberarm und linkes Schlüsselbein. Keine untypischen Verletzungen bei einem Mensch-Auto-Kontakt.«

Doktor Keller stoppte die Aufnahme. »Warum wollten Sie eine Obduktion? Laut Akte ist Herr Hartmann an Herzversagen gestorben. Bei dem äußeren Zustand kann ich mir vorstellen, wie es drinnen aussieht. Da ist es durchaus denkbar, dass die Pumpe aufgibt.«

»Keine Frage«, begann Gerste. »Mich macht auch eher der Gesamtzusammenhang stutzig. Er wird angefahren und erliegt dann den Verletzungen. Das ist möglich. Nur hat meine Mutter ein paar Stunden vor seinem Tod mit ihm gesprochen und da war er mehr auf dem Weg der Besserung als umgekehrt. Dann wird einen Tag später seine Wohnung durchsucht. Das ist doch sehr merkwürdig, finden Sie nicht?«

»Ihre Mutter?«

Gerste schüttelte den Kopf und übte sich im Augenrollen. »Ja. Das ist noch so eine unschöne Begleiterscheinung in dem Fall.«

»Unschön ist gut!«, sprühte es aus Corinna heraus. »Sie macht ihm mächtig Dampf.«

»Inwiefern?«

»Na, meine Mutter ist eine ehemalige, recht erfolgreiche Strafverteidigerin. Und als ob das noch nicht reichen würde, hat sie zusammen mit zwei Freundinnen, rein zufällig Richterin und Staatsanwältin, den angefahrenen Hartmann gefunden. Die drei sind sicher, dass es sich um einen Mord handelt, und haben sich auf die Fahnen geschrieben, mir auf die Kette zu gehen.«

Jetzt lachte Doktor Keller. »Na, dann, herzlichen Glückwunsch. Wenn ihre Mutter nur halb so umgänglich ist, wie Sie es sind, ist Ihnen mein Mitgefühl gewiss.«

»Ich will mich nicht beschweren, aber die drei sind etwas anstrengend. Und den Nebenkriegsschauplatz kann ich im Moment einfach nicht gebrauchen.«

»Wir können den Leichnam jetzt umdrehen«, sagte die Assistentin und legte die Kamera weg. Routiniert rollten beide Frauen den Körper auf den Bauch.

»Was machen sie denn, wenn die Leiche schwerer ist?«, fragte Corinna beeindruckt.

»Dann nehmen wir den Kran«, antwortete die Sektionsassistentin.

Corinna ließ ein Fragezeichen über ihrem Kopf aufsteigen und richtete den Blick zur Decke.

»Das war ein Scherz, Frau Meier.« Doktor Keller lächelte. »Leider kommen immer mehr übergewichtige Leichen auf den Tisch. Und weil wir Weiber ja nicht dämlich sind, delegieren wir das dann an die Jungs.«

»Ja. Das sollten Sie sich merken«, rief Doktor Gruber durch den Raum. Er stand an einem weiteren Sektionstisch und untersuchte eine Frauenleiche. »Hier werden wir für niedere Dienste ausgebeutet. Für mehr sind wir nicht zu gebrauchen. Stehen Sie uns bei!«

»Jetzt komm mal wieder auf die Erde zurück. Noch geht es euch doch ganz gut. Immerhin schlagen wir euch nicht!«

Die beiden Polizisten mutierten zu Salzsäulen und bemühten sich um Neutralität im Hintergrund.

»Glauben Sie ihr nicht. Die neunschwänzige Katze ist in ihrem Büro versteckt.« Gruber lachte über seine Bemerkung und lockerte das Salz in den Venen wieder auf.

»Ihre Mutter hat einen guten Riecher«, sagte Doktor Keller und zog die Aufmerksamkeit auf sich.

Jetzt war es an Gerste, Fragezeichen zur Decke zu schicken.

»Na, hier, sehen Sie.« Mit dem Finger deutete sie auf einen zehncentgroßen, blau angelaufenen Fleck auf dem linken Schulterblatt der Leiche. »Das sieht aber so was von einer Einstichstelle aus. Ich würde meine Pension drauf verwetten, dass der Kanal direkt ins Herz geht.«

»Daran ist er also gestorben?«, hakte Gerste nach.

»Genau kann ich es ihnen erst sagen, wenn wir die Ergebnisse aus dem Labor haben.«

»Wie lange wird das dauern?«

»Kann ich nicht genau sagen. Aber ich versuche, an ein paar Schrauben zu drehen. Immerhin will ich mir ja die Flasche Champagner nicht entgehen lassen, die mir ihr Staatsanwalt versprochen hat.«

Kapitel 27

Donnerstag, 26. März

Später Vormittag

Wie oft hatte sie dieses penetrante Piepen beim rückwärts Einparken genervt? Immer, war die passende Antwort. Mit einer Andeutung von Genuss sog sie den dezenten Sound des Sechszylinders auf. Das Betteln nach Entfaltung verwehrte sie und stellte den Motor ab.

Wer seine Abmessungen nicht im Kopf hat, sollte auf Autofahren verzichten. Auf ihrer Top-Ten der überflüssigen, technischen Spielereien eroberte das Piepen regelmäßig den Platz an der Sonne, dicht gefolgt von schlecht funktionierenden Reifendrucksensoren.

Mit einer Portion Demut betrachtete sie das in Beton gegossene Recht des Staats auf Sühne, die Justizvollzugsanstalt Simonshöfchen in Wuppertal-Vohwinkel. Zu ihrer aktiven Zeit als Rechtsanwältin war sie ständige Besucherin und hatte anfängliche Beklemmung durch Routine ersetzt. Heute, Jahre später, drängten die unterdrückten Gefühle hervor.

Sie nahm die leere Aktentasche vom Sitz. Was hätte sie auch hineinlegen sollen? Einen Fall hatte sie nicht und die früher üblichen Aufmerksamkeiten fürs Wachpersonal erfüllten inzwischen sicher den Tatbestand der Bestechung. Das war zu ihrer aktiven Zeit nicht anders gewesen, erinnerte sie sich, aber etwas Schmiere an die richtigen Stellen zu bringen, hatte zu ihren Spezialitäten gehört.

Satt fiel die Tür des Audis zu und die elektronische Verriegelung verwandelte den Kombi in einen Weihnachtsbaum. Da stand sie jetzt als Zivilistin, atmete tief durch und marschierte zum Besuchereingang.

»Hallo, Frau Gerste. Na, das ist ja eine Überraschung«, rief ihr ein Beamter durch die Gegensprechanlage zu. »Sie waren ja seit einer Ewigkeit nicht mehr bei uns.«

»Ich kann auch kaum glauben, wie lang das her ist. Schön, Sie zu sehen, Herr Ziegler. Wie geht es Ihrer Frau und den Kindern?«

»Wollen Sie sich direkt unbeliebt machen?« Der Beamte lachte. »Ich bin mittlerweile geschieden und die Kinder sind aus dem Haus. Die Zeit rennt. Aber damit sage ich ihnen wahrscheinlich nichts Neues.«

Irene stockte und hob entschuldigend die Hände. »Das wusste ich nicht. Bitte verzeihen Sie. Die Suche nach Fettnäpfchen habe ich immer noch ganz gut drauf.«

»Ach schon gut. Woher hätten Sie das auch wissen sollen.« Er machte eine Pause und schaute auf sein Klemmbrett. »Aber kommen Sie erst mal rein.« Die Tür summte. »Der Chef hat Sie bereits angekündigt. Wollen Sie tatsächlich zu Tarkan Al-Fulan? Von dem bekommen Sie wohl nicht genug, was?«, fragte sie der Beamte und hielt die Tür offen.

»Offensichtlich nicht. Das war ja einer meiner letzten Fälle. Damals, vor … äh … das müssen jetzt fast zehn Jahre her sein.«

»Und so lange sitze ich auch schon hier«, seufzte der Beamte.

Irene lächelte. »So kann man es ausdrücken. Nur sind Sie abends zu Hause. Wie macht er sich denn nach der Zeit?«

»Na ja. Nach ein paar auffälligen Anfangsjahren beruhigen sie sich irgendwann alle. Die Mauern haben eine gewisse Tendenz zur Entspannung.«

»Sehr poetisch ausgedrückt. Wie lange müssen Sie noch?«

»Drei Jahre, fünfundachtzig Tage und den Rest von heute. Und dann genieße ich das Leben.«

»Dann machen Sie mal. Und kommen Sie nicht, wie ich, wieder her.«

»Nee, ganz bestimmt nicht. Wenn die Uniform am Nagel hängt, bleibt sie da. Na dann wollen wir mal. Ihr Freund wartet schon auf Sie. Das wird sicher eine große Überraschung für ihn werden.«

»Warum? Weiß er gar nicht, dass ich ihn aufsuche?«

»Nein, natürlich nicht. Das ist doch eins der Spielchen, die wir mit den Gefangenen treiben. Sie erst fünf Minuten vor dem Besuch darüber zu informieren.«

»Stimmt, ich erinnere mich. Aber heute stört mich das nicht mehr.«

»Ha. Es geschehen noch Zeichen und Wunder. Die Dampfwalze ist zur Ruhe gekommen. Ich kann es kaum glauben.« Er lachte und ging voraus.

»Na, so schlimm war ich doch hoffentlich nicht.«

»Es tut mir leid, jetzt muss ich mich auf mein gesetzlich zugesichertes Recht auf Aussageverweigerung berufen. Mit einer Aussage würde ich mich nur selbst belasten.«

»Das würde Ihnen auch nicht weiterhelfen, sollte ich Sie erst einmal auf dem Kieker haben. Ich nehme aber befriedigt zur Kenntnis, dass die Betonburg hier ihren Humor nicht eingesperrt hat.«

»Sie haben gut lachen. Ohne Frohmut ist das doch alles gar nicht zu ertragen. So, hier sind wir. Erinnern Sie sich noch an die Regeln?«

»Nichts anfassen, nichts übergeben und nicht lachen! Die Clowns in Düsseldorf sind die größten Spaßbremsen.«

»Haben Sie etwa Probleme mit der Ordnungsmacht, Frau Gerste?«

»Ich? Wie kommen Sie denn da drauf? Gesetze waren doch immer schon eine Aufforderung, sie infrage zu stellen, oder nicht?«

»Daran kann ich mich dunkel erinnern. Wie auch immer. Der Kollege, der da drin die Aufsicht führt, schläft mit dem Gesetzbuch unter dem Kopfkissen.« Er zwinkerte ihr zu. »Sorgen Sie also besser dafür, dass Sie nicht unser Gast werden.« Er verzog die Augenwinkel und öffnete die Tür zum Besucherraum.

Irene blieb stehen und streckte dem Beamten die Hand hin. »Vielen Dank, Herr Ziegler. Es hat mich wirklich gefreut, Sie wiederzusehen.« Ziegler griff zu und nickte. Dann betrat sie den hell erleuchteten Raum und die Beklemmung früherer Tage war zurück.

»Ich glaube es ja nicht! Was machen Sie denn hier?«, hallte es durch den Raum. »Sind Sie etwa mein Besuch?« Ein um die vierzig Jahre alter Mann, arabischer Herkunft klatschte mit den Handflächen auf den Tisch.

»Doch, doch. Wen haben Sie denn erwartet?« Sie nickte dem Beamten zu, der lässig an der Wand lehnte und mit einer Handschelle spielte.

»Na, Sie bestimmt nicht. Leider sagen einem die Heinis hier nicht, wer einen besucht. Aber wenn Sie schon mal hier sind, können wir genauso gut ’ne Runde plaudern.«

»Ach, Herr Al-Fulan. Sie sind ja heute wieder die Güte in Person. Manches ändert sich eben nie.«

»Warum auch? Immerhin haben Sie mich hier reingebracht.«

»Was?« Ungläubig schüttelte sie den Kopf. »Das sehen Sie immer noch so?«

»Aber ja doch. Wie denn sonst? Sie waren meine Anwältin und ich sitze seit mehr als zehn Jahren hier drin. Hätten Sie besser gearbeitet, würde ich jetzt irgendwo am Strand liegen und das Leben genießen.«

»Die klitzekleine Tatsache, dass Sie zwei Frauen vergewaltigt und ermordet haben, hat nichts damit zu tun?«

»Ach, was. Schnickschnack.« Er wedelte mit der Hand die Einwände weg. »Aber jetzt spannen Sie mich nicht länger auf die Folter. Weswegen sind Sie hier?«

»Gut, dann verzichten wir auf den Small Talk. Ist mir recht.«

»Small Talk ist scheiße. Kommen Sie lieber direkt zur Sache. Ich habe ja nicht ewig Zeit.«

Irene sah ihrem Gegenüber in die Augen und grinste. »Haben Sie heute noch einen Termin, den Sie nicht verschieben können?«

»So ist es, auch wenn Sie es nicht glauben. Der Schachclub beginnt um elf Uhr. Da wäre ich gerne pünktlich.«

»Schach? Sie? Das ist jetzt ein Witz, oder?«

»Nein, nein, wo denken Sie hin. Auf die Dauer wurde es etwas zu fad hier drinnen. So ganz ohne sinnvolle Beschäftigung. Für eine Berufsausbildung war ich zu alt und wofür soll ich noch studieren?«

»Und dann blieb nur Schach über?«

»Frau Gerste«, begann er belehrend und stütze den Kopf mit den Armen ab. »Neunzig Prozent der Typen hier drinnen können kaum ihren Namen schreiben. Beim Schach findet man wenigstens Leute, die ihr Gehirn nicht nur spazieren tragen.«

»Dann wird bei Ihnen wohl die sizilianische Verteidigung hoch im Kurs stehen.«

»Hmm«, erwiderte er und nickte anerkennend. »Ich bin beeindruckt. E2 auf e4 ist keine schlechte Wahl. Was würden Sie antworten?«

»Laut Lehrbuch wäre c7 auf c5 angesagt.«

»Die klassische Version also. Gut. Kann man so machen. Und wie geht es weiter? Wie ich Sie kenne, wählen Sie bestimmt die Kalaschnikow-Variante.« Unvermittelt lachte er los und feuerte Schüsse aus einem imaginären Sturmgewehr in die Luft.

»Sie haben es erfasst. Ich spiele immer voll drauflos. Team Attacke.«

»Ja, so kenne ich Sie. Hat bei mir leider nicht den gewünschten Erfolg gehabt. Aber jetzt mal Spaß beiseite. Was wollen Sie denn wirklich von mir?« Er legte die Kalaschnikow vor sich auf den Tisch. »Erinnern Sie mich bitte dran, dass ich sie nicht vergesse?«

Irene lehnte sich auf dem unbequemen Stuhl zurück. »Bekommen Sie hier drin mit, was draußen so passiert?«

»Was meinen Sie?«

»Na ja. Im Moment ist es in Wuppertal ja etwas turbulent. Ein kleiner Bombenanschlag auf die Stadtbibliothek hier, ein paar Morde da. Sie sind doch hier drinnen bestimmt gut vernetzt, oder?«

»Ich bin mir noch nicht sicher, worauf Sie hinauswollen. Aber ja, wir lesen hier auch Zeitung. Wobei das wir nur einen kleinen Teil betrifft. Die meisten interessiert nur der Name auf der Zigarettenpackung.« Seine Augen glänzten.

»Sie hätten Komiker werden sollen. Augen auf bei der Berufswahl kann ich da nur sagen.«

»Was? Komiker anstelle von Mörder?«

»Zum Beispiel.«

»Aber dann hätten wir uns ja nie kennengelernt. Wie schade wäre das denn gewesen?«

»Das wäre in der Tat ein Verlust gewesen.« Im Nu schob sie eine Haarsträhne aus dem Gesicht. »Also, um mal auf den Punkt zu kommen. Ich bin da an so einer Sache dran.« Sie beugte sich vor und sprach leise weiter. »Kennen Sie Edgar Wüst?«

»Klar!«, erwiderte Al-Fulan und verschränkte die Hände hinter dem Kopf. »Der ist doch seit ein paar Monaten hier in Untersuchungshaft. Was haben Sie denn mit dem zu tun?«

»Weiß ich noch nicht so genau. Deswegen bin ich ja hier. Können Sie mir etwas über den sagen?«

»Ts, ts, ts, Frau Gerste. Kennen Sie denn nicht die Knacki-Regeln?«

»Ja, ja, ich weiß. Nichts hören, nichts sehen und erst recht nichts sagen.«

»So sieht's aus«, sagte er und legte den Kopf schief.

»Und wie wäre es mit einer klitzekleinen Ausnahme? Für Ihre Lieblingsanwältin?«

Der Häftling brüllte vor Lachen und sich einen strengen Blick der Aufsicht ein.

»Na kommen Sie. Sie verraten auch niemanden. Hören Sie sich meine Frage doch wenigstens mal an.«

Er zuckt zurück, zog die Augenbrauen hoch, fuhr sich mit der Hand über die Bartstoppeln und streichelte liebevoll über die imaginäre Kalaschnikow. »Hmm. Also gut. Was wollen Sie wissen?«

»Wie verhält er sich so? Macht er große Sprüche? Haben Sie mal gehört, ob da was im Busch ist?«

»Geht's auch etwas genauer?«

»Nicht so richtig. Eigentlich stochere ich ein wenig im Trüben.« Sie stockte. »Ich habe herausgefunden, dass Wüst einen Spitzel hat. In einer nicht uninteressanten Position.«

»Sie sprechen in Rätseln.«

»Na ja. Wüst hat doch in den nächsten Tagen seinen Prozessbeginn. Da kam mir irgendwie der Gedanke, dass er irgendetwas plant.«

»Das ist aber mächtig weit hergeholt. Meinen Sie nicht?«

»Ein bisschen Kreativität schadet ja nie.«

»Na ja. Der macht hier ganz schön auf dicke Hose, wenn Sie verstehen, was ich meine.« Höchst verschwörerisch blickte er in Richtung des Justizbeamten, der sie aufmerksam beobachtete. »Wüst ist ja nicht alleine hier drinnen. Das sind ja sechs oder sieben von denen.«

»Die haben die gesamte Bande hier untergebracht? Ist ja richtig schlau.«

»Wir sind auch etwas überbelegt. Neue Gefängnisse werden ja nicht gebaut. Wer will schon einen Knast in der Nachbarschaft haben.«

»Das ist leider so.« Sie machte eine entwaffnende Geste mit den offenen Handflächen. »Alles gut, nur nicht vor meiner Haustür. Die typisch deutsche Mentalität.«

»Manchmal führt er sich auf, wie ein kleiner Napoleon. Ich glaube, der war früher mal Offizier oder so. Das lässt er gewaltig raushängen. Der regiert seine Leute wie ein Feldherr.«

»Wow. Aber, ob die was planen, haben Sie nicht mitbekommen?«

»So was hängt man ja nicht an die große Glocke. Einer meiner Schachkumpels kennt einen von Wüsts Truppe. Der hat wohl mal den Satz fallen lassen, dass er froh sei, wenn sie bald weg sind.«

»Na schau mal an. Und mehr hat er nicht, rein zufällig, fallen lassen?«

»Nur noch, dass da jemand gewaltig auf der Hut sein sollte. Wüst sei ein sehr nachtragender Mensch und er hätte ein paar große Rechnungen offen.«

»Und darüber plaudern Sie so beim Schachspiel?«

»Klar. Warum denn nicht? Klatsch und Tratsch ist doch ein erquickendes Thema. Erst recht hier drinnen.«

»Offensichtlich nicht nur bei Frauen. Kann ich mich irgendwie erkenntlich zeigen?«

»Ich dachte schon, Sie wollten gar nicht mehr fragen.«

Irene lächelte. »Sie sind dezent wie immer. Also? Woran hapert's?«

»Schicken Sie mir was Nettes zu Ostern. Ich habe schon ewig kein Geschenk mehr bekommen.«

»Ha, ha, ha. Okay. Das mache ich gerne.« Gemächlich erhob sie sich und streckte die Hand aus. Dann besann sie sich, blickte zur Aufsicht und zog sie wieder zurück. »Vergessen Sie Ihr Gewehr nicht.« Zum Abschied klopfte sie dreimal mit den Fingerknöcheln auf den Tisch, drehte sich um und strebte auf die Tür zu.

»Und vergessen Sie mein Päckchen nicht«, rief er ihr hinterher.

»Ganz bestimmt nicht.«

Kapitel 28

Donnerstag, 26. März

Um die Mittagszeit

Quietschen drang in sein Ohr. Die Essenz aus Stahl, der blank aufeinander reibt, kündigte die Schwebebahn an. Mehr oder weniger intensiv ächzte jeder der hängenden Züge, die hier in Vohwinkel über die Straße schwebten.

Der blonde Mann saß auf einer Bank und sinnierte über das spezielle Wuppertaler Transportmittel. Ein zartes Summen meldete die folgende Bahn an. Genauso wie er es aus alten Westernfilmen her kannte, wenn der Held sein Ohr auf die Schienen legte, um das Eintreffen des nächsten Zuges zu erahnen. Als kleiner Junge hatte er dies einmal ausprobieren wollen und schnell die Schwachstellen dieser Technik entdeckt. Seitdem wusste er, dass die Eisenbahn schon sehr nahe ist, wenn man das Summen und die Vibration der Schienen wahrnehmen konnte. Damals hatte er seinen Kopf erst im letzten Moment von den Gleisen heben können und es hatte Tage gedauert, den Schrecken zu verdrängen. Aufgrund einer Fahrplanänderung hatte sich nicht der bummelnde Nahverkehrszug genähert, sondern ein Schnellzug. Nach dieser Erfahrung hatte er auf tiefere Untersuchungen bezüglich der Zugerkennung mittels Gehör verzichtet.

Zweimal war er im Laufe des aktuellen Aufenthalts in Wuppertal mit der Schwebebahn gefahren. Das ungewöhnliche Verkehrsmittel hatte mit seinem aufdringlichen Quietschen nicht nur seine Neugier, sondern auch ihn selbst geweckt. Er war aus dem Schlaf aufgeschreckt und hatte im Hotelzimmer nach der Lärmquelle gesucht. Es dauerte ein paar Sekunden, bis der Grund für den Lärm zu ihm durchdrang. Wie konnten die Anwohner das nur ertragen, hatte er sich gefragt und einen Selbstversuch gestartet.

Die Rundtour vom Robert-Daum-Platz über die Wupper Richtung Oberbarmen, zum anderen Ende nach Vohwinkel und zurück, hatte eine schlappe Stunde gedauert, die er sehr genossen hatte. Von der Geschwindigkeit war er beeindruckt, genauso wie von den recht direkten Einblicken in Wohnungen und Firmen. Sogar mitten durch das Bayer-Werk führte die Strecke. Richtig überrascht war er aber erst, als er von Sonnborn zum Wendepunkt in Vohwinkel fuhr. Die Häuser waren kaum drei Meter entfernt und er hatte das Gefühl, direkt in die Privatsphäre der Bewohner einzudringen. So dicht kam er an den Fenstern vorbei. Am Ende hatte er einen Eindruck von der Stadt bekommen und die Gelegenheit genutzt, passende Plätze für seine Vorhaben zu suchen.

Gefunden hatte er den idealen Ort auf dem Park&Ride Parkplatz hinter dem Akzenta-Supermarkt in Vohwinkel. Hier war es abgelegen genug. Der Publikumsverkehr hielt sich mittags in Grenzen und es gab drei Fluchtmöglichkeiten. Nicht perfekt, aber nahe dran. Die Schwebebahn baumelte in hundert Metern Entfernung vorbei und er blickte gelassen von seiner Bank auf die Kaiserstraße hinab.

Er spähte über die Zeitung, deren Inhalt ihn nicht tangierte und bemerkte einen Dackel, der frech das Bein hob und die Bank markierte. Urinspritzer benetzten seine handgenähten Schuhe. Falten des Ärgers, die er liebend gern vermieden hätte, bildeten sich auf seiner Stirn und er zog in Erwägung, den Hund auf dem Altar des Leichtsinns zu opfern. Diese kleine Töle, dachte er, zog ein Stofftaschentuch aus der Hosentasche und wischte die Spritzer weg. »Machst du das nochmal, ist es das Letzte, was du tust. Comprende?«

Da er nicht ernsthaft mit einer Antwort gerechnet hatte, faltete er das Taschentuch und steckte es weg. Wo kam der Kläffer denn überhaupt her? Normalerweise entgingen ihm solche Details nicht. Was hatte ihn abgelenkt?

Schnaufend erklomm ein älterer Mann den asphaltierten Pfad von der Kaiserstraße zum Parkplatz. Er stellte sich hinter die Bank, stützte seinen übergewichtigen Körper ab und hustete genug Teer heraus, um den Weg zu erneuern. Die Hundeleine in seiner Hand ließ Großmut beim blonden Mann aufkommen. Ein toter Hund? Okay. War leicht und unauffällig entsorgbar. Bei einem schwergewichtigen Alten würde dies komplizierter sein und mangelhafte Erziehung eines Dackels in Tateinheit mit befeuchteten Schuhen rechtfertigten kein Todesurteil. So gern er heute noch jemanden umlegen würde, rein um die Finger geschmeidig zu halten. Der Hundebesitzer wusste nicht, wie glücklich er sein sollte.

Die Hustenanfälle klommen ab und der Teerlieferant suchte den Dackel. Er neigte den Kopf zum Gruß.

»Puh! Ist das wieder ein schwüler Tag«, stöhnte er. »Sie machen es geschickt, hier den Schatten zu genießen.«

Dann blickte er auf, sah in die eisblauen Augen des blonden Mannes und sein Lächeln gefror. Die Mundwinkel waren noch nach oben gezogen und die gelblichen Zähne offen zur Schau gestellt, aber die Freude war erloschen. Er suchte weiterhin den Augenkontakt, musterte sein Gegenüber eine Sekunde zu lang und wandte sich verwirrt ab.

»Haben Sie meinen Hund gesehen?«, fragte er im Versuch, die Situation zu retten.

»Der Dackel, der eben hier war?«

»Ja. Ach, da hinten ist er ja«, rief er mit gespielt überraschter Stimme und folgte so zügig, wie es ihm möglich war, auf dem Weg zum Parkplatz.

Der blonde Mann schüttelte unmerklich den Kopf, legte den Finger an den Abzug der Beretta in seiner Manteltasche und wog Pro und Contra des drohenden Todesurteils ab. Hatte der Alte ihn erkannt? Hm. Schwer zu sagen. Komisch war es schon, wie schnell der Mann sich auf einmal entfernt hatte. Das war aber auch mit Sorgen um den Hund begründbar, der kaum noch zu sehen war.

Auf der anderen Seite hatte er die Lokalpresse geprüft und keine Fahndungsaufrufe entdeckt. Woher hätte ihn der wandelnde Tod erkennen sollen?

Lässig lehnte er sich auf der Bank zurück, zog die Pistole aus dem Mantel, strich liebevoll über den brünierten Stahl, visierte eine Frau an, die unter dem Schwebebahngerüst vorbeiging und steckte wieder weg. Seine Waffe und er bildeten eine Symbiose. Perfekt.

Dann drehte er sich zu dem alten Mann um und stellte fest, dass ihm die Entscheidung über Leben und Tod abgenommen worden war.

Eine kleine Frau empfing Mann und Hund mit einer Welle von Beschimpfungen. ließ zwei Plastiktüten vor ihm auf den Boden fallen und fuchtelte wild mit den Armen. Punkt für den Mann. Die Aussicht darauf, nicht so angekeift zu werden, hätten seine Schritte auch beschleunigt. In deiner Haut möchte ich nicht stecken, dachte er und klappte die Zeitung wieder auf.

Sein Blick konzentrierte sich auf die nächste Schwebebahn, die ihr Kommen quietschend ankündigte. Alle fünf Minuten. Sehr beachtlich. Wie viele Züge die wohl haben, um den Takt zu halten? Er zog sein Handy aus der Tasche und rief Google auf.

Drei Polizeiwagen rasten die Kaiserstraße entlang. Er hob den Kopf. Ungewöhnliches Verhalten konstatierte er. Kein Blaulicht, keine Sirene, aber hohe Geschwindigkeit? Sein Interesse war geweckt. Solche Kleinigkeiten zu registrieren, machte den Unterschied zwischen lebenden Profis und toten Möchtegerns aus. Ein Streifenwagen bog auf den Parkplatz des Futterhauses ein, die anderen nicht.

Der blonde Mann kratzte sich am Hinterkopf. Einziges Zeichen höchster Erregung.

Zwei Polizisten stiegen aus dem Auto und blickten direkt in seine Richtung. Ein Mann und eine Frau, Mitte zwanzig. Hatte der dumme

Opa doch telefoniert? Mist. Er hätte der Sache doch mehr Aufmerksamkeit schenken sollen. Erneut kratzte er sich am Nacken und erhob sich.

Gespielt langsam schlenderte er den Fußweg hinab, direkt auf die beiden Beamten zu, die ihrerseits auf ihn zugingen. Etwas entfernt vernahm er laute Motorengeräusche, dann quietschende Bremsen. Nur diesmal stammte das Geräusch nicht von der Schwebebahn, sondern von Reifen, die auf Asphalt in den Ruhezustand gezwungen wurden und sich dagegen auflehnten.

Hektik wäre der momentanen Lage nicht zuträglich gewesen, also spazierte er weiter.

»Halt! Polizei! Hände hoch!«, rief ihm der Mann, wahrscheinlich der Streifenführer, laut entgegen und richtete die Pistole auf ihn.

»Moment«, gab der blonde Mann mit sanfter Stimme zurück. »Womit soll ich denn anfangen? Ich kann ja nicht alles auf einmal machen.«

»Wollen Sie mich verarschen?«, schrie der Polizist. »Stehenbleiben! Und nehmen Sie die Hände aus der Tasche.« Aus Solidarität fuchtelte auch seine Kollegin mit der Waffe herum.

Zehn Meter noch.

Er ging weiter und konnte Unschlüssigkeit in den Augen des Polizisten ausmachen.

»Bleiben Sie sofort stehen, oder ich schieße!« Die Stimme zitterte unüberhörbar.

»Warum schreien Sie denn so? Ich bin doch nicht taub.«

Acht Meter.

Der Beamte hob die Pistole an und wollte einen Warnschuss abgeben. Ein Fehler, auf den der blonde Mann spekuliert hatte. Die Polizistin würde nicht schießen, konnte kaum ihre Waffe ruhig halten. Frischfleisch. Einfache Beute. Niedrige Priorität.

Als der Polizist den Warnschuss abfeuerte, zog der blonde Mann mit einer schwer zu überbietenden Eleganz die Beretta in einer kaum zu unterbietenden Geschwindigkeit aus der Manteltasche und schoss seinem Gegenüber ins Knie. Der Getroffene blickte ungläubig, bis die Nerven den Schmerz an sein Gehirn durchstellten. Dann schrie er auf, knickte ein und versuchte, die Landung auf dem Asphalt abzufangen.

Seine Partnerin blickte hektisch über die Schulter und schrie: »Klaaaauuuusss!« Ruckartig drehte sie sich zu ihm um, wollte hinlaufen, helfen und richtete in der Hektik die Waffe auf den am Boden kauernden Kollegen. Von der Lage überfordert, besann sie sich, schwenkte die Pistole zurück und zielte wieder auf den Schützen.

»Komm Mädchen«, sagte der und senkte die Beretta. »Nimm die Waffe runter und denk an deine Tochter. Du willst hier doch nicht sterben, oder?«

Sechs Meter.

Vom Park&Ride-Parkplatz drangen Rufe und Befehle zu ihm, die ihn aber nicht beeindruckten. »Kümmere dich lieber um deinen Partner, als hier die Heldin zu spielen.«

»Bleiben Sie sofort stehen!«, schrie sie hysterisch, ohne ausreichend Mut und Überzeugung in der Stimme. Ihre Hände zitterten und folgten dem Willen nicht mehr.

Vier Meter.

Sie kniff die Augen zu und schoss.

Der blonde Mann lachte, machte drei schnelle Schritte auf sie zu und nahm ihr die Pistole aus der Hand.

»Mutig. Mutig. Das hätte ich dir gar nicht zugetraut. Aber jetzt hilf bitte deinem Kollegen.«

Mit einer kreisenden Bewegung schleuderte er die Pistole auf das Dach des Einkaufszentrums und ging zu dem, mit offenen Türen und laufendem Motor wartenden Streifenwagen. Bevor er sich hineinsetzte, rief er ihr noch zu: »Beim nächsten Mal die Augen offenlassen! Dann triffst du auch!«

Geschickt wendete er den BMW und fuhr die Rampe hinunter. Im Rückspiegel verfolgte er die heranstürmenden Polizisten, lächelte und bog auf die Kaiserstraße ein. Heute nicht, Jungs. Da müsst ihr schon etwas früher aufstehen. Sein Blick kreiste über die Schalter, bis er fand, wonach er gesucht hatte. Begleitet von Blaulicht und Martinshorn fuhr er unter dem Gerüst der Schwebebahn entlang.

Das Quietschen des nächsten Zuges hörte er nicht mehr.

Kapitel 29

Freitag, 27. März

Morgens

Gestern Abend hatte ich ein mehr oder weniger unerfreuliches Telefonat mit meiner Mutter.« Gerste lehnte sich in seinem Stuhl zurück und verschränkte sie hinter dem Kopf.

»Du bist aber auch ein böser Sohn«, warf Corinna ein und lächelte ihren Chef schelmisch an. »Was haben wir denn mal wieder falsch gemacht, was Frau Super-Rechtsanwältin besser kann?«

»Na, ja. Ganz Unrecht hat sie ja nicht. Wir treten tatsächlich nur auf der Stelle und werden von den Ereignissen überrannt.«

»Und deswegen ruft sie dich an?«

»Wenn es nur das wäre, könnte ich sehr gut damit leben. Aber nein, sie hat natürlich in Eigenregie weiter ermittelt, obwohl ich es ihr nach der Drohung durch unseren blonden Freund ausdrücklich verboten hatte.«

»Was sie ja scheinbar mächtig beeindruckt hat«, sagte Schiffer und trank einen Schluck Kaffee. Die drei Kollegen hatten sich zu einer Routinebesprechung am Morgen im Besprechungszimmer versammelt.

»Was ist nur los? Nicht mal meine eigene Mutter hört mehr auf mich?« Er schüttelte den Kopf. »Ich war sicher, dass die unverblümte Bedrohung sie zum Nachdenken angeregt hätte. Aber nein. Das hat sie nur noch weiter angestachelt.«

»Hat sie denn irgendetwas Handfestes herausgefunden?«, fragte Schiffer.

»Nicht direkt, aber sie hat eine recht erstaunliche Theorie entwickelt.«

»Die da wäre?«

»Okay, Kurzform.« Um Zeit zu gewinnen, rieb er sich mit der Hand übers Kinn. »Wie ihr ja wisst, geht meine Mutter davon aus, dass Lars Hartmann ermordet wurde. Leider bestärken die vorläufigen Obduktionsergebnisse diese Option. Frau Doktor Keller wollte sich zwar nicht festlegen, aber es klang schon sehr nach Mord. Stimmt's Corinna?«

»Absolut. Nur wo sieht sie denn da einen Zusammenhang?«

»Rein zufällig hat sie vergessen, mir ein paar Details mitzuteilen.«

»Warum?«

»Weil ich ihrer Theorie gegenüber wohl nicht sonderlich aufgeschlossen war, denke ich.«

»Und das hast du ihr dann bestimmt auf deine unwiderstehliche, freundliche Art mitgeteilt?«

»Könnte sein.« So richtig war er selbst nicht von seinen Worten überzeugt und taxierte einen Fleck an der Decke des Raums. »Es gibt sicher diplomatischere Wege, aber sie hat mich einfach genervt.«

»Das wiederum nehme ich dir sofort ab.« Corinna schüttelte den Kopf. »Was hat sie denn jetzt entdeckt?«

»Den Grund für das alles hier?«

»Was meinst du?«

»Na ja. Sie glaubt herausgefunden zu haben, warum der Brandanschlag und die Morde passiert sind.«

»Okay. Jetzt machst du mich aber neugierig. Und weshalb wissen wir das nicht?«

»Die Frage habe ich mir auch gestellt. Es klingt alles etwas abenteuerlich, aber es ist denkbar.«

»Jetzt spann uns doch nicht noch länger auf die Folter«, grummelte Schiffer.

»Genau. Rück endlich raus damit«, pflichtete ihm Corinna bei.

»Ihr kennt ja meine Mutter und ihre eigenwilligen Ideen. Sie hat einen anderen Ansatz verfolgt als wir. Für sie war ja von vornherein klar, dass Hartmann nicht aus einem Zufall heraus angefahren wurde. Und als er dann gestorben ist, schrillten ihre Alarmglocken. Dazu die ihrer beiden Freundinnen.«

»Oh, Yeah. Jetzt haben wir es echt mit allen dreien zu tun? Ist denen langweilig, oder was?« Corinna stellte ihre Kaffeetasse ein wenig zu fest auf den Tisch. Ein milchig brauner See breitete sich langsam aus.

»In der Tat. Und die drei Grazien haben rein zufällig vergessen, zu erwähnen, dass sie in Hartmanns Rucksack einen USB-Stick gefunden haben.«

»Klar. Versehentlich. Wie süß. Was war drauf?«, hakte Schiffer nach.

»Die Rechercheergebnisse von Lars Hartmann. All das, was in seiner Wohnung verschwunden war.«

»Nicht dein Ernst?« Erneut schlug Corinna mit der Faust auf den Tisch.

»Doch, doch. Und das lässt die ganze Sache in einem anderen Licht erscheinen, wenn es denn zutrifft.«

»Wenn was zutrifft?«

»Dass die ganze Angelegenheit mit Edgar Wüst zusammenhängt?«

»Du nimmst mich auf den Arm, oder?«

»Dafür bist du mir zu schwer, aber eins kannst du mir glauben: Ich habe auch gedacht, sie ist nicht ganz bei Sinnen. Beim genaueren Blick auf die Tatsachen musste ich dann zugeben: Voll daneben liegt sie nicht.«

»Jetzt aber mal Butter bei die Fische. Wie kommt Wüst da ins Spiel?«

»Meine Mutter hat in den Unterlagen einen deutlichen Hinweis auf eine Verbindung zwischen Wüst und Laura Stern gefunden.«

»Das glaube ich jetzt nicht«, murmelte Corinna und schüttelte den Kopf. »Welche Art von Verbindung sollte das wohl sein?«

»Na, ja. Hartmann ist durch Zufall auf eine alte Beziehung von Laura zu Wüsts Bruder gestoßen. Die waren wohl eine Zeitlang ein Paar.«

»Ach nee!«, rief Schiffer aus. »Du meinst den Typ, den dieser Friedensfurt letztes Jahr erschossen hat?«

»Genau den. Nur, dass wir Friedensfurt die Tat bis heute nicht nachweisen konnten.«

»Und wahrscheinlich auch nie mehr werden«, fügte Corinna bei.

»Traurig aber wahr.« Gerste trank einen Schluck Kaffee. »Ähhh. Kalte Brühe.« Mit verkniffener Nase schluckte er. »Kannst du mir bitte einen Neuen machen?« Er warf Schiffer einen flehenden Blick zu.

»Gerne.«

»Ich verstehe nicht, wie Hartmann auf diesen Zusammenhang gekommen ist. Da kommt man doch nicht mal eben drauf.«

»Er wollte einen Artikel zur Prozesseröffnung schreiben. Da muss ich übrigens gleich noch hin. Darf ich nicht vergessen.«

»Ach ja. Der ist ja heute. Wird ja auch langsam mal Zeit. Ist ja schon fast ein dreiviertel Jahr her«, sagte Schiffer.

»Was die Zeit vergeht«, pflichtete ihm Corinna bei.

»Wie auch immer. Bei den Recherchen zu Wüst ist er auf ein Foto im Internet gestoßen, das Wüst zusammen mit seinem Bruder und Laura zeigt. Bei irgendeiner Schulfeier, oder so. Und da hat er angefangen, tiefer zu graben. Journalist eben.«

»Das Internet vergisst nichts. Wohl wahr.« Schiffer stellte den neuen Kaffee vor Gerste auf den Tisch.

»Danke dir.«

»Aber das ist doch alles ellenlang her. Wieso denn deswegen heute noch jemanden umbringen?«, fragte Corinna.

»Und was sollen die ganzen anderen Straftaten? Da kommt ja gefühlt jeden Tag was Neues dazu«, ergänzte Schiffer.

»Hey, bin ich Jesus? Wächst mir Gras aus den Taschen? Habe ich etwa Löcher in den Händen?« Zur Untermalung seiner Aussagen präsentierte er seinen Kollegen die Handflächen. »Keine Ahnung. Aber es ist zumindest ein Erklärungsansatz. Viel mehr haben wir leider auch noch nicht zu bieten.«

»Was mir an der Theorie fehlt, ist das Motiv. Was würde Wüst damit bezwecken wollen?«, fragte Schiffer weiter.

»Auch dazu hat meine liebe Mutter eine Vermutung. Wie ihr euch sicher denken könnt, war sie umtriebig.«

»Was hat sie gemacht? Hat sie Wüst im Knast besucht?«, warf Corinna ein.

»Wow. Du bist echt gut. Vielleicht solltest du erwägen, Polizistin zu werden.« Den abfälligen Blick seiner Kollegin erwiderte er mit einem Lächeln. »Ob du es glaubst oder nicht. Sie war tatsächlich in Simonshöfchen. Welche Knöpfe sie auch drücken musste, um eine Besuchserlaubnis für einen ihrer alten Mandanten zu bekommen: Es hat geklappt.«

»Sehr engagiert, die Dame. Respekt. Wen hat sie denn besucht?«

»Tarkan Al-Fulan.«

»Echt? Boa. Wie lange ist das jetzt her, dass ihr den eingebuchtet habt?«, fragte Schiffer. »Als der Fall groß rausgekommen ist, war ich noch in der Schule.«

»Ich habe offensichtlich nur Gemüse um mich herum«, entgegnete Gerste. »Das ist sicher zehn Jahre her, denke ich.«

»Was war das für ein Fall?«, hakte Corinna nach und sah auf ihr iPad. »Hier steht nur, dass er zwei Frauen vergewaltigt und getötet hat. Wurde daraufhin zu lebenslänglich mit anschließender Sicherungsverwahrung verurteilt.«

»Das ist aber nur die nüchterne Aktenlage. Für so einen Typen müsste man die Todesstrafe wieder einführen.«

»Hört, hört. Das sind ja ganz neue Gedankengänge bei dir«, sagte Corinna.

»Das kommt, wenn man sich andauernd in den Niederungen der menschlichen Rasse bewegt. Manche Burschen sind eben von Natur aus böse und die sind auch nicht therapierbar. Da können noch so viele engagierte Psychologinnen kommen und die wunderbarsten Therapien entwickeln.« Gerste hielt einen Moment inne. »Ich sage euch, böse bleibt böse. Und Tarkan Al-Fulan war richtig böse.«

»So kenne ich dich ja gar nicht. Ist das eine neue Seite an dir?«

»Nee, Corinna. Irgendwann muss auch mal Schluss sein mit dem Verständnis für die armen Täter. Klar hatten die alle eine schwere Kindheit, einen Säufer als Vater und wurden pausenlos geschlagen. Das alleine relativiert aber nicht die Brutalität, mit der sie bei ihren Taten vorgehen. Denkt mal einer an die Opfer? An die Angehörigen? Deren Leben ist von einer Sekunde auf die andere vorbei. Geprägt für den Rest ihrer Zeit.«

»Wir wollen jetzt hier aber keine Grundsatzdiskussion über den Strafvollzug in Deutschland führen, oder?«

»Nein. Natürlich nicht. Nur Al-Fulan hätte ich gerne aus meinem Gedächtnis gestrichen. Mich wundert, dass sie ihn überhaupt besuchen durfte.«

»Was ist daran so ungewöhnlich?«, fragte Schiffer.

»Ihr beide wart ja bei dem Prozess aus naheliegenden Gründen nicht dabei. Aber Al-Fulan war, freundlich ausgedrückt, etwas erregt über seine Verteidigerin.«

»Bei deiner Mutter wundert mich das nicht wirklich.«

»Stimmt schon, aber das war damals grenzwertig. Er hat sie nach dem Schuldspruch, noch im Gericht, ganz schön angegangen. Offenbar war er der Meinung, freigesprochen zu werden. Gut, es war ein reiner Indizienprozess, aber im Grunde gab es keine Zweifel an seiner Schuld.«

»Und so einen hat sie jetzt besucht?«, wunderte sich Schiffer.

»Wundert mich sehr. Wie auch immer, sie hat wohl die richtigen Fragen gestellt und eine Antwort bekommen.«

»Überrasche uns arme Sünder, Meister«, rief Corinna und lachte.

»Du siehst eindeutig zu viele schlechte Filme. Darüber sollte ich mal mit deiner Mutter sprechen.« Ein weiterer Schluck Kaffee verschaffte ihm Zeit zum Nachdenken. »Aber mit der Anrede könnte ich mich durchaus anfreunden. Also, ab heute redet ihr mich bitte mit Meister an.«

»Träum weiter!«

»Na super. Erst Versprechungen machen und dann kneifen. Ihr seid mir die Richtigen.«

»Frahank! Komm zur Sache.«

»Na, wer wird denn so ungeduldig sein. Aber ich möchte euch ja nicht dumm sterben lassen. Al-Fulan hat meiner Mutter erzählt, dass Wüst und seine Kumpanen davon ausgehen, nicht mehr lange im Knast zu sein.«

»Ausbruch?«

»So könnte man das interpretieren.«

»Gab es denn schon mal eine Flucht aus Simonshöfchen? Daran kann ich mich nicht erinnern. Ist doch eher unwahrscheinlich, oder? Was wurde denn tatsächlich gesagt?« Corinna warf ihren Kopf in den Nacken und zog ihren Pferdeschwanz nach.

»Das hat sie mir nicht so im Detail erzählt.«

»Na super. Das sind also mehr oder weniger reine Spekulationen.«

»Leider ja. Nur wir haben ja noch nicht mal die entgegenzusetzen.«

»Dann spielen wir das mal durch. Wüst will also abhauen. Okay. Aber was hat unser blonder Killer damit zu tun?«

»Ich habe keine Ahnung. Aber darüber könnt ihr zwei Hübschen ja jetzt in Ruhe nachdenken.«

»Und was machst du?«

Gerste deutete auf die Wanduhr. »Der Meister schaut sich unseren Protagonisten mal aus der Nähe an.« Er stand auf und stellte die Tasse neben die Kaffeemaschine. »Und wenn ich zurück bin, will ich Ergebnisse sehen. Verstanden?«

Corinna sprang auf und versteifte ihren Körper. »Ja, Sir«, schrie sie und prustete los.

Kapitel 30

Freitag, 27. März

Kurz vor zehn Uhr morgens

Hallo, Herr Gerste. Alles gut bei Ihnen?« Michael Friedensfurt erhob sich von der gediegenen Holzbank und ging auf den Kriminalkommissar zu.

»Ja, bestens. Ich freue mich schon richtig auf die Verhandlung. Hoffentlich bekommt der wüste Wüst, was ihm gebührt.« Die beiden Männer schüttelten die Hände und machten einer mit Akten beladenen Frau Platz, die ihnen auf dem Gang entgegenkam.

»Wo ist denn ihre Frau? Ich habe sie gar nicht auf der Zeugenliste gesehen?«

»Noch konnte sie sich nicht durchringen, Wüst in die Augen zu schauen. Dazu sind die Eindrücke vom letzten Jahr noch zu frisch.«

»Das verstehe ich. Grüßen Sie sie bitte von mir. Und ich hoffe inständig, dass sie nicht sauer auf mich ist.«

»Warum sollte sie?«

»Na immerhin habe ich Ihr Haus jetzt schon dreimal durchsucht. Ich komme mir beinahe wie ein Stalker vor.«

»Sie schlimmer Finger. Das hatte ich gar nicht mehr auf dem Schirm. Aber da Sie ja nur einmal in feindlicher Absicht gekommen sind, lassen wir mal Gnade vor Recht ergehen.« Sie schlenderten den Gang entlang. »Kommen Sie, ich spendiere einen Kaffee. Bis das hier losgeht, dauert es sicher noch was.«

»Haben Sie die Plörre hier schon mal probiert?« Angewidert verzog Gerste das Gesicht. »Da gehe ich lieber runter und trinke das Wasser aus der Wupper.«

»Das möchte ich sehen.« Vor dem Kaffeeautomaten blieben die beiden stehen und Friedensfurt zog sein Portemonnaie aus der Hosentasche. »Also? Was ist jetzt?«

»Hmmm.« Gerste wog den Kopf hin und her. »Normalerweise bin ich ein Fels in der Brandung der Prinzipien. Aber meine Zunge lechzt nach einer Befeuchtung. Kaffee oder kein Kaffee, könnte man …«

»Herr Gerste. Zur Sache bitte. Ja oder Nein.« Er warf Münzen in den Schlitz und wählte Kaffee, Milch und extra Zucker aus.

»Na zumindest trinken Sie das Zeug nicht zuckerfrei. Also gut. Fürs Protokoll. Sie haben mich überredet, das Zeug zu konsumieren. Wenn ich die nächste Woche mit der Seuche im Bett liege …«

»… bei Ihnen ist das Glas auch meistens halb leer, richtig? Kommen Sie, lassen Sie uns die Stätte der Ungerechtigkeit betreten.«

»Zum Glück haben Sie Ihren Humor nicht an der Garderobe abgegeben.«

Sie gingen zum Sitzungssaal zurück, vor dessen Tür sich eine Besucherschlange gebildet hatte.

»Das hat nichts mit Humor zu tun. Genau in dem Saal wurde mir vor ein paar Jahren die Gerechtigkeit verweigert. Kennen Sie den Fall?«

»Klar weiß ich darüber Bescheid. Wir haben Sie ja vergangenes Jahr komplett durchleuchtet.«

»Hat mir nicht gerade geholfen, dem Arsch zu entgehen, oder?«

»Gut, ich gebe zu, dass es keine Sternstunde der Ermittlungen war. Aber so richtig kooperativ waren Sie ja auch nicht.«

Sie rückten in der Schlange ein paar Plätze nach vorne.

»Hat der so viele Freunde oder wollen die alle nur sichergehen, dass er verknackt wird?«, wunderte sich Gerste und betrachtete die Menschenansammlung vor und hinter ihnen.

»Ich hoffe mal auf Letzteres. Meinetwegen kann der im Knast verrotten.«

»Kann es sein, dass Sie etwas angespannt sind?«

»Das kann nicht nur sein, das ist so. Wenn ich könnte, würde ich das gerne nachholen, was Sie mir damals verwehrt haben.«

»Wünschen Sie sich das besser nicht, denn dann würde ich heute gegen Sie aussagen müssen und nicht gegen Wüst.«

Friedensfurt nickte und ging durch die Tür in den Saal des Schwurgerichts. Obwohl ihm der Raum bekannt war, spürte er ein Frösteln, als ihn die kühle, nüchterne Atmosphäre empfing. Eine ungewöhnlich hohe Decke lieferte sich ein Wettrennen mit der langen Fensterreihe um die Trophäe der architektonischen Sünde. Grausam neutraler grauer Teppichboden nahm den kirschbaumfarbenen Holzmöbeln die Freude an der Tischlerkunst. An der Stirnseite prangte über der schnörkellosen Richterbank ein beeindruckendes Mosaik. Bei seinem letzten Besuch im Tempel der Strafverfolgung hatte er stundenlang versucht, den Titel des Kunstwerks ‚Das salomonische Urteil' in der Darstellung zu finden. Ohne Erfolg.

Sein Blick blieb an der Glaskammer hängen, die hinter dem Tisch der Verteidigung die Choreografie des Raums vollkommen zerstörte. Aus grau lackiertem Stahl mit schwerem, leicht getöntem Panzerglas versehen, setzte der Glaskäfig der Gerechtigkeitsfindung eine Narrenkappe auf. Wer darin saß und auf ein gerechtes Verfahren hoffte, war entweder auf hoher See oder eben in diesem Gerichtssaal.

Im Gewusel aus Anwälten, Staatsanwälten und Helfern erblickte er seinen Feind und Peiniger. Er ballte die Faust.

Edgar Wüst lehnte entspannt am Glaskäfig und betrachtete die bizarre Szenerie. Hin und wieder nickte er jemandem in den Besucherreihen zu. Drei Anwälte standen um ihn herum und schienen zu scherzen. Mit eisiger Miene verharrte Friedensfurt vor der Reihe der Sitzbänke, unfähig sich zu bewegen.

Ein sanfter Stoß in den Rücken veranlasste ihn, weiterzugehen. Den Blick wendete er nicht ab. Zu groß war der Hass, zu schmerzhaft die Erinnerungen.

Die Abneigung erwiderte Wüst und verzog die Augen zu funkelnden Schlitzen. Er hörte auf zu reden und zog seinen ausgestreckten Finger gut sichtbar vor seiner Kehle vorbei. Sechs, sieben Meter standen sie voneinander entfernt, in Feindschaft vereint. Zwei Züge, die unaufhaltbar aufeinander zu rasten.

»Warum sitzen Sie eigentlich nicht bei Ihrer Anwältin da vorne?«, fragte Gerste.

»Äh? Was?«

»Warum Sie nicht da vorne bei Ihrer Anwältin sind, habe ich gefragt.«

»Sie hielt es nicht mal für eine gute Idee, dass ich jetzt hier bin. Aber ich wollte Wüst unbedingt schon vorher sehen. Nicht erst, wenn ich aussage.«

»Sind Sie sicher, dass Sie das hinbekommen? Mit Ihrer Aussage, meine ich. Sie sollten sich mal sehen. Auf mich machen Sie den Eindruck eines wilden Tieres.«

Friedensfurt drehte sich zu Gerste um und lächelte. »Ich bin ein wildes Tier.«

Die Tür zum Richterzimmer ging auf und der Stimmpegel im Saal fiel. Gespannt verfolgten die Besucher den Einzug der Richter und erhoben sich, schlagartig wurde es mucksmäuschenstill. Die Richterbank war dezent konvex gebogen und fokussierte die Blicke der Richter auf den mittig platzierten Zeugentisch. Beeindruckend sah sie aus, die Reihe schwarz gekleideter Männer und Frauen, die zwei Sekunden verharrten und sich dann setzten. Über die Vorwürfe gegen Wüst würden drei Berufsrichter und zwei Schöffen entscheiden. Der Vorsitzende Richter Doktor Siegel rief die Strafsache auf, als ob nicht alle Anwesenden wüssten, warum sie ausgerechnet heute in diesem Saal waren. Danach begrüßte er die Prozessbeteiligten und das Publikum.

»Nun, dann wollen wir mal«, sagte er in einem Ton, der schon alles gehört und vieles gesehen hatte. »Frau Stein. Nehmen Sie bitte zu Protokoll: Das Gericht besteht heute aus den Richtern Frau Doktor Wanner und Herrn Balzer. Dazu sind Frau Streich und Herr Damm als Schöffen anwesend. Mich kennen sie ja noch, oder?« Kurzes Gelächter kam aus dem Zuschauerraum. Die Protokollantin quittierte die Frage mit einem kaum merklichen Nicken. »Gut. Dann ist es mir eine Freude, den Herrn Oberstaatsanwalt Doktor Klein zu begrüßen. Ich bin beeindruckt, dass Sie den Fall selbst übernehmen. Sie erhoffen sich doch nicht etwa ein wenig Publicity?« Er schickte ein breites Grinsen zur Bank des Staatsanwalts.

»Aber wo denken Sie hin, Herr Vorsitzender. Mir geht es wie immer nur um die Sache.«

»Und das soll ich Ihnen abnehmen? Na, ich bin gespannt.« Sein Blick schwenkte zu den Verteidigern und seine Mimik verfinsterte sich. »Unser Angeklagter Herr Wüst lässt sich durch eine ganze Phalanx vertreten. Ich bin durchaus überrascht. Aber die Bank ist ja groß genug. Soll ich Sie als Hauptverteidiger zu Protokoll nehmen, Herr Doktor Niggemann?«

»Das wäre mein Wunsch, Herr Vorsitzender. Und bei der Schwere der Taten, die der Staatsanwalt meinem Mandanten vorwirft, dachte ich, ein klein wenig Unterstützung kann nicht schaden.«

»Bei dem Stundensatz, den Sie aufrufen, habe ich da keine Bedenken. Aber wie sagt man so schön: Was nichts kostet, ist nichts wert.«

Der Rechtsanwalt zeigte dem Gericht die offenen Handflächen. Gleichzeitig zog er die Augenbrauen hoch und lehnte sich selbstgefällig in den Stuhl zurück.

»Und last, but not least haben wir da noch die Vertreterin der Nebenklage. Schön, Sie mal wieder zu sehen, Frau Doktor Lamm. So, damit wären wir jetzt komplett. Wo ist Ihr Mandant? Will der denn nicht an der Verhandlung teilnehmen?«

»Ich habe ihm davon abgeraten, Herr Vorsitzender.«

»Ich denke, das ist eine gute Entscheidung.« Er sah ins Publikum. »Und jetzt noch eine Frage an alle, die sich hier eingefunden haben. Das wird hier keine Showveranstaltung. Wenn Sie also gekommen sind, um ein Spektakel zu erleben, dann bitte ich Sie, jetzt zu gehen.« Er ließ fünf Sekunden verstreichen. »Nun gut. Sind denn noch Zeugen unter Ihnen? Wenn ja, dann ist jetzt der Zeitpunkt, den Saal zu verlassen.«

Friedensfurt erhob sich. »Na, dann will ich mal …«

»Mörder!«, brüllte Wüst auf einmal, sprang auf und zeigte auf Friedensfurt. »Das ist der Mörder meines Bruders. Der sollte hier sitzen und nicht ich!« Völlig überraschend drängte er sich zwischen seine Verteidiger und versuchte, über die Bank zu springen.

Zwei Justizbeamte eilten auf ihn zu und zerrten an ihm. Doch dem bulligen Mann gelang es, sich am Tisch festzuhalten.

»Herr Wüst. Bitte beruhigen Sie sich!« Energisch hämmerte Richter Siegel mit dem Hammer auf die hölzerne Unterlage.

»Wissen Sie, wo Sie sich ihre Ruhe hinstecken können? Mein Bruder ist tot und keinen kümmert es«, schrie ihm Wüst höchst erregt entgegen. Die zwei Beamten zogen ihn zurück zu seinem Stuhl.

»Herr Wüst. Ich ermahne Sie jetzt zum letzten Mal. Wenn Sie weiter so rumschreien, kommen Sie in den Käfig. Wollen Sie das?«

»Du spinnst wohl. Und warum darf der Mörder da frei rumlaufen?« Erneut versuchte Wüst aufzuspringen, wurde aber von den Wachen zurückgehalten. Drohend hob er einen Arm und zeigte auf Friedensfurt, der stumm neben Gerste stand und die Blicke der Zuschauer auf sich vereinte. »Ja. Dich meine ich, du Schwein. Dich mache ich fertig! Du Mörder!«

»Herr Doktor Niggemann. Würden Sie bitte auf Ihren Mandanten einwirken, sich zu beruhigen?«

»Nein, Herr Vorsitzender. In diesem Fall bin ich vollkommen auf der Seite meines Mandanten. Es ist ein Skandal, dass der Mörder da nicht in Haft sitzt.« Erst jetzt erhob sich der Rechtsanwalt auf und deutete wie Wüst zuvor auf Friedensfurt. Die Geste verfehlte ihre Wirkung nicht.

»Und dich erwische ich auch noch, du Bullenschwein.«

»So, jetzt haben Sie meine Gutmütigkeit aber mehr als genug malträtiert. Bringen Sie den Angeklagten bitte in den Käfig.« Eine wegwischende Handbewegung unterstrich die Anweisung an die beiden Justizbeamten.

Wüst wehrte sich und schüttelte einen Beamten ab. In der Zwischenzeit waren zwei weitere Beamte hinzugeeilt und gemeinsam schafften sie es, den aufgebrachten Angeklagten in den Sicherheitskäfig zu ziehen. Sie zwangen Wüst auf einen Stuhl und stellten sich neben ihm auf.

»Von Ihnen bin ich enttäuscht, Herr Doktor Niggemann«, sagte der Vorsitzende. »Was sollte das denn eben? In meinem Gerichtssaal werden Zeugen nicht so bloßgestellt. Da erwarte ich ein Mindestmaß an Benehmen, was Ihnen offensichtlich abhandengekommen ist. Sie …«

»Herr …«

»Nein! Sie sind jetzt still!« Der Richter erhob sich. So eine Geste der Wut hatte er seit Jahren nicht mehr offenbart. »Meine Herren«, wandte er sich an die Justizbeamten, »bringen Sie den Angeklagten zurück in seine Zelle. Wir vertagen uns, um festzulegen, wie wir mit dem ungebührlichen Verhalten des Verteidigers umgehen werden.«

»Aber …«

»Wollen Sie auch in den Käfig, Herr Verteidiger?« Mit Daumen und Zeigefinger deutete er einen Spalt an. »Sie sind so dicht davor.« Dann schaute er suchend in den Zuschauerraum. »Äh. Herr Friedensfurt. Könnten Sie uns einen kleinen Gefallen tun?«

Der Angesprochene verharrte.

»Ich möchte mich bei Ihnen für das Verhalten des Angeklagten entschuldigen. Solche Ausbrüche bin ich normalerweise nicht gewohnt. Aber aus welchen Gründen auch immer, sorgen Sie für eine gewisse Erregung bei unserem Angeklagten. Würden Sie bitte, auch wenn Sie als Nebenkläger das Recht haben, der Verhandlung beizuwohnen, bitte draußen warten, bis wir Sie als Zeuge aufrufen?«

»Gerne«, antwortete Friedensfurt und bahnte sich weiter den Weg zum Ausgang.

»Und nehmen Sie Herrn Gerste direkt mit«, fügte der Richter an, hob das bereitgestellte Glas an und trank einen Schluck Wasser. »So, und jetzt zu uns beiden, Herr Verteidiger.«

Kapitel 31

Freitag, 27. März

Nachmittags

Und Sie sind sich sicher, dass wir nicht gleich ein konspiratives Treffen sprengen?« Gerste spähte skeptisch aus dem Fenster.

Mit Bedacht lenkte Michael Friedensfurt den Landrover Defender über die zerfurchte Straße, die einem Waldweg glich. Pfützen, Schlaglöcher und vereinzelte Asphaltplatten hatten die Zufahrt zum Schießstand in ein Eldorado für Geländewagenfahrer verwandelt. Ein in die Jahre gekommenes Stahltor, von Büschen überwuchert, deutete auf menschliche Nutzung hin und schreckte ungebetene Besucher zuverlässig ab.

»Sie werden es überleben. Vertrauen Sie mir.«

»Na, ihr Wort in Gottes Gehörgang. Vielleicht hätte ich doch besser meine Dienstwaffe mitgenommen.«

»Quatsch. Ich habe Ihnen einen reizvollen Nachmittag versprochen und den bekommen Sie auch. Das ist der beste Langwaffenstand in der Gegend.«

An den Offroad-Erlebnispfad schloss sich ein großzügiger Parkplatz an, auf dem zu Gerstes Erstaunen keine Militärfahrzeuge, sondern handelsübliche Großstadtkutschen parkten.

»Kommen Sie«, ermutigte ihn Friedensfurt und griff nach dem Futteral im Kofferraum. Dann warf er die Hecktür zu. Das MT-Reserverad war zu schwer für die Konstruktion und die Alutür wackelte bedenklich. Seit langem überlegte er, dass monströse Rad auf der Motorhaube zu befestigen, aber noch stand die Entscheidung nicht.

Vor ihnen erstreckte sich ein langgezogener Flachbau mit vergitterten Fenstern, dessen gelblich-brauner Anstrich an ein Kasernengebäude erinnerte. Schusslärm verriet den Zweck der Einrichtung. Vor dem Gebäude saßen sechs Männer mit einer Frau zusammen und tranken Bier.

»Ha, der Jäger ist mal wieder da. Alles klar?«, raunte ein Mann mit dichtem Vollbart, weißem, lichtem Haupthaar und hob die Flasche zum Gruß.

»Ja. Ist die richtige Zeit, ein paar Pillen zu verschießen. Und was ist mit Ihnen? Ist Ihr Streukreis jetzt da, wo er hin soll?«

»Noch nicht ganz. Aber das wird schon werden. Wen haben Sie uns denn da mitgebracht?«

»Frischfleisch.«

Gelächter ertönte.

Friedensfurt nickte den anderen zu, zog die Stahltür auf und betrat das Gebäude. Gerste folgte ihm und verzog die Augen. Ein kleiner, muffiger Raum mit fünf, sechs Tischen, lieblos mit Plastiktischdecken überzogen, versank im Staub, der von der Decke sank und vereinzelte Sonnenstrahlen brach.

»Sieht schlimmer aus, als es ist.« Friedensfurt zog die Tür zu einem Nebenraum auf. »Na, los. Kommen Sie mit.«

»Hallo Michael. Wie geht's?«, fragte ein Mann über fünfzig und ergriff die ihm entgegengestreckte Hand. Eine Zielscheibe prangte auf seiner Baseballkappe. Im Nacken waren seine langen braunen Haare zu einem lockeren Pferdeschwanz gebunden. Klaus Lettmann war der Prototyp eines Mannes, mit dem man keinen Streit haben wollte. Zwei Meter groß, einen Meter breit und ein bulliger Kopf auf hundertzwanzig Kilo Kampfmasse spannten das Holzfällerhemd, das am Hals großzügig geöffnet war und den Blick auf ein Löwenkopftattoo lenkte. An einer schweren Goldkette baumelte ein deformiertes Geschoss. Über dem Hemd trug er eine schwarze Lederweste, aus der er einen Kugelschreiber zog und die Namen der Gäste auf einen Block schrieb.

»Guten Menschen geht es immer gut. Das weißt du doch. Können wir eine Bahn haben?«

»Sicher. Nehmt die vier.«

Auf einem privaten Schießstand war Gerste noch nicht gewesen und so blickte er sich in dem Anbau um. Neben einem monströsen Safe, dessen Tür offen stand und den Blick auf zahlreiche Gewehre freigab, entdeckte er allerlei Schießutensilien und Stapel von Munitionspäckchen.

»Ist ja nicht viel los, was?«, fragte Friedensfurt.

»Das wird noch. In einer Stunde kommt die Jagdschule. Dann müsst ihr fertig sein. Okay?«

»Okidoki.«

»Perfekt. Viel Spaß.«

Friedensfurt nickte und ging durch den wenig einladenden Eingangsraum auf die angrenzenden Schießstände zu. Mit dem Rücken drückte er die Schwenktür auf. Es standen vier einhundert Meter lange Schießbahnen zur Verfügung. Die ganze Anlage war zehn Meter breit, die einzelnen Bahnen durch Trennwände separiert.

Jeder Stand verfügte über eine verfahrbare Zielscheibe, die mit einem Seilzugsystem auf fünfzig oder hundert Meter positioniert werden konnte. Vor einem Jahr war ein elektronisches System zur Trefferaufnahme installiert worden. Seitdem war es möglich, die Lage der Treffer auf einem kleinen Monitor zu verfolgen und musste nicht nach jedem Schuss die Zielscheibe heranfahren lassen.

»Die Scheibe ist ja riesig. Da kann man ja kaum daneben ballern«, frohlockte Gerste und deutete auf den dünnen Karton mit den Ringen, dessen größter Durchmesser bei vierzig Zentimetern lag.

»Sollte man meinen. Aber warten Sie mal ab, wenn die hundert Meter weg ist. Da reichen ein paar Millimeter Versatz und Sie sehen keinen Treffer mehr.«

»Ich bin gespannt.«

»Ich sage Ihnen, das hier ist etwas ganz anderes als mit der Pistole zu schießen. Und dazu kommt dann das Adrenalin, wenn Sie auf Tiere anlegen.«

»Na, das wollen wir ja erst heute Abend machen.«

Friedensfurt legte das Futteral auf eine breite Arbeitsplatte, entnahm das Gewehr und öffnete den Verschluss. Sicherheitsbestimmungen waren einzuhalten und so platzierte er die ungeladene Waffe auf der Unterlage neben der Zielscheibe. Für das Probeschießen mit dem Polizisten hatte er eine Repetierbüchse im Kaliber .308 ausgewählt, mit Zeiss-Zielfernrohr und unkompliziert in der Bedienung. Genau richtig für die ersten Schüsse.

»So. Kurze Einweisung. Hier auf dem Stand besteht eine Gehörschutzpflicht. Ist bei Ihnen wahrscheinlich nicht anders.« Er reichte Gerste einen Gehörschutz, der einem normalen Kopfhörer ähnelte. »Und dann ist die oberste Prämisse Sicherheit. Also nie vor einer Waffe herlaufen, nie mit geladenem Gewehr umhergehen und die Mündung zeigt immer in Richtung Zielscheibe. Das ist wichtig. Okay?«

»Ja. Chef.«

Grinsend verzog Friedensfurt den Mund zu einer Grimasse. »Das ist eine Repetierbüchse im Kaliber .308. Ist eine mittlere Größe mit ausreichend Bums vom Rehwild bis Wildschwein.« Er klappte eine blaue Plastikbox auf und entnahm ihr eine rote Patrone. »Das ist eine Pufferpatrone. Reine Übungsmunition und nicht geladen.« Dann griff er das Gewehr und ließ den Dummy ins Patronenlager gleiten. Den Verschluss schob er nach vorne und verriegelte mit dem Kammerstängel.

»Sichern Sie nicht?«

»Kann man tun, aber hier auf dem Schießstand mache ich das normalerweise nicht. Und das ist ja keine scharfe Munition. So. Kleine Einweisung.« Er zog den Kammerstängel wieder zurück und fing die herausfliegende Patrone mit der anderen Hand auf.

»Alle Achtung. Haben Sie mal Handball gespielt?«

»Ja, aber das ist schon ein paar Tage her. Der Verschluss ist jetzt offen und damit ist die Waffe nicht schussbereit. Der Schlagbolzen kann nicht auf das Zündhütchen hier treffen.« Mit dem Finger deutete er auf die Unterseite der Patrone. »Ist ja irgendwie logisch, oder?«

Gerste nickte.

»In dem Zustand können Sie auch den Abzug ziehen, ohne dass etwas passiert. Dann schieben Sie die Patrone nach vorne ins Patronenlager und verriegeln, indem Sie den Hebel, auch Kammerstängel genannt, nach unten klappen. Jetzt ist die Waffe fertig geladen und schussbereit. Jetzt können Sie sichern.«

»Und das soll ich mir jetzt alles merken? Ich dachte, wir wollen nur ein paar Löcher ins Papier stanzen.«

»Machen wir auch, aber viele Unfälle passieren durch unsachgemäße Handhabung. Beim Jägerschein hat uns der Ausbilder diese Handgriffe so oft wiederholen lassen, bis ich davon geträumt habe.«

»War bei uns genauso.«

»Wir schießen hier auf eine normale Rehbockscheibe. Die Ringe sind über dem optimalen Haltepunkt für einen tödlichen Treffer eingezeichnet. Mit dem Kaliber hier sorgt ein Treffer in der 10er-Region in den meisten Fällen für den sofortigen Tod des Stücks. Deswegen wird das trainiert.« Er drückte auf einen Taster und die Zielscheiben-Zuganlage beförderte die Scheibe zur Hundertmetermarke.

»Wow, jetzt ist die ja ganz schön weit weg«, merkte Gerste an.

Friedensfurt legte zehn messingfarbene Patronen neben das Gewehr und setzte sich auf den Stuhl. Den Lauf legte er auf zwei kleine Sandsäcke und visierte die Zielscheibe an. »So. Jetzt setzen Sie bitte den Gehörschutz auf. Ich mache jetzt zwei Schuss, um die Trefferlage zu prüfen. Hier auf dem Monitor können Sie sehen, wie ich mich anstelle.« Routiniert lud er das Gewehr, zielte, drehte am Zielfernrohr und feuerte.

»Wow. Das ist ja viel lauter, als ich erwartet hätte«, rief Gerste. »Sieht nach einer Zehn aus. Alle Achtung.«

»Sie werden sehen, so spektakulär ist das auf hundert Meter nicht.« Zügig zog er den Kammerstängel nach hinten, die Hülse flog heraus und er steckte eine neue Patrone ins Patronenlager. Innerhalb von zwanzig Sekunden gab er den nächsten Schuss ab. Zehn.

»Angeber.«

Vergnügt zog Friedensfurt die Augenbrauen hoch und drehte sich zu Gerste um. Dann lachte er. »Wollen Sie jetzt mal?«

»Na klar.«

»Dann nehmen Sie mal hier Platz.«

Gerste setzte sich, nahm das Gewehr auf und visierte durch das Zielfernrohr. »Und das sind tatsächlich hundert Meter?«

»Absolut. Das Zielfernrohr hat eine zwölffache Vergrößerung. Das ist schon einiges.«

»Da kann man doch gar nicht mehr daneben schießen.«

»Täuschen Sie sich mal nicht. Sie werden es ja gleich sehen. Wenn Sie hier vorne bei der Schussabgabe zucken, sehen Sie keinen Treffer auf der Scheibe.«

»Ich bin gespannt.«

»Okay. Mein Tipp fürs Zielen. Visieren Sie die Zehn an und versuchen Sie danach, das Fadenkreuz im Ziel zu halten. Wenn es nicht mehr hin und her wackelt, schließen Sie die Augen für eine Sekunde und öffnen sie wieder. Steht das Fadenkreuz immer noch auf der Zehn, perfekt. Für den eigentlichen Schuss gibt es zwei Theorien. Luftanhalten oder nicht. Ich drücke ab, ohne die Luft anzuhalten, aber das ist von Schütze zu Schütze verschieden. Machen Sie es so, wie es Ihnen am besten passt.«

»Okay.«

»Und jetzt laden.«

Gerste nahm eine Patrone und führte sie vorsichtig ins Patronenlager ein. Dann schloss er den Kammerstängel und atmete tief durch. Sein Blick ging wieder durch das Zielfernrohr und die Laufspitze kreiste ein wenig.

»Ist schon was anderes, wenn man weiß, dass die Waffe geladen ist, oder?«

»Ja. Ist ein krasses Gefühl.« Er zielte weiter und schoss.

»Zehn. Super.«

»Sie dürfen Meister zu mir sagen.«

»Warten wir erst mal den zweiten Schuss ab.«

»Ach was!«

Kapitel 32

Freitag, 27. März

Nachts

»Das ist ja krass«, flüsterte Gerste. Mit beiden Händen umklammerte er die Wärmebildkamera und verfolgte zwei Rehe auf ihrem Weg über die Wiese. »Viel besser als im Kino.« Behutsam bewegten sich die Tiere und leuchteten als weiße Punkte auf dem Bildschirm der Kamera. Die Gräser standen knapp einen Meter hoch und boten dem Wild wenige Wochen vor der ersten Mahd ausreichend Deckung.

»Das habe ich Ihnen doch gesagt. Deswegen bin ich ja so gerne hier draußen«, sagte Friedensfurt und verzog die Mundwinkel zu einem Lächeln. Im Gegensatz zu dem Polizisten spähte er durch ein Nachtsichtgerät und sah die Rehe in grünlichem Licht. Der wolkenlose Himmel im späten März kurz vor Mitternacht sorgte für kalte, aber glasklare Luft. Die Sonne war schon vor Stunden untergegangen.

Im Sonnenuntergang waren sie auf den Hochsitz gestiegen und hatten sich in Geduld geübt.

»Sind das Mutter und äh, wie sagt man? Kind?«, fragte Gerste.

»Ricke und Kitz wäre der präzisere Ausdruck. Aber das sind zwei Schmalrehe. Zwei weibliche Stücke, die so vor einem Jahr gesetzt wurden. Am ersten April haben sie dann Geburtstag und werden zwei Jahre alt.«

»Oookkkaaaayyyy.« Gerste dehnte das Wort zu einem Zweifel. »Und woher weiß man das?«

»Was jetzt? Dass es weibliche Rehe sind oder dass sie bald zwei werden?«

»Beides.«

»Optik und das Deutsche Jagdgesetz. Wenn Sie genau hinschauen, können Sie am Hinterteil, dem sogenannten Spiegel, einen weißen Fleck erkennen. Der ähnelt bei Weibchen einem Herz. Mit etwas Wohlwollen und Erfahrung erkennt man das recht schnell.«

»Was? Das ist doch kein Herz. Und was haben die Männchen?«

»Böcke haben eine länglichere Form. Eher wie eine Bohne oder Niere.«

»Na, das passt noch weniger. Haben die Männchen denn kein Geweih?«

»Ja und nein.«

»Gibts auf der Jagd auch irgendwas Eindeutiges?«

Friedensfurt schmunzelte. »Gemach. Gemach. Lassen Sie mich doch erst mal auf eine Frage antworten, bevor Sie die Nächste hinterher schieben.«

»Ich bin ja schon still.«

»Also. Beim Rehwild spricht man nicht vom Geweih, sondern vom Gehörn. Hirsche haben dagegen ein Geweih. Aber ich erschieße keine Unwissenden.«

»Danke für die Nachsicht.«

»Um die erste Frage zu beantworten. Laut Jagdgesetz werden alle Wildtiere am ersten April ein Jahr älter. Sozusagen Geburtstag durch Beschluss.«

»Warum überrascht mich das nicht?«

»Weil Sie auch Beamter sind?«

»Ach ja, da war doch was. Sagen Sie, stört es die Rehe nicht, wenn wir hier reden?«

»Hm, die sind knapp hundert Meter weg. Ich glaube nicht, dass die uns bemerkt haben. Und wenn doch, würden Sie es als Erster sehen, sobald sie abspringen.«

»Könnten Sie die jetzt erschießen?«

»Theoretisch ja, aber es ist nicht erlaubt.« Friedensfurt schaute auf seine Uhr. Fluoreszierende Punkte wiesen auf dreiundzwanzig Uhr fünfzig hin.

»Lassen Sie mich raten. Das Jagdgesetz macht ihnen wieder einen satten Strich durch die Rechnung.«

»Sie sind wohl Hellseher, was?«

»Manchmal schon. Wie behindern die Paragraphenreiter Sie denn diesmal?«

Friedensfurt schmunzelte und blickte Gerste an. »In gewisser Weise sind es sogar zwei Gründe. Rehe gehören zum sogenannten Schalenwild und das darf man nur bis neunzig Minuten nach Sonnenuntergang schießen.«

»Und was haben wir jetzt? Kurz vor Mitternacht?« Gerste nahm eine Hand von der Wärmebildkamera und wollte auf seine Uhr sehen. Durch die ruckartige Bewegung wischte er die Thermoskanne mit dem Ärmel von der Sitzbank. Ein bei Tag leises metallisches Geräusch verwandelte sich jetzt in der Stille der Nacht in weithin hörbaren Lärm. Gerste fluchte, hielt inne und zog entschuldigend die Augenbrauen hoch.

»Das war wohl ein Kalter, was?«

»Ein Eiskalter. Aber keine Sorge, das ist mir auch schon passiert.«

»Ist die Nacht jetzt vorbei?«

»Ach was. Rehe sind dumm. In zwei Stunden haben die das vergessen und stehen wieder da.«

»Und die Wildschweine?«

»Die sind zwar richtig clever, aber auch sehr gierig. Bisher sind die fast jede Nacht hier vorbeigekommen und haben für schöne Bilder auf der Wildkamera gesorgt. Warum also heute nicht?«

»Und was machen wir jetzt?«

»Warten.«

»Da schlafe ich ja ein.«

»Kein Problem. Ich wecke Sie auf, wenn was kommt.«

»Und was machen Sie gegen die Müdigkeit?«

»Mir wachsen Flüüüüüügel«, entgegnete Friedensfurt und zog an der Lasche der Alubüchse, die er aus dem Rucksack gezogen hatte. Ein süßlicher Kaugummigeruch kroch durch die Kanzel und Gerste verzog das Gesicht.

»Und der Duft vertreibt die Wildschweine nicht?«

Friedensfurt schüttelte den Kopf. »Dafür haben wir doch vorhin die Kirrungen beschickt.«

»Was waren die Kirrungen nochmal?«

»Erinnern Sie sich an die Holzkisten? Wo wir den Mais reingefüllt haben?«

»Okay.«

»Das sind mehr oder weniger Lockfütterungen. Die Schweine sind ganz wild auf den Mais. Ist einfaches Futter für sie. Also kommen die gerne wieder.«

»Ist das dann noch Jagd?«

»Warum?«

»Na, Sie warten doch hier nur noch und machen dann Scheibenschießen. Geht da der jagdliche Anspruch nicht verloren?«

»Ach wo. Sie müssen das anders sehen. Es gibt schlichtweg zu viele Schweine und da muss man auf jeden Trick zurückgreifen, um ein paar mehr zu erlegen.«

Gerste blickte fragend.

»Durch die ausgeprägten Buchen- und Eichenmasten in den letzten Jahren haben die ein riesiges Futterangebot und vermehren sich ohne Ende.«

»Masten?«

»Das sind Jahre, in denen die Bäume enorm große Samenproduktionen haben. Und wenn die Mast wie bei Buchen und Eichen sehr stark ist, leben die Sauen wie die Maden im Speck.«

»Und warum gehen die dann noch an die Kirrungen?«

»Die sind eben gierig.«

Friedensfurt lachte leise.

»Und schlau. Die laufen die ganze Nacht rum und erinnern sich, wo Futter bequem abzugreifen ist.«

»Die kommen jede Nacht hier vorbei?«

»Nein. Leider nicht. Da gehört schon ein bisschen Glück dazu. Der Wind und das Wetter müssen ja auch noch stimmen.«

»Aha.«

»Glauben Sie mir. Die wittern uns lange, bevor wir sie hören oder sehen können. Die Säcke sind schlauer, als man meinen möchte.«

»Scheint fast so. Ich bin baff.«

Friedensfurt deutete in die Dunkelheit. »Der dämliche Fuchs da unten ist auf jeden Fall nicht so clever. Erinnern Sie sich an das Frolic, das ich da vorhin hingeworfen habe?«

»Klar. Ich habe die ganze Zeit gegrübelt, welchen Sinn das wohl hat, wollte aber nicht fragen.«

»Der kommt jeden Abend hier vorbei und sucht danach. Dabei habe ich es eigentlich als Zusatzanreiz für die Sauen gedacht.«

Gerste blickte erneut durch die Wärmebildkamera. »Könnten Sie den jetzt erschießen?«

»Theoretisch ja. Aber Füchse haben ab Ende Februar Schonzeit. Der hat also Glück. Ansonsten würde ich ihm gerne eine Ladung Schrot auf den Pelz brennen. Wo kommen wir denn da hin, einfach mein schönes Frolic wegzufressen.«

»Jetzt lassen Sie doch dem Fuchs auch mal seinen Spaß!«

»Okay. Okay. Warten wir also auf die Sauen.«

»Sofern sie vorbeischauen.«

»Wird schon. Die waren gestern drüben am Trailer. Erinnern Sie sich an die fahrbare Kanzel. Die kennen Sie doch noch vom letzten Jahr.«

»Ich erinnere mich dunkel.«

»Nachdem die Sauen die Wiese umgewühlt haben, sind sie hier vorbeigekommen und da es ihnen offenbar gefallen hat, müssen wir also nur geduldig sein.«

»Genau meine Stärke.«

◆ ◆ ◆

Sanft tippte Friedensfurt Gerste auf die Schulter. Der Polizist war vor einer halben Stunde eingenickt und lehnte an der Rückwand der Drei-Länder-Eck-Kanzel.

»Herr Gerste«, flüsterte er kaum hörbar. Zu intensiv wollte er nicht rütteln. Das hätte unkontrollierte Bewegungen auslösen können.

»Hm. Hm.« Gerste schlug die Augen auf und war sich offensichtlich nicht direkt bewusst, wo er sich befand. »Ähh! Puuuh! Was ist los?«

»Alles gut. Sie sind eingeschlafen.« Mit dem Finger deutete er aus dem schmalen Fenster. »Schweine«, wisperte er.

Gerste griff zur Wärmebildkamera. Ein Lächeln breitete sich auf seinem Gesicht aus.

»Das ist ja irre«, flüsterte er und blickte zu Friedensfurt. Der legte den Finger auf die Lippen und nickte.

Hundert Meter vor der Kanzel tummelte sich eine Rotte Wildschweine am Bachlauf, dessen Umgebung durch die nächtlichen Besuche einer Sumpflandschaft glich. Geführt von der Leitbache rannten die Wildschweine durcheinander und schürften mit den Nasen am und im Schlamm nach Insekten.

Ein paar größere Schweine rangelten mit den kleineren um die begehrtesten Plätze. Munteres Quicken und Grunzen bildete den akustischen Rahmen des Schauspiels.

Begeistert verfolgte Gerste das Getümmel. »Was jetzt?«

Friedensfurt griff das Gewehr und montierte das Nachtsichtgerät ans Zielfernrohr. Dann holte er eine Taschenlampe aus dem Rucksack und klemmte sie unter den Lauf. Ein Magnet hielt die Lampe in Position.

Auf Gerstes fragenden Blick hin, sagte er: »Das ist eine Infrarotlampe. Die hellt alles etwas auf. Das Nachtsichtgerät alleine reicht nicht immer aus.«

Friedensfurt legte den Schaft des Gewehrs auf ein Sandkissen und begann am Zielfernrohr zu justieren. Dann schaltete er die Infrarotlampe an und drehte weiter an der Zieleinrichtung.

»Hm. Mal sehen, was sich so anbietet.«

Ein paar kleinere Schweine preschten jetzt über die Wiese zu den Holzkästen der Kirrung. Mit intensivem Quicken folgten die Größeren. Ein Wettlauf entbrannte. Hungrige Mäuler stießen die Deckel von den Kisten und das Knacken der harten Maiskörner drang in den Hochsitz.

»Wonach wählen Sie ein Ziel aus?«, flüsterte Gerste.

»Nach Alter und Gewicht. Auf die Muttertiere schießt man eigentlich nicht. Das würde nur die Struktur der Rotte durcheinanderbringen. Am sinnvollsten wäre es, den Großteil der kleinen Frischlinge zu reduzieren. Aber bei denen hat man ja kaum was auf dem Teller.«

Gedämpftes Lachen drang an sein Ohr.

»Also versuche ich jetzt, eins der mittleren Stücke zu nehmen. Die werden gleich ruhiger. Und wenn dann eins gut steht, lasse ich die Murmel fliegen.«

»Ich bin gespannt.«

»Sehen Sie das eine da, das ganz links ist?«

»Ja.«

»Das wird es werden. Passen Sie auf. Wenn der Schuss bricht, flitzen die wie von der Tarantel gestochen weg. Je nachdem, wo ich treffe, wird das Angeschossene auch mitrennen. Verfolgen Sie das bitte mit der Kamera. Dann können wir das getroffene Stück einfacher finden.«

»Mach' ich.«

Der Schuss brach und Gerste zuckte zusammen. Die Wildschweine stoben auseinander und flitzten auf den Bach zu. Kein Schwein blieb bei den Kisten liegen.

»Schauen Sie hinten am Bach. Ich meine, da ist was. Können Sie das sehen?«

»Nein.« Gerste suchte mit der Wärmebildkamera die Stelle ab. »Ich kann da nichts finden. Halt. Doch. Da liegt tatsächlich was. Kurz vorm Waldrand.«

»Bewegt es sich noch?«

»Nein. Ich kann es aber gut als Schwein erkennen. Das ist ja total irre, wie genau man das alles sehen kann.«

»Ich bin auch immer wieder platt, wenn ich durchschaue. Diese kleine Mistsau ist noch ganz schön weit gerannt. Dabei hätte ich wetten können, die würde direkt liegen. Eigentlich habe ich voll aufs Blatt gezielt.«

»Ich bin überrascht. Das war viel lauter, als ich es erwartet hätte.« Gerste nahm die Wärmebildkamera runter. »Und was passiert jetzt?«

»Jetzt lehnen wir uns zurück und warten ein paar Minuten. Und dann gehen wir hin und schauen nach, was ich getroffen habe.«

»Warum machen wir das nicht sofort?«

»Weil wir noch nicht wissen, ob das Schwein auch wirklich tot ist. Eine alte Jägerregel besagt, dass man eine Viertelstunde warten oder eine Zigarette rauchen soll, um sicher zu gehen. Und da wir ja keine Raucher sind, warten wir eben.«

◆ ◆ ◆

Fünf Meter vor dem Waldrand setzte Gerste die Wärmebildkamera ab und leuchtete mit der Taschenlampe auf das tote Schwein.

»Da bewegt sich nichts mehr«, sagte er.

Friedensfurt nahm die Umhängetasche ab und legte sie ins Gras. Dann stupste er mit der Stiefelspitze gegen den Hinterlauf. Keine Reaktion.

»Alles klar, die Sau ist über die Wupper gegangen.«

»Wohl eher über den kleinen Bach hier? Und was machen wir jetzt?«

»Jetzt kommen Sie erst mal her. Das Schwein tut Ihnen nichts mehr.«

Behutsam trat Gerste neben Friedensfurt und schaute auf das tote Tier hinab. Der kniete sich ins Gras und blickte in die leeren Augen.

»Sehen Sie? Hier ist das Geschoss eingedrungen.« Friedensfurt zeigte auf das blutige Loch hinter dem Vorderlauf. »Dass die Sau damit noch so weit gelaufen ist, fasziniert mich immer wieder.« Dann drehte er das Tier um und Gerste schluckte. Ein zwei Euro großes Loch war zu erkennen.

»Wow. Damit hätte ich jetzt nicht gerechnet. Das ist ja eine massive Wunde.«

»Na ja. Meine Ladung hat ja auch eine Mündungsgeschwindigkeit von knapp achthundert Metern pro Sekunde. Das ist schon ein Haufen Energie, die da einschlägt.«

Friedensfurt ging zum Waldrand und schnitt einen Eichenzweig ab. Wieder beim toten Schwein angekommen, legte er den Zweig ins Maul des Tieres.

»Werden Sie jetzt sentimental?«

»Nein. Aber das ist der sogenannte letzte Bissen. Auch eine alte Jägertraditon.«

»Wie geht es weiter?«

»Wir brechen das Stück auf. Also ausnehmen.«

»Hier?«

»Klar. Wollen Sie es machen?«

Gerste trat verblüfft einen Schritt zurück. »Nein, nein. Auf keinen Fall. Das kann ich nicht.«

»Ach, Herr Gerste. Gehören Sie auch zu den Mitbürgern, die Fleisch zwar essen, aber mit der Verarbeitung nichts zu tun haben wollen?«

»Nein, eigentlich nicht. Aber ich kann doch nicht einfach das Schwein aufschneiden. Machen Sie das mal besser.«

Friedensfurt lachte und kniete sich neben das Tier.

»Dann helfen Sie mir wenigstens.«

»Und wie?«, fragte Gerste vorsichtig.

»Ich drehe die Sau jetzt auf den Rücken. Dann nehmen Sie die beiden Vorderläufe und halten sie so, dass das Schwein nicht umkippen kann. Okay?«

Pikiert blickte Gerste auf das tote Tier.

»Ziehen Sie sich ein Paar Handschuhe über, wenn Ihnen das mehr zusagt.«

Friedensfurt stellte sich über das Wildschwein und drückte die Hinterläufe auseinander. Mit den Füßen verhinderte er, dass sie zusammenklappten. Dann setzte er das Messer an.

»Sehen Sie hier. Wir haben einen jungen Überläuferkeiler erwischt.« Er hob den Penis des Schweins an und schnitt ihn langsam am Ansatz ab.

Gerste schluckte, sagte aber nichts.

»Und jetzt kommen die Glocken dran.«

Gerste schluckte wieder.

»Und jetzt machen wir den Jungen mal auf.«

Als das Messer durch die Bauchhaut drang und die Gedärme offenlegte, wurde Gerste doch etwas flau im Magen.

Kapitel 33

Montag, 30. März

In der Früh

Turaluraluralu, ich bin super, was bist du?«, trällerte der Mann mit den blonden Haaren vor sich hin. Dazu pfiff er die bekannte Melodie und wog seinen Oberkörper rhythmisch auf dem Fahrersitz des silbernen VW Caddy. Beschwingt bog er von der Brandströmstraße in die Widukindstraße, passierte den Kunstrasenplatz des SV Heckinghausen und hielt hinter einem geparkten LKW-Anhänger.

Den eigentlichen Standort hatte er am Tag zuvor mit Warnbaken und rot-weißem Flatterband blockiert. Unwägbarkeiten, wie ein nicht zugänglicher Parkplatz an der exakt ausgewählten Stelle, waren für ihn nicht akzeptabel.

Auf die Deutschen war wie erwartet Verlass und kein Auto parkte im abgesperrten Bereich. Die klitzekleine Möglichkeit, die er nicht beeinflussen konnte, war die Obrigkeit. Einer Polizeistreife hätte die Absperrung auffallen oder dem Ordnungsamt ein Furz beim Anblick der unangemeldeten Reservierung quer sitzen können. Was auch immer in den Köpfen der Ordnungshüter vorgehen mochte, war nicht passiert. Heute blieb Murphy arbeitslos.

Der blonde Mann stieg aus, zog lässig ein Brillenetui aus der Innentasche des anthrazitfarbenen Kammgarnsakkos, entnahm die geschliffene Sonnenbrille und hielt sie gen Himmel. Die Mundwinkel zuckten nach unten. Kopfschütteln signalisierte Enttäuschung über die eigene Unzulänglichkeit.

»Och, neeee!« Langgezogenes Seufzen begleitete seine schlanken Finger beim Säubern der Gläser. Ein zweiter prüfender Blick beendete die Reinigung. Dann zog er Handschuhe aus der Hosentasche, pustete in die Gummifinger und schob die Hände hinein. Zügig, aber stilvoll räumte er die Absperrung beiseite und parkte den Caddy an der Steinmauer. So war es geplant und so wurde es gemacht.

Bekanntes Quietschen kündigte eine Schwebebahn an, die ihren Weg am Stahlgerüst hängend, gen Westen folgte. Ein Lächeln huschte über sein Gesicht. Schon vor ein paar Tagen hatte er die Eigenheiten des originellen Transportmittels genossen, bevor ihn die ungehobelten Polizisten vertrieben hatten. Die Entdeckung war ihm unangenehm aufgestoßen und ein weiteres Stelldichein mit dem korpulenten Dackelfreund, der den Hauch des Todes weder erahnt noch zu schätzen gewusst hätte, stand ganz oben auf der Liste der abzuarbeitenden Ärgernisse.

Nickend quittierte er seinen unerwiderten Gruß an den Schwebebahnfahrer. Für Höflichkeiten und Respekt nahm er sich immer Zeit. Ein weiterer Blick goutierte den wolkenlosen Himmel – perfekt, obwohl auch Regen seinem Vorhaben keine Grenzen gesetzt hätten. Temperatur, Windgeschwindigkeit und dessen Richtung prüfte er aus Gewohnheit und speicherte die Daten ab.

Das würde ein guter Tag für ihn und ein schlechter für Wuppertal werden.

Er öffnete die Schiebetür. Der Caddy hatte eine zweite Schiebetür auf der anderen Seite, was der maßgebende Grund für die Wahl eben dieses Fahrzeugs gewesen war. Was in dem Fall für sein Vorhaben unerlässlich war, geriet zum Pech für die Verleihfirma. Wenn ihn nicht alles trog, würde der Wagen weder in deren Bestand zurückkehren, noch jemals wieder fahren. Heerscharen von Polizeitechnikern würden ihn zerlegen, nach mikroskopisch kleinen Spuren und Hinweisen suchen, große Hoffnungen hegen und enttäuscht die Flügel strecken.

Die Euphorie hatte ihn heute Morgen schon aus dem Bett heraus begleitet und die Vorfreude auf die Umsetzung seines Plans Kribbeln in den Händen ausgelöst. Der eine oder andere kalte Schauer war während der Fahrt über seinen Rücken gelaufen.

Voller Euphorie kletterte er in den Laderaum und rollte einen Perserteppich zum Schutz des Maßanzuges aus. Gefühle der Lust erregten ihn, als er vor dem olivfarbenen Koffer kniete und die Hand auf den Kunststoff legte. Mit einer Mischung aus Ehrfurcht und Tatendrang öffnete er die Schnallen und klappte den Deckel auf.

»Jaa. Endlich«, entfuhr es ihm ungewöhnlich unprofessionell und er schalt sich für die unangemessene Gefühlsregung. Seine Augen glänzten ob der dünnen Benetzung, Freudentränen nicht unähnlich.

Vor ihm lag eine Stinger.

Sanft strich er über das kalte Metall, berührte das Trägerrohr und empfand Respekt für seine Auftraggeber, die ihm den Sonderwunsch erfüllt hatten.

Eilige hatte er es nicht und so entnahm er die Flugabwehrrakete der Transportkiste. Wie jedes Mal beeindruckte ihn das Gewicht. Rund zehn Kilo wog die Abschussvorrichtung ohne Gefechtskopf, der noch aufwendig verpackt hinter der Kiste lag. Aus nostalgischen Gründen lud er die eigentliche Rakete immer erst kurz vor dem Einsatz. So hatte man es ihm in der Ausbildung gezeigt und so tat er es bis heute. Ein klitzekleiner Sicherheitsaspekt mochte auch eine Rolle spielen, mehr aber faszinierte ihn das Zusammenfügen von Raketenwerfer und Rakete unmittelbar vor dem Abschuss.

Der Caddy war groß genug, um die Stinger mit ihrem einem Meter fünfzig bewegen zu können, ohne anzustoßen. Nicht nur aus diesem Grund war der Kleintransporter sein bevorzugtes Einsatzfahrzeug. Noch wichtiger war: Ein Caddy verschwand in der Menge, ging einfach unter, so normal und unspektakulär sah er aus. In den letzten Jahren hatte er eine stattliche Anzahl von Caddys als

Abschussrampen eingesetzt und war immer erst aufgefallen, als die Rakete abgefeuert wurde. Meist waren die Zeugen so fasziniert, dass sie kaum auf das sich entfernende Auto achteten. Perfekt, aber heute würde es anders sein. Heute würde er Spuren hinterlassen wollen.

Er hob den Raketenwerfer an und wuchtete das Rohr auf die Schulter. Einen Moment hielt er inne, beeindruckt vom Gewicht und aus Sorge über die Folgen für den Anzug. Pikiert registrierte er die Falten, die er dem Stoff aufnötigte. Grässlich, aber heute nahm er den Frevel in Kauf.

Mit wenigen Blicken prüfte er die Zielvorrichtung und legte den Finger an den Abzug. Für seine ästhetischen Maßstäbe war die Stinger grauenvoll gestaltet. So ohne jeden Chic, einfach nur reduziert auf die Funktion. Ach, wie unschön, dachte er sich und setzte sie in die Kiste zurück.

Auf das, was jetzt kam, hatte er sich schon die ganzen Morgen über gefreut. Ehrfürchtig hob der die Verpackung des Lenkflugkörpers an und schraubte den Deckel ab. Gemächlich rutschte die Rakete aus dem Rohr und lag in seinen Händen. Ein faszinierendes Gefühl. Ein Ableger des Todes und er verfügte darüber. Besser konnte es kaum noch werden. Andächtig hob er die Abschussvorrichtung an und ließ die Rakete hineingleiten. Oh, mein Gott, dachte er. Fast so gut wie Sex, aber auch nur fast. Ein Lächeln huschte über sein Gesicht und er unterband die aufkommende Erregung.

Obwohl er diese Vereinigung schon recht oft durchgeführt hatte und nie ein Fehler vorgekommen war, waren seine Nerven angespannt, die Konzentration extrem. Die Stinger würde nicht von allein losgehen, das war nahezu ausgeschlossen, aber immerhin saß er neben einer Waffe mit einem beträchtlichen Zerstörungspotential.

Für ihn war jetzt der Zeitpunkt höchster Freude und Erregung nahe. Er öffnete die Schiebetür und blickte hinunter zum Schwebebahngerüst. Ein Zug verließ gerade den Endbahnhof Wuppertal-

Oberbarmen und machte sich auf die Fahrt nach Vohwinkel. Dreizehn Kilometer schlängelte sich der Stahlwurm durch die Stadt. Erst einen tödlichen Unfall gab es bisher und heute würde er für einen weiteren spektakulären Zwischenfall sorgen. Lange hatte er abgewogen, was ein ähnliches Ausmaß an Überraschung und Lähmung ausüben würde.

Eine Stinger ist eine Flugabwehrrakete, die nach dem Fire-and-forget-Prinzip funktioniert. Mittels einer Infrarotzieleinrichtung wurde das Ziel markiert und dann suchte der Flugkörper selbstständig nach dem Ziel. Der Schütze musste die Rakete nicht ins Ziel begleiten. Eine recht entspannte Angelegenheit also. Bei der Auswahl des Abschussplatzes hatte er auch bedacht, dass die Entfernung eigentlich zu gering war. Aber hier in der Widukindstraße waren die besten Parameter zusammengekommen. Und da hatte er den Punkt als vernachlässigbar eingeordnet.

Die Schwebebahn quietschte sich heran. Er öffnete die zweite Schiebetür, um den Qualm, den der Abschuss erzeugen würde, abzuleiten. Sie kam näher und näher, war nur noch hundertzwanzig Meter entfernt. Ohne Hektik legte er den Finger an den Abzug, kratzte sich einmal kurz an der Nase, hielt die Luft an, markierte das Ziel und feuerte.

Die unmittelbare Kraftentfaltung durch den Raketenantrieb erfüllte ihn mit höchster Befriedigung, während sich der Innenraum des Caddys mit Qualm füllte. Routiniert verfolgte er die Rakete und sah den Einschlag. Das Ziel war der vordere Antrieb oberhalb der Kabine gewesen und er hatte genau das getroffen, was er anvisiert hatte. Die Explosion hatte zusätzlich Teile des Gerüsts zerstört und der vordere Wagen hing jetzt in der Luft und drohte in die Wupper zu stürzen. Genauso hatte er es geplant. Brillant. Die Notbremsen am hinteren Antrieb waren automatisch aktiviert worden und verhinderten den Fall ins Wasser.

Erste Schreie drangen vom Tatort an seine Ohren und er kräuselte die Lippen. Ein guter Schuss lobte er sich und legte den Raketenwerfer in die Transportkiste. Dann kletterte er aus dem Laderaum des Caddys, zog die Schiebetüren zu und klopfte den aufgewirbelten Staub vom Jackett.

Der Abschuss der Rakete war nicht unbemerkt geblieben, allein die Rauchsäule des brennenden Gerüsts stieg rasch fünfzig Meter in die Höhe. Auf der Brücke über den Eisenbahngleisen stoppten Autos und zahlreiche Menschen drängten sich an die Mauer, um einen guten Blick zu erhaschen.

Wie erwartet blieb es in der Widukindstraße ruhig, für viel Verkehr war die Straße zu abgelegen. Er begutachtete die Knie seiner Anzughose und schüttelte dezent mit dem Kopf. Der dickere Teppich wäre doch die bessere Wahl gewesen. Lässig strich er über die Druckstellen, richtete sich auf und blickte zur Schwebebahn hinunter. Die Stelle war für Rettungskräfte relativ schwer zu erreichen. Natürlich. Was auch sonst. Seine Ziele wählte er immer mit Bedacht aus.

Beiläufig griff er in die Innentasche des Sakkos und zog eine Karteikarte heraus. Dann öffnete er die Beifahrertür und warf die Karte mit dem Autoschlüssel locker auf den Sitz. Die Tür fiel satt ins Schloss. Mit einem anerkennenden Nicken bedankte sich beim Caddy für die kurzen, aber treuen Dienste und schlenderte auf die Brücke zu. Einige wenige Schaulustige strömten aus den umliegenden Häusern, riefen hektisch durcheinander und bestaunten die Szenerie am Wupperufer.

Der blonde Mann setzte die Sonnenbrille auf und ging auf die Brücke zu, auf der die Menschen mittlerweile dicht gedrängt standen. Die Rauchsäule stieg höher und höher. Mütter hatten Kinder auf dem Arm und zeigten auf das brennende Gerüst. Die Schreie der Fahrgäste waren deutlich zu hören und erste Sirenen heulten auf.

»Was ist passiert?«, fragte er im Vorbeigehen eine ältere Frau, die eine Hand vor den Mund hielt, um den Schrecken zu begreifen.

Kapitel 34

Montag, 30. März

Morgens

Jetzt werfe ich mal ein fröhliches Guten Morgen in den Raum. Alles frisch bei euch?« Jovial stolzierte Gerste durch das Großraumbüro seiner Abteilung K11 im Wuppertaler Polizeipräsidium und genoss die großen, fragenden Augen seiner beiden Kollegen, die an ihren Schreibtischen saßen.

»Was ist denn mit dir los?«, fragte Corinna. Die Polizistin lehnte sich in ihrem Drehstuhl zurück und strich ihre Bluse glatt. »Gehst du in Pension?«

»Ha, das hättest du wohl gerne. Aber nein, meine Liebe, da muss ich dich leider enttäuschen. So schnell wirst du mich nicht los. Mal abgesehen davon, dass du ja noch jede Menge von mir zu lernen hast.«

Schiffer verkniff sich eine Bemerkung, als Gerste an ihm vorbeiging und nickte einen Gruß.

»Und ich war schon voller Zuversicht, es würde ein angenehmer Tag werden. Pustekuchen«, sprühte es aus Corinna heraus und sie drehte sich auf dem Stuhl um die eigene Achse.

»Ist es doch auch«, rief Gerste aus einem Büro. Beiläufig flog die Aktentasche auf das Sideboard vor dem Fenster. Wie meistens war die Tasche leer, aber ohne kam er sich irgendwie nackt vor. Viele der altersmäßig in seiner Liga spielenden Kollegen hatten eine Tasche dabei, wenn sie zum Dienst erschienen, wobei ihn immer öfter die Frage beschäftigte, was sie wohl darin herumtrugen.

»Na, dann wollen wir mal unsere weltweit geschätzte Morgenbesprechung einläuten.« Mit federnden Schritten betrat er den

Besprechungsraum, schaltete die Lampen ein und stellte sich vor die Kaffeemaschine.

»So, meine Liebe. Was kannst du denn heute Gutes für mich tun?« Wie jeden Morgen sinnierte er darüber, welche Verwandlung von Bohnen in bittere, schwarze Brühe er wählen sollte, entschied sich aber an fünf von fünf Tagen für einen doppelten Espresso. Er stellte die Tasse unter den Ausguss und drückte, akustisch von einem ›Ja‹ begleitet, die Taste.

»Und? Schöpfst du die mannigfachen Möglichkeiten mal wieder aus?«, scherzte Corinna und betrat den Raum. Das Mahlwerk klackte zweimal und ein dünnes Rinnsal lief in die Tasse.

»Ach was. Mit den ganzen Alternativen bin ich total überfordert. Dazu Milch aufschäumen und und und. Nee, dann lieber einen guten Espresso.«

»Jetzt nimm mal die spartanische Plörre da weg und lass den Meister an die Hebel.« Schiffer, der Barista der Dienststelle, behandelte die Maschine mit großer Sorgfalt. Bis auf den Morgenespresso verspürte Gerste wenig Bedürfnis, ihm diesen Rang streitig zu machen.

»Hä? Was ist das denn?« Gerste verzog das Gesicht, setzte die Tasse ab und schob sie angeekelt von sich weg. »Hast du die Bohnen gewechselt?«

»Ich bin beeindruckt, dass es dir aufgefallen ist.« Schiffer lächelte seinen Chef an. »Die habe ich gestern extra bei Kivamo gekauft. Ist eine neue Röstung.«

»Neue Röstung, neue Röstung, wenn ich das schon höre.«

»Neu und Gerste sind zwei Antipoden. Dessen sind wir uns durchaus bewusst, aber Corinna und ich wollten mal was anderes ausprobieren. Nicht wahr?« Hilfesuchend drehte er sich zu seiner Kollegin um.

»Du schmeckst den Unterschied doch sonst auch nicht. Also mach mal halblang.« Herausfordernd stierte sie ihrem Chef in die Augen und hielt dem Blick, der düster wirken sollte, stand. »Machst du mir bitte einen Latte macchiato?«

»Mit Soja oder Hafermilch?«

»Seit wann haben wir denn so was?«

»Willst du nicht wissen«, antwortete Corinna.

»Besser ist das wohl.« Mit zusammengezogenen Augen taxierte Gerste den Inhalt seiner Tasse. »Aber ich habe immer richtige Milch bekommen, oder?«

»Hat dir der Kaffee bisher geschmeckt?«

»Ich bin mir da auf einmal nicht mehr sicher.«

»Sei unbesorgt. Für dich verwenden wir nur reinste Vollmilch von glücklichen Kühen.«

»Puh! Ich war schon ein klein wenig in Sorge.« Er lächelte verkrampft.

»Und ich würde jetzt gerne wissen, was denn der Grund für diesen beschwingten Auftritt eben war.« Corinna stützte den Kopf mit beiden Händen auf der Tischplatte ab.

»Am Freitag war doch die Prozesseröffnung von Wüst. Da habe ich Herrn Friedensfurt getroffen und wir haben eine Runde geplaudert. Nachdem der Affe von Wüst dann etwas unausgeglichen war, als er uns entdeckt hat, schlug Herr Friedensfurt vor, auf einen Schießstand zu fahren, um ein wenig Dampf abzulassen. Und das haben wir gemacht.«

»Hat es geholfen?«, fragte Schiffer und stellte ein Glas neben Corinna ab.

»Das war richtig gut. Zuerst haben wir eine Runde auf Scheiben geschossen. Hundert Meter. Hat etwas gedauert, bis ich das raushatte. Aber dann, Bombe. Die Dinger haben einen ganz schönen Bums.«

»Hättest du doch was gesagt. Dann wäre ich mitgekommen«, sprühte es aus Corinna heraus.

»Das glaube ich dir, aber es war so eine spontane Entscheidung. Nachdem wir Wüst im Gericht gesehen hatten, wollten wir uns irgendwie abreagieren.«

»Hat es geklappt?«

»Was?«

»Das Abreagieren?«

»Aber so was von.«

»Wo wart ihr?«, fragte sie weiter.

»Ach, das ist so ein kleiner Schießstand bei Hattingen oben. Liegt total versteckt im Wald. Wenn du nicht genau weißt, wo der ist, findest du ihn wahrscheinlich nicht.«

»Und da habt ihr rumgeballert?«

»Ja. Hast du noch das Arsenal von Friedensfurt vor Augen? Als wir letztes Jahr sein Haus durchsucht haben?«

»So, als wenn es gestern wäre.«

»Erst hat er das bevorzugte Sturmgewehr eingepackt. Dazu ein Scharfschützengewehr und eine Schrotflinte. Das sah so aus, als wenn wir in den Krieg ziehen wollten.«

»Ey, Mann. Du machst mich immer neidischer.« Corinna zog eine Schnute und rollte mit den Augen.

»Das Beste war die Schrotflinte. Da gibt es so einen Stand, da kannst du auf Blechhasen schießen. Wie auf der Kirmes. Die werden so an dir vorbeigezogen und du versuchst sie zu treffen. Ist gar nicht so einfach, kann ich dir sagen. Am Anfang habe ich nur danebengeschossen, aber irgendwann hat man dann den Bogen raus.«

»Wirst du jetzt noch zum Jäger?«, fragte Schiffer.

»Ich glaube kaum. Aber wir waren in der Nacht von Freitag auf Samstag tatsächlich auf der Jagd.«

»Mit dir rede ich nicht mehr«, grummelte Corinna und drehte sich beleidigt weg.

Unbeeindruckt überging Gerste die Äußerung seiner Kollegin und schwärmte weiter. »Das war echt abgefahren. Hätte gar nicht gedacht, wie packend das sein kann, ein paar Stunden auf einem Hochsitz zu sitzen.«

»Aha?«, erwiderte Schiffer mit ausgedehnter Skepsis in der Stimme. »Was soll denn daran jetzt so spannend sein?«

»Du glaubst gar nicht, was man da alles sehen kann. So eine Wärmebildkamera ist schon ein irres Ding. Ich habe Rehe, Hasen, einen Fuchs und Wildschweine gesehen. Das hätte ich mir stundenlang ansehen können.«

»Und habt ihr auch was geschossen?«, brachte sich Corinna wieder ein.

»Ja. Ein Wildschwein. Das war die krasseste Erfahrung überhaupt.«

»Wieso? Du hast doch schon oft geschossen. Das ist doch nichts Neues für dich«, sagte Schiffer.

»Nee. Das nicht. Aber als Friedensfurt das Schwein dann ausgenommen hat, das war etwas anderes, als hier eine Leiche zu finden. Selbst eine Obduktion ist nicht vergleichbar.«

»Inwiefern?«

»Na, weil das Tier ja vor ein paar Minuten noch gelebt hat. Und du jetzt den warmen Körper aufschneidest. Als die ganzen Gedärme rausgefallen sind, musste ich auch mal kurz wegschauen. Läuft aber interessanterweise gar nicht so viel Blut heraus, wie ich erwartet hätte. Weißt du, was für ein Gefühl es ist, ein warmes Herz in der Hand zu halten?«

»Ich bin nicht sicher, ob ich das erleben möchte«, antwortete Schiffer.

»Jetzt erhelle uns schon. Wie fühlt es sich an?«, fragte Corinna und war wieder mitten im Gespräch.

»Wie ein richtig fester Muskel. Nicht so wie ein Steak. Viel fester. War einfach eine tolle Erfahrung. So, und jetzt zurück an die Arbeit. Hast du mal mit Laura gesprochen?« Gerste blickte seine Kollegin an, die der schnelle Themenwechsel offenbar überrascht hatte.

»Ähhh. Ja. Am Freitag war ich bei ihr. Als du dich auf dem Schießstand amüsiert hast. Dass du mich da nicht mitgenommen hast. Ich fasse es nicht.«

»Ob du es glaubst oder nicht, das habe ich mittlerweile verstanden. Wie geht es Laura denn?«

»Beschissen wäre optimistisch ausgedrückt. Sie hat Angst ohne Ende. Und bevor du dich jetzt fragst, warum: Wüst hat sie erpresst. Sie sieht den Tod ihres Freundes als Warnung, den Mund zu halten.«

»Das klingt ja extrem theatralisch«, warf Schiffer ein. »Womit hat er sie denn erpresst?«

»Damit wollte sie nicht so richtig rausrücken. Aber sie war früher mal mit Wüsts Bruder zusammen. Das hat deine Mutter korrekt herausgefunden. Dann wurde sie in irgendeine Straftat verwickelt. Was genau sie gemacht hat, bekomme ich schon noch raus.« Eine Strähne fiel ihr ins Gesicht und erzwang eine Unterbrechung. Rasch pustete sie die Haare zu Seite, was aber keine dauerhafte Lösung war. Erst als sie hinters Ohr geklemmt waren, sprach sie weiter.

Gerste trommelte genervt auf den Tisch.

»Ja, ja, ich weiß«, meckerte sie und band ihren Pferdeschwanz neu. »Viel interessanter aber war eine andere Information. Könnt ihr euch noch daran erinnern, dass wir letztes Jahr das Gefühl hatten, es gäbe einen Maulwurf in der Staatsanwaltschaft?«

»Und das soll Laura gewesen sein?«, hakte Gerste nach.

»Ja. Sie hat es mir selbst gesagt.«

»Unsere kleine Laura als Spitzel von Wüst?« Gerste lehnte sich im Stuhl zurück. »Puh. Da musst du erst mal drauf kommen.«

»Sie war perfekt. Das hätte ihr niemand zugetraut.«

»Und wie lang ging das?«

»Na ja. Wie lange war sie drüben? Das werden so drei bis vier Jahre gewesen sein.«

»Doktor Ritter wird Augen machen, wenn ich ihm das unter die Nase reibe. Seine Laura, ein Spitzel. Ich kann das immer noch nicht glauben. Aber Sinn macht das schon. Irgendwie.«

»Wo ist Laura jetzt?«, fragte Schiffer.

»In ihrer Wohnung. Nehme ich mal an. Ich glaube nicht, dass sie heute zur Arbeit erscheinen wird.«

»Ist das nicht zu gefährlich?«

»Nein. Denke ich nicht«, warf Gerste ein. »Wenn der Tod ihres Freundes eine Warnung war, ist sie sicher angekommen. Warum sollte Wüst also seine munter sprudelnde Quelle opfern. Was mich viel mehr interessiert ist, wieso das alles gerade jetzt passiert?«

Das Telefon in Gerstes Büro klingelte.

»Och nee. Was wollen die denn so früh am Morgen von mir. Die sollen mich gefälligst in Ruhe lassen.«

Corinna und Schiffer schmunzelten, während ihr Chef den Hörer des Telefons abnahm, das mitten auf dem Tisch des Besprechungsraums stand. Dann drückte er die Taste zur Gesprächsübernahme.

»Gerste!« Keine Frage, sondern eine Feststellung in barschem Ton.

Zehn Sekunden vergingen, in denen er keine Miene verzog.

»Wo?« Tiefes Einatmen. »Okay. Wir kommen.«

»Was ist los?«, wagte sich Corinna vor.

Gerste schüttelte den Kopf. »In was für einer Welt leben wir eigentlich?«

»Geht es ein klein wenig genauer?«

»Jemand hat auf die Schwebebahn geschossen. Mit einem Raketenwerfer!«

Kapitel 35

Montag, 30. März

Im Anschluß

Libanon, Horst. Libanon«, murmelte Gerste. Zusammen mit Corinna stand er an der Stelle, von der auf die Schwebebahn geschossen worden war. Der Anblick des noch halb am Gerüst hängenden, qualmenden Zugs der Wuppertaler Sehenswürdigkeit erzeugte eine tiefe Beklemmung in ihm. Mit der Hand fuhr er sich über das glatt rasierte Kinn und schüttelte mit dem Kopf. Rotierendes, blaues Licht von Feuerwehr, Polizei und Rettungsdiensten schnitten die kühle, klare Luft in Streifen und verwandelten die unfassbare Szene in ein bizarres Schauspiel.

Der Attentäter hatte es gut mit den Rettungskräften gemeint. Zweihundert Meter weiter und der Zugang zum Unglücksort wäre komplexerer Natur gewesen. Aber so war zumindest eine freie Anfahrt möglich. Das war aber auch der einzige Vorteil, denn die Schwebebahn hing über der Wupper, die trotz überschaubaren Wasserstandes ein Fluss von acht bis zehn Metern Breite war. Zudem befand sich die zerstörte Bahn in fünfzehn Metern Höhe, was eine schnelle Rettung der Fahrgäste unmöglich machte.

Ein weiterer, rücksichtsvoller Aspekt des Schützen war die Nähe des Zielorts zur Rettungswache an der Waldecker Straße. Die Rettungskräfte waren schon durch den Explosionslärm alarmiert worden. Zusammen mit unzähligen Passanten, die am Berliner Platz oder auf den umliegenden Straßen unterwegs gewesen waren. Schnell hatten sich Gruppen von Schaulustigen an den aussichtsreichsten Stellen gebildet. Die Polizei versuchte, die Mengen zurückzudrängen, was einer Sisyphusarbeit glich.

Am Gerüst war eine Gruppe von Feuerwehrleuten zu erkennen, die einen ersten Versuch gestartet hatten, über die Schienen an die Schwebebahn zu gelangen. Vom Parkplatz an der Rosnau aus wurde eine Drehleiter ausgefahren. In diesem frühen Stadium wirkte die Hilfe noch relativ unkoordiniert, was Gerste nicht weiter wunderte. Für die Ausarbeitung von Rettungsplänen war dieses Szenario etwas ausgefallen. Improvisation war also das Stichwort.

»Was meinst du?«, fragte Corinna. »Was hat denn der Libanon hiermit zu tun?«

»Ach, ich vergesse ja immer, wie jung ihr beiden noch seid. Vor etwa dreißig Jahren gab es mal einen Tatort im Fernsehen. Kennt ihr die Reihe noch, oder streamt ihr nur irgendwelche Serien?«

»Frank, Frank, Frank. Was soll der Mist? Natürlich kennen wir den Tatort. Wir sind auch keine fünfzehn mehr.«

»Wie auch immer. Es ging damals um einen Bandenkrieg in Duisburg. Die Unfassbarkeit des Terrors hat einen der Schauspieler den Satz ›Libanon, Horst. Libanon‹ sagen lassen. Daran habe ich mich gerade erinnert.«

»Wirst du jetzt melancholisch?«

»Tja. Ich werde wohl alt.« Weiter schüttelte er den Kopf. »Ich frage mich nur, wo das noch hinführen soll.«

»Frank!«, rief Schiffer. Er stand mit zwei Beamten der Spurensicherung neben dem VW Caddy. Erste Zeugenbefragungen hatten auf einen Abschussort der Rakete im Bereich der Widukindstraße hingewiesen. Einer Streife war der silberne Transporter aufgefallen, was nicht weiter schwer gewesen war, denn hinter dem Caddy war deutlich eine Brandspur auf der Straße zu erkennen. Der Attentäter hatte wie in den vorherigen Fällen vollkommen darauf verzichtet, seine Tat zu verschleiern.

»Was ist?« Als er sich umdrehte, sah er, wie sein Kollege mit einem Umschlag wedelte. »Och, nee! Nicht schon wieder.«

Neben ihm fing Corinna an zu lachen. »Ich denke, wir werden dich langsam als Komplizen verdächtigen müssen.« Sie zog ihre Handschellen aus der Hose und hielt sie schwingend in die Luft. »Komm, zeig mal her, die Patscher.«

»Mädel. Pass bloß auf.« Rasch hob er den Zeigefinger und deutete drohend auf seine Partnerin. »Ich geb' dir gleich mal Patscher. Du hast heute Morgen wohl zu heiß geduscht, oder was?« Er nahm den Briefumschlag entgegen, öffnete ihn und zog eine handgeschöpfte Papierkarte heraus. »Den Kerl würde ich zu gern mal treffen. Schau dir das an. Die Karte allein ist schon ein Kunstwerk. Dazu der edle Umschlag. Wozu nur der ganze Aufwand?«

»Was schreibt er dir denn?« Sie ließ die Handschellen weiter in der Hand schwingen.

»Steck die Dinger endlich weg, oder soll ich dich damit an den Zaun da ketten?« Grinsend lehnte er sich an die Mauer, von der aus man die Rettungsversuche unten an der Wupper gut verfolgen konnte, und begann zu lesen.

›Sehr geehrter Herr Gerste. Sie fragen sich sicher, warum ich Ihnen und Ihrer schönen Stadt das Leben in den letzten Tagen so abwechslungsreich gestaltet habe. Nun, wie Sie bestimmt schon vermuten, steckt ein gewisser Masterplan dahinter, den ich Ihnen nur zu gern erklären würde, aber mir sind zu diesem Zeitpunkt leider die Hände gebunden. Nur so viel möchte ich verraten: Wir werden uns, wenn bedauerlicherweise auch nur kurz, kennenlernen und dann werde ich Ihnen meine Ehrerbietung antragen. Bis dahin wünsche ich Ihnen noch viel Freude bei den Ermittlungen und hoffe, Sie tragen es mir nicht nach, dass ich die schöne Schwebebahn auf diese rabiate Weise angekratzt habe.‹

»Das ist ein Irrer. Ein zweifellos wortgewandter Irrer, aber dennoch ein Irrer.« Corinna nahm ihm den Brief ab und überflog die Zeilen.

»Und zweifelsohne mag er dich. Warum auch immer.« Sie lächelte und reichte die Karte an den Mitarbeiter der KTU weiter.

»Wenn das so weitergeht, hält man mich noch für einen Verschwörer. Dabei kenne ich den Typen überhaupt nicht.«

Galant trat Corinna ein paar Schritte zurück, legte den Kopf schief und musterte Gerste. »Dreh dich mal um, damit ich dein Profil besser sehen kann.« Dann kniff sie die Oberlippe mit den Fingern zusammen. »Äh, nein. Wie ein Verschwörer siehst du beileibe nicht aus.«

»Wie sieht denn ein Verschwörer aus?«

»Na, ja. So ein bisschen verschwört eben. Und du siehst nur aus, wie ein …«

»Vorsicht, Emma.«

»... wie ein frustrierter Polizeihauptkommissar.«

Ohne auf weitere Worte zu warten, griff Gerste an den Hosenbund und legte seine Hand an die Waffe. »Willst du deine letzten Worte vielleicht nochmal überdenken, bevor ich zum Killer werde?«

Herzhaftes Lachen schallte ihm entgegen und die Hand sank. »Bis du deine Pistole gezogen hast, liegst du doch schon gefesselt auf der Straße.« Das Lachen hörte nicht auf. »Lass mal gut sein, alter Mann. Du bist eben kein Killer und wirst in diesem Leben auch keiner mehr.«

»Und wieso schreibt dieser Bauer mir dann solche Nachrichten?«

»Das, mein lieber Frank wirst du ganz allein rausfinden müssen. Und wenn ich die nette Karte richtig gelesen habe, dauert es bis zu dem Erkenntnisgewinn ja nicht mehr allzu lange.«

Über der Wupper hatten sich zwei Feuerwehrleute bis zum Wrack der Schwebebahn vorgearbeitet und halfen den ersten Fahrgästen beim Verlassen des Zugs. Durch die Fenster konnte man erkennen, wie die Überlebenden in den hinteren Teil der Schwebebahn liefen, der noch sicher an den Schienen hing.

Zu beiden Seiten des Flusses reihten sich jetzt die Rettungswagen auf und verschwendeten ihre Batteriekapazitäten mit rotierenden Blaulichtern. Offensichtlich war bereits in der kurzen Zeit nach dem Anschlag ein Führungsstab eingerichtet worden, denn die Anfahrt zusätzlicher Hilfskräfte verlief jetzt sehr geordnet.

»Für mich sieht das so aus, als wenn die nach dem letzten Unglück am Robert-Daum-Platz, einen Plan für sowas ausgearbeitet haben«, sagte Gerste. »Aber wie perfide muss man sein, wenn man sich einen Anschlag auf die Schwebebahn ausdenkt?«

»Wenn du dir der ungeteilten Aufmerksamkeit der ganzen Stadt, der Polizei und der Medien sicher sein willst, ist das mit Abstand der beste Weg. Ich möchte ja nicht wissen, wie viele Einbrüche und Überfälle just in diesem Zeitpunkt stattfinden.«

»Wollen wir wetten, dass unser blonder Witzbold genau das im Sinn hatte? Nur wovon will er uns damit ablenken?«

»Vom Wetter sicher nicht«, murmelte der Beamte der Spurensicherung, der sich neben Gerste gestellt hatte und die Rettungsmaßnahmen verfolgte. »Wir sind jetzt so weit fertig, dass wir den Caddy abtransportieren lassen können. Ist das ok für Sie?«

»Ja, ja. Wissen Sie denn schon, um was für eine Rakete es sich gehandelt hat?«

»Klar. So richtig schwer war das ja auch nicht. Ihr Freund hat sich ja nicht gerade Mühe gegeben, die Spuren zu vernichten.«

»Soll heißen …«

»Na, das liegt ja alles noch hinten drin.« Der Beamte drehte sich um und deutete mit dem Finger auf das Fahrzeug. »Das war eine Stinger.«

»Echt jetzt? Eine Stinger?«, raunte Corinna. »Das ist nicht ihr Ernst, oder? Das ist doch die Flugabwehrrakete.«

»Genau. Ist für den Anwendungsfall hier eventuell ein kleines bisschen übertrieben. Aber es ist eben so, wie es ist.«

»Wo bekommt man so ein Ding her?«, fragte Gerste.

»Bei Amazon höchstwahrscheinlich nicht.« Der Beamte lachte über seinen eigenen Witz.

»Wäre ja auch doof, wenn man dafür unterschreiben müsste. Und beim Nachbarn abgeben, kommt auch nicht so gut.« Corinna ging um den Caddy herum und spähte durch die offene Schiebetür auf die Transportkiste. »Äh, Entschuldigung. Vielen Dank dafür, dass Sie meine Stinger angenommen haben.«

Jetzt war Gerste an der Reihe zu lachen. »Nee, aber mal im Ernst. Wo bekommt man so was her?«

»Ich denke mal, bei ausreichend vorhandener krimineller Energie und etwas Kleingeld kann man sich heutzutage doch fast alles beschaffen«, antwortete der Beamte.

»Aber doch keine Flugabwehrrakete. Wir leben hier in Deutschland und nicht auf dem Balkan.« Noch immer lehnte Gerste an der Mauer und verschränkte die Arme vor der Brust. »Und so ein Ding kostet ja nicht nur ein paar Mark fünfzig.«

»Der Typ hat sich also hier hingekniet und dann seelenruhig die Rakete abgefeuert?«, fragte Corinna. »Kommt da nicht ein satter Feuerstrahl hinten raus?«

Lässig zeigte der KTU-Mann auf den angesengten Asphalt, der die Linie von der Schwebebahn zum Caddy um sechs Meter verlängerte. »Den Wagen hat er nicht nur wegen der Farbe ausgewählt. Ihr Kumpel ist nicht dumm, Herr Gerste.«

»Ihr geht mir echt langsam auf die Eier mit dem Scheiß.« Durch den tiefen, ernsten Ton seiner Stimme wollte er die leidige Diskussion ersticken. Ohne Erfolg.

»Schauen Sie sich mal die Konstellation an. Der Caddy hat vorne an der Seite eine Schiebetür. Dadurch kann man relativ einfach und ungesehen agieren. Und für den unvermeidlichen Feuerstrahl hat er noch eine Schiebetür auf der gegenüberliegenden Seite. Clever ausgedacht. Ohne die zweite Tür wäre es hier drinnen ziemlich warm geworden.«

»Ist ja nichts Neues, dass der Typ nicht doof ist. Das hat er uns ja schön öfter demonstriert«, merkte Corinna an und schickte Gerste ein Augenrollen. »Aber ist die Stinger nicht vollkommen ungeeignet für so einen Anschlag? Warum hat er denn keine Panzerfaust oder so was genommen?«

»Ich bin jetzt kein ausgewiesener Experte in solchen Dingen, aber wenn ich tippen müsste, würde ich sagen, die Stinger lässt sich präziser ins Ziel leiten als eine Panzerfaust. Die hat ja eine Laserzielmarkierung. So etwas wie Fire and Forget.«

»Was?«, hakte Gerste nach.

»Fire and Forget. Der Schütze visiert das Ziel an, markiert es und feuert. Dann kann er einen Kaffee trinken gehen und die Rakete fliegt allein ins Ziel. Gut, hier war für den Kaffee nicht genug Zeit.«

»Sie sind mir ja ein Komiker. Woher wissen Sie denn das ganze Zeugs?«

»Jeder hat eben so sein Hobby.«

»Dann frage ich Sie nach Ihren anderen Hobbys besser erst gar nicht.«

Ein schelmisches Grinsen und das Klingeln seines Handys verhinderten die Antwort. Gerste nahm das Gespräch an, verzog die Lippen zu einer Schnute und legte in Zeitlupentempo die Stirn in Falten. Sein Teint wechselte von mitteleuropäisch rosa zu tiefdunkelrot und sein innerer Vulkan näherte sich dem Ausbruch.

»Ich muss los.« Mehr sagte er nicht und Corinna war erfahren genug, nicht weiter zu bohren. Die Lava brodelte bereits.

Kapitel 36

Montag, 30. März

Etwas später

Unüberhörbar zog der Schwarm Rabenkrähen über das westliche Ende von Wuppertal, hin zu den Feldern entlang der umliegenden Vororte. Waren Velbert, Mettmann und Wülfrath jetzt eigentlich Vororte von Wuppertal oder von Düsseldorf? Komisch, auf was für Gedanken man kommt, wenn man nur ausreichend Zeit zur Verfügung hat. Und Zeit war etwas, über das der blonde Mann an diesem kühlen Montagmorgen in rauen Mengen verfügte.

Vorsichtig lugten erste Sonnenstrahlen über den Betonhorizont und trockneten feuchte Büsche und Rasenflächen an der Gruitener Straße ab.

Er schüttelte sich, versuchte, die durch langes Sitzen in die Knochen gezogene Steifigkeit zu vertreiben. An vielen Stellen hatte er gelegen. Im Amazonasdschungel auf nasser Erde, bedeckt mit Tarnnetz und großen Blättern. Den Tschad hatte er eingegraben im Wüstensand erlebt und drei Tage in einem Erdloch verharrt. Angenehmer hatten sich die zweiundsiebzig Stunden auf dem staubigen Dachboden in Sarajevo gestaltet, auch wenn es nicht leicht gewesen war, die Hustenanfälle zu unterdrücken, die der Dreck auslöste. Bei Weitem am unangenehmsten aber war es, stundenlang auf einem Fahrersitz zu kleben. Er hasste es. Seit drei Stunden zwängte er sich nun in die Polster des dunkelblauen Ford Kuga.

Dem Blick in den Seitenspiegel folgte ein Check der Uhrzeit. Das Funkgerät in seiner Hand rauschte. Liebevoll schaute er das anachronistisch anmutende Gerät an. In dieser Beziehung war er altmodisch. Klar hätte er die Kommunikation auch mit Handys erledigen können, aber wenn es wirklich drauf ankam, vertraute er nur Dingen, die er beeinflussen konnte. Handynetze konnten ausfallen oder abgehört werden. Auf diese Unwägbarkeiten verzichtete er, wenn er es in der Hand hatte. Und heute hatte er es in der Hand.

»Euro zwei an Euro eins. Der Rubel rollt«, meldete eine Stimme. Neutral und gefühlskalt. Einsatzerprobt, hoffte er. Am liebsten arbeitete er alleine, machte selten Fehler und wenn doch, stand er dafür ein. Hin und wieder musste man bei komplexeren Lagen auf Unterstützungspersonal zurückgreifen. So wie heute.

»Euro eins hat verstanden. Ausführung«, quittierte er die Meldung. Mehr Worte waren überflüssig. Meldungen waren grundsätzlich so knapp wie möglich abzusetzen.

Der Plan war simpel und doch gab es Unwägbarkeiten. Eine Mutter, die mit ihrem Kinderwagen zum denkbar ungünstigen Zeitpunkt über die Straße läuft, oder ein unvorhersehbarer Autounfall. Rein zufällige Polizeistreifen schloss er aus. Die Dienststelle unweit des Vohwinkler Bahnhofs würde durch drei fingierte Straftaten ausgelastet sein. Mit großzügigen Geldspenden an Obdachlose hatte er Ablenkungsmanöver erkauft. Für jeweils zehntausend Euro in bar würde innerhalb von fünfzehn Minuten nach dem vereinbarten Signal einer seiner Komplizen einen Stein in das Fenster des Netto-Einkaufsmarkts an der Kaiserstraße werfen. Der zweite Stein würde die Windschutzscheibe eines Linienbusses zersplittern lassen. Den Todesstoß für die Polizeikapazitäten des Ortsteils würde ein fingierter Banküberfall eines verwirrten Obdachlosen auf die Sparkassenfiliale gegenüber des Endbahnhofs der Schwebebahn geben. Für die notwendige Ruhe vor übereifrigen Ordnungshütern beim eigenen Vorhaben war gesorgt.

Es gab drei Wege für den Gefangenentransport von der Justizvollzugsanstalt Wuppertal am Simonshöfchen, um das Industriegebiet zu verlassen, in dem das Gefängnis lag. Durch wochenlange Observationen wusste der blonde Mann, dass die täglichen Routen wechselten und auch die Wechsel gewechselt wurden. Die Anzahl der möglichen Routen erhöhte sich aber auch durch noch so viele Alternativen nicht. Es blieben den Justizbeamten nur drei Optionen und seine Aufgabe war es, aus drei verfügbaren, nur eine wählbare Fahrstrecke zu machen.

Um zu verhindern, dass der Transporter mit Begleitfahrzeug an der ersten Kreuzung nach der JVA rechts abbog, sollte Euro zwei diese Option mit seinem Auto und Anhänger blockieren, wenn nötig aussteigen, und seine Unfähigkeit, ein Gespann zu handhaben demonstrieren. Alles tun, um die Einfahrt zu verhindern.

»Euro zwei an Euro eins. Sie kommen zu euch.«

»Euro eins. Verstanden.«

Hundertfünfzig Meter von seinem Standort entfernt, an der Einfahrt zur Gruitener Straße, beobachtete er im Rückspiegel eine kuriose Szene. Ein schwarzer Container wurde von drei Männern zu einem Müllwagen gerollt, der mitten auf der Straße stand. Dann kippte der Container um und der Inhalt verteilte sich großflächig. Aufgeregt liefen die Männer in ihren orangen Arbeitsanzügen um den Müllberg herum, gestikulierten, beschimpften sich und breiteten nach und nach den Unrat über die ganze Straßenbreite aus.

Ziel erfüllt, Abbiegemöglichkeit blockiert, durch eine Meldung von Euro zwei bestätigt.

Der blonde Mann streckte sich und startete den Motor. Im Seitenspiegel verfolgte er die Kolonne aus Gefangenentransporter und Begleitfahrzeug, die in die erzwungene Richtung bog. Er liebte es, wenn ein Plan funktionierte. Gut, den Spruch hatte er von Colonel Hannibal Smith adaptiert, wobei er sich sicher war, dass seine Lieblingsfernsehfigur ihm diesen kleinen Fauxpas nachsehen würde.

Als das Begleitfahrzeug fünfzig Meter entfernt war, stellte er die Dose Red Bull in die Becherhalterung, legte den ersten Gang ein und fuhr los. Mitten auf der Straße blieb er mit laufendem Motor stehen und zog die Handbremse an. Dann griff er die MP5, oh, was liebte er diese Maschinenpistole, strich zärtlich über den Lauf, öffnete die Tür und feuerte, noch bevor seine Füße den Boden berührten, die erste Salve auf die Windschutzscheibe des Polizeiwagens.

Sein Ziel war nicht der Tod der Beamten, sondern maximale Überraschung und das gelang meisterhaft. Die tägliche Routine der Polizisten war unterbrochen und jetzt galt es, die antrainierten Reaktionen nicht anlaufen zu lassen.

Ein weiterer Feuerstoß veranlasste den Fahrer zu einer Vollbremsung, die in einem geparkten Auto endete. Nach einem routinierten Magazinwechsel pumpte er dreißig Projektile in die Karosserie. Beide Insassen verzichteten auf Gegenwehr. Etwas anderes hatte er auch nicht erwartet.

Der Fahrer des Gefangenentransporters war mutiger und legte den Rückwärtsgang ein. Ein weiteres Magazin fiel leer zu Boden, wurde ersetzt und Funken flogen, als der nächste Feuerstoß Löcher in den Motorblock stanzte. Die Augen des Fahrers wurden groß, Angst zeigte er aber immer noch keine. Ein Fehler.

Das änderte sich in dem Moment, als er die Qualität der gepanzerten Windschutzscheibe testete. Mit schusssicherem Glas hatte er gerechnet und so erfreute er sich an dem Kreuz, das er in das Glas schoss.

Die kurze Rückwärtsfahrt auf der schmalen Straße endete an einem Baum. Der Polizist versuchte zu wenden. Nur zu, dachte der blonde Mann und öffnete mit der Fernbedienung die Kofferraumklappe des Fords. Genugtuung und Vorfreude durchströmten seinen Körper beim Anblick der beiden Panzerfäuste, die schussbereit auf einer Decke lagen.

Lässig zog er die Schießbrille mit gelben Gläsern aus der Hemdtasche, setzte sie auf und strich sich mit der Hand durch die Haare. Immer mit der nötigen Ruhe an die Sache gehen, war seine Devise.

Den Gegner hatte er schon ausreichend beeindruckt, da kam es nicht mehr auf jede Sekunde an. Fehler passierten durch Hektik und es lebte niemand mehr, der ihm diese Untugend vorwerfen konnte.

Mit der Panzerfaust hatte er auf einem nahen Bauernhof einen Testschuss abgefeuert. Der Traktor war in Flammen aufgegangen. Optimal. Neben ihm hatte sich der Bauer den Angstschweiß von der Stirn gewischt, drei Ave-Maria gebetet und der hunderttausend Euro auf seinem Küchentisch gedacht.

Sein Plan war nicht, das Begleitfahrzeug zu zerstören, sondern die persönliche Bedrohungslage der beiden Insassen zu erhöhen, damit sie intensiv um ihr Überleben fürchteten. Sie mussten so eingeschüchtert werden, dass Gegenwehr nicht in ihre Gedanken strömte. Dieses Gefühl war er bereit zu erzeugen und krümmte den Finger. Das panzerbrechende Geschoss schlug im Motorraum ein und erzeugte eine beeindruckende Feuersäule. Was immer da brannte – es war ihm egal.

»Wow«, entfuhr es ihm. Zufrieden legte er die abgeschossene Waffe in den Kofferraum zurück und nahm die Sonnenbrille ab. Aus den Augenwinkeln beobachtete er den Gefangenentransporter, der weiter versuchte, auf der Straße zu wenden. Kurz ärgerte er sich über einen Fleck, hauchte die gelben Gläser an, säuberte die Brille und steckte das fusselfreie Tuch in die Hemdtasche. Dann setzte er die Brille wieder auf, zog die zweite Panzerfaust heraus, legte sie auf die Schulter, visierte die Motorhaube an und zitierte seinen Lieblingsspruch Nummer zwei: »Bereit, wenn sie es sind, Sergeant Pempry.«

Die Rakete schlug mit brutalem Getöse ein. Durch die Wucht der Explosion wurde die Vorderachse des gepanzerten Fahrzeugs spektakulär angehoben. Was für ein Schauspiel. Eins war sofort klar. Jeder Gedanke an Gegenwehr der Insassen war ab jetzt Geschichte.

Zufrieden legte er die Panzerfaust neben die erste und begann eine Melodie zu summen. In letzter Zeit passierte es ihm öfter, dass sich eine Melodie in seinem Kopf festsetzte und ihn nicht mehr losließ. Mittlerweile wehrte er sich nicht mehr dagegen, schob ein neues Magazin in die Maschinenpistole und ging auf den, vor sich hin qualmenden Transporter zu. In der Fahrerkabine sah er die beiden Insassen blutüberströmt und bewusstlos in den Sitzen hängen.

Wie erwartet war die Tür zum Gefangenenabteil verschlossen. Das hatte er vorhergesehen. Er griff in die Beintasche und zog einen Strang Plastiksprengstoff heraus, den er sorgfältig um die Tür herum verlegte. Die Zündkapsel steckte er neben dem Schloss in die graue Masse, ging auf die andere Seite des Fahrzeugs und löste die Sprengung aus.

Ein gedämpfter Knall, weitaus leiser als das Getöse der Panzerfäuste, reichte aus, um die Tür in den nächsten Busch fliegen zu lassen. Qualm trat aus dem Innern der Kabine und laute Rufe waren zu hören, als er eintrat. Er sah vier Einzelkabinen, von denen drei belegt waren. Die Insassen saßen auf den Pritschen und husteten. Zusätzliche Riegel und Schlösser leisteten dem Bolzenschneider keine ernsthafte Gegenwehr. Etwas wackelig auf den Beinen verließen die Männer den in arge Mitleidenschaft gezogenen Zellenblock und taumelten hinter ihm her, zum mit immer noch laufendem Motor wartenden Ford Kuga.

»Gute Arbeit.« Edgar Wüst hielt sich den Arm vor den Mund, hustete, ärgerte sich über das Zeichen von Schwäche und zog die Tür zu. »War ja auch teuer genug.«

»Was soll ich sagen. Qualität hat eben ihren Preis.«

»Haben Sie alles so vorbereitet wie besprochen?«

Der blonde Mann nickte und fuhr los. Ein Blick auf die Digitaluhr der Multifunktionsanzeige verriet ihm, dass seit dem ersten Schuss sechs Minuten vergangen waren. Zufrieden mit sich und der Welt stimmte er die Melodie wieder an und bog in den Krutscheider Weg ein.

Kapitel 37

Montag, 30. März

Später Vormittag

So und nicht anders hatte sich Gerste ein Tribunal immer vorgestellt. Nach der unmissverständlichen telefonischen Einladung durch die Sekretärin des Oberbürgermeisters war er nicht über Los gegangen, hatte keine zweihundert Euro eingezogen und sich auch nicht ins Gefängnis begeben. Nein, er war, wie angewiesen, ohne Schnörkel auf direktem Weg zum Rathaus gefahren.

Nach einer kleinen Odyssee durch die dunklen Gänge und Hallen des Wuppertaler Rathausaltbaus verharrte er jetzt vor einer schlichten Tür, hinter der seine Stimmung wie seine Karriere maßgeblich beeinflusst werden konnten.

Neben der Tür stand auf einem Tisch ein Foto mit Trauerband. Es zeigte den vor fünf Tagen ermordeten Personalreferenten und Freund von Laura Stern. Im aufgeschlagenen Kondolenzbuch waren handschriftliche Einträge zu erkennen. Eine weiße Kerze sorgte für eine andächtige Aura.

Altmodisch, aber korrekt, klopfte er an die Tür.

»Herein!«

Die helle, freundliche, gleichwohl diskussionsunwillige Stimme passte nicht zu der Frau, die hinter ihrem Schreibtisch saß, als er die Tür schloss. Formell gekleidet mit Rock, Bluse und Strickjacke in gedeckten Tönen hob die Frau kurz den Kopf und prüfte den festen Sitz des strengen Haarknotens am Hinterkopf, den auch eine einstürzende Decke nicht außer Form gebracht hätte. Dann erst wies sie mit der Hand auf die Stühle neben der Tür.

»Ah, Herr Gerste. Richtig?«

»In voller Pracht.«

»Das ist schön. Nehmen Sie doch bitte einen Moment Platz. Die Herren befinden sich noch in einer Besprechung.«

»Ich kann auch später wiederkommen.«

Keines ihrer Worte hätte einer präziseren Antwort entsprochen, als der mitleidige Blick, der ihn aus ihren eiskalten Augen traf. Dann senkte sie den Kopf und beachtete ihn nicht weiter. Er verzog stumm die Lippen, deutete ein verkrampftes Lächeln an und setzte sich auf einen dunkelbraunen, in Würde gealterten Holzstuhl, dem eine aufgearbeitete Polsterung gut zu Gesicht stehen würde. Moderne Kunst, in Bilderrahmen gepresst, lenkten ihn vom Anschlag auf die Schwebebahn und die persönlichen Anspielungen ab.

»So. Sie können jetzt eintreten.« Geschwungen erhob sich die Sekretärin aus ihrem Ledersessel, schritt zur Tür und öffnete diese mit einer fließenden Bewegung.

Düstere Erwartungen errichteten eine Mauer vor seinen Füßen, die er niedertrat, als er durch die Tür ging. Zentral vor ihm saß Oberbürgermeister Manfred Kuhl in einem breiten Stuhl aus Leder hinter einem schlichten Schreibtisch, der alt genug aussah, um Zeuge zahlloser Besprechungen zu sein.

»Herr Gerste. Es freut mich, dass Sie so kurzfristig bei uns vorbeischauen konnten.« Etwas mühsamer als erwartet erhob sich der Kuhl aus dem Sessel, trat um den Tisch herum und begrüßte ihn mit einem satten Handschlag.

Ein Politiker, wie er im Buche steht, dachte Gerste. Freundlich und unverbindlich nach außen und gleich kommt die dicke Keule. »Die Freude ist ganz auf meiner Seite.« Er hatte sich entschieden, das Spiel so lange mitzuspielen, bis ihm jemand ans Bein pinkelte.

»Ihren Chef brauche ich Ihnen ja nicht vorzustellen und Doktor Ritter von der Staatsanwaltschaft kennen Sie ja auch zu Genüge.« Gerste nickte dem Wuppertaler Polizeipräsidenten Wimmer und dem Staatsanwalt zu. Die Anwesenheit des Vorgesetzten ließ seinen Spaßlevel keine neuen Rekordwerte erzielen. »Das hier ist Doktor Baumberg vom Innenministerium.« Ein lascher Handdruck trug nicht dazu bei, Respekt gegenüber dem Beamten aufzubauen. »Und das ist Herr Kammerer vom Landeskriminalamt. Er ist dort für die Terrorismusbekämpfung zuständig.« Deutlich forscher griff der Polizist aus Düsseldorf Gerstes Hand und signalisierte Entschlossenheit und Tatendrang. »Kennen Sie eigentlich meinen persönlichen Referenten, Herrn Sasser?«

Wieder folgte eine Respektbezeugung gepaart mit maskuliner Prüfung der Kraftübertragung an den Händen. »Damit wäre unsere kleine Runde komplett.« Kuhl setzte sich und fragte: »Möchte einer der Herren noch einen Kaffee? Oder lieber etwas Kaltes?«

Niemand zuckte.

»Na, dann legen Sie mal los, Herr Gerste. Eigentlich bin ich schon auf dem Weg zur Unglücksstelle. Aber bevor ich den Reportern da ins offene Messer laufe, haben wir beschlossen, uns von Ihnen auf den neuesten Stand der Ermittlungen bringen zu lassen?«

Nach und nach schaute Gerste in die Gesichter der Anwesenden und bekam den Eindruck, in einem Tribunal gelandet zu sein. »Na, ja. Heute Morgen haben wir noch nicht ermitteln können. Das fällt ja nicht direkt in meinen Zuständigkeitsbereich.«

»Aber Sie waren doch am Tatort, oder nicht?«, fragte der Polizeipräsident.

»Ja. Schon. Nur mehr aus einem anderen Grund.«

»Der da wäre?« Oberbürgermeister Kuhn stütze sich mit den Ellenbogen auf den Schreibtisch und rieb sich die Hände. »Sehen Sie, Herr Gerste. Wir haben natürlich von den Hinweisen auf Sie an den Tatorten gehört. Haben Sie eine Erklärung, wieso Sie so offen angesprochen werden?«

Betont vorsichtig antwortete Gerste und versuchte, den unübersehbaren Hinterhalt zu umschiffen. »Absolut nicht. Mir ist das auch ein großes Rätsel.«

»Wissen Sie was? Warum legen Sie uns nicht mal den ganzen Fall dar. Ich für meinen Teil habe da beträchtliche Lücken.«

»Was wollen Sie denn wissen?«

»Alles. Von Anfang an.«

Mit der Hand fuhr sich Gerste über das glattrasierte Kinn, lehnte sich zurück und schlug die Beine übereinander. Dann atmete er hörbar ein und aus. Deutlicher vermochte er sein Missfallen nicht zum Ausdruck zu bringen. Aber dem Stadtoberhaupt in Kooperation mit seinem obersten Vorgesetzten darzulegen, was er von der Zeitverschwendung hielt, hätte direkt zur Suspendierung führen können. »Puh. Na dann. Angefangen hat alles am Freitag vor einer Woche. Da …«

»War der Sprengstoffanschlag auf die Stadtbibliothek nicht am Sonntag?« Referent Sasser nahm die Brille ab und säuberte die Gläser mit einem Tuch.

»Doch, doch. Da haben Sie schon recht. Das war am Sonntag. Aber im Zuge der Ermittlungen müssen wir von zwei Dingen ausgehen.« Verhaltene Pause. »Wir haben es mit einem Täter zu tun, der für alles, was in den letzten elf Tagen passierte, verantwortlich ist. Dabei schließe ich den Anschlag auf die Schwebebahn heute Morgen mit ein. Und ganz nebenbei hat dieser Täter nicht mal ansatzweise Bedenken oder Angst davor, dass wir ihn stoppen, geschweige denn verhaften könnten.«

»Wie gelangen Sie zu dieser Erkenntnis?«, fragte der Oberbürgermeister.

»Nun, auch wenn Sie offenbar annehmen, dass wir ermittlungstechnisch keine Fortschritte machen, ist dies nicht so. Problematisch ist nur, dass es sich um eine massive Häufung von Vorkommnissen in ungewöhnlich schneller zeitlicher Abfolge handelt. Wir können im Moment leider nur reagieren und kommen kaum zum Agieren.«

»Dann fassen Sie doch ihre Schlüsse mal für uns zusammen.«

»Gerne. Also, wir sind uns recht sicher, dass alle Taten zusammengehören. Und mittlerweile glauben wir, dass der Anfang nicht der Anschlag auf die Bibliothek ist, sondern der Mord an einem Reporter der Westdeutschen Zeitung. Der Mann ist vorletzten

Freitag mit dem Auto angefahren und dabei schwer verletzt worden. Durch einen glücklichen Umstand wurde er gerettet und überlebte.«

»Haben Sie nicht eben gesagt, dass der Mann ermordet wurde?« Mit der Hand wischte sich Referent Sasser über die hohe Stirn. »Wie passt das zusammen?«

»Kommt jetzt. Wir haben den Leichnam von Lars Hartmann, so hieß der Reporter, obduzieren lassen, nachdem er überraschend zwei Tage nach dem Unfall im Krankenhaus gestorben ist.«

»Was führte zu der Überzeugung, der Mann sei ermordet worden?«, hakte der Oberbürgermeister nach. Dann nahm er den Hörer vom Telefon und bestellte eine Tasse Kaffee. Auf seinen fragenden Blick hin schloss sich niemand seinem Kaffeewunsch an.

»Damit kommen wir zum zweiten Teil des Rätsels. Beim Brandanschlag gab es ja einen Zeugen, der den Täter als blonden Mann beschrieb und diesen später auf einem Foto wiedererkannt hat. Der gleiche Mann wurde von den Krankenschwestern als der identifiziert, der sich als Bruder des Toten ausgab und der letzte Besucher an dem Tag war. Von da an war der blonde Mann unser Hauptverdächtiger.«

»Und was haben Sie veranlasst, um ihn festzunehmen?« Ruhig und sachlich schaltete sich der Beamte des Landeskriminalamts ein.

»Wir haben versucht, die Bewegungen des Täters nach dem Anschlag auf die Bibliothek nachzuvollziehen. Das hat auch ganz gut funktioniert. Immerhin haben wir schnell das Fluchtfahrzeug gefunden. Das hat er aber den jetzigen Erkenntnissen nach absichtlich dort stehen lassen, um uns zu beschäftigen.« Nachdem sich niemand äußerte, fuhr Gerste fort. »Hauptproblem an der Sache ist, dass er relativ kurze Zeitspannen zwischen den Taten lässt. Er legt ein munteres Tempo vor. Sonntag der Brandanschlag sowie der Mord an Hartmann. Montag die Geiselnahme und der Einbruch bei den Friedensfurts.«

»Was ist da passiert?«, fragte Kuhn.

»Jetzt muss ich etwas ausholen. Meine Mutter war zufällig eine der Personen, die den Unfall mitbekommen und Herrn Hartmann gerettet haben.«

»Gott steh uns bei«, raunte der Staatsanwalt und lächelte.

»Da bin ich absolut bei ihnen, aber ich habe versucht, sie weitestgehend aus den Ermittlungen rauszuhalten. Wie auch immer, Herr Hartmann hat meine Mutter nach seinem Laptop gefragt, den er beim Unfall dabeihatte. Im Krankenhaus war er nicht und da hat sie ihn gesucht und am Unfallort gefunden. Natürlich war er passwortgeschützt und so habe ich Herrn Friedensfurt den Laptop übergeben, weil er sich ganz gut mit so was auskennt.«

»Reden wir von dem Friedensfurt, der letztes Jahr die beiden Männer erschossen hat und immer noch frei rumläuft?« Sarkasmus troff aus der Stimme von Referent Sasser.

»Sie haben es erfasst«, konterte Gerste im gleichen Tonfall.

»Haben Sie für so etwas keine Experten im Haus?«

»Doch, doch, aber es gab Erkenntnisse, die mich so haben handeln lassen.«

»Und die wollen Sie natürlich nicht mit uns teilen, oder wie soll ich das verstehen?«

»Ja, so sieht es im Moment aus. Aber zu gegebener Zeit informiere ich Sie vollumfänglich.«

Ein dezentes Handzeichen des Oberbürgermeisters würgte die inquisitorischen Fragen ab und Sasser kam auf den Einbruch zurück.

»Und bei diesem Friedensfurt ist dann eingebrochen worden? Lassen Sie mich mal raten, von wem?«

»Ja. So war es. Erst hat er eine Familie als Geisel genommen, damit er das Haus beobachten konnte. Als die Luft dann rein war, hat er den Laptop gestohlen. Und wie immer, ohne Spuren zu hinterlassen, die uns weitergeholfen haben.«

»Wie kann das sein? Der Typ tritt so oft in Erscheinung und Sie wissen nicht, wer er ist? Können Sie uns da unterstützen?« Sasser schaute den LKA-Beamten an.

»Das ist durchaus möglich. Aber lassen Sie Herrn Gerste doch erst einmal fortfahren.«

Mit der flachen Hand klatschte der Oberbürgermeister auf die Tischplatte. Dann sprang er auf und brüllte: »Wir haben also einen Täter, der alleine ganz Wuppertal verrückt macht?« Langsam stolzierte er um den Stuhl herum, beugte sich über die Lehne und fuhr mit reduzierter Lautstärke fort: »Warum macht der Clown das? Vergessen Sie nicht, der Killer hat einen engen Mitarbeiter von mir erschossen.«

»Keine Sorge. Das tun wir bestimmt nicht. Der Mordanschlag auf Herrn Clauberg hat oberste Priorität.«

»Das hoffe ich. Und jetzt kommen Sie bitte endlich zu ihrer Theorie.« Er sah auf die Uhr. »Ich muss gleich los und bin nicht viel schlauer als vorher.«

Gerste holte tief Luft und verharrte einen Moment. Dann sah er Doktor Ritter an und überlegte, wie viel von seinen Informationen er offenlegen konnte. Obwohl es mit dem Staatsanwalt manchmal intensive Diskussionen über die Auslegung von Dienstvorschriften gab, behagte ihm die Vorstellung nicht, ihn wegen des Spitzels bloßzustellen. »Okay. Meine Mutter hat da also so eine Theorie entwickelt, die mir nach intensivem Nachdenken leider relativ plausibel vorkommt.«

»Wieso sprechen wir immer wieder über Ihre Mutter?« Sasser formulierte weiter unüberhörbar sarkastisch. »Vielleicht sollten wir ihr den Fall übertragen.«

Mit einem mitleidigen Blick an den Assistenten überging Gerste die Anspielung. »Weil sie sich in den Fall verbissen und eine logische Erklärung entwickelt hat. Darum.« Zu gern hätte er den Satz mit ›Bürschchen‹ beendet, war sich der Folgen aber bewusst. »Kurzum, sie glaubt, dass die ganzen Verbrechen dem einzigen Sinn folgen, Edgar Wüst aus dem Gefängnis zu befreien.« Die Katze war aus dem Sack.

»Wie alt ist ihre Mutter doch gleich?«, hakte Sasser ein.

Ein kaum vernehmbares Kopfschütteln des Oberbürgermeisters fing den Referenten ein.

»Und wie begründet sie ihre Theorie?« Genügsam hatte Polizeipräsident Wimmer die Diskussion verfolgt. Genervt legte er jetzt die Stirn in Falten. Ein von allen registrierter Brummton kann aus seiner Richtung. »Die Dinger sind nochmal mein Tod.« Offensichtlich genervt sah er auf sein Handy. »Verzeihen Sie bitte. Aber da muss ich rangehen.« Er nahm das Gespräch an und lauschte andächtig. »Und das ist sicher?« Ein weiterer Moment verstrich und der Polizeipräsident blickte zur Decke. »Oh mein Gott.«

»Was ist passiert?«, fragte der Oberbürgermeister.

»Sie werden es nicht glauben.« Genervt sah er Gerste an. »Es gab einen Überfall auf einen Gefangenentransporter in Vohwinkel. Edgar Wüst wurde befreit.«

Kapitel 38

Montag, 30. März

Nachmittags

Dem satten Plopp gewährte Edgar Wüst ein dezentes Anheben der Mundwinkel, was meilenweit von einem Schmunzeln entfernt war. Er hatte das Feuerzeug im richtigen Winkel an die Köpi-Flasche gehalten und den Kronenkorken zwei Meter hoch durch den dürftig beleuchteten Kellerraum fliegen lassen.

Nach der spektakulären Befreiungsaktion, deren militärische Präzision er lobend erwähnt hatte, waren sie auf den Bauernhof am Eckbusch gefahren. Hier oben war er zu Hause, kannte Hinz und Kunz. Der Bauer würde auch in hundert Jahren nicht auf die Idee kommen, ihn zu verraten. Dafür sorgte die Verbundenheit durch die gemeinsame Jugend. Zusammen waren sie zur Schule gegangen, hatten viel Bier miteinander genossen und Seite an Seite das erste Auto gestohlen. Irgendwann hatte der Bauer andere Erkenntnisse aus der Jugendstrafe abgeleitet, die der Autodiebstahl nach sich gezogen hatte und eine weniger kriminelle Tätigkeit gewählt. Freunde waren sie immer noch.

Eine Ankündigung war nicht erforderlich gewesen. Der Bauer hatte von der Befreiung gehört und war dementsprechend nicht überrascht, als Wüst und Konsorten vor der Tür standen. Schnell war für einen Unterschlupf, Bier und Pizza gesorgt, ohne eine Gegenleistung zu erwarten und ohne Rücksicht auf eine mögliche Strafverfolgung. Freunde halfen Freunden eben. Zumindest hier oben am Eckbusch war das noch so.

Wüst nahm die braune Flasche und prostete seinen Helfern zu, die sich am provisorischen Tisch über die Pizza hermachten. Toni Bellucci und Marco Lorenzo schoben die Stücke wie Scheunendrescher in sich hinein. Offensichtlich waren sie nach einem halben Jahr Gefängniskost ausgehungert. Sich selbst legte er etwas mehr Stil auf. Schon während seiner Zeit als Zugführer einer Panzerkompanie der Bundeswehr hatte er stets auf strikte Disziplin der Männer geachtet. Nur ein gesunder Geist kämpft gut, war seine Devise und der gesunde Geist gedeiht nur in einem von Disziplin gestärkten Körper. Marco und Toni waren vor der Inhaftierung seine besten Mitarbeiter gewesen und wären jederzeit für ihn in den Tod gegangen. Diese Loyalität war selten und so übersah er großzügig manch kleine Schwäche.

Der blonde Mann dagegen war ganz nach seinem Geschmack. Richtig einschätzen konnte er ihn noch nicht, aber der Art und Weise der Befreiung zollte er Respekt. Viel hatte er über den Killer gehört, als er den Kontakten in Neapel seinen Plan vorgestellt hatte. Sie würden jemanden kennen, der bemerkenswert zuverlässig sei, einen gewissen Hang zur Pedanterie und Arroganz hegte, aber die Ergebnisse waren tadellos. Gut, er war sehr teuer, aber er hatte geliefert. Nur das zählte für Wüst. Geld spielte in seinen Projekten keine Rolle. Ergebnisse waren das, wonach er Erfolg oder Misserfolg bewertete. Und wenn der Killer dafür nackt über die Gathe flanieren wollte, dann war das eben so.

»Sie haben gute Arbeit geleistet.« Er hob das Bier und prostete dem blonden Mann zu, der eine Flasche Chianti aus dem fünfer BMW geholt hatte, den sie auf der Flucht in Wülfrath gegen den Ford Kuga getauscht hatten. Er selbst war Biertrinker und das würde sich auch nicht mehr ändern, aber wenn der Italiener Wein bevorzugte, so what, jeder Mann besaß eine Schwäche. »Wie soll ich Sie nennen?«

Schelmisch grinsend hob der Killer den Kopf, während seine Finger weiter Scheiben vom Grana Padano abschnitten. »Giuseppe. Aber das wussten Sie ja bereits.«

Wüst gönnte sich ein schmales Lächeln. Natürlich hatte er das gewusst. Bevor sein Einverständnis gekommen war, hatte er das Dossier rauf und runter gelesen, Lebenslauf und Aufträge verinnerlicht. Gut, seinem Gegenüber konnte man nichts vormachen. So mochte er es.

»Was sagen Sie zu meinem Plan?«, fragte Wüst.

»Etwas kühn ist er schon. Mir ist nur nicht klar, warum ihnen das so viel wert ist?«

»Friedensfurt hat meinen Bruder ermordet. Das sollte doch gerade für Sie als Italiener eine ausreichende Begründung liefern, oder?«

»Wer auf Rache aus ist, der grabe zwei Gräber.«

»Ja, ja. Der gute alte Konfuzius war ein weiser Mann. Aber das bin ich meinem Bruder schuldig.«

Der Killer nickte beiläufig.

»Eigentlich müsste ich zwei Gräber, nee, besser drei ausheben.«

»Sie sehen mich verwirrt.«

»Ja. Eins für diesen Friedensfurt und dann eins für dieses dämliche Bullenschwein.«

»Macht nach Adam Riese zwei.«

»Ha, ha, ha. Klar, Sie haben recht. Ein ganz besonderes würde ich für Friedensfurts Tochter reservieren. Die kleine Zicke hat mich mit einem Baseballschläger daran gehindert, ihren Vater zu töten.« Missmutig rieb er sich das Handgelenk. Der Schmerz war gegangen, die Schmach geblieben. Diese dumme Göre hatte sich ihm in den Weg gestellt. Damals war die Zeit zu knapp gewesen, sie ihre Unverschämtheit büßen zu lassen. Aber aufgeschoben, war ja bekanntlich nicht aufgehoben.

Der blonde Mann verschluckte sich und musste husten. »Nicht ihr Ernst.« Dann wischte er sich mit dem Ärmel über den Mund. »Und warum lebt sie noch?«

»Weil die Bullen schon am Haus waren. Wir konnten gerade noch durch den Garten abhauen. Dieses kleine Biest schnappe ich mir irgendwann. Darauf können Sie ihre rote Plörre da verwetten.«

Wieder ein Lächeln.

»Gut, ich habe jetzt verstanden, dass dieser Friedensfurt ihren Bruder getötet hat. Aber Sie sprechen von Mord? Er läuft doch frei rum. Wie hat er das angestellt?«

»Wenn ich die Prozessakten richtig begriffen habe, konnte man ihm nicht nachweisen, dass er meinen Bruder und seinen Freund getötet hat.«

»Er hat zwei Männer ausgeschaltet? Beeindruckend.«

Ohne einen Kommentar abzugeben, hob Wüst eine Augenbraue.

»Was ist daran beeindruckend? Er hat einfach Glück gehabt.«

Mit einem Griff zum Glas gab der blonde Mann Wüst Zeit, die aufwallenden Aggressionen abzuleiten, und trank einen Schluck Wein. »Na, ja. Wie schafft es jemand, zwei ihrer Mitarbeiter auszuschalten? Die beiden waren doch sicher keine Graupen.«

Direkte Worte dieser Art war Wüst nicht gewohnt. Kritik erstickte er normalerweise durch den Tod des Kritikers. Aber mit seinem Gegenüber konnte er so nicht umspringen, das war klar. Die beiden Pizza vernichtenden Bullen waren zwar zuverlässige Einsatzkräfte, aber der Italiener würde sie ausschalten, ohne dass sein Puls an der Sechzig kratzen würde. Es juckte ihn, dass jemand so über seinen Bruder sprach, aber den Ärger musste er schlucken.

»Nein, es waren meine besten Männer.«

Nun war es am blonden Mann, seine Augenbrauen in stumme Fragen zu verwandeln.

»Sie waren gerade dabei, ein Leck dauerhaft abzudichten, als sie von Friedensfurt beobachtet wurden. War einfach nur Pech. Aber leider war Friedensfurt cleverer und hat sie erschossen. Wie er das geschafft hat, ist mir bis heute ein Rätsel.«

»Steht das denn nicht in den Akten?«

»Eben nicht. Die Polizei weiß ja noch weniger als ich. Zumindest haben sie nichts, was für einen Prozess gegen Friedensfurt ausreichte.«

»Und woher wissen Sie dann, dass er ihren Bruder ermordet hat?«

»Weil ich noch mit ihm telefoniert habe. Er hat mich angerufen und erzählt, dass sie gesehen wurden, als sie eine Klatschbase erledigt haben. Sie würden ihn verfolgen und haben gefragt, was sie tun sollen.«

»Und Sie haben angeordnet, den Zeugen auszuschalten?«

»Nett ausgedrückt. Das war das letzte Mal, dass ich was von meinem Bruder gehört habe.«

»Der Zusammenhang zwischen Friedensfurt und ihrem Bruder ist mir aber noch nicht klar. Woher wissen Sie, dass er es war?« Kurz lehnte sich der Killer zurück. »Ach, jetzt verstehe ich. Durch die Kleine, deren Freund ich ausgeschaltet habe, waren Sie bei den Ermittlungen immer auf dem Laufenden.«

»Sie hat ihre Sache ganz gut gemacht.«

»Was ist mit ihrem Bruder passiert?«

»Den Untersuchungsergebnissen nach, sind die beiden nicht weit weg von hier erschossen worden. Man hat sie ein paar Tage später gefunden. Versteckt im Wald und ausgeweidet.«

Jetzt interessierte sich der Killer nicht mehr nur aus Höflichkeit für den Fall. »Ausgeweidet?«

»Ja, der Hundesohn ist Jäger. Laut Obduktionsbericht hat er bei den Leichen alles entfernt, was für eine genaue Bestimmung der Todesursache notwendig gewesen wäre.«

»Ich kann ihnen nicht ganz folgen.«

Wüst nahm sich einen Moment Zeit und atmete langsam ein und aus. Dann trank er einen Schluck Bier und setzte an: »Die Mistsau hat ihnen die Herzen herausgeschnitten.«

»Er hat was?« Jetzt war Wüst die ungeteilte Aufmerksamkeit des blonden Mannes gewiss.

»Ich habe doch gesagt, die beiden wurden ausgeweidet. Wie bei einer Obduktion. Der Obduktionsbericht liest sich wie ein Horrorroman.«

»Das ist ja mal eine ungewöhnliche Methode.« Er schaute Wüst an, der diese Einschätzung offensichtlich nicht teilte. »Rein professionell betrachtet.«

»Damit hat Friedensfurt dafür gesorgt, dass man ihm die Tat nicht zuordnen konnte, obwohl er sich am Tatort befand.«

»Warum haben Sie das der Polizei nicht gesagt?«

»Weil es ja auch nur eine Vermutung ist.«

»Was Sie ja später auch nicht mehr gestört hat, oder?«

»Was meinen Sie?«

»Na, Sie haben ihn ja überfallen und wollten ihn töten. Warum, wenn er nicht eindeutig der Täter war.«

»Für mich ist er der Täter. Und aus den Akten geht hervor, dass die Polizei der gleichen Meinung war. Nur haben sie es nicht beweisen können.«

»Und dann?«

»Irgendwie hat Friedensfurt von meinem Plan Wind bekommen, die Deutsche Bank auszunehmen. Bis jetzt weiß ich nicht genau, wie er das herausbekommen hat. Eigentlich war das eine wasserdichte Sache. Wie auch immer. Wir sind den Bullen direkt in die Arme gelaufen. Und den Rest kennen Sie ja.«

»Dann weihen Sie mich mal in Ihren weiteren Plan ein.«

»Nur zu gerne.«

Wüst hielt dem Killer die Flasche Bier entgegen. Ein helles Ping erklang und der Deal war bestätigt.

Kapitel 39

Montag, 30. März

Später Nachmittag

Hallo. Guten Tag. Wie geht es Ihnen?« Der blonde Mann drückte einen Ast zur Seite und schlenderte aus dem Schatten der Kiefern auf den Mann zu, der einen Eimer über dem Komposthaufen leerte. Zufrieden registrierte er, wie die Hände des Mannes mit einem Schlag zitterten, der Eimer auf den Boden fiel und er sich hektisch im Garten umsah. Seine Hautfarbe näherte sich dem blassen Weiß der Hauswand an, die Hände vibrierten zunehmend. Durch die Überraschung angespannt, bewegte er sich zwei Schritte vom Komposthaufen weg, planlos, schwer atmend.

»Haben Sie heute Urlaub? Sie sind doch nicht krank, oder? Eigentlich wollte ich nur kurz bei Ihrer Frau vorbeischauen.«

Die Augen des Mannes weiteten sich. Erste Anzeichen von Schweiß glänzten auf der Stirn und er hörte auf zu atmen. Ängstlich blickte er zur offenen Terrassentür.

»Jetzt beruhigen Sie sich erst einmal. Ich will Ihnen doch gar nichts tun.« Der Killer machte ein paar Schritte auf den Mann zu und streckte die Hand aus.

Erstaunlich schnell für jemanden, der vor Angst zitterte, griff der Mann nach der Harke, die am Komposthaufen lehnte und hielt sie schützend vor sich. Seine Augen signalisierten große Angst, der Schweiß rann derweil an seinen Schläfen hinab.

»Hey, jetzt lassen Sie mal den Scheiß, sonst verletzen Sie sich noch.« In einer fließenden Bewegung glitt der blonde Mann an sein

Gegenüber heran, griff den Stiel und stieß dem Mann die Harke gegen die Brust. Schnell stieß er ein zweites Mal zu und brachte den Gegner aus dem Gleichgewicht. Dann verringerte er den Abstand weiter, entwand dem Mann die Waffe und drückte ihn hart gegen die Hauswand. Krachend landete die Harke auf dem Boden und als die Handkante den Kehlkopf quetschte, schmolz die Angriffslust dahin. Der Widerstand war gebrochen. »So, und jetzt hören Sie mir mal zu. Und ich sage das nur einmal.« Gleichmäßig erhöhte er den Druck gegen den Hals. »Ich will Ihnen nichts tun. Haben Sie das verstanden?«

Keine Reaktion, kein Atmen, kein Blinzeln.

»Nicken Sie.«

Es folgte ein zaghaftes Nicken.

»Sehen Sie. Geht doch. Und jetzt hören Sie mir genau zu.« Drei Sekunden verstrichen. »Ich nehme gleich meine Hand von Ihrem Hals. Okay?« Weitere drei Sekunden zogen ins Land. »Und Sie rühren sich nicht. Verstanden?«

Wieder wurde die Aufforderung durch langsames Nicken bestätigt.

»Guuut. Ich sage Ihnen jetzt, was wir machen. Erst einmal lasse ich Sie los und dann gehen wir zwei Hübschen so entspannt wie möglich ins Haus. Bekommen Sie das hin?« Der blonde Mann erspähte Zweifel in dem, ihn anstarrenden Augenpaar, erahnte Gedanken, die sich nicht um Flucht oder Gegenwehr drehen würden. Nein, die Chance war vertan, der Wille gebrochen. Viel mehr ängstigte sich sein Gegenüber um Frau und Tochter. »Verstanden?«

Keine Reaktion.

»Nicken Sie, wenn Sie mich verstanden haben.«

Nicken.

»Na also. Und jetzt versuchen Sie mal, sich etwas zu entspannen. Was soll Ihre Frau denn denken, wenn Sie aussehen, wie der Tod auf Socken?« Die Handkante gab dem Kehlkopf etwas Spiel. »Ich sage Ihnen jetzt, was passieren wird, wenn Sie da drinnen den Helden spielen wollen. Hören Sie gut zu.«

Die klaren Worte führten wie erwartet nicht zur Erleichterung des Mannes. Stattdessen verhärtete sich der Blick. Muskel an Armen und Beinen spannten sich und die Schweißproduktion sorgte für eine Benetzung der Hand an der Kehle.

»So konzentriert gefallen Sie mir schon besser. Dann muss ich mich wenigstens nicht dauernd wiederholen. Gut. Gehen wir jetzt ins Haus. Und ich hoffe, Sie sind sich darüber bewusst, dass ich Typen wie Sie eigentlich ganz gerne habe. Sie leben in Ihrem kleinen Kosmos und sind zufrieden. Sie sind nicht kampferprobt und stellen keine Gefahr für mich dar.« Er nahm die Hand vom Hals und registrierte, wie sich die Muskeln bei seinem Opfer etwas lockerten. »Ich bin aber für Sie eine Gefahr. Eine absolut tödliche. Wenn Sie also Mist machen, schneide ich, ohne mit der Wimper zu zucken, Ihrer Tochter das Herz heraus, brate es medium und zwinge Sie und Ihre Frau dazu, es zu essen. Wollen Sie das?«

Heftiges Kopfschütteln, gepaart mit unkontrollierten Atemzügen, kamen als Antwort. Der Körper seines Opfers verspannte sich zusehends.

»Ich sehe, Sie vertrauen mir und das sollten Sie wirklich tun. Es wird keine Eskalationsspirale geben. Ein Fehler von Ihnen und Ihre Tochter endet auf dem Tisch. Klar?« Er zählte stumm bis fünf. Das Gespräch verlief einseitig. »Habe ich auch nicht erwartet. So, wir gehen jetzt ins Haus und Sie setzen sich vor den Fernseher. Schauen Sie sich irgendetwas an. Was immer Sie wollen. Ich werde Sie nicht fesseln, aber dafür erwarte ich Kooperation. Nicken Sie, wenn wir einen Deal haben.«

Zaghaftes Absenken des Kopfes bestätigte das Abkommen.

Mit einer galanten Handbewegung wies der blonde Mann auf die offene Terrassentür. Überaus amüsiert verfolgte er, wie das Opfer sorgfältig einen Schritt vor den anderen setzte. Offensichtlich versuchte er, Zeit zu schinden. Sein Wille zur Gegenwehr schien doch nicht ganz gebrochen, sinnierte der Killer und schüttelte den Kopf. Er hätte drauf gewettet, dass der Ausblick auf kross gebratene

Teile seiner Tochter den Mann ausreichend eingeschüchtert hatten. Vielleicht war er aber auch schon zu verschreckt, um noch klare Gedanken zu fassen.

»Ach, wie schön, Sie beide wiederzusehen«, rief der Killer der Frau zu, die mit ihrer Tochter am Esstisch saß und Uno spielte. Die Frau zuckte zusammen und zog das kleine Mädchen zu sich auf den Schoß. Dann sah sie ihren Mann hinter der Verkörperung des Schreckens hervortreten und Hoffnung zeichnete sich in ihren Augen ab. Doch anstatt den Kampf aufzunehmen, seine Familie heldenhaft zu verteidigen, sah sie, wie er die Schultern sinken ließ und gebrochen zu ihr an den Tisch trat.

»Spielst du gerne Uno?«, fragte der Killer die Tochter, die das Gesicht an die Brust der Mutter presste. Gönnerhaft ging er auf den Tisch zu, nahm den gelben Kartenhalter auf und legte nach kurzer Prüfung eine rote Sieben auf die Neun, die oben lag. »Du hast richtig gute Karten. Da hat deine Mutter ja gar keine Chance.«

»Was wollen Sie schon wieder?«, schrie die Frau. »Haben Sie uns noch nicht …«

Elegante Bewegungen zog er vor, wenn es aber galt, den Keim der Hoffnung zu ersticken, handelte er blitzschnell und so erstickte seine Hand die mutigen Worte. »Na, na, na. Nicht so laut. Wir wollen doch nicht, dass uns jemand hört, oder?« Beißt sie zu oder nicht, fragte er sich und erhöhte den internen Wetteinsatz auf fünf Euro pro Biss. Großmütig sich selbst gegenüber ließ er ein paar Sekunden verstreichen, labte sich an dem Wut-Angst-Gemisch, das sich in den Augen der Frau aufbaute. Dann beugte er sich hinunter und sah sie frontal an. »Ich tue Ihnen nichts, solange Sie vernünftig sind und mich nicht herausfordern. Verstanden?« Mehr wütend als schnaubend nickte die Frau und streichelte weiter das Haar des Mädchens.

Mit einer unmissverständlichen Handbewegung forderte er den unbeweglich im Türrahmen wartenden Mann auf, sich auf die Couch im Wohnbereich des Zimmers zu setzen. Erfreut über die gelungene Einschüchterung drehte er den Kopf zur Frau zurück, die dem Augenschein nach noch nicht aufgegeben hatte. Ihr Blick funkelte ihn kontinuierlich an.

»Ihren Mann habe ich eindringlich darauf hingewiesen, was passiert, wenn Sie beiden sich zur Gegenwehr entschließen sollten. Wie gesagt, ich möchte ihnen nichts tun, solange Sie mich nicht herausfordern.« Leise, aber deutlich sprach er weiter und legte eine Ernsthaftigkeit in die Stimme, die jeden Zweifel brach. »Und ich bitte Sie inständig ...« Um wenige Grad schwenkte der Kopf zu dem Mädchen. »... sehen Sie von unnötigem Aufbegehren ab.« Mit aller ihm verfügbarer Humorlosigkeit und dem Ausschluss jeden, noch so kleinen Restzweifels an seinem Willen, sah er der Frau in die eiskalten Augen. »Gehen Sie zu Ihrem Mann, setzen Sie sich auf die Couch und schauen Sie sich irgendetwas im Fernsehen an. Wenn wir uns alle an die kleinen Spielregeln halten, bin ich schneller wieder weg, als Sie denken.«

»Was wollen Sie von uns?«, fragte die Frau und trug ihre Tochter zum Sofa. Das Mädchen ließ kurz von der Mutter ab, als diese sich setzte.

»Nichts.«

»Und warum sind Sie dann hier?«

»Weil Ihr Haus dummerweise einen guten Blick auf Ihre Nachbarn erlaubt. Ist also nichts Persönliches, sondern Glück für mich und Pech für Sie.«

Ungläubig schüttelte die Frau den Kopf. Ihre Tochter war neben sie auf das Sofa gekrabbelt, klammerte sich aber immer noch an den schützenden Körper.

»So. Ich gehe jetzt nach nebenan und beziehe meinen Posten. Und hier kommt die allerletzte Warnung, die Sie, wie ich intensiv hoffe, nicht in den Wind schlagen.« Theatralisch stellte er sich vor die Familie. »Wenn sich einer von Ihnen ungefragt von diesem Sofa entfernt, schreit oder irgendeine andere Idee verfolgen sollte, sich bemerkbar zu machen, werde ich Ihre Tochter töten. Glauben Sie mir bitte. Sie wäre nicht die Erste.«

Bevor er sich auf den Weg ins Arbeitszimmer machte, das ihm von seinem letzten Besuch in Erinnerung geblieben war, lächelte er die Frau kalt an. Er war sich nicht ganz sicher, ob sie überzeugt war. Hoffentlich stellte sie seine Worte nicht infrage.

Kapitel 40

Montag, 30. März

Abends

Möchten Sie noch ein Glas Wein?« Sabine Friedensfurt erhob sich aus dem Ledersessel und nahm das Glas vom Tisch. Dann blickte sie zu Irene Gerste hinüber.

»Ja, gerne. Was war das doch gleich für einer?«

»Die ganzen Namen kann ich mir nie merken. Nur der hier war etwas besonders.« Sie drehte die Flasche, bis sie das Etikett lesen konnte. »Zweimal im Jahr fahren wir an die Mosel und kaufen ein paar Kisten. Michael macht da immer eine große Sache draus. Aber beim letzten Mal kamen drei Dinge zusammen. Der Ort heißt Alf. Das hat mich direkt an die Fernsehserie erinnert. Dann hieß das Weingut Stein. Also Steinwein. Und als wir da in der Weinstube saßen, kommt der Winzer mit einem Wein aus der Hölle an.« Schmunzelnd setzte sie sich auf die Lehne des Sessels. »Ich bin aus dem Lachen nicht mehr rausgekommen, sage ich Ihnen.«

»Alfer Steinwein aus der Hölle also. Kein Wunder, dass Sie den nicht vergessen. Und ganz nebenbei schmeckt er auch gut.«

»Eigentlich kümmere ich mich nicht um so einen Firlefanz. Wein ist zum Trinken da. Was interessieren da die Namen. Hauptsache, er schmeckt.«

»Ha, das sehe ich genauso. Mein Ex-Mann konnte auch stundenlang über so ein Zeug plaudern. Das war sehr anstregend und dazuhat er sich unendlich gern aufgeregt, wenn ich meinte, er solle mal Luft holen.«

Sabine stand auf, ging in die Küche und öffnete den Kühlschrank. »Mist, ich hätte wetten können, dass ich heute Morgen zwei Flaschen kalt gestellt habe.«

»Macht doch nichts. Ein Glas Wasser tut es auch.«

»So weit kommt es noch. Michael hängt mich auf, wenn er das erfährt. Ich gehe nur schnell in den Keller.«

»Machen Sie sich doch wegen mir keine Umstände. Ich sollte ohnehin kein zweites Glas trinken, wenn ich mit dem Auto unterwegs bin.« Irene drückte sich aus den Polstern und ging zum Fenster. Hinter den Bäumen versank die Sonne und verwandelte den Himmel in ein statisches Flammenmeer. »So schön kann Wuppertal sein.«

»Was haben Sie gesagt?«, fragte Sabine, die mit einer Flasche im Türrahmen stand.

»Ich habe mich an dem bezaubernden Sonnenuntergang erfreut. Da kommt einem unser Regenloch ganz anders vor.«

»Da sagen Sie was.« Mit einem Korkenzieher in der Hand ging Sabine auf den Sessel zu und setzte sich. Dann entkorkte sie die Flasche und roch am Korken. »Hmm. Ich liebe den.« Umsichtig füllte sie die leeren Gläser und prostete Irene zu. Sie trank einen Schluck, ließ den Wein im Gaumen verharren und atmete tief ein, nachdem sie die Flüssigkeit heruntergeschluckt hatte. Entspannt lehnte sie sich zurück und verharrte einen Moment. »Meinen Sie wirklich, dass es Wüst auf uns abgesehen haben könnte?«

»Ehrlich? Ich weiß es nicht. Frank ist sich auch nicht sicher, was der jetzt vorhat. Er war ja mit Ihrem Mann im Gericht und da hat er sich mächtig aufgeregt.«

»Ja. Irre, der Kerl, oder?«

Irene nickte. »Vollkommen. Und Ihr Mann ist gerade in Hamburg?«

»Ja. Heute Morgen losgefahren. Er besucht da einen Verlag, mit dem er zusammenarbeiten möchte.«

»Was macht Ihr Mann denn beruflich?«

»Er ist Lektor. Freiberuflich.«

Irene zog eine Augenbraue hoch.

»Ja, ich weiß. Sie sind nicht die Erste, die sich fragt, ob man davon leben kann.«

»Das war zwar nicht das, was ich fragen wollte, aber offensichtlich kann man davon ganz ordentlich leben. Sie haben ein wundervolles Haus. Aber eigentlich bin ich überrascht.«

»Warum?«

»Weil er mir nicht wie ein Bücherwurm vorkam, als wir zusammen den Radfahrer wiederbelebt haben. Eher wie ein Mann der Tat.«

»Hilfsbereit war er schon immer. Nur durch den ganzen Mist im letzten Jahr hat er sich stark verändert. Er ist jetzt viel misstrauischer als früher. Und sein Glas ist jetzt leider öfter halb leer als halb voll.«

»Das tut mir so leid, was Sie da alles durchmachen mussten. Wie haben Sie das alles nur verarbeitet?«

»Noch gar nicht. Auch die Kinder handhaben das total verschieden. Marie, meine Jüngste, hat das zum Glück nicht ganz so intensiv mitbekommen. Trotzdem waren wir bei einem Kinderpsychologen. Seiner Meinung nach dauert es lange, bis sie es verarbeiten wird, weil sie die Erlebnisse in sich eingeschlossen hat. Dadurch verhält sie sich relativ normal. Und solange sie nicht von sich aus darüber reden möchte, sollen wir es auch dabei belassen.«

Irene trank einen Schluck Wein. »Ich möchte mir das gar nicht vorstellen, was Ihnen da passiert ist.«

»Mama!«, schallte es aus dem ersten Stock durch das Haus. »Wo ist denn mein grüner Hoodie schon wieder?« Eine Tür knallte und Schritte waren auf der Treppe zu hören. »Hast du …« Sophie Friedensfurt stürzte aus der Küche ins Wohnzimmer und stockte. »Oh! Entschuldigung. Ich wusste nicht, dass du Besuch hast.« Flink umrundete sie den Glastisch und hielt Irene die Hand hin. »Hallo. Ich bin Sophie. Und wer sind Sie?«

»Sophie!«

»Ach, lassen Sie. Ich mag junge Leute, die auf andere zugehen.« Gelassen rutschte sie von der Lehne ab und ergriff die schmale Hand des sie freundlich anlächelnden Mädchens. »Und um deine Frage zu beantworten: Ich bin Irene. Irene Gerste.«

»Gerste? So wie der Bulle?«

»Sophie!«

»Ja, das ist mein Sohn.«

»Sie Arme. Wie ist es denn so, mit einem Bullen als Sohn?«

»Gute Frage. An der Antwort arbeite ich seit dreißig Jahren.« Lachend griff sie zum Glas.

»Und was ist das Ergebnis?«

»Weißt du, ich war lange Rechtsanwältin und von daher habe ich ein gespaltenes Verhältnis zur Polizei. Kurzum, es gab gute und es gab schlechte Tage.«

»Sie sind lustig. Und was machen Sie hier?«

Belustigt stellte Irene das Glas auf den Tisch. »Eigentlich wollte ich deinen Vater sprechen.«

»Tja, das würde ich auch gerne, aber der treibt sich mal wieder in der Welt rum.« Sophie trabte in die Küche zurück. Dann drehte sie sich ruckartig um und lugte um den Türrahmen herum. »Es war schön, Sie kennenzulernen. Und Mama, wo ist denn jetzt mein Hoodie?«

»Ich weiß doch nicht, wo du den liegen gelassen hast.«

»Den hast du doch bestimmt wieder gewaschen. Kannst du irgendwann mal meine Sachen in Ruhe lassen?«

»Hey, Süße. Ich war nicht an deinem Kram. Und wenn du mir nicht glaubst, dann geh in den Keller und sieh nach.«

»Mach' ich auch und ich geh' jede Wette ein, dass er da liegt.« Sophie rauschte zur Kellertür. »Und tschüss, Frau Gerste.«

»Tschüss, Sophie.« Schmunzelnd lehnte sich Irene in die Polster zurück. »Da haben Sie aber einen ganz schönen Wirbelwind.«

Sabine rollte mit den Augen und fuhr sich mit den Fingern durch die dunkelbraunen Haare. »Manchmal ist sie mir etwas zu lebhaft.«

»Wie hat sie den Überfall verarbeitet?«

»Wahrscheinlich am besten von uns. Der Psychologe meinte, dass es gut für sie war, alles mit einem positiven Erlebnis abgeschlossen zu haben.«

»Was meinen Sie?«

»Na ja. Sophie hat doch Wüst daran gehindert, Michael zu töten. Dadurch hätte sie keinen Grund, mit Angst und Rückzug zu reagieren. Stattdessen ist sie stolz auf sich und lebt dies auch aus.«

Durch hochgezogene Augenbrauen stellte Irene eine unausgesprochene Frage.

»Wüst hatte Michael im Keller gefoltert. Das war so grausam, sag' ich Ihnen. Und dann hat er ein Messer gezogen und wollte ihn töten. Da hat Sophie ihm das Messer mit einem Baseballschläger aus der Hand geschlagen.«

»Echt?«

»Ja. Ich war auch total platt. Das hätte ich meiner Tochter niemals zugetraut. Zum Glück kam dann die Polizei und die Bande ist geflohen.«

»Das ist bewundernswert. Ich weiß nicht, ob ich das so könnte.«

»Ich könnte das auch nicht. In den ersten Tagen danach habe ich keine Minute geschlafen. Noch heute denke ich fast jeden Tag daran.«

»Sie Arme.«

»Ja. Hilft aber nicht. Ich muss das ja irgendwie verdrängen, damit die Kinder wenigstens normal weiterleben können. Michael lässt das alles nicht an sich heran. Und darüber reden, tun wir gar nicht. Wir hatten ja gehofft, dass der Prozess die ganze Sache so oder so abschließt. Aber daraus wird jetzt wohl nichts.«

»Womit wir wieder beim Grund meines Besuchs wären.« Lächelnd leerte Irene ihr Glas.

»So siehts aus. Und Sie glauben wirklich, der will sich für letztes Jahr an uns rächen?«

»Wissen tun wir das nicht. Aber warnen wollten wir zumindest. Frank ist durch den Anschlag auf die Schwebebahn und Wüsts

Flucht so eingespannt, dass er mich gebeten hat, das zu übernehmen. Sehen Sie, es sieht so aus, als wenn die ganzen Anschläge der letzten Tage von einem einzigen Mann durchgeführt wurden. Nur um Verwirrung zu stiften.«

»Das muss ja Superman sein. Weiß man denn, wer es ist?«

»Nein. Nur, dass es ein Mann mit blonden Haaren ist und dass er, obwohl es sich komisch anhört, durchaus charmant ist.«

»Wie kommen Sie darauf?«

»Ich habe ihn kurz kennengelernt.«

»Sie haben was?«

»Das war reiner Zufall. Ich wollte die Wohnung eines Bekannten aufsuchen, als ich den Mann aus dem Haus kommen sah. Und da habe ich ihn verfolgt.«

»Nein?«

»Doch, aber es war eine meiner schlechteren Ideen. Ich habe mich wohl nicht so clever angestellt, wie ich dachte. Etwas später hat er auf mich gewartet und sich über die Frau Privatdetektivin lustig gemacht. Dann hat er mir noch generös erklärt, warum er mich heute nicht töten würde und ist gegangen.«

Ungläubiges Staunen zeigte sich in Sabines Augen und sie trank hektisch einen Schluck Wein.

»Und was ist daran charmant?«

»Die Art und Weise, wie er mit mir gesprochen hat. Ach, ich weiß es auch nicht genau. Ich hatte jedenfalls nicht das Gefühl, dass ich tatsächlich in Gefahr war.«

»Sie machen mir Spaß.«

Es klingelte an der Haustür und Sabine erhob sich.

»Lass gut sein, Mama. Ich gehe schon hin. Das ist bestimmt Melli«, rief Sophie durch das Haus und stürmte die Kellertreppe herauf.

»Wirbelwind trifft auf sie zu«, sagte Sabine und ließ sich wieder in den Sessel sinken.

»Mama?«, rief Sophie. »Hier ist Besuch für dich.«

»Wer ist es denn?« Sie drehte sich zur Tür um und erstarrte zeitgleich mit Irene.

»Guten Abend die Damen. Ich bin untröstlich, so unangemeldet hier hereinzuschneien. Für die unerfreulicherweise folgenden Widrigkeiten für Sie, möchte ich mich schonmal vorab, mit einer ganz exquisiten Ode an den Gaumen entschuldigen.« Mit einem eleganten Schwung zog der blonde Mann eine Flasche Rotwein aus der Manteltasche und präsentierte die Gabe den überraschten Frauen.

Kapitel 41

Montag, 30. März

Nachts

Gerste schlug die Augen auf und betete für den Anrufer, er möge mehr als nur einen guten Grund haben, ihn um kurz nach elf zu wecken. Beim Tasten nach dem Handy hatte er seine Armbanduhr vom Nachttisch gefegt und das erste Mal tief, sehr tief durchgeatmet. Jetzt, nach dem zweiten Beruhigungsluftzug, malte er sich aus, was er dem dummen Mutigen am folgenden Morgen antun würde.

Mit Corinna rechnete er nicht. So dreist konnte sie nach den gemeinsamen Erfahrungen nicht mehr sein. Wenn doch, kochte er, würde er sie eine Woche lang Strafzettel aufnehmen lassen. In Uniform. Vor ein paar Monaten hatte er mal etwas in dieser Richtung angedeutet und er war sicher, sie würde es nicht riskieren, sondern Kollege Marc oder noch besser, Patrick Hahn von der Polizeiwache anstiften.

Marc. Ja. Den würde er, nach einem tiefen Seufzer kam ihm die Erleuchtung, das ganze Büro putzen lassen. Nur traute er auch ihm diese ungeheure Respektlosigkeit gegenüber seinem Schlafbedürfnis nicht zu.

Blieb eigentlich nur seine Mutter übrig. Klar, wer denn sonst. Wahrscheinlich hatte sie wieder einen ihrer Geistesblitze und erwartete, dass er wie ein Hund nach dem Leckerli schnappte.

»Gerste!«, nuschelte er so unfreundlich, wie er es um diese Zeit hinbekam, in das Handy? Die Rufnummer war unterdrückt. Glück für alle, die er verwunschen hatte.

»Na, sieh' mal einer an. Der Herr Oberbulle ist ja noch wach. Sind Sie immer so unhöflich am Telefon?«

»Wüst? Sind Sie das?« Augenblicklich fielen Müdigkeit und Ärger von ihm ab. Ein Anruf um diese Zeit, von einem geflohenen Häftling, bedeutete Probleme. Aber es war nach wie vor elf Uhr abends. »Sind Sie irre? Wissen Sie, wie spät es ist? Schauen Sie mal auf die Uhr. Und wo in Dreiteufelsnamen haben Sie überhaupt die Nummer her?«

»Was glauben Sie wohl?«, blaffte Wüst ungehalten. »Von Ihrer werten Frau Mutter.«

Die bisher noch auf Sparflamme vor sich hin köchelnden Instinkte beschleunigten auf Lichtgeschwindigkeit. Mit dreihunderttausend Metern pro Sekunden schossen die Fragen ›Wo ist sie? Lebt sie? Was wollen Sie?‹, durch seine Gehirnwindungen.

»Rufen Sie mich morgen früh nochmal an. Ich bin nicht im Dienst«, antwortete er gelangweilt und beendete das Gespräch. Tief sog er die verbrauchte Luft des Schlafzimmers ein, stellte den Rufton aus und sah zu seiner schlafenden Frau hinüber, die nächtliche Anrufe nur selten weckten.

Als er die Schlafzimmertür hinter sich zuzog, vibrierte das Telefon erneut.

»Machen Sie das nochmal, stirbt Ihre Mutter!«

»Was erzählen Sie immer von meiner Mutter?«

»Sie war so freundlich, meine Einladung zu einem abendlichen Gespräch nicht abzulehnen.«

»Geben Sie sie mir.«

»Sie stellen hier nicht die Forderungen. Ist das klar? Aber ich bin ja kein Unmensch.«

»Frank?« Eine für die Lage aggressive Stimme war zu vernehmen.

»Mutter? Was ist passiert?«

»Das erzähle ich Ihnen gerne.« Wüsts Stimmlage war jetzt deutlich triumphaler. »Sie kennen ja das alte Sprichwort vom Propheten, der nicht zum Berg geht. Und da sich Ihr Jägerkumpel ja abgesetzt hat, wollte ich nicht ganz untätig bleiben und bin meinerseits zum Berg gegangen. Und raten Sie mal, wen wir da angetroffen haben?«

»Offensichtlich meine Mutter.«

»Richtig. Ein Punkt für Sie. Und weil ich ja eigentlich gar nichts gegen Ihre Mutter habe, aber auch nicht unverrichteter Dinge wieder abziehen wollte, habe ich Frau Friedensfurt und ihre kleine Hexe von Tochter gebeten, uns zu begleiten.«

»Das ist nicht Ihr Ernst.«

»Aber sicher ist das mein Ernst. In so einer Lage würde ich doch keine Witze machen. Was denken Sie denn von mir?«

»Ihnen traue ich alles zu. Wie kann man nur ein Kind entführen?«

»Mit der kleinen Schlampe habe ich noch eine Rechnung offen, wie Sie sich vielleicht erinnern. Die werde ich dann zusammen mit der an Ihrem Vater begleichen.«

»Na, jetzt kommen wir dem Grund Ihres Anrufs ja langsam näher.«

»Gut, kommen wir zum Geschäft. Ich will, dass Friedensfurt und Sie morgen um High Noon, wenn Sie nicht wissen, was das ist, googeln Sie es, zu einem Treffpunkt am Aprath oben kommen. Nur Sie beide. Alleine.«

»Der Aprath ist groß. Da müssen Sie schon ein klein wenig präziser werden.«

»Sie haben immer noch eine ganz schön große Klappe, Bulle. Aber verlassen Sie sich drauf, die wird morgen kleiner werden. Ich habe schon andere Kaliber als Sie im Anblick des Todes wimmern sehen.«

»Das klingt aber nicht nach einer Einladung, der ich nachkommen möchte.«

»Sie haben aber dummerweise keine andere Wahl.«

»Erhellen Sie mich. Warum sollten Herr Friedensfurt oder ich ihrer Bitte Folge leisten?«

»Sind Sie irgendwie schwer von Begriff?« Die Stimme wurde ärgerlicher. »Wenn Sie nicht kommen, werde ich einem meiner Freunde erlauben, seine Bekanntschaft mit Frau Friedensfurt zu vertiefen. Ich könnte mir vorstellen, dass sie danach um einen schnellen Tod flehen wird.«

»Sie sind ein echtes Schwein!«

»Ach, werden wir doch nicht persönlich.« Wüst verharrte einen Moment. »Also. Ich will Sie und diesen Jägerarsch morgen hier sehen. Nur dann haben die drei eine Chance zu überleben. Fragen?«

»Sie wissen doch ganz genau, dass Herr Friedensfurt in Hamburg ist. Wie soll der denn bis morgen Mittag wieder hier sein?«

»Das, mein Lieber, ist Ihr Problem. Aber da ich Sie als kreativen Menschen einschätze, wird Ihnen schon was einfallen. Und noch etwas. Keine Polizei.«

»Sie erinnern sich aber schon daran, dass ich Polizist bin?«

»Witzbold. Ich will keinen Bullen da oben sehen, sonst erschießen wir die Ladys sofort. Und das ist kein Witz. Meinen blonden Freund haben Sie ja schon kennengelernt. Der wird die ganze Sache überwachen. Ein Zeichen von ihm und Finito.«

»Noch was?«

»Ja. Die Adresse. Naurathssiepen 1. Und nicht vergessen: morgen um High Noon. Und kommen Sie nicht auf den dummen Gedanken, Sie wären Gary Cooper.«

»Würde mir niemals einfallen. Der hatte im Gegensatz zu Ihnen Stil.«

»Sie machen mir Spaß, Bulle, aber Sie können mich nicht reizen. Morgen werden wir ja sehen, wer zuletzt lacht. Und denken Sie dran: Rieche ich auch nur einen Bullen, weide ich mich dran, wie sich das Hirn Ihrer Frau Mutter auf dem Springplatz verteilt.«

»Ich warne Sie …« Gerste schaute das Telefon an. »Wüst?« Das Telefonat war beendet.

Kapitel 42

Dienstag, 31. März

Früher als üblich

»Frank?« Corinna ging durch das Großraumbüro und lehnte sich an die Tür zum Büro ihres Chefs. »Was machst du denn um diese Zeit schon hier?« Mit der Hand tippte sie auf ihre Uhr. Fragende Blicke trafen Gerste, der einen Wust Papier auf seinem Schreibtisch verteilt hatte.

»Wie spät ist es denn?«

»Sieben Uhr. Sag mal, seit wann bist du denn hier?«

»Kurz nach Mitternacht.«

»Bist du zu Hause rausgeflogen oder was ist los?«

»Komm rein«, sagte Gerste emotionslos. »Setz dich.« Er schob ein paar Akten übereinander und lehnte sich gegen das Sideboard vor dem Fenster. »Corinna«, begann er für seine direkte Art bekannt, ungewöhnlich einsilbig. »Du weißt, ich schätze dich sehr …«

»Was ist los? Willst du mich rauswerfen?«

»Kannst du auch mal 'ne Sekunden die Klappe halten?« Genervt schaute er ihr in die Augen und verschränkte die Arme hinter dem Kopf. Dann atmete er tief ein und sprach mit emotionaler Stimme weiter. »Gestern Abend hat Wüst meine Mutter entführen lassen.«

»Was? Warum? Wieso?«

»Ich vermute, sie war einfach zum falschen Zeitpunkt am falschen Ort.«

»Ich verstehe nur Bahnhof.«

»Deswegen solltest du auch das tun, was dir bekanntlich schwerfällt: Die Luft anhalten.«

Rasch registrierte sie die unverhohlene Schärfe und zeigte entwaffnend ihre offenen Handflächen.

»Irene war bei den Friedensfurts. Was sie da wollte? Keine Ahnung. Auf jeden Fall hat mich Wüst gestern spät abends noch angerufen und mir erzählt, dass er sie zusammen mit Sabine Friedensfurt und einer Tochter entführt hat.«

»Ich scheiß' an die Wand. Ist der irre?«

»Nun, so bildlich hätte ich es nicht ausgedrückt, aber im Großen und Ganzen habe ich ihn das auch gefragt.«

Weit geöffnete Augen erwarteten eine Antwort.

»Eigentlich wollte er Michael Friedensfurt entführen, nehme ich an. Der ist zu seinem Glück aber gerade in Hamburg und war nicht greifbar. Also hat er die drei Frauen mitgenommen und mir ein Ultimatum gestellt. Bis heute Mittag sollen wir beide, also Friedensfurt und ich auf einem Bauernhof oben am Aprath erscheinen.«

»Und dann?«

»Das hat er nicht weiter ausgeführt. Nur, dass wir alleine kommen sollen. Und wenn ich die Polizei einschalte, tötet er alle drei sofort.«

Plötzlich lachte Corinna. Sie sprang auf und stellte sich hinter den Stuhl. »Was meint er denn damit, dass du die Polizei nicht einschalten sollst? Du bist doch die Polizei. Was ist das denn für ein Horst.«

»Frag mich nicht«, entgegnete Gerste zerknirscht.

»Hast du Friedensfurt schon erreicht?«

»Ja, der ist bereits auf dem Rückweg. Wir treffen uns um acht.«

»Was ist euer Plan?«

»Was meinst du wohl?« Es folgte eine theatralische Pause, begleitet von Achselzucken. »Keine Ahnung. Ich hoffe, ihm fällt was ein.«

»Was ist mit einem SEK-Einsatz?«

»Das meinte er vermutlich, als er die Polizei ausgeschlossen hat. Unser blonder Freund würde alles überwachen und wenn er einen Polizisten sieht, erschießt er die Geiseln sofort. Bevor ich das riskiere, will ich erst mit Friedensfurt reden.«

»Glaubst du, er will euch gegen die Frauen austauschen?«

»Darüber denke ich auch schon die ganze Zeit nach. Aber ich komme zu keiner logischen Antwort. Was will er von mir? Dass er was gegen Friedensfurt hat, kann ich in gewisser Weise nachvollziehen. Aber warum ich?«

»Du hast ihm doch die Tour an der Deutschen Bank versaut.«

»Schon, aber, will er jeden Polizisten umbringen, der ihm mal einen Strafzettel gegeben hat?«

»Dünner Vergleich.«

»Ja. Ja. Du hast ja recht.«

»Was ich noch nicht verstehe, warum hast du mir davon erzählt, wenn du doch die Polizei raushalten sollst.«

»Vielleicht werde ich auf meine alten Tage sentimental?« Ein Lächeln breitete sich auf seinem Gesicht aus. Die erste positive Regung an diesem Morgen.

»Hey. Du hast gelacht. Noch ist also Hoffnung da.«

Die Mundwinkel widersetzten sich der Erdanziehung nicht.

»Friedensfurt möchte, dass du dabei bist, wenn wir uns später treffen.«

»Welche Ehre.«

»Du weißt aber auch, dass es gefährlich werden kann?«

Gerste erntete einen abschätzigen Blick.

»Und dass, was immer passieren mag, du deinen Job als Polizistin riskieren könntest.«

Der abschätzende Blick wurde intensiver. »Hör mit dem Scheiß auf. Natürlich bin ich dabei. Ich wäre sauer gewesen, wenn du mich nicht gefragt hättest.«

»Danke. Ich danke dir wirklich. Und jetzt gehen wir rüber und kein Wort zu Marc.«

Mit dem Finger zog sie den imaginären Reißverschluss ihres Mundes zu, stand auf und ging hinüber zum Besprechungsraum.

»Hallo, guten Morgen«, sagte Schiffer, als sie aus dem Büro trat. »Was macht Frank denn schon so früh hier?«

»Der Oberbürgermeister macht ihm mächtig Druck. Das lässt scheinbar auch den coolsten Hauptkommissar nicht kalt.«

»Ist ja auch echt krass, was in den letzten Tagen passiert ist. Darf ich dir einen Kaffee zubereiten?«

»Gerne«, antwortete sie, griff nach ihrem iPad und folgte Schiffer in den Besprechungsraum.

Ein sonores Geräusch drang vom Mahlwerk des Kaffeevollautomaten, als Gerste den Raum betrat. »Hallo, Marc. Kannst du mir bitte einen doppelten Espresso machen? Ich bin schon die halbe Nacht hier und brauche jetzt dringend Koffeinnachschub. Irgendwie bekomme ich das nicht so hin, wie du.«

Schiffer stockte in seinen Bewegungen. »Warum denn das?«

»Es wird ja nicht jeden Tag mit einer Stinger auf die Schwebebahn geschossen, oder? Da erwartet der Oberbürgermeister in Einheit mit dem Polizeipräsidenten etwas mehr Einsatz. Also, gibt es was Neues aus der KTU?«

»Bis jetzt nicht. Aber ich schaue gleich mal nach«, sagte Corinna und dankte mit einem freundlichen Blick ihrem Kollegen für den Latte macchiato. Sie startete das iPad und scrollte durch die Mails. »Nein. Keine neue Nachricht von Sven. Aber ich habe auch nicht erwartet, dass er viele Spuren aus dem Caddy rausholt. Bisher war der Typ ja sehr vorsichtig und hat uns nur finden lassen, was wir finden sollten.«

»Wie sieht es mit den Fahrgästen aus? Gibt es was von den Verletzten?« Gerste arbeitete die Standardfragen ab. Mit den Gedanken war er nicht bei der Sache und so verbrühte er sich die Lippen, als er den heißen Espresso trinken wollte. »Ah!« Hektisch setzte er die kleine Tasse ab, die prompt von der Untertasse kippte. Ein brauner See breitete sich auf dem Tisch aus.

»Hey, Frank. Was ist denn heute mit dir los?« Schiffer nahm einen Lappen und wischte den verschütteten Kaffee auf. »Du weißt doch, dass die optimale Espressotemperatur bei über neunzig Grad liegt.«

»Tut mir leid. Irgendwie war ich abgelenkt.«

»Schon gut.« Hilfesuchend suchte Schiffer Corinnas Blick.

»Wo waren wir stehengeblieben?« Gerste sah auf die Wanduhr, deren großer Zeiger sich der sechs näherte.

Schiffer zog ein Blatt aus den Akten hervor. »Also. Es wurden achtundzwanzig Personen verletzt. Fünf davon schwer, weil sie sich im vorderen Teil der Schwebebahn aufgehalten haben. Der Fahrer hat es überraschenderweise gut überstanden. Vielleicht, weil er der Einzige war, der einen ordentlichen Stuhl hatte. Die anderen haben sich durch den plötzlichen Absturz Knochenbrüche und Quetschungen zugezogen. Die Leute im hinteren Teil, der, der hängengeblieben ist, haben nur leichtere Verletzungen davongetragen.«

Gerste nickte unbeteiligt und sah wieder auf die Uhr.

»Hast du heute noch was vor?«, fragte Schiffer. »Du schaust andauernd auf die Uhr. Sollen wir später weitermachen?«

»Nee, nee. Alles gut. Ich habe heute Nacht nur wenig geschlafen. Tut mir leid.«

»Klopf, klopf«, sagte Staatsanwalt Doktor Ritter, als er mit dem Zeigefinger gegen den Türrahmen pochte. »Guten Morgen. Wie schön, Sie bei der Arbeit zu sehen.«

»Möchten Sie einen Kaffee?«, fragte Schiffer.

»Nein Danke. Können wir uns mal in Ihrem Büro unterhalten?« Der Blick blieb bei Gerste hängen.

»Klar. Kommen Sie mit.« Rasch erhob er sich und folgte dem Staatsanwalt, der schon auf dem Weg war. »Macht schon mal weiter. Ich bin gleich zurück.«

Doktor Ritter hatte sich gegen die Wand gegenüber Gerstes Schreibtisch gelehnt, als der Kommissar das Büro betrat. »Was gibt es denn so Geheimnisvolles?«

»Nun, gestern Nachmittag habe ich mich nochmal mit dem Polizeipräsidenten und dem Referenten des Oberbürgermeisters treffen müssen.«

»War's schön?«

»Nicht so richtig. Wir haben den ganzen Fall Revue passieren lassen und sind zu der Erkenntnis gelangt, dass wir uns nicht erklären können, worin die Verbindung zwischen dem Attentäter und Ihnen besteht.«

»Wie schade. Über die Frage denke ich fast jede Nacht nach. Aber wenn so kluge Köpfe zu keiner Antwort kommen, muss ich ja nicht an mir zweifeln.«

»Wie auch immer. Wir haben also zusammen gesessen und ich kann sagen, der Referent des Bürgermeisters, dieser Sasser, ist nicht unbedingt ein Freund von Ihnen.«

»Irgendwie kann ich Ihnen nicht ganz folgen. Sie sind doch sonst nicht so verklausuliert. Irgendwas liegt Ihnen doch auf der Leber.«

Doktor Ritter drehte an seinem Ehering, zog ihn ab und steckte ihn nach wenigen Sekunden wieder an. Dann setzte er sich auf den Stuhl. »Sasser hat Wimmer solange bequatscht, bis er das bekommen hat, was er wollte.«

»Und das wäre?«

»Ihre Suspendierung.«

Jetzt war es an Gerste überrascht zu sein. »Hä? Das ist doch nicht Ihr Ernst.«

»Leider doch. Wimmer wird es Ihnen später mitteilen.«

»Und warum sagen Sie es mir jetzt?«

»Ich wollte Sie nur vorwarnen. Meiner Meinung nach gibt es für eine Suspendierung überhaupt keinen Grund. Aber Sasser hat es sich irgendwie in den Kopf gesetzt, dass Sie und den Attentäter etwas verbindet.«

»Der spinnt doch.« Gerste lehnte sich im Stuhl zurück und fing an zu lächeln.

»Sie wissen aber schon, dass mit einer Suspendierung nicht zu spaßen ist, oder?«

»Klar.« Unbekümmert kramte er seinen Dienstausweis aus der Tasche, zog die unterste Schublade seines Schreibtischs heraus und legte den Ausweis neben seine Waffe.

»Was wird das jetzt?«

»Sagen wir mal so. Die Suspendierung kommt mir heute nicht gerade ungelegen.« Mit dem Fuß schob er die Schublade zu, nahm seine Jacke von der Lehne und ließ den verdutzt dreinblickenden Staatsanwalt zurück.

»Corinna? Kannst du mich fahren?«

»Klar«, antwortete sie, griff ebenfalls ihre Jacke und rannte Gerste hinterher, der das Großraumbüro schon verlassen hatte.

Kapitel 43

Dienstag, 31. März

Halb zwölf

Hallo, meine Damen.« Erkennbar gut gelaunt und mit brachialem Gehabe trat Edgar Wüst in den nasskalten Kellerraum, der durch eine flackernde Glühbirne mäßig erhellt war. Fenster gab es keine, zwei modrige Matratzen lagen auf dem Boden und der Putz bröckelte von den fleckigen Wänden. »Ich hoffe, Sie haben Ihren Aufenthalt bei uns genossen.«

»Leck mich«, blaffte Irene. Durch zusammengekniffene Augen funkelte sie den Mann im schwarzen Kampfanzug an.

»Na, na, na. Wie kann man denn so früh schon so ungehobelt sein? Da bleibt ja gar keine Steigerung mehr für später. Und ich verspreche Ihnen, die wird kommen.«

Das Funkeln stellte sie nicht ein, reduzierte aber die Feindseligkeit der Stimme. »Dürften wir eine Toilette benutzen?«

»Und was meinen Sie, was das da hinten ist?« Ausladend zeigte seine Hand auf einen versifften Blecheimer, der in der Ecke stand und undefinierbare Düfte verteilte.

Irene legte den Kopf schief und schaute Wüst herausfordernd an. »Wenn das Ihr Niveau ist, bitte. Aber verlangen Sie nicht, dass wir uns so erniedrigen. Ein ganz klein wenig Stil hätte ich Ihnen doch zugetraut.«

»Marco!«, rief Wüst gelangweilt. »Die Frau Hochgeboren hier hat ein paar hygienische Bedenken mit der bereitgestellten Notdurftmöglichkeit. Wärst du bitte so freundliche und begleitest die edle Dame zu einer angemesseneren Toilette?« Ein breites Lächeln erschien auf seinem Gesicht, begleitet von generösen Gesten.

»Ja, Chef.« Marco Lorenzo wedelte mit dem Sturmgewehr hin und her. Dann wischte er sich mit der bratpfannengroßen Hand über den Stiernacken. »Hopp, hopp. Wer möchte zuerst?«

Ermutigt durch ein Nicken von Irene erhob sich Sophie Friedensfurt. Zitternd machte sie ein paar Schritte und stützte sich an der Wand ab. Zaghaft verließ sie den Keller und folgte dem Wächter.

»Sehen Sie, was Sie dem Mädchen angetan haben?«, schrie Sabine und ballte die Fäuste. »Sie …«

»Klappe.« Vorbei war es mit seiner Freundlichkeit. Jetzt würde er andere Saiten aufziehen. »Schauen Sie sich mal meinen Daumen hier an. Den kann ich immer noch nicht richtig bewegen, seit mir das Biest da drauf gehauen hat.« Er hob die rechte Hand und spreizte die Finger ab, wobei der Daumen eine unnatürlich abgewinkelte Haltung einnahm. »Jeden Tag denke ich daran, was ich dafür mit ihr mache.«

»Wären Sie damit mal zum Arzt gegangen«, mischte sich Irene ein, zwängte sich zwischen die beiden durch und schob Sabine mit ihrem Körper von dem, mit rotem Kopf vor ihr stehenden Wüst weg.

»Was wollen Sie denn schon wieder. Haben Sie keine eigenen Sorgen? Wieso mischen Sie sich dauernd ein?«

»Weil Sie jemanden haben töten lassen, dem ich das Leben gerettet hatte.« Giftige Pfeile flogen aus ihrem Mund. »Und dafür bekomme ich Sie dran.«

»Ha, ha, ha.« Laut und dreckig war das Lachen, mit dem Wüst den Ausbruch quittierte. Dann zog er eine chromglänzende Pistole aus dem Gürtelhalfter und hielt sie Irene an die Stirn. »Ich kann Sie auch direkt erschießen, wenn Sie möchten.« Weiter lachend drehte er sich zur Tür um, wo Toni Bellucci sich platziert hatte. »Was meinst du, Toni. Soll ich die Rechtsverdreherin mal eben abknallen?«

»Meinetwegen gerne. Seit sie hier ist, hat sie nur Ärger gemacht.«

»Sehen Sie, Frau Gerste? Sie sind überflüssig.«

Keinen Millimeter wich Irene zurück und hielt die Stirn weiter gegen den Pistolenlauf. »Dann sollten Sie das Potenzspielzeug erst mal spannen.«

»Ach, sieh mal an. In Ihnen steckt nicht nur eine Nervensäge, sondern auch noch eine Waffenexpertin. Ich bin beeindruckt. Jetzt schauen wir doch mal, ob das nicht alles nur Sprüche sind.«

»Was meinen Sie?«

»Vernehme ich da einen ängstlichen Unterton?«

»Irene!«, rief Sabine. »Lass das. Bitte.« Ihr Versuch, auf Wüst zuzugehen, wurde von Bellucci verhindert, der sie mit der Maschinenpistole zurückdrängte.

»Alles gut«, sagte Irene leise. »Dafür sind seine Eier doch gar nicht groß genug.«

»Wissen Sie, was ich an Typen Ihres Schlages so hasse? Und damit schließe ich Frauen natürlich ein. Sie können einfach nie die Klappe halten. Müssen immer weiter quatschen. Lernt Ihr so was auf der Schule oder im Studium?«

»Das liegt eher …«

»Ich glaube es nicht«, grummelte er und wurde lauter. »Welchen Teil von ›Sie sollen die Klappe halten‹ haben Sie nicht verstanden? Hä?« Schweiß bildete sich auf seiner Stirn und er atmete dreimal tief durch. »So. Jetzt mal zur Sache. Sie glauben also nicht, dass meine Pistole schussfertig ist.«

Irene verzog keine Miene.

»Dann erkläre ich Ihnen jetzt mal das kleine Spiel, das wir jetzt spielen.« Er lächelte Bellucci zu, der Sabine immer noch bedrohte. »Ich zähle jetzt bis drei und dann drücke ich ab. Wenn Sie recht haben, überleben Sie. Und wenn Sie sich getäuscht haben, na ja, dann habe ich kein Druckmittel mehr gegen Ihren Sohn. Schade, aber dafür fällt mir schon noch was ein. Also. Sind Sie dabei?«

»Habe ich eine Wahl?«, fragte Irene süffisant.

»Nein. In die Lage hat Sie Ihr großes Mundwerk gebracht und da müssen Sie jetzt durch.«

Poltern vor der Tür ließ Wüst verharren. Sophie stürzte durch die Tür und klammerte sich an Irene. »Nein.« Aufgebracht starrte sie den bulligen Mann an, der ungerührt die Pistole gegen Irenes Stirn presste. »Das dürfen Sie nicht tun.«

»Ach, Mensch, Marco. Hättest du die Göre nicht noch ein paar Minuten draußen lassen können?« Missmutig nahm er die Waffe runter und hielt sie dem Mädchen zwischen die Augen. »Möchtest du noch etwas sagen, bevor ich dich zuerst erschieße?« Ohne Rücksicht auf die eigene Bedrohungslage drängte Sabine den Lauf der Maschinenpistole zur Seite und machte einen Schritt auf ihre Tochter zu.

»Halt!« Barsch griff Bellucci ihr in die Haare und zog sie brutal zurück. Sabine fuchtelte stöhnend mit den Händen, versuchte, den Mann zu schlagen, der sie mit seinem massigen Körper an die Wand presste. Langsam beugte er sich und kam ihr mit dem Gesicht so nahe, dass sich die Nasen berührten. »Machst du das noch einmal, werde ich mächtig sauer. Und das willst du ganz bestimmt nicht.« Mit dem Fingernagel kratzte er ihr über die Wange und begann zu lächeln.

»Das reicht jetzt, Toni. Mit der kannst du dich nachher vergnügen.« Dann sah er wütend zu Lorenzo hinüber. »Was ist? Nimmst du mir jetzt mal endlich die Kleine weg. Ich möchte mich doch mal langsam meiner Mitspielerin widmen.« Charmant schaute er Irene an und grinste breit. »Das ist doch sicher ganz in Ihrem Sinne, oder?«

»Absolut. Ich spiele im Übrigen gerne mit Verlierern«, entgegnete sie sarkastisch.

»Sie sind ja eine facettenreiche Lady, das muss ich ihnen lassen. Aber für Ihren Sarkasmus bin ich heute nicht empfänglich.« Er hob die Pistole und drückte sie wieder gegen ihre Stirn. »Also, wie gesagt. Ich drücke jetzt ab. Bereit?«

Kühl nickte sie und nötigte Wüst damit eine Sekunde der Anerkennung ab.

Dann legte er den Zeigefinger an den Abzug. Nachdem er sich vergewissert hatte, dass seine Kumpanen die anderen Frauen im Griff hatten und zog durch.

Klick.

»Schade.«

»Ansichtssache«, erwiderte Irene regungslos.

Wüst fing laut an zu lachen. »Ehrlich! Sie sind die krasseste Frau, die ich bisher kennengelernt habe. Das muss ich schon sagen. Von der großen Klappe mal abgesehen, haben Sie echt Mumm, Lady.« In Zeitlupe senkte er die Pistole und strich mit der anderen fast zärtlich über den Abdruck, den der Lauf hinterlassen hatte. Danach steckte er die Pistole ins Halfter, drehte lassoartig die Hand über seinem Kopf und ging aus dem Keller. »Auf, auf, Männer! Wird Zeit, dass wir uns den wesentlichen Dingen des Tages widmen. Treibt die Drei raus auf den Springplatz.«

◆ ◆ ◆

»Hinknien«, befahl Wüst und schubste Sophie vor sich her. Das Mädchen fiel in den Sand. Angetrieben von ihren Bewachern stolperten Irene und Sabine hinterher. »Jetzt fällt die Kleine auch noch hin. Tss. Tss. Tss. Los, hoch mit dir.« Rabiat griff er nach dem Pferdeschwanz und zerrte Sophie auf die Knie. »Gar nicht mehr so lustig, was?«

»Lassen Sie meine Tochter in Ruhe!«, rief Sabine und verstummte erst, als Lorenzo ihr gegen den Hinterkopf schlug. »Hey, was soll der Scheiß denn?«

»Hast du es immer noch nicht begriffen?« Wüst baute sich vor den Frauen auf, die jetzt vor ihm im Sand knieten. Dann tat er so, als zöge er eine Schriftrolle aus der Hosentasche und entrollte sie theatralisch. Ein Blick auf die Uhr folgte. »Für die unter uns, die etwas schwer von Begriff sind. Wir haben jetzt elf Uhr fünfundvierzig. Um Punkt zwölf werden meine beiden Kollegen hier, der werte Toni Bellucci, genannt der Butcher, hier zu meiner Rechten« galant wies er mit einer Handbewegung auf Bellucci. »Und zu meiner Linken assistiert mit der verehrte Marco Lorenzo, besser bekannt als der Schänder, mit der Folter anfangen. Mal sehen, wie lange die beiden Sprücheklopfer das Geschrei aushalten.«

»Du tickst doch nicht richtig«, kam es verächtlich aus Irenes Mund.

Ein Schlag mit dem Gewehrkolben gegen den Hinterkopf folgte und sie fiel vornüber in den Sand. Zaghaft floss ein Rinnsal Blut über die blonden Haare.

»Ein weiteres, überflüssiges Wort von dir und ich verschenke dich an den lieben Marco. Der steht schon die ganze Zeit auf dich und hat gar kein Verständnis für mein Verbot dich nicht schänden zu dürfen.«

Mühsam rappelte sich Irene auf und wurde am Kragen ihrer Bluse zurück in die Reihe gezogen. Lorenzo ging um sie herum und lächelte ihr zu. Seinen lüsternen Blick untermalte er mit schlangenartigen Zungenbewegungen. Irene spuckte ihm auf die Schuhe, ein brutaler Schlag gegen die linke Schläfe folgte und sie kippte ohnmächtig rückwärts auf den Boden.

»Hey, zügele dich etwas, mein Freund. Du bekommst sie noch früh genug.«

»Tut mir leid, Boss.«

Ein metallisches Knistern unterbrach die Stille auf dem Reitplatz.

»Falke an Eagle. Kommen.«

Wüst griff in die Tasche und zog ein Funkgerät heraus. »Eagle hört.«

»Der Kommissar kommt den Weg rauf. Alleine.«

»Ist sonst was zu sehen?«

»Nein. Nur der verehrte Herr Gerste.«

»Signale von den Kameras?«

»Nein.«

»Danke. Eagle Ende.« Wüst drehte sich zu Bellucci um. »Hol mal einen Eimer Wasser. Ihr Sohn kommt. Er soll ja keinen Schrecken bekommen.«

Kapitel 44

Dienstag, 31. März

Kurz vor High Noon

Zaghaft setzte Gerste den ersten Schritt auf den groben Asphaltweg und begann seinen zweiten Gang nach Canossa. Ob der deutsche König Heinrich IV im Jahr 1077 eine ähnliche Last auf seinen Schultern spürte, vermochte er nicht abzuschätzen. War es schwerer, sich auf einen Bußgang zum Papst zu begeben oder über den Tod der eigenen Mutter nebst zweier unschuldiger Frauen zu verhandeln. Er wusste es nicht, erfreute sich der abschweifenden Gedanken, die ihn davon abhielten, an die Szenerie zu denken, die sich ihm hoffentlich nicht bieten würde.

Angespannt kickte er einen weiteren Stein zur Seite. Hundert Meter trennten ihn noch vom Bauernhof und er war sicher, dass jeder seiner Schritte überwacht wurde. Auf seiner Brust war bis jetzt kein Laserzielpunkt zu erkennen, aber das wäre auch etwas zu viel des Guten gewesen.

Was würde ihn erwarten? War Wüst da? Würden die Geiseln auch da sein? Gefühlt zum hundertsten Mal schaute er auf seine Uhr. Fünf vor zwölf. High Noon, wie von Wüst gefordert. Nur nicht so spektakulär wie im Western von 1952. Er war nicht der einsame Sheriff, obwohl, na ja, das Detail mit dem Polizisten stimmte zumindest. Einen Bahnhof gab es auch nicht und feige Städter lugten ebenfalls nicht aus ihren Häusern. Punkt zwölf war wieder korrekt. Er war auf dem Weg zu einem Duell. Es würde kein bewaffneter Zweikampf werden, hoffte er, denn seine Dienstpistole schmorte in der Schublade im Büro. War er der verbalen Auseinandersetzung mit Wüst gewachsen?

Friedensfurt hatte diesen Schritt vorgeschlagen, um die Lage abzuschätzen. Misstrauisch prüfte Gerste die Umgebung. Er spürte Blicke in seinem Nacken. Nur entdeckte er niemanden. Wo würde er Posten einrichten? Wüst hatte gedroht, die ganze Gegend zu überwachen. Wie wollte er das anstellen? Drohnen erspähte er nicht, die auf Filmen so bekannten Lichtreflexionen genauso wenig. Was hatte er erwartet? Er wusste es nicht.

Bis auf fünfundzwanzig Meter hatte er sich genähert, ärgerte sich über die staubigen Schuhe und sah noch immer keine Menschenseele. Den Reitplatz erkannte er, dahinter einen länglichen, recht großen Stall und links weitere Gebäude. Nur keine Personen und leider auch nicht seine Mutter.

Die halbe Nacht hatte sich den Kopf zermartert. Warum war sie überhaupt bei den Friedensfurts gewesen? Irgendwann brachte sie ihn mit ihren Extratouren noch ins Grab, wie man so schön sagt. Nur musste das nicht heute sein.

Das Irgendwann begann, als er am Tor zum Reitplatz stand. Es war offen und offenbarte ein Bild, das sich einbrannte. Drei Frauen knieten im Sand, die Hände hinter dem Kopf, erschöpft und ohne Hoffnung in den Augen. Seine Mutter wankte etwas und sah schrecklich aus. Ihre ehemals weiße Bluse war mit reichlich Blut besudelt. Die konnte sie wegwerfen. Da war nichts mehr zu retten. Hey, an was für einen Mist denke ich hier eigentlich.

Sabine hinterließ noch den besten Eindruck. Ihre Blicke trafen sich. War da ein Funken Hoffnung in den Augen? Er durfte sie nicht enttäuschen. Gott steh mir bei. Zwischen den beiden Frauen kniete Sophie. Ihr von Müdigkeit und Angst ausgezehrter Körper lehnte sich an ihre Mutter. Leere Augen starrten ihn an. Er kannte sie nicht genug, erinnerte sich aber an ein lebenslustiges Mädchen, das mit mutigem Einsatz ihrem Vater das Leben gerettet hatte. Hier und jetzt war Zahltag und Wüst hatte die Rechnung gestellt.

»Frank!«, krächzte seine Mutter und erhielt einen Schlag gegen den Hinterkopf, der sie erneut in den Sand fallen ließ.

»Hey! Was soll das?« Schnell lief er durch das Tor auf die Frauen zu.

»Halt! Nicht so eilig!« Wüst nahm die Maschinenpistole von Sabines Kopf und zielte auf den Heranstürmenden. Der stoppte sofort und funkelte den Gangster an. Theatralisch prüfte er die Uhrzeit. Und lobte süffisant: »Immerhin sind Sie pünktlich.« Anschließend spielte er den Suchenden und hielt eine Hand als Sichtschutz vor die Stirn. »Ich habe das Gefühl, Sie sind alleine. Wie kommt's? Hat der große Jäger keinen Mumm in den Knochen?«

Gerste taxierte sein Gegenüber und blickte in den Lauf der Waffe, die nach wie vor auf ihn gerichtet war. »Quatsch. Er hatte unterwegs eine Autopanne und verspätet sich. Ich bin hier, um Sie um einen Aufschub zu bitten.«

»Ha, ha, ha. Ich glaube es nicht. Der große Frank Gerste bittet mich um etwas.« Er sah zu seinen Mitstreitern. »Habt ihr das gehört?« Es folgte ein weiterer Lachanfall, in den Lorenzo und Bellucci einstimmten.

Schlagartig hörte das Lachen auf, als Wüst die Hand hob und Sabines Kopf am Pferdeschwanz nach hinten zog. »Was sagst du denn dazu, Mäuschen. Nehmen wir dem Bullen die Geschichte ab?« Abwechselnd sah er von Gerste zur vor Schmerzen stöhnenden Frau. »Nein! Ich glaube eher, dass dein Mann irgendeinen miesen Trick ausheckt und den Bullen nur vorgeschickt hat, um Zeit zu schinden.«

»Nein, Nein«, wiegelte Gerste ab. »Wir brauchen nur zwei weitere Stunden. Dann stehen wir hier.« Er hoffte, genug Überzeugungskraft in seine Stimme gelegt zu haben, versuchte, die aufkommende Skepsis bei Wüst zu zerstreuen. »Ob Sie es glauben oder nicht, es ist selbst in einer großen Stadt wie Hamburg um Mitternacht nicht so einfach, einen Leihwagen zu bekommen.«

»Ich glaube Ihnen kein Wort«, brüllte Wüst. »Richten Sie Friedensfurt aus, er soll sofort rauskommen, sonst erschieße ich seine

Frau hier und jetzt.« Um seine Forderung zu untermauern, ließ er Sabines Kopf los und drückte den Lauf der Maschinenpistole gegen ihre Schläfe. »Er hat fünf Sekunden.«

»Nein, das können nicht machen«, flehte Gerste. »Ich sage die Wahrheit. Er ist jetzt bei Bielefeld und braucht die zwei Stunden noch. Er kann doch nicht hexen.« Der angsterfüllte Ausdruck in Sabines Gesicht, die Tränen, die über die Wangen rannen, erschütterten Gerste. »Nehmen Sie mich. Aber bitte, tun Sie den Frauen nichts. Die können doch überhaupt nichts dafür.«

»Vier, drei, zwei, eins …«

»Mama!« Sophie sprang auf und überraschte ihren Bewacher auf voller Front. Mit einem Schritt war sie bei ihrer Mutter und klammerte sich an sie. Bellucci versuchte, das Mädchen zurückzuhalten, griff ins Leere und stürzte vornüber in den Sand. Dabei verlor er die Pistole aus der Hand, die sich in den losen Untergrund bohrte. Unter Wüsts tödlichen Blicken rappelte er sich hoch und probierte, das Mädchen aus den Armen seiner Mutter wegzuziehen. Das wiederum ermutigte Irene, sich Bellucci vor die Füße fallen zu lassen, der prompt über sie stolperte und erneut im Sand landete. Jetzt war die Zeit von Marco Lorenzo gekommen, sich lächerlich zu machen. Um die am Boden liegende Irene wieder auf die Knie zu ziehen, bückte er sich über sie, packte in ihren Haarschopf und zog. Schmerzerfüllt schrie Irene auf und trat nach dem Bein des Angreifers, traf jedoch den Unterleib, was Lorenzo stöhnend niedersinken ließ.

Wüst schüttelte mit dem Kopf und schoss in die Luft. Der Feuerstoß ließ die, in eine Art Knäuel verworrenen Personen augenblicklich erstarren.

»Bin ich hier im Affenhaus, oder was?« Wütend starrte er zu Gerste hinüber. »Wenn Sie auch nur laut atmen, sterben Sie. Verstanden?« Gerste nickte.

»Toni? Marco? Könnt ihr mir mal erzählen, was der Scheiß soll? Seid ihr nicht mal in der Lage, auf ein paar Frauen aufzupassen?«

»Tut mir leid, Boss«, presste Lorenzo heraus und versuchte, sich zu erheben. Er stemmte die Hände in die Hüfte und atmete tief ein. Dann streckte er sich, verkniff sich weitere Bekundungen der Schwäche und nahm die Pistole aus dem Hosenbund. »Alles klar.« Hörbar stieß er die Luft aus den Lungen.

Neben ihn hatte sich jetzt auch Bellucci gestellt, der seine Hosenbeine abklopfte.

»Euch beide sollte ich erschießen!« Als Nächstes sah er über Gerste hinweg. »Hawk?«

Der Polizist starrte Wüst fragend an, wurde aber mit einer Bewegung der Maschinenpistole zur Untätigkeit aufgefordert.

»Ist was zu sehen?«, fragte Wüst ohne sichtbaren Ansprechpartner in die Luft. Irgendeine Antwort schien er bekommen zu haben, denn jetzt schaute er nach rechts in Richtung Autobahnbrücke. »Sicher?« Eine Sekunde verging und Wüsts Blick drehte nach Osten zum Bayer-Forschungszentrum. »Gut. Eagle Ende.«

Während der Bandenchef beschäftigt war, fing Gerste den Blick seiner Mutter auf, die eine Kommunikation über die Augen aufzubauen versuchte. Da er seine Mutter aber schon in jungen Jahren nicht verstanden hatte, zuckte er mit den Schultern.

»Also, jetzt machen wir endlich mal Nägel mit Köpfen.« Sichtlich entspannt ließ Wüst die Maschinenpistole sinken und hängte sie sich über die Schulter. Dann holte er eine Zigarettenpackung aus der Brusttasche, klopfte sie gegen seine Finger und zog demonstrativ eine mit dem Mund heraus. Nachdem die Packung den Weg zurück ins Hemd gefunden hatte, flammte ein Zippo-Feuerzeug auf und verschaffte ihm zusätzliche Momente, um nach passenden Worten zu suchen. »Ich glaube dir jetzt mal. Ihr bekommt eure zwei Stunden.« Er inhalierte tief und blies einen Ring in den Himmel. »Um Punkt vierzehn Uhr steht ihr beide da, wo du jetzt stehst. Und keine weiteren Ausreden. Comprende?«

»Danke.« Erleichtert blickte Gerste den drei gezeichneten Frauen in die Augen. Um den Bogen nicht zu überspannen, verzichtete er auf hoffnungsvolle Worte, drehte sich um und marschierte den Weg, den er gekommen war, zurück. Zeit seines Lebens war er nicht durch betont christliche Lebensweise aufgefallen. Ehrlich gesagt, wunderte ihn das nicht, wenn er bedachte, was er schon alles an menschlicher Niedertracht hatte sehen müssen. Jetzt aber starrte er zum Himmel und betete.

Kapitel 45

Dienstag, 31. März

Kurz nach High Noon

»Am liebsten würde ich dem Arsch jetzt direkt eine Kugel in die Birne jagen.« Das Fadenkreuz des Zielfernrohrs tanzte um Wüsts Kopf und Friedensfurt musste sich beherrschen, den Finger gerade zu lassen. Seit sechs Uhr lag er mit Konrad Schmidt hinter einer Mauer aus Baumstämmen, Reisig und Büschen.

Von dem Punkt an, als Gerste ihn Minuten nach Wüsts Drohanruf auf dem Handy erreicht hatte, kreisten seine Gedanken um den Wunsch, abzudrücken. Tatsächlich war es nicht ohne Weiteres möglich, um Mitternacht in Hamburg einen Leihwagen zu mieten. Umso dankbarer war er seinem alten Studienfreund gewesen, der ihm, ohne viele Fragen zu stellen, mitten in der Nacht sein Auto überlassen hatte. Seine Bitte mochte ungewöhnlich dahergekommen sein, aber die Dringlichkeit in der Stimme hatte Rückfragen verhindert. Wie oft kam es schon vor, dass man den Spruch ›Es geht um Leben oder Tod unserer Familien‹ zu hören bekam.

Auf der Fahrt von Hamburg nach Wuppertal hatte er mit Gerste seine Gesprächsflatrate malträtiert und festgestellt, dass die Netzabdeckung auf den Autobahnen besser war als ihr Ruf.

Bei Bielefeld stand die Strategie, beim Wechsel von der A2 auf die A1 am Kamener Kreuz hatte er die Telefonnummer von Konrad Schmidt, dem Ex-Fremdenlegionär, der die Polizei bei den Ermittlungen am Stadionvorplatz unterstützt hatte. Seine Kenntnisse als Scharfschütze hatten den Ausschlag gegeben. Erst hatte er zwei

Jagdkumpel in Erwägung gezogen, dies aber verworfen, weil die bevorstehende Aufgabe zweierlei erforderte, was schwer zu erlangen war: Kaltblütigkeit am Abzug und Erfahrung bei weiten Schüssen.

Noch während er Schmidt den Plan am Telefon vorstellte, sagte der zu. Dann diskutierten sie über Waffen, Einsatztaktiken und mögliche Folgen. Friedensfurt wies darauf hin, dass er zum Äußersten bereit war, um die Frauen zu retten, und den finalen Rettungsschuss ins Kalkül zog. Von Schmidt kamen keine Bedenken. Sie verabredeten sich für fünf Uhr morgens.

Pünktlich klingelte es an Friedensfurts Tür und sofort war klar, dass er sich auf den Mann würde verlassen können. In pencottgrünem Kampfanzug, Springerstiefeln und einem Messer von der Größe einer Machete stand ein Kämpfer vor seiner Tür, der bereit war, zu töten. Das Haar von einem Boonie verdeckt und das Gesicht mit Tarnschminke unkenntlich gemacht.

»Guten Morgen Herr Friedensfurt. Dann lassen Sie uns mal die Frauen retten.«

»Vielen Dank für Ihre Unterstützung.« Sie schüttelten sich die Hände, tauschten Blicke aus und besiegelten den Pakt.

»Ruhig bleiben«, flüsterte Schmidt und spähte weiter durch das Zielfernrohr. »Wenn Sie jetzt schießen, bringt uns das nichts. Sie gehen doch davon aus, dass hier irgendwo ein Scharfschütze versteckt liegt. Und solange wir den nicht entdeckt haben, müssen wir Zeit schinden.«

»Ich weiß ja, dass Sie recht haben, aber bei mir ist es auch was Persönliches. Der Typ da unten bedroht meine Frau und meine Tochter. Das mit anzusehen ist schwerer, als ich erwartet habe.«

»Keine Sorge. Das verstehe ich sogar sehr gut. Ich war vor vielen Jahren mal im Tschad. Scheiße heiß war es da. Tagelang lagen wir auf einem vorgeschobenen Posten und nichts ist passiert. Mein Spotter und ich waren enge Freunde. Dann habe ich einen Fehler gemacht und wir wurden entdeckt. Als es daraufhin losging, wurden wir beschossen und eine Granate hat ihn erwischt. Ich habe versucht, die Angreifer zurückzuhalten, und konnte ihm nicht helfen. Er ist verblutet, während ich mein Leben gerettet habe. Ich habe mir das nie verziehen. Machen Sie nicht den gleichen Fehler.«

»Konnten Sie entkommen?«

»Nein. Ich wurde gefangen genommen.«

»Und wie haben Sie das überlebt?«

»Nur durch Glück. Noch in derselben Nacht wurde ich durch meine Kameraden befreit. Ob ich die Folter länger ausgehalten hätte – ich weiß es nicht.«

»Wo würden Sie liegen, wenn Sie den Hof beobachten würden?«

»Das frage ich mich auch schon die ganze Zeit. Wenn man die gesamte Umgebung überblicken möchte, dann geht es eigentlich nur von der anderen Seite aus. Und natürlich von unserer Stellung. Aber der Typ muss echt gut sein. Selbst mit der Wärmebildkamera kann ich nichts erkennen.«

»Uns hat der zum Glück auch noch nicht entdeckt, denn sonst wäre da unten bestimmt die Hölle los.«

»Solange wir uns gegenseitig neutralisieren, ist der Gegner im Vorteil.«

Friedensfurts Handy vibrierte.

»Ja.«

»Also. Ich kann Ihnen eins sagen. Wir haben nicht mehr viel Zeit.«

»Gerste?«, fragte Schmidt.

Friedensfurt nickte. »Wie geht es meiner Frau? Und Sophie?«

»Gut wäre jetzt zu übertrieben. Sie haben alle große Angst, sind aber noch nicht gebrochen.«

»Und Ihre Mutter?«

»Die hat leider etwas mehr abbekommen. Ihre große Klappe ist in der Lage nicht gerade förderlich.«

»Welchen Eindruck hat Wüst auf Sie gemacht?«

»Der ist total irre. Allerdings verfolgt der eiskalt einen Plan.«

»Was meinen Sie?«

»Der will nicht verhandeln. Der plant uns alle zu töten.«

»Na toll. Sonst noch was?«

»Ich glaube, der hat Kontakt zu jemandem, der das alles überwacht.«

»Wie kommen Sie drauf?«

»Erst mal läuft er die ganze Zeit mit einem Headset rum und dann hat er zwischendurch zusammenhangslos ins Nichts geredet.«

»Damit haben wir ja gerechnet. Was hat Wüst zu der Verlängerung des Ultimatums gesagt?«

»Wir haben die zwei Stunden bekommen. Um vierzehn Uhr sollten wir aber da sein. Was sonst passiert, möchte ich mir gar nicht vorstellen.«

»Gut. Fahren Sie jetzt, wie besprochen, in Richtung Autobahn und warten hinter der Brücke. Da sind Sie aus dem überwachten Bereich raus.«

»Okay.«

»Was ist mit Ihrer Kollegin?«

»Die wartet schon an der Brücke.«

»Gut. Geben Sie uns etwas Zeit. Wir melden uns.«

»Sie haben Nerven. Wo sind Sie überhaupt? Ich kann nichts sehen.«

»Dann haben wir ja alles richtig gemacht. Bis gleich.«

»Haben Sie eine Idee?«, fragte Friedensfurt und schaute zu seinem Spannmann hinüber.

»Ich denke, wir müssen jetzt in die Offensive gehen.«

»Was meinen Sie?«

Mit einem Lächeln auf den Lippen zog Schmidt einen Rucksack zu sich und klopfte mit der Hand drauf. »Hier habe ich eine Kleinigkeit, die uns vielleicht helfen kann.«

»Ich bin gespannt.«

Der Ex-Fremdenlegionär öffnete die Klappe und zog eine Claymore-Mine heraus.

»Wo haben Sie das Teil denn her?«

»Wollen Sie nicht wirklich wissen.«

»Gehören die Dinger nicht schon seit unendlich vielen Jahren ins Museum?«

»Nur wenn sie nicht mehr funktionieren. Und die hier funktioniert noch.«

»Wie können Sie da so sicher sein?«

»Weil ich letztes Silvester ein kleines Feuerwerk mit ein paar ehemaligen Kollegen veranstaltet habe. Das hat gewaltig gerumst.«

»Okay. Wie sieht der Plan aus?«

»Wir zünden eine Ablenkungsexplosion. Ihr Polizeifreund soll die Mine da unten auf dem Hof platzieren. Schauen Sie mal da hinten. Kurz vor der Brücke ist ein Bauernhof. Auf dem Weg dahin muss er jemandem auffallen. Das geht ja kaum anders.«

»Er soll den Lockvogel spielen?«

»Ja.«

»Wenn wir den Schützen nicht rechtzeitig ausmachen, könnte er sterben.«

»Nein, das glaube ich nicht. Wüst wird davon ausgehen, dass Sie hier irgendwo warten. Sein Schütze wird genauso versuchen, uns zu finden, wie wir ihn. Deswegen wird er sich nicht zu erkennen geben, indem er schießt.«

»Soweit die Theorie.«

»Absolut. Aber bei dem, was Sie mir bisher erzählt haben, muss der Typ ein Vollprofi sein. Der wird seine Stellung nicht so mir nichts, dir nichts verraten. Dazu ist er zu clever.«

»Warum machen wir das dann?«

»Wenn der Polizist die Claymore legt, wird er zwangsläufig auffallen und der Gegner wird versuchen, ihn zu überwältigen. Zumindest ich würde das so machen. Ein Druckmittel mehr. Dazu muss er Leute da hinschicken. Und wenn das passiert, wissen wir, dass der Beobachter irgendwo genau gegenüberliegen muss. Denn sonst könnte er den Hof nicht einsehen.«

»Na dann mal los. Sonst rinnt uns die Zeit durch die Finger.«

Friedensfurt griff zum Handy und wählte.

»Und? Haben Sie eine Idee?«, hörte er Gerste fragen.

»Ja. Kommen Sie so schnell wie möglich zum Unterdüsseler Weg. Herr Schmidt erwartet Sie da und erklärt Ihnen, was Sie tun sollen.«

Kapitel 46

Dienstag, 31. März

Etwas später

Die Sonne stand im Zenit und dem blonden Mann wurde warm unter dem Tarnnetz. Sechs Stunden lag er jetzt in dem flachen Erdloch, verdeckt von dichten Büschen. Er war kein Botaniker und eigentlich war es ihm auch egal, was ihm Deckung gewährte, solange es funktionierte.

Den Lauf des Scharfschützengewehrs hatte er mit geflecktem Tarnband umwickelt. In seiner aktiven Zeit hatte er viele Gegner durch Reflexionen ihrer metallischen Waffen entdeckt. Der tödliche Schuss war dann keine Kunst mehr, sondern pures Handwerk. Für ihn bestand der Reiz des Snipers im Aufspüren der Zielpersonen. Und wenn dies tagelanges Warten voraussetzte, dann war das eben so. Ungeduld war schon immer der größte Feind des Jägers.

Kurz schweifte ein Einsatz im Tschad durch seine Gedanken, lenkte ihn ein paar Millisekunden von der Überwachung ab. Damals hatte er mit seinem Spotter drei Tage gebraucht, um sich dem Ziel zu nähern. Durch die baumarme Savanne konnten sie sich nur nachts bewegen. Zum Glück gab in jenen Tagen noch nicht die optischen Möglichkeiten, die heute zur Verfügung standen. Wenn der Gegner moderne Nachtsichtgeräte oder Wärmebildkameras hätte einsetzen können, wären die Mission zum Scheitern verurteilt gewesen.

Auch waren Luftüberwachung und Satellitenaufklärung bei Weitem nicht so fortgeschritten. Sie hatten zwar Nachtsichtgeräte im

Gepäck, die aber reine Stromfresser waren und nur gezielt eingesetzt wurden. Hätten sie damals die technischen Spielereien gehabt, die den Sondereinsatzkommandos heute zur Verfügung standen, die eigenen Verluste wären geringer und die Zahl der Opfer deutlich höher gewesen.

Dezent verzog er die Lippen nach oben. Das reichte ihm als Lächeln. Es war kein Hexenwerk gewesen, den Anführer der Rebellen zu erschießen. Ihr Versteck hatten die angetrunkenen Idioten selbst dann nicht entdeckt, als sie die ersten Schüsse abgaben. Innerhalb von dreißig Sekunden war es ihm gelungen, drei Wachen und das Hauptziel zu treffen. Nach wie vor hielt er das für eine seiner besten Leistungen. Danach war die mühsame Annäherung an das Dorf genauso Geschichte, wie die entbehrungsreichen und langweiligen Tage in der tropischen Sonne. Immer verdeckt unter einem Tarnnetz, um einer zufälligen Entdeckung vorzubeugen. Wenn das Adrenalin kurz vor der Schussabgabe durch den Körper floss, vergaß man die Mühen.

Was macht denn der dämliche Wüst da schon wieder, fragte er sich. Der soll doch mal langsam die Frauen in Ruhe lassen. Er schüttelte mit dem Kopf und schwenkte die Umgebung mit dem Fernglas ab. Wow, kaum zu glauben. Das Ding wog nur etwas mehr als ein Kilo. Eigentlich viel zu schwer für den Einsatz heute, aber er liebte den Entfernungsmesser. Natürlich war er ein Meister darin, Entfernungen zu schätzen, aber technischen Spielereien gegenüber war er machtlos. Beim Schuss vom Kirchturm hatte er sich die halbe Nacht mit dem Messen von Distanzen wach gehalten und die Wette gegen sich selbst klar gewonnen. Nur in drei Fällen wich seine Schätzung mehr als fünf Meter von der digitalen Anzeige ab. Beim ersten Fehler hatte er die Angabe des Fernglases mit dem separaten Laserentfernungsmesser verglichen und die Stirn in Falten gezogen. Die Elektronik lag richtig. Kurz hatte er daran gedacht, das besserwisserische Objekt den Turm runterzuwerfen, dann einen Gedanken an die dreitausend Euro verschwendet und seine Niederlage akzeptiert.

Zum wiederholten Mal prüfte der die Umgebung. Zusätzliche Polizeikräfte erwartete er keine. Dafür war die Drohung, die drei Frauen zu töten, zu massiv. Der Bulle würde das Leben seiner Mutter nicht riskieren. Es war schon ein glücklicher Umstand gewesen, dass die aufmüpfige Oma zufällig bei Friedensfurts zu Besuch war, als er Mutter und Tochter entführen wollte. Na ja, Glück gehörte eben auch dazu.

Nie im Leben würde der Bulle hier alleine aufkreuzen. Das war so sicher wie das Amen in der Kirche. Irgendwo hier lag der Jäger auf der Lauer, da würde drauf wetten. Dummerweise war es ihm bis jetzt nicht gelungen, ihn aufzuspüren. Eins musste man ihm lassen, dumm war er nicht. Das hatte er nach der Geschichte des Mordes an Wüsts Bruder auch nicht angenommen. Die Idee, Leichen auszuweiden, um Rückschlüsse auf die Todesursache zu erschweren, war schon bemerkenswert. Darauf hätte er eigentlich selbst kommen können. Schade, dass er sein Gegenüber nur flüchtig kennenlernen würde. Sobald die beiden sich gegen die Frauen ausgetauscht hatten, würde Wüst kurzen Prozess machen. Der Kerl war eben nur ein billiger Prolet. Nicht mehr als ein Straßenschläger, auch wenn er sich für die Reinkarnation Napoleons hielt.

Dazu die beiden anderen Deppen. Mit solchen Hohlköpfen arbeitete er für gewöhnlich nicht zusammen. Ein klein wenig Niveau erwartete er immer, aber hier? Weit gefehlt. Marco und Toni waren eine Schande für das Gangstertum, was in Italien ja eigentlich ein durchaus angesehener Beruf war. Er befand sich zwar in der privilegierten Lage, die Auftraggeber auswählen zu können, doch manch direkten Wunsch abzulehnen, konnte selbst er sich nicht leisten.

Genervt von seinen peinlichen Landsleuten spähte er durch das Fernglas und entdeckte Gerste, wie er aus dem Wald trat und sich gebückt einem Wohnhaus näherte.

»Ach schau mal an, der freundliche Polizist von nebenan führt was im Schilde. Wo willst du denn hin? Und was hast du da auf dem

Rücken? Eins muss ich dir lassen. Eier hast du.« Zügig schwenkte er den restlichen Hügel ab. Außer dem ungeschickt schleichenden Gerste und einem Schwarm Krähen waren keine Bewegungen zu erkennen.

»Hawk an Eagle? Kommen.«

»Eagle hört«, antwortete Wüst.

»Der Bulle nähert sich von Norden aus dem kleinen Wald hinter euch.«

»Alleine?«

»Ja.«

»Was macht er?«

»Warten Sie mal einen Moment. Ich denke …«, mit der Hand fuhr er sich über die sprießenden Bartstoppeln. »… Nee. Das kann nicht sein Ernst sein.«

»Was ist denn los da oben?«

»Ich glaube, der stellt da eine Claymore auf.«

»Eine Claymore? Sind Sie sicher? Was will er denn damit bezwecken?«

»Ich würde sagen, er baut eine Falle. Nur habe ich keine Ahnung, was sein Ziel ist.«

»Können Sie ihn abknallen?«

»Klar kann ich das. Aber warum sollte ich das tun? Damit verrate ich doch meine Stellung. Und das habe ich nicht vor.«

»Ich gebe hier die Befehle. Haben Sie das vergessen?«

»Wie könnte ich. Trotzdem macht es keinen Sinn. Und sinnbefreite Anweisungen lehne ich ab.«

»Darüber sprechen wir noch. Was macht der Bulle jetzt?«

»Der versucht immer noch, die Mine zu befestigen. Okay, das hat er jetzt geschafft. Nee, das glaube ich nicht.«

»Was?«

»Für mich sieht es so aus, als wenn er noch einen Stolperdraht legen will.«

»Im Ernst?«

»Ja. Nur stellt er sich dabei so dämlich an, dass ich gleich anfange zu lachen.«

»Was schlagen Sie vor?«

»Nichts. Für mich hat das den Anschein einer Falle. Hoffentlich läuft nicht einer der Hausbewohner da rein.«

»Gut. Wir warten. Was ist mit Friedensfurt? Haben Sie den irgendwo entdeckt?«

»Nein. Aber das kommt ...«

Kapitel 47

Dienstag, 31. März

Ein paar Minuten danach

Scheiße‹, dachte Corinna und verharrte. Zum gefühlt hundertsten Mal war sie jetzt auf einen dieser dürren Äste getreten und ebenso oft hatte sie erwartet, der Attentäter würde vor ihr stehen, lachen und sie erschießen. Zusehends kehrte der Mut zurück und sie atmete langsam ein und aus. ›War wohl doch nicht so laut‹. Warum war sie nur so schrecklich nervös. Dazu bestand doch kein Grund.

Vor einer halben Stunde hatte Friedensfurt sie angerufen. Er habe den Standort des Attentäters entdeckt und sie solle ihn ausschalten. Jawohl, das war genau das, worauf sie gewartet hatte. Endlich etwas anderes als die öde Ermittlungsarbeit.

Unter Missachtung aller Verkehrsregeln war sie zum Treffpunkt gerast, um sich mit Friedensfurt und dem Zeugen vom Zoo zu treffen. Dessen Anwesenheit hatte sie zunächst überrascht, aber nicht weiter gekümmert. Sie hatte eine Aufgabe bekommen und die wollte sie erfüllen.

Friedensfurt hatte ihr ein Sturmgewehr gereicht. Die Funktionsweise des deutschen AR-15-Nachbaus war ihr bestens bekannt. Das Magazin hatte sie routiniert überprüft. Zwanzig Schuss sollten reichen.

Dann hatte sie sich auf den Weg gemacht, den ihr Friedensfurt detailliert beschrieben hatte. Zuerst sollte sie unter der Autobahn entlang zum Steinberg laufen. Da würde sie nicht auffallen und wenn doch, sich als Polizistin ausweisen. Nicht dass Passanten auf die Idee kamen, zusätzliche Polizeikräfte anzufordern. Das wäre eher kontraproduktiv. Oben am Bauernhof sollte sie dann den Weg entlang schleichen und aufmerksam auf Stolperdrähte achten. Friedensfurt war sicher, dass der Attentäter Kameras oder andere Meldegeräte versteckt hatte. Ohne diese Hilfsmittel war es schwer, den Waldrand zu überwachen.

Und er sollte recht behalten. Den ersten Stolperdraht hatte sie beinahe übersehen, so perfekt getarnt war er. Gerade als sie den Fuß absenken wollte, glänzte der Draht zum Glück in der Sonne und ihr Puls schnellte in die Höhe.

›So ein Arsch‹, hatte sie gedacht und den Stiefel ganz sachte zurückgezogen. Schnell hatte sie Friedensfurt über das Headset angefunkt, der ihr gleich darauf die Angst genommen hatte. Niemand befand sich in ihrer Nähe und im vermuteten Versteck rührte sich nichts. Einigermaßen beruhigt hatte sie den Draht verfolgt und die perfide Falle entdeckt. Am anderen Ende hing eine Blendgranate. Die hätte sie zwar nicht getötet. Super. Aber der Plan wäre aufgeflogen und der Killer gewarnt worden.

Nach dieser Erfahrung war sie noch behutsamer voran geschlichen, hatte zwei Wildkameras bemerkt, die auch von lokalen Jägern stammen konnten. Jetzt lag sie zwanzig Meter vom angenommenen Aufenthaltsort des Attentäters in einer Senke.

Sie drehte sich auf den Rücken und zog das Funkgerät aus der Hosentasche. Über ihr flog ein vierstrahliges Flugzeug und sie stellte sich die Frage, ob sie jetzt nicht lieber dort oben sein wollte.

»Herr Friedensfurt?«, flüsterte sie und betete still, dass niemand in der Nähe lauschte.

»Ja?«

»Ich bin jetzt fast da.«

»Ich sehe Sie.«

»Das ist ja beruhigend. Was macht unser Freund?«

»Nichts.«

»Habe ich Sie schon mal gefragt, warum Sie glauben, er hätte sich da versteckt?«

»Ja. Dreimal.«

»Ich erinnere mich. Aber ich erinnere mich auch, dass Sie bisher keinen direkten Sichtkontakt hatten, oder?«

»Bis auf ein paar bewegte Blätter und einen getarnten, möglichen Gewehrlauf haben Sie Recht.«

»Sehr beruhigend. Wenn ich so auf die Uhr schaue, läuft uns langsam die Zeit weg.«

»Noch haben wir keine Eile.«

»Wo nehmen Sie nur die Ruhe her?«

»Was würde es Ihnen helfen, wenn ich nervös wäre?«

»Ja, ja. Ist ja schon gut. Wie sieht es auf dem Hof aus?«

»Da ist alles unverändert. Die Frauen knien nach wie vor im Dreck. Wüst und seine beiden Spießgesellen stehen dahinter. Wie vorher auch. Wir sind also vollkommen auf Sie angewiesen.«

»Super. Legen Sie ruhig noch ’ne Schippe Druck drauf. Das trägt nicht gerade dazu bei, dass ich mich besser fühle.«

»Ich bin sicher, dass Sie das schaffen. Und jetzt sollten Sie in Anbetracht der fortschreitenden Zeit loslegen.«

»Genau die Worte, die ich hören wollte.«

»Das klappt schon. Scheuchen Sie ihn nur auf. Den Rest übernehmen wir.«

»Na dann will ich mal. Drücken Sie mir die Daumen.«

»Machen wir. Und viel Glück.«

Einen tiefen Atemzug später rollte sie sich auf den Bauch. Nun war sie in der Lage, die vermeintliche Stellung des Attentäters zu beobachten. Es war eine Ansammlung von Birken und Büschen, die sehr dicht beieinanderstanden. Dummerweise nicht nur nach vorne, sondern auch nach hinten schirmte der Bewuchs jede Sicht ab. Was immer Friedensfurt da gesehen haben mochte, sie würde es gleich wissen.

Bevor sie sich erhob, zog sie das Magazin aus dem Gewehr und prüfte es zum wiederholten Male. Ob das Soldaten genauso machen, wenn es losgeht? Ein letztes Mal prüfen, ob die Waffe geladen ist? Dann warf sie noch einen Blick auf den Bauernhof und sah die beschriebene Szenerie. Drei Personen knieten mit den Händen hinter dem Kopf auf dem Reitplatz. Bedroht wurden sie von drei Männern, die den Geiseln etwas an den Kopf hielten. Das so präzise zu erkennen, war ihr nicht möglich, aber sie vertraute Gerstes Beschreibungen.

Ein ausgetretener Weg führte neben dem Versteck entlang. Sie stand betont umsichtig auf, achtete penibel auf Stöckchen und Laub. Geduckt schlich sie an einer Hecke entlang. Weiterhin wollte sie nicht riskieren, vom gegenüberliegenden Hof aus entdeckt zu werden. Am Ende der Hecke verharrte sie und kniete nieder. Drei Meter noch. Wie laut waren ihre Schritte gewesen. Der Pfad war mit einer Grasnarbe bewachsen. Sie selbst hatte ihre Tritte nicht gehört. War das gut oder schlecht? Sie wusste es nicht und jetzt war es auch egal.

Sie hob das AR-15-Gewehr und stürmte durch die Büsche. Blitzschnell orientierte sie sich, nahm die Szenerie in sich auf. Vor ihr lag ein Gewehr, eine Isomatte und darauf – nichts.

»Kuckuck!«

Corinna fuhr herum.

»Schön, dass Sie es geschafft haben, Frau Meier.«

Sie riss die Waffe hoch und ließ sie wieder sinken, als sie in den Lauf des Schalldämpfers blickte. Dahinter grinste der blonde Mann und nickte ihr freundlich zu. Die Pistole in seiner Hand bewegte sich keinen Millimeter, als er ihr mit der anderen anwies, das Gewehr auf den Boden zu legen.

»Woher …«

»Woher ich wusste, dass Sie kommen?«

Corinna nickte.

»Ach, Frau Meier. Ich bitte Sie. Das habe ich schon gewusst, als Sie am Stolperdraht waren.«

»Den habe ich doch gar nicht berührt.«

»Stimmt und das rechne ich Ihnen hoch an. Zum Glück für mich, haben Sie aber die Lichtschranke übersehen, die ich einen Meter davor platziert hatte. Grämen Sie sich nicht. Die war auch wirklich nicht leicht zu finden. Da habe ich mir schon Mühe gegeben.«

»Ich hätte doch ein unbeteiligter Fußgänger sein können.«

»Sicher. Aber schauen Sie mal hier.« Der Attentäter kramte ein Smartphone aus der Tasche und reichte es ihr. »Tippen Sie mal den Code 4711 ein.«

Neugierig gab sie die Zahlen ein, staunte, zog eine Schnute und lächelte. »Sie haben mich die ganze Zeit gesehen?«

»Ja.«

»Wow. Nicht schlecht. Ich habe keine Drohne bemerkt. Wo haben Sie die versteckt?«

»Am Waldrand oben. Und als Sie sich ja freundlicherweise angekündigt haben, war es mir eine Freude, Ihren Weg zu verfolgen.«

»Was hätten Sie gemacht, wenn mir die Lichtschranke aufgefallen wäre?«

»Es gab noch ein paar weitere. Dazu freundliche Bewegungsmelder. Ehrlich gesagt glaube ich, dass ich selbst es auch nicht geschafft hätte, da durchzukommen. Seien Sie also nicht allzu enttäuscht.«

»Danke für den Zuspruch.« Durch die Schmeichelei fühlte sie sich eine Spur besser und zog ihren Pferdeschwanz fest.« Darf ich Ihnen eine Frage stellen?« Als hätte sie eine rhetorische Frage gestellt, plapperte sie weiter. »Warum machen Sie das alles hier überhaupt?«

»Na ja. Es war doch bisher eine recht lustige Woche, oder nicht?« Der blonde Mann schenkte ihr ein breites Lächeln. »Ich für meinen Teil habe mich ganz gut amüsiert. Bei Ihnen verstehe ich allerdings, wenn Sie das anders sehen.«

»Noch können Sie sich ergeben. Dann muss ich Sie nicht töten.«

»Ha, ha, ha. Sie machen mir Spaß. Nur so aus Interesse: Wie wollen Sie das anfangen?«

»Wenn ich Ihnen das erzählen würde, wäre es ja keine Überraschung mehr.« Sie zog eine Augenbraue hoch und grinste.

»Frau Meier, Frau Meier. Sie haben sich meinen Respekt verdient. Und das ist nicht einfach. Glauben Sie mir«, sagte er in respektvollem Tonfall und nickte zustimmend. Drei Sekunden später klang die Stimme wie Eis. »Aber jetzt genug geplaudert. Setzen Sie sich bitte da an den Baum.«

»Den da?« Sie zeigte auf eine Birke am Rand des Verstecks.

»Ja. Der ist gut. Und machen Sie mir bitte keinen Ärger. Wie Sie wissen, habe ich noch zu tun.«

Corinna lehnte sich gegen den Stamm und rutschte herunter. »Darf ich Sie etwas fragen?«

»Gerne.«

»Warum haben Sie dem Mann an der Stadtbibliothek geholfen?«

»Ach, der arme Kerl war doch nur zum falschen Zeitpunkt am falschen Ort. Wegen Pech sollte man nicht sterben.«

»Wie großzügig von Ihnen. Und warum haben Sie die Hotelquittung im Auto zurückgelassen? Das war doch Absicht, oder?«

»Na klar. Ich wollte mal sehen, wie Ihr SEK so agiert. Das war schon spannend zu beobachten.«

»Waren Sie an dem Morgen etwa da?«

»Sicher. Ich habe mir die Nacht über den Hintern abgefroren, wie man so schön sagt. Übrigens. Die Jeans, die Sie getragen haben, stand Ihnen ausgezeichnet. Sie sollten sich vielleicht mal als Model versuchen.«

»Danke. Ich bin schon gespannt, wie der Staatsanwalt auf Sie reagieren wird.«

»Das würde lustig werden. Nur habe ich leider andere Pläne.«

»Noch was. Warum haben Sie meinem Kollegen die ganzen Nachrichten geschrieben? Kennen Sie ihn?«

»Ach woher denn? Aber Sie müssen zugeben, das war doch eine nette Idee, oder? Ich wette, Sie haben intensiv darüber nachgedacht, was das zu bedeuten hat. Stimmt's?«

»Und wie. Gerste ist sogar suspendiert worden. Sagen Sie das bitte auch dem Staatsanwalt, ja?«

»Wenn Ihnen so viel daran liegt, schreibe ich ihm einen Brief und erkläre die Zusammenhänge. Reicht Ihnen das?«

»Ja. Nur eins verzeihe ich Ihnen nicht. Da können Sie machen,w as Sie wollen.«

»Und das wäre?«

»Dass Sie die schöne Schwebebahn zerstört haben. Das war nicht notwendig.«

»Gut, als Wuppertalerin kann ich Sie da verstehen, aber das musste ich einfach tun. Meine Aufgabe war es, für Verwirrung zu sorgen, und was eignete sich da besser als die Schwebebahn. Da müssen Sie mir doch recht geben.«

»Aber war eine Stinger nicht etwas übertrieben?«

»Doch, doch. Nur ich liebe die Dinger so. Da pulsiert mein ganzer Körper, verstehen Sie? Sollten Sie mal ausprobieren. Dagegen sind die Dinger hier ...« Er zeigte auf das Scharfschützengewehr. »... Kinderkacke.«

»Eine Haenel RS9 bezeichnen Sie als Kinderkacke? Was für ein Ignorant sind Sie denn?«

»Ho, ho, ho. Sie kennen sich aus. Mein Respekt wächst.«

»Ist das die Büchse, mit der Sie den Mann an der Schwebebahnhaltestelle erschossen haben?«

»Ja. In dem Kaliber schießt es schon recht präzise.« Er tätschelte auf den Schaft. »Das macht mir wirklich Freude.«

◆ ◆ ◆

Corinna prüfte das Umfeld. Nichts, was sich als Waffe eignen würde, war in erreichbarer Nähe. Der blonde Mann lag weiter hinter dem Gewehr, observierte die Umgebung und beachtete sie kaum. Sehr bedacht versuchte sie, sich zu erheben.

»Frau Meier«, zischte er in leicht genervtem Tonfall. »Lassen Sie doch den Unsinn. Ich möchte Ihnen wirklich nicht wehtun müssen. Dafür habe ich viel zu viel Respekt vor Ihnen. Also bleiben Sie schön sitzen und überleben Sie.«

Entmutigt setzte sie sich wieder hin. Wie hatte er das bemerkt? Gut, so würde sie ihn nicht überwältigen können. Und langsam lief ihr die Zeit davon. Sie sah auf die Uhr.

»Wie spät ist es?«, fragte der blonde Mann.

»Fünf vor zwei.«

»Na dann ist die Show ja gleich vorbei. Ha. Sehen Sie. Ihr Kollege kommt schon wieder. Fehlt nur noch Friedensfurt. Und der kommt auch noch. Dann hat Wüst seine Rache und ich kann endlich wieder nach Hause.«

»Wo kommen Sie her?«

»Aus einem kleinen Dorf bei Neapel. Da …« Er stockte, lauschte und sprach weiter. »Ja. Ich habe die Kleine. Alles läuft wie geplant.«

»Dass Sie sich da mal nicht täuschen.« Mit einer Dynamik, die sie selbst überraschte, schnellte Corinna empor und sprang dem Mann auf den Rücken. Die minimale Ablenkung durch den Funkspruch hatte sie genutzt und wich der Hand aus, die ein Kampfmesser schwang.

Sie krallte sich in die blonden Haare, riss den Kopf nach hinten und trat mit dem Knie dagegen. Dabei spürte sie die unbändige Kraft des Körpers unter sich, dem eine winzige Chance genügen würde, sie zu überwältigen. Das Messer schnitt in ihren rechten Arm und sie schrie auf. Blut spritzte heraus. Einen zweiten Stich würde sie nicht überleben. Schon versuchte der Mann, sich zu drehen, viel Zeit blieb ihr nicht mehr.

Schneller als gehofft warf er sie ab und stand über ihr.

»Mädchen, Mädchen.« Er schüttelte missbilligend den Kopf. »Schau mal her, wie ich jetzt aussehe.« Penibel wischte er sich über die blutige Jacke. »Musste das denn sein?« Mit einer Hand griff er ihr in den Halsausschnitt und zerrte sie auf die Beine. Dann zog er ihr Gesicht zu seinem. »Warum das alles? Ich wollte dich doch gar nicht töten.«

»Ich bin Polizistin und Sie ein Mörder«, hauchte sie und spuckte ihm ins Gesicht. Der Griff an ihrem Hals wurde für einen Moment schwächer, sie fand Halt unter den Füßen, schloss die Augen, konzentrierte sich und stieß einen martialischen Kiai heraus. In der so gewonnenen Zehntelsekunde versteifte sie ihre Finger und jagte sie in seinen Kehlkopf. Ein grauenvolles Gefühl von berstenden Knochen in weicher Haut bahnte sich den Weg zu ihrem Hirn. »Aua!«, brüllte sie als Reaktion auf den Schmerz in ihrer Hand.

Prompt lockerte sich der Griff, sie taumelte rückwärts und sah, wie der Mann auf die Knie sank. Er röchelte, hustete, spuckte, war aber noch nicht geschlagen. Dann nestelte er an seiner Jacke, zerrte eine Pistole hervor und versuchte zu zielen. Corinna sprang ihm entgegen, drückte die Waffe zur Seite, zog ihr Messer aus der Scheide und stach zu. Blindlings, einmal, zweimal, immer wieder. Blut spritzte aus dem Hals des Mannes und endlich sank er in sich zusammen. Was für eine Theatralik. Der Mann, der Wuppertal mit seinen Taten in Atem gehalten hatte, kniete sterbend vor ihr und starrte sie mit Fragezeichen in den Augen an.

»Arrivederci«, sagte sie und beendete die Farce mit einem Roundhouse-Kick.

Kapitel 48

Dienstag, 31. März

High Noon plus eine Stunde

Hey, was ist da oben los?« Verwirrt von den Geräuschen aus seinem Headset ließ Wüst die Pistole sinken, die er aus Spaß an der Freud gegen Irenes Kopf gedrückt hatte.

»Läuft wohl nicht mehr so gut, was?«, äffte sie, fing sich einen Tritt in den Rücken ein und kippte vornüber in den Sand.

»Halt endlich die Klappe, sonst …«

»Sonst was, du Spinner.« Sie wischte sich die Körner aus dem Gesicht und rappelte sich hoch. »Weißt du was? Erschieß mich doch am besten jetzt und hier. Ich habe keinen Bock mehr auf den Mist.«

»Du hast echt Mumm, Omma. Machst hier einen auf dicke Hose. Willst du der Kleinen da imponieren, oder was?« Er trat einen Schritt näher und drückte Irene den Lauf in den Nacken. Dann spannte er den Hahn.

»Hören Sie auf damit«, schrie Sabine Friedensfurt, rappelte sich auf und stellte sich vor Irene. Toni Bellucci versuchte sie zurückzuhalten, griff ins Leere und fing sich einen abschätzenden Blick ein.

»Hatten wir das nicht schon mal?«, fragte Wüst genervt. Dann richtete er die Waffe auf sie. »Was würde Ihr Mann wohl davon halten, wenn ich Sie zuerst erschieße?«

»Er würde glauben, ich wäre mit Anstand gestorben.«

»Sie lesen zu viele schlechte Bücher«, blaffte Wüst. »So etwas gibt es im echten Leben nicht. Aber Sie haben jetzt die freie Wahl. Soll ich zuerst die nervige Alte umlegen oder dich?«

»Keine von beiden«, rief Sophie und sprang auf. Schnell war Lorenzo bei ihr und zwang sie zurück auf die Knie.

»Das wird ja immer besser. Hier scheint ja heute jeder als Erster sterben zu wollen.«

»Sie sind ja dümmer als eine Scheibe Toastbrot«, giftete Irene. »Es muss erste heißen.«

Die Haut ihrer Wange platzte auf, als der Lauf sie traf. »Welchen Teil von Klappe halten, haben Sie nicht verstanden?« Missmutig schaute er auf seine Uhr. »So, es ist jetzt genau zwei. Wo bleiben ihre Helden denn? Sind wohl doch nicht so mutig, was?«

◆ ◆ ◆

»Gerste?«, fragte Friedensfurt ins Headset.

»Ja?«

»Fahren Sie zum Bauernhof. Da scheint es zu eskalieren.«

»Haben Sie schon was von Corinna gehört?«

»Nein. Bisher nicht. Aber uns läuft die Zeit davon.«

»Was soll ich machen?«

»Zeit schinden.«

»Na, super. Ham' se auch ne' Idee wie?«

»Ihnen fällt schon was ein.«

»Sie haben gut reden, da oben.«

◆ ◆ ◆

»Boss? Da kommt ein Auto.« Toni Bellucci zeigte auf die Straße. Ein roter Passat bog rasant in die Zufahrt ein und loser Kies spritzte davon.

»Wird ja auch mal Zeit, dass sich was tut. Meine Geduld tendiert gegen null.«

»Wird Zeit, dass Sie mit dem Mist hier aufhören«, sagte Irene in ungebrochen aufsässigen Ton.

»Ja, ja. Quatschen Sie nur, solange Sie noch die Möglichkeit dazu haben.«

Wüst warf ihr einen abschätzigen Blick zu und stellte sich breitbeinig vor die Frauen. »Ihr beiden passt auf, dass die Schlampen keinen Unsinn machen. Kriegt ihr das hin?«

»Ja, Boss.«

Dann drehte er sich um und steckte die Pistole ins Halfter.

◆ ◆ ◆

Gerste parkte den Passat vor dem Reitplatz. Dann atmete er dreimal ein und aus und öffnete die Tür. Gemächlich schritt er auf das Tor zu und lehnte sich auf die Balken.

»Sind Sie etwa alleine?«, hörte er Wüst rufen.

»Ja. Und Sie?«

Wüst lachte laut. »Ihre Familie besteht wohl nur aus Komikern, was?«

»Ja, so sind wir. Haben immer einen lustigen Spruch auf den Lippen. Sollten Sie auch mal versuchen. Dann geht es Ihnen bestimmt besser.«

»Machen Sie sich mal keine Gedanken um mich. Wo ist denn Ihr Kollege?«

»Wen meinen Sie?«

Hastig zog Wüst die Pistole aus dem Halfter und feuerte einen Schuss ab. Der Sand vor Gerstes Füßen spritzte auf. »Verkaufen Sie mich nicht für dumm. Ich habe Ihnen eine Frist gesetzt und die ist jetzt um. Wenn Friedensfurt nicht sofort hier erscheint, lege ich seine Tochter um.« Er drehte sich um und stolzierte auf die Frauen zu.

»Nein, tun Sie das nicht. Ich bin ja hier.«

»Sie reichen mir nicht.«

Wüst ging weiter und stellte sich hinter Sophie. Auf sein Zeichen hin traten Bellucci und Lorenzo Irene und Sabine heftig in den Rücken. Beide Frauen stürzten nach vorne und blieben im

Sand liegen. Als Irene aufstehen wollte, kniete sich Bellucci auf sie. »Ihr beide kommt später dran. Habt Geduld.« Er lachte laut.

Gerste öffnete das Tor und rannte auf seine Mutter zu.

»Na, na, na«, rief Wüst, hob drohend die Pistole und zielte auf den Polizisten. Gerste stoppte und folgte Wüsts Anweisungen, sich ebenfalls in den Sand zu knien. »So. Wo war ich stehengeblieben. Ach ja. Ich wollte die kleine Heldin hier erschießen. Sie liebt ihren Vater wohl weitaus mehr, als er es tut. Sonst wäre er doch schon längst hier.« Lässig zielte der auf Sophies Kopf, der Tränen übers Gesicht liefen. »Hey, du großer Jäger. Kommst du endlich raus, oder muss ich wirklich erst deine Tochter umlegen?«

◆ ◆ ◆

Friedensfurt nickte Schmidt zu. Dann stand er auf, klopfte sich den Staub von der Hose und trat zwischen den Büschen hindurch auf die Wiese. »Halt! Warten Sie! Ich komme!«, rief er und marschierte mit erhobenen Händen den Hügel hinunter.

»Endlich! Ich kann es kaum glauben!«, brüllte ihm Wüst entgegen und fuchtelte wie ein kleines Kind mit der Pistole herum, als Friedensfurt das Tor erreichte. »Siehst du Kleines, dein Vater mag dich doch.«

»So. Ich bin hier. Lassen Sie die Frauen gehen!« Er sah die angsterfüllten Augen seiner Tochter, die immer noch im Sand kniete. Irene und Sabine wurden weiter auf den Boden gedrückt. Vorsichtig hoben sie den Kopf an. Furcht und Wille vereinigten sich in den Blicken.

»Nicht so eilig, mein Lieber.«

»Das war die Abmachung«, warf Gerste ein und wollte aufstehen.

»Halt, halt, halt. Sie bleiben mal schön da, wo Sie sind.« Dann drehte er sich wieder zu Friedensfurt um. »Und nun zu uns zwei Hübschen.« Er sah zum Himmel. »Max, wenn du das jetzt siehst. Die Zeit der Rache ist gekommen. Endlich.«

»Ich wusste gar nicht, dass Sie so ein religiöser Mensch sind«, sagte Friedensfurt.

»Sie wissen vieles nicht von mir. Und das wird sich jetzt auch nicht mehr ändern.« Beschwingt stolzierte er um die beiden Männer herum und trat Friedensfurt unvermittelt in die Kniekehlen. Der verlor das Gleichgewicht und stürzte. »So gefallen Sie mir doch gleich um einiges besser.«

»Papa!«

Friedensfurt drückte sich aus dem Sand auf die Knie. »Alles gut, mein Schatz. Der will doch nur spielen.«

Dem Kommentar folgte ein harter Schlag mit dem Pistolenkolben gegen den Hinterkopf. Er fasste sich an die schmerzende Stelle und sah Blut auf der Hand. »Was soll das?«

»Jetzt seien Sie doch nicht eingeschnappt. Ich will doch nur spielen. Haben Sie selbst gesagt.«

»Unter Spielen verstehe ich etwas anderes. Sie sind nur verrückt. Wie soll es ihrer Meinung nach weitergehen? Wann lassen Sie die Frauen frei?«

»Gar nicht.«

»Das habe ich mir schon gedacht.«

»Für dumm habe ich Sie auch nicht gehalten. Sonst wären Sie mit dem Mord an meinem Bruder nicht durchgekommen.«

»Ich habe Ihren Bruder nicht ermordet.«

»Ach nein. Wie würden Sie es denn nennen? Und kommen Sie mir nicht mit Notwehr.« Wüst stolzierte auf dem Reitplatz umher. Dann zog er ein Tuch hervor und polierte leidenschaftlich die Pistole.

»Doch. Wie würden Sie es denn bezeichnen, wenn zwei bewaffnete Männer auf einen zulaufen?«

»Sie haben aus mehr als hundert Metern geschossen. Das ist nie und nimmer Notwehr!«

»Das stimmt so nicht ganz. Ihr Bruder war viel dichter dran! Ihm habe ich direkt ins Gesicht geschaut.«

Wüst explodierte, rannte auf Friedensfurt zu und setzte ihm den Lauf auf die Stirn. »Na, spucken Sie jetzt immer noch große Worte.«

»Worte kann man nicht spucken. Aber wem erzähl' ich das?«

»Das waren jetzt definitiv ihre letzten Worte.« Wüst spannte den Hahn.

Friedensfurt holte tief Luft, schaute zu Gerste hinüber und senkte andächtig den Kopf.

Zwei Schüsse krachten.

Durch die Wucht des Aufpralls wurde Wüsts Kopf nach hinten geschleudert. Ein Schwall Blut folgte dem Projektil aus dem Brustkorb heraus und spritzte auf Friedensfurts Kopf. Augenblicklich ließ er sich nach vorne in den Sand fallen und rollte sich zur Seite. Wüsts massiger Körper hielt sich noch drei Sekunden aufrecht, knickte zur Seite weg und endete als totes Fleisch auf dem Boden.

Dann schielte Friedensfurt zu Gerste hinüber, der offensichtlich noch beeindruckt war und sich nicht bewegte.

Vor ihm fasste sich Bellucci an die Brust, starrte ungläubig auf den sich ausbreitenden Blutfleck und brach auf Irene zusammen.

Lorenzo erfasste den Tod seines Chefs schneller, als Friedensfurt erwartet hatte. Er hob den Lauf des Sturmgewehrs und war bereit zu feuern. »Tja. Ist wohl dumm gelaufen für Sie. Aber Max war auch mein Freund. Und jetzt sterben Sie für ihn.«

Sein breites Lächeln erstarb, als Zinken einer Mistforke in seinen Hals drangen.

Friedensfurt sprang auf und rannte auf seine Tochter zu. Sophie zog die Mistgabel aus dem zusammenbrechenden Mann, warf sie weg und sank in die Arme ihrer Mutter.

»Kann mir mal bitte jemand helfen. Der Typ ist ganz schön schwer!«, rief Irene und versuchte, unter dem toten Bellucci hervorzukriechen.

Kapitel 49

Dienstag, 31. März

Zwei Stunden später

Na, jetzt bin ich aber auf eure Erklärung gespannt.« Die Hände in die Seiten gestemmt, baute sich Eisenberg vor dem Reitplatz auf und blickte auf drei Leichen.

»Da ist wohl etwas Fantasie notwendig.« Gerste drehte sich zu Corinna um und schmunzelte. »Also, im Prinzip ist es eher simpel.«

»Dann lass doch mal hören, wie ein suspendierter Hauptkommissar zusammen mit seiner Kollegin drei Tote erklärt. Und was mich so richtig stutzig macht, ist, dass der Sand hier so schön geharkt ist. Ganz so, als seien da haufenweise Spuren vernichtet wurden. Habt Ihr dafür eine nachvollziehbare Idee?«

»Es gibt eben noch ordentliche Menschen in Wuppertal.«

»Klar. Und die haben präzise um die Körper herum alles in Ordnung gebracht. Mache ich übrigens auch so, wenn ich Leichen in meinem Garten finde.«

»Svenni. Es gibt da noch etwas, das du wissen solltest«, flüsterte Corinna.

»Wieso überrascht mich das nicht?« Er verschränkte die Hände hinter dem Kopf. »Also los, rück raus.«

»Tatsächlich sind es vier Tote.«

»Das wird ja immer besser. Wo ist die fehlende Leiche?«

»Der Vierte liegt da hinten.« Gerste drehte sich um und zeigte auf eine kleine Baumgruppe. »Er hat in einem Anfall die drei hier getötet. Corinna wollte ihn daraufhin festnehmen. Als er sich der

Verhaftung widersetzt hat, kam es zum Kampf und den hat der Mann leider nicht überlebt.«

»Und wo warst du?«

»Nachdem ich die Schüsse gehört habe, bin ich sofort hier hergefahren.«

»Wieso wart ihr denn überhaupt hier in der Gegend?«

»Das ist eine lange Geschichte, die nichts mit dem Fall hier zu tun hat.«

»Ach nee. Und ich bin mit dem Klammerbeutel gepudert. Wisst ihr wenigstens, wer der Tote ist?«

»Namentlich nicht, aber es ist der blonde Mann, der uns in den letzten Tagen auf Trab gehalten hat.« Corinna neigte den Kopf zur Seite und spielte mit ihrem Pferdeschwanz.

»Seid ihr nicht davon ausgegangen, dass Edgar Wüst hier mit dem Mann zusammengearbeitet hat? Wieso sollte er ihn dann erschießen?«

»Vielleicht ist es zum Streit gekommen.« Gerste öffnete die Hände und zeigte seinem Kollegen die leeren Handflächen. »Wer weiß schon, was in diesen Verbrecherhirnen so vorgeht.«

Eisenberg lachte. »Und wie soll ich das alles in meinem Bericht darstellen? Das glaubt mir doch kein Mensch.«

»Glaubst du nicht, der Oberbürgermeister wäre für eine einfache Erklärung dankbar?«

»Wahrscheinlich hast du Recht. Jetzt schaue ich mir erst mal die Leichen an.« Der KTU-Mitarbeiter ging durch das Tor auf den toten Wüst zu und begann Fotos zu machen. Dann kniete er sich neben den Toten und knöpfte das Hemd auf.

»Das ist jetzt aber nicht euer Ernst, oder?«

»Was meinst du?«, fragte Gerste scheinheilig.

»Da fehlt das Herz.«

»Echt? Das gibt's doch gar nicht. Wer macht denn so was?« Corinna blickte zu Gerste und lächelte vielsagend. Dann drehten sie sich um und gingen zu ihrem Auto. »Mach nicht zu lang, Sven und versuch besser nicht zu finden, was nicht gefunden werden soll.«

»Was ist das denn jetzt wieder für ein komischer Spruch?«

»Sven, mein Freund. Weißt du eigentlich, dass man hin und wieder auch mal fünf gerade sein lassen muss?«, sagte Gerste und setzte das dümmste Gesicht auf, dass er zu bieten hatte.

ENDE

Danksagung

Ich kann es kaum glauben, aber ich kann schon wieder eine Danksagung schreiben. Wobei können meine Gefühle dabei nicht ansatzweise trifft. „Dürfen" beschreibt es deutlich besser.
Wie schön, dass ich wieder eine Danksagung schreiben darf.

Was hat sich denn seit der Veröffentlichung meines ersten Buchs „Selbstvergeltung" geändert?
Die Antwort ist ganz einfach: Alles und Nichts.

Zu „Nichts" zählt:
Ich habe die Inspiration zum Schreiben immer noch von Herrn Fitzek erhalten. Danke nochmal dafür.

Auch meiner Familie, soll heißen meiner Frau, meiner Tochter und meinem Sohn bin ich immer noch sehr dankbar, dass sie mich so oft machen lassen.

Und auch meinen sehr kritischen Testlesern bin ich nach wie vor sehr dankbar. Meinem Ziel, sie alle persönlich kennenzulernen, bin ich einen Schritt nähergekommen.
Mit Krimiautor Frank Esser habe ich zusammen ein Fußballspiel besucht. Vor über 25000 Zuschauern haben wir zwar verschiedene Teams angefeuert, aber es war schon ein krasses Erlebnis. Kurz haben wir darüber nachgedacht, wie man im Aachener Tivolistadion jemanden umlegen kann. Klar, woran denken Krimiautoren auch sonst?

Dass Yvonne Tunnat und Dagmar Schmidt weiter zu meiner Testleserrunde zählen, macht mich richtig stolz, denn sie sind schon ganz lange dabei. Und da beide recht dicht beisammen wohnen, werde ich sie hoffentlich dieses Jahr persönliche kennenlernen dürfen.

Ich kann einiges, aber auch vieles nicht. Und für das viele, was ich nicht kann, brauche ich oft Hilfe. Und da ich echt doofe Fragen stellen kann, bin drei Frauen sehr dankbar für ihre fachliche Unterstützung. Die drei sind Sylvia Kaml, Norma Feye und Ariana Lambert. Ohne euch wäre das Manuskript deutlich schlechter. Danke, dass ich immer wieder Fragen stellen darf.

Unverändert kritisch ist Axel Aldenhoven geblieben, dem ich immer mein finales Manuskript. Zumindest glaube ich das und bekomme große Augen, was Axel immer wieder heraus- oder hineinlektoriert. Das ist schon großes Kino und ich kann ihm nicht genug danken.
Erst wenn Axel fertig ist, kann man es als finales Manuskript bezeichnen.

Und was gehört zu „Alles"?

Da ist in erster Linie meine neue Coverdesignerin Florin Sayer-Gabor zu nennen. Im Gegensatz zum Cover von „Selbstvergeltung" hatte ich bei „Selbstgerächt" erstmal nur rudimentäre Vorstellungen, wohin die Reise gehen würde. Mit ihren ersten Entwürfen hat mich Florin dann aber sofort abgeholt. Ich finde, wir haben da ein tolles Cover entwickelt und ich freue mich schon auf die nächste Zusammenarbeit.

Ja, ja, Titelfindung ist nicht einfach. Wem sag' ich das? Wie gut ist es dann, wenn man einen Kollegen hat, der nach kürzester Bedenkzeit aus dem Ärmel schüttelt, worauf ich in epischen Brainstorming-Zyklen nicht mal ansatzweise gekommen bin. Und so sind kurzerhand über 50 Titelideen in den Müll geflogen. Vielen Dank, Daniel. Das war eine sehr wertvolle Unterstützung.

Auch diesmal bin ich allen Menschen dankbar, die an diesem Projekt mitgewirkt haben. Sei es bei der Coverauswahl oder bei inhaltlichen Fragen. Kurz bevor ich mit dem Buchsatz angefangen habe, hat mich Sandra Krasniqi noch vor ein paar dämlichen Fehlern in Bezug auf Intensivstationen bewahrt. Das war große Klasse. Danke schön.

Und wie heißt es so schön: Last, but not least möchte ich all denen danken, die mich bei der Vermarktung von „Selbstvergeltung" unterstützt haben. Ganz vorne stehen da der Selfpublisher-Verband und die lieben Bloggerinnen, die ich durch die Blogger-Lounge kennengelernt habe. Der Austausch mit Euch allen macht mir wahnsinnig viel Spaß.

Vielen Dank. Ohne Euch würde es das Buch nicht geben.

Dirk Osygus im August 2023

Über den Autor

Dirk Osygus entwickelt und konstruiert eigentlich Werkzeugmaschinen und wurde 1967 in Wuppertal geboren.

Mit seiner Frau und zwei erwachsenen Kindern lebt er in seiner Heimatstadt. Sein leider schon verstorbener Cousin überzeugte ihn mit 18 Jahren, den Roman „Der Borowski- Betrug“ von Robert Ludlum zu lesen. Seitdem ist zum unheilbaren Lappland-Virus das Spannungs-Virus gekommen.

Zum Schreiben kam er über das Verfassen von Betriebsanleitungen für seine Werkzeugmaschinen.

Als begeisterter Leser von Krimis und Thrillern reifte die Idee, eigene Ideen in Worte zu fassen und so entstanden die ersten beiden Manuskripte.

Neben dem Schreiben bespricht er Bücher in seinem Podcast „Buchcasting“, der auf den gängigen Plattformen und bei Podigee.de zu finden ist.

Dirks Podcast "Buchcasting"

Was macht ein an Literatur interessierter Mensch? Klar, er liest Bücher. Viele Bücher. Manche gefallen einem gut, anderen weniger gut und bei manchen war es Zeitverschwendung.

Und allzu gerne hätte ich mich mit meiner Meinung zu dem gelesenen Werk mit anderen Lesern ausgetauscht.
Was lag also näher als Romane und Kurzgeschichten von bekannten und weniger bekannten Autoren zu besprechen?
Nichts.
Deswegen habe ich es ja auch gemacht und herausgekommen ist das Buchcasting.
Beim Buchcasting sitzt also ein literarisches Werk auf dem heißen Stuhl und wird gegrillt. Mit einer sanften Einführung und ein paar Plattitüden fängt es an. Dann wird der Inhalt knapp angrissen, der Klappentext besprochen und eine Einschätzung abgegeben. Aber der Inhalt wird noch nicht bekanntgegeben.

Dann wird ein Spoileralarm ausgesprochen und danach kommt alles auf die Platte, was mir gefallen und nicht gefallen hat.
Man bekommt die Meinung zu einem Text, der einem vielleicht auch gut gefallen hat oder den man ganz schlecht fand. Vielleicht möchte man auch hören und zustimmen. Vielleicht sieht man etwas ganz anders und möchte dies ansprechen.

Kurzum: ich habe Spaß am Lesen, schreiben gerne Rezensionen und würde meine Meinung gerne mit anderen teilen.

Hört doch mal rein.